平江不肖生　撰

新版足本

江湖奇俠傳

貳

世界書局

目錄／貳

本冊主要人物系譜

本冊主要人物系譜

【崆峒】

- 劉全盛
  - 董祿堂
  - 楊贊化
    - 龐福基
  - 楊贊廷
    - 甘瘤子
  - 劉鴻采
    - 錢素玉
    - 蔣瓊姑
    - 楊繼新
  - 慶瑞
  - 方振藻
  - 歐陽后成

【崑崙】

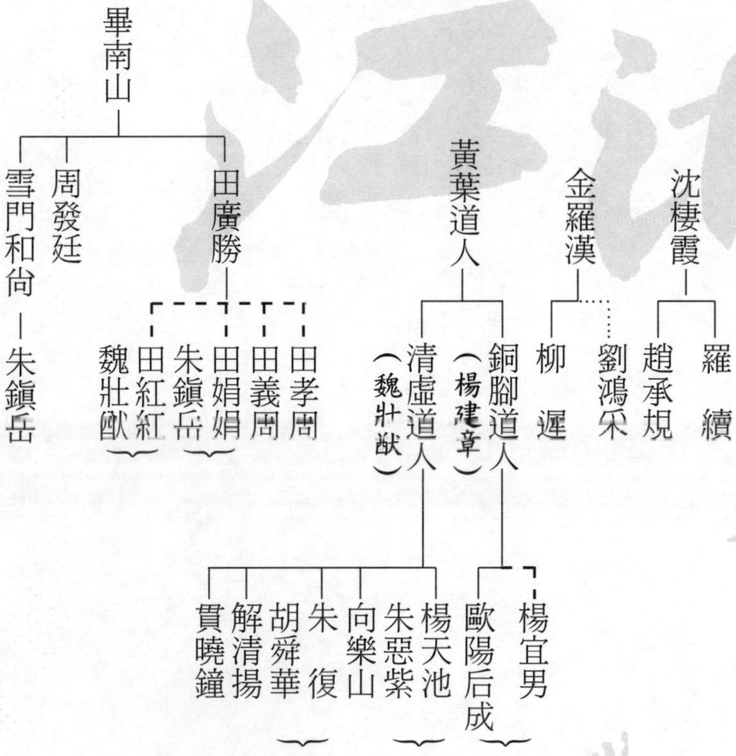

圖例

…… 最先師承
—— 師徒關係
- - - 血親關係
︶ 夫婦關係

第二九回　土地廟了道酬師　義塚山學法看鬼

話說：智遠聽了周敦秉的話，仰天打了個哈哈笑道：「居士果有這種能為，還用得著貧僧來多事嗎？不過貧僧也得去找一個幫手來才行。居士且將應用的東西，備辦停當。貧僧去一會便來。」

周敦秉欲待問幫手去那裏找，智遠已轉身出來，引朱復往外就走。

朱復跟著出了周家，問道：「師父已給這人治好了麼？」

智遠笑道：「這般容易治好，也不是七星針了呢！我還得去找一個人來做幫手，可因此了卻一重公案！」

朱復詫異道：「師父一人的力量，還嫌不足嗎？」

智遠道：「不是我一個人力量不足的意思。你可知道學道的人，有法、財、侶、地四件東西麼？這四件東西，缺一不能成道！」朱復聽了不解。

智遠道：「沒有法，不能衞道；沒有財，不能行道；沒有侶，不能了道；沒有地，不能得

道。所以，缺一不能成道！」

朱復道：「學道怎麼還要財呢？」

智遠道：「你此時離道還遠得很，那裏便能領悟到這一步？有修練幾百年，尚不曾成功的，就因為這四件東西，不是有大緣分的人，不能一時都備。張三手因得不著個財字，直等到沈萬山出世，他才成正果。你將來若肯努力上進，緣分又好，這四件東西就容易給你遇著。我於今要找的這個幫手，姓劉名景福。因得不著一個侶字，遲了五十年，還不得了道。我今日去做他的侶了他，他將來可為我得地以成我。此中因緣，很是玄妙！」朱復聽了這些話，全不懂得。知道問也無用，祇低頭跟著行走。

約莫走了半里多路。忽見前面一座小山腳下，有兩株合抱不交的大樟樹，枝連幹接，如向天撐開兩把大傘。兩樹當中，夾著一座小小的石砌土地廟。智遠走到廟跟前，那廟的木柵門，即時喳喇一聲開了。智遠合掌當胸，走進廟去，朱復也跟在後面。

祇見這廟就祇一間房屋，當中設了一座石刻的土地神像，神像前的供案香爐，都是粗石鑿成的，上面堆積的灰塵，有寸來厚，這廟香火之冷淡，可一望而知。供案旁邊地下，仰面躺著一個衣不被體、瘦如枯臘的老人，蓬頭垢面，手腳挺直，像是早經斷了氣的！

智遠朝著那人拜倒下去，口中說道：「弟子智遠，特來恭送師尊一程！」

作怪！智遠的話才出口，那人已翻身盤膝坐起來，點頭應道：「很好，很好！周敦秉自作之孽，死本應該，祇因他存心尚不惡，且屢次救人於厄，立了些微功德，我可以幫你救他不死。不過李金鰲爲排教之首，平生功德極多。你須告知周敦秉，萬不可存報復之念！」劉景福說罷，端坐瞑目。

智遠也趺坐合掌，閉目念經。朱復在旁看劉景福的神情，已是死了，一會兒工夫，智遠立起身來，對朱復道：「去罷！此間的事，已經完了。」朱復即跟著智遠，走出土地廟，再回頭看廟裏時，劉景福已端坐在石供案上面。不由得心中詫異！暗想：剛才的神氣，不是和死了一般嗎？怎的一轉背，又坐在供案上了呢？忍不住問智遠。智遠遂將劉景福的履歷說出。

原來，劉景福是武岡州的人，他父親劉東平，在貴州做了好多年的武官，屢次因征苗族有功，陞到了參將。劉景福那時祇得十二三歲，跟在他父親任上讀書。

有一次劉東平帶兵和苗族開戰。苗族裏面有個會妖法的苗子，苗峒裏稱這苗子爲濟法師。濟法師使妖法，將劉東平打敗數次。後來劉東平用雞狗血及汙穢之水，把濟法師的妖法破了，並將濟法師活捉過來。照律，本應處斬的，但是劉東平很愛惜濟法師，想暗中留在跟前，以備他日征苗之用。

劉東平主意既定，便在私室提出濟法師來問道：「你的法術很好，我想用你將來征服諸叛苗，你願意爲我盡力麼？你願意，我便設法保全你的性命！」濟法師叩頭說願意。

劉東平又問道：「你經過此番汙穢之後，法術還能靈驗嗎？」

濟法師道：「祇須用清水沐浴一次，即無妨礙！」劉東平就將濟法師留在跟前，而以當場格斃，具報清廷。

濟法師感激劉東平活命之恩，終日在劉東平跟前，如僕從一般，並把姓名更改了。劉東平自從留了濟法師之後，在參將任上幾年，絕沒有苗族叛變的事發生。

濟法師遂也無所事事，祇每日等公子劉景福讀書放了學，陪著玩耍，時常玩些新奇把戲，給劉景福看。或是用分身法，現出無數的濟法師來，把劉景福圍住；或是用替換法，隨手指一張方桌，說是一隻牯牛，那方桌便立時成了牯牛。劉景福看了，自然高興，並糾纏著濟法師要學。濟法師總是推諉道：「這些玩意兒，公子學了沒有用處。公子祇認眞讀書，將來入學中舉，點翰林，做大官，等到做了大官，會玩這些把戲的人，看公子要多少，便能有多少來伺候公子，豈不比自己學了去伺候別人強多了嗎？」濟法師雖是這般勸說，然劉景福想學的心思，仍是毫不減少。

直糾纏了幾年，劉東平陞了江西的總鎭，快要啓程了，仍想帶濟法師同走。濟法師道：「小人受了活命大恩，本應隨侍終生，圖報萬一！奈小人除了懂得些微法術而外，全無可用的本領。並且大人此去江西，逆料沒有使用小人的事，等來生再圖報答高厚罷！」劉東平不便勉強，祇得由他告別。

濟法師向劉東平作辭之後，對劉景福說道：「公子屢次想從小人學法，小人因公子不是能學這些玩意的人，不肯傳授公子。於今小人將與公子分別了，倒想傳授公子一點兒法術。但不

知公子想學甚麼？」

劉景福聽了，異常欣喜。連忙問道：「我想學甚麼，你便傳我甚麼嗎？」

濟法師點頭應道：「公子思量停當了再說，說出口便不能更改的！」

劉景福少年心性，暗想：有許多希奇法術，他都做給我看過，都不過是玩意兒，學了無味。人最難看見的是鬼，我何不要他傳授我看鬼的方法呢？想罷，就對濟法師說：要學看鬼。

濟法師道：「好！學看鬼容易。不過公子想要看鬼，便不能害怕。公子今夜不要睡，小人傳公子的法。」

劉景福這夜二更時分，由濟法師帶到一座義塚山上。濟法師用手在地下畫了一個大圓圈，教劉景福盤膝坐在當中，自己陪坐在旁邊。問劉景福道：「公子坐在這裏，心中有些害怕麼？」

劉景福道：「有你在我跟前，我不害怕。」

濟法師笑道：「我不能隨時在公子跟前，公子害怕，卻如何能學法看鬼呢？」

劉景福道：「我學會了法，自然不會害怕。」

濟法師指著地下道：「我剛才畫的這道圓圈便是法。坐在這圈裏的人，祇要不動，不叫喚，無論甚麼鬼，也不敢近前。心裏儘管害怕，不跑出這圈子，是不妨事的。公子能忍耐著不跑出圈子，不叫喚麼？」

劉景福道：「能！」劉景福這能字才說出口，一轉眼已不見濟法師的蹤影了。心裏就吃了一個老大的驚嚇！滿想呼喚兩聲，祇因濟法師吩咐了，不能叫喚的，祇得坐著不作聲。這時正是九月間天氣，寒風振木，冷露沾衣，一輪清如水、明如鏡的月光，照得樹陰草影，在地下成種種奇形怪狀。加以微風撼動，儼然是山魈野魅，在那裏搖頭擺腦，將要撲近身來的樣子。

劉景福見了這種情景，已害怕得周身毛髮，都悚然直豎起來！而三百六十種的蟲類，一到秋天，都感各自的壽命，不能長久了，徹夜飲泣。有房屋居住，心中毫無所畏懼的人，聽了這種秋蟲唧唧的聲音，尚且無端要生出許多淒涼之感，何況劉景福在這恐怖橫生的時候，那裏還辨得出是蟲聲呢？簡直以爲是滿山的鬼哭神號！因此不但害怕得毛髮直豎，竟嚇得十萬八千個毛孔裏，孔孔淌出冷汗來；四肢百骸，沒一處能禁止得住發抖，抖得三十六顆牙齒，閣閣閣的響起來。

待欲遵守濟法師的吩咐，不叫喚，不跑出圈子，無奈害怕得太厲害，心想：若再不把濟法師叫出來，也會就這們嚇死！於是張開口要叫喚。祇是嚇極了的人，喉嚨裏彷彿塞了甚麼，再也叫喚不出。沒奈何，祇得要跑了，然叫都叫不出，又那能跑得動呢？劉景福到了這時，眞是心膽俱裂了！不過儘管心膽俱裂，濟法師仍是不見，既不能叫喚，又不能跑動，仍得坐在圈子裏面。接連出了幾陣汗，汗也出得沒有了，卻總匯到兩隻眼裏，變出眼淚直流！

正在急得哭了的時候，忽聽得耳邊有人輕輕的喚了一聲公子。劉景福聽得出是濟法師的聲音，回頭一看，濟法師仍坐在身旁，好像並不曾走動的樣子。不由得心裏又是喜，又是氣！指著濟法師說道：「你倒是一個好人，也不怕把我嚇死了！」

濟法師笑道：「公子已看見了鬼麼？」

劉景福舉眼向四周望了一望，樹陰草影，還在地下搖擺，蟲聲也還在耳邊號哭，實在不曾見著可指認為鬼的東西。祇得搖頭說：「沒看見。」

濟法師道：「公子既沒看見鬼，被甚麼東西嚇得要死呢？」

劉景福不服道：「這半夜三更，把我一個人坐在這叢葬山中，你連說也不說一聲便跑了，教我如何不嚇得要死？」

濟法師笑問道：「公子今夜已嚇到了極處麼？已害怕到了極處麼？」

劉景福道：「不能再嚇再害怕了，實已到了極處！」

濟法師點頭道：「可見嚇到極處，害怕到極處，也不過如此。公子要知道，如果有甚麼險事，害怕也是不中用的。公子既想學看鬼的法術，尤其不能害怕，一害怕便得受累不淺。公子經過了這番的大害怕，此後當不至有比剛才更害怕的境遇，公子放心便了。」

劉景福道：「方才我不曾見鬼，尚且害怕到這樣；若果眞見了鬼，不要把命都嚇掉嗎？」

濟法師搖頭道：「這是沒有的事。包管公子見了鬼，絲毫不至發生害怕的念頭。請公子將兩眼闔上。」

劉景福道：「這回你不走麼？」

濟法師笑道：「我走到那裏去？」劉景福見濟法師答應不走，遂將兩眼闔上，並暗中用手拉住濟法師的衣角。

沒一會工夫，彷彿身坐一處街市之中。來往的行人很多，各人所穿衣服的種類，也不一致：有穿現時衣服的；有穿演戲衣服的。閒遊的多，做事的極少。自肩以上，頭部都模糊辨認不清。仔細看時，手足不完全的、奇形異狀的、肩上無頭、用雙手捧著頭行走的，頸上掛一條繩索、吐舌出口外數寸的。

劉景福看了這些怪模樣的人，心中才頓然覺悟道：「濟法師教我看鬼，難道這些東西，就是鬼麼？是了！若是人，我坐在這街道當中，怎麼這些東西，全不覺我礙路呢？」

正在這般想念著，忽見一個身材高大的漢子，推著一大車箱籠，迎面直衝而來。驚得劉景福待起身避讓，那裏來得及！祇眼一瞬，那大漢已推著車從身上轅轢而去，然身上並不感覺有甚麼東西接觸。劉景福起初祇能看見前面的鬼物，漸久漸能同時看見左右兩旁的鬼物了；更坐一會，連從後面來的鬼物，也和在眼前一樣，看得纖悉靡遺了！

劉景福自己也不知道所以然，雖看了這們多鬼物，也不覺得可怕，祇覺種種模樣，看了都有些討厭，不耐久看，並且看了這們久，也看夠了！心想：濟法師原對我說了不走開的，此時卻不知道他走到那裏去了？

心裏才一動念，就覺有人在肩上推了一把，接著聽得說道：「公子不願意看了，請轉去罷！」劉景福驚醒過來，張眼一看，濟法師仍坐在身旁，四周情景，與未闔眼前無異。回想剛才所見，彷彿如作了一場春夢！

濟法師道：「公子的根基異常深固，大概出於公子的祖宗積累甚厚，食報在公子身上。左右後面的鬼物，公子能同時看見，這便是天眼通的根基。將來成就，未可限量！小人這一點兒法術，公子那裏用得著學？」

劉景福道：「不學便不能修練，不修練，有甚麼成就呢？」

濟法師道：「『生而知之者，上也！』這句書，公子不曾讀過麼？要學要修練才得成功的天眼通，便不謂之報通了！」劉景福當時聽了，也莫名其妙，就此一同回家。劉東平辦好了交代，即帶了家眷到江西上任。濟法師自回苗峒去了。

劉景福跟在總鎮任上，照常讀書。然自跟著濟法師，在義塚山上，看了那次鬼之後，每夜睡著，必見許多和那夜情形相同的鬼物。如此不間斷的，看了一個多月。心中一則有些害怕，二則有些生厭起來，忍不住將每夜見鬼的情形，並在貴州與濟法師看鬼的事，說給劉東平聽。

劉東平祇得這一個兒子，鍾愛得厲害。忽聽得有這種奇怪的症候，深恐因此壞了性命，請了許多有名的法師，來家給劉景福治鬼。治來治去，果然似乎有些效驗，夜間睡著不見鬼了。但是白天倒不能闔眼，一闔眼，就和夜間睡著一樣，甚麼鬼都看見！劉東平祇得又請些法師來治。治過之後，白日闔上眼，倒不見鬼了，然張開眼又看見！弄得劉東平沒了辦法，不能不聽之任之。而劉景福看鬼的程度，就因此日有進步了。初時祇能見鬼，半年之後，便能見神，然祇能見位卑職小的神。又過了半年，大羅金仙也能看見了。

劉景福說：「大羅金仙的陽氣太盛，僅能遠瞻，不能逼視！經自然的進步，五年後，才能與大羅金仙相近。數千里以外的事物，自然能通曉，和目擊的一般。所不能知道的，就祇佛法無邊，報通的資格太低，不足以測其高深。」劉景福既自然成功了天眼通，能省悟一切因果，便不願再墮塵劫。等到他父親劉東平一死，即將劉東平一生宦囊所積的財產，盡數拿出來，廣行功德。

但是劉景福的天眼通，雖然成了功，祇因他是無師承的，不曾用功修練的，便不能收徒弟。不能收徒弟，則法、財、侶、地四件之中，侶字就得不著，他爲得不著這侶字，遲延了三十多年，不能了道！不過他的神通，已能知道：智遠禪師因得不著一個地字，到處訪求，並知道：智遠的道行，也能前知，但所知的有限，沒有通天徹地的本領。有了智遠這樣徒弟，足能了自己的道果，而智遠名雖是徒弟，實則並無須從師父學習甚麼，祇須代智遠覓一個成道的地便了。劉景福通盤計算之後，才到那離周敦秉不遠的土地廟裏睡著。智遠一來，劉景福便成了正果。

這段故事，凡是湘潭縣年老的土著，十九能源源本本的說出來。那座土地廟，從這時起，即改名爲劉眞人廟。劉眞人的肉身，直到民國六年還巍然高坐在那石供案的上面，廟宇也加大了好幾倍，香火極盛！近年來湘潭屢遭兵亂，就不知道怎樣的了？祇是這些話，都是題外之文，不用多絮。

且說：智遠在路上將劉景福的來歷，略略的告知了朱復一番，已到了周敦秉家。據故老傳說，當日智遠和尚，眞個將周敦秉放入大甑之中，架起劈柴火，蒸了七日七夜。智遠親自設壇在大甑旁邊，朝夕作法，竟把周敦秉背上的七星針，蒸得拔了出來，周敦秉便回復了原狀！這種事實，雖是不近事理，然這部奇俠傳中的事跡，十有八九是這樣理之所無，事或有之的情節，因此不能以其跡近荒誕，丟了不寫！

閒話少說，再說，智遠禪師救活了周敦秉，即吩咐朱復道：「你快去江寧，救你的姊姊，和胡舜華兩人！我這裏有一封信，你好生帶在身上，到江寧即送呈參將慶瑞。救了你姊姊和胡舜華之後，回頭到萬載玄妙觀來見我。」說著，取出封信來，交給朱復。

朱復陡聽了這話，不知道自己姊姊和胡舜華，怎生到了江寧，又有了甚麼患難？心裏不由得著急，想問個明白再去。智遠已揮手道：「快去罷！到了江寧，自然知道。」朱復不敢多說，祇得藏好了信，即刻動身向江寧進發。智遠便去江西萬載，在玄妙觀修眞養性。

不知朱復怎生搭救朱惡紫和胡舜華？且待第三〇回再說。

施評

冰廬主人評曰：此回又從智遠和尚身上引出劉景福來，為奇俠傳中添一健者；真是層出不窮。妙在各人的師傳不同，稟賦亦不同。耐菴作《水滸傳》，寫一百零八條好漢，有一百零八副聲音笑貌；後之作長篇武俠小說者，莫不刻意摹之，然肖者實尠。今觀此作，庶乎近矣。

第三〇回　小豪傑矢志報親仇　勇軍門深心全孝道

話說：朱復奉了他師父的命，即時動身往江寧。到江寧的這日，即聽得滿城傳說：參將衙門裏，捉拿了兩個女刺客，年齡都在二十上下，都生得如花似玉，一個是道姑打扮。不知為甚麼事，要行刺參將慶大人？朱復一聽這種傳言，料知那兩個被捉的女刺客，必是自己的姊姊和胡舜華無疑。

祇猜不透自己姊姊，為甚麼會來這裏行刺？並且朱復暗想：自己姊姊的本領，很不為弱，又有胡舜華同行，參將雖說是武官，不過會些武藝罷了！如何竟能把兩個有道法、會劍術的人拿住呢？這不是奇事嗎？他兩個尚且被捉，我若憑本領去搭救，是決做不到的！師父有信在這裏，我且將信送進參將衙門，看是怎樣？著書的寫到這裏，卻要另起爐竈，從別一方面著筆寫來。

且說醴陵淥口地方，有一家巨富，複姓歐陽。兄弟二人，長名繼祖；次名繼武。兄弟分析了多年。繼武捐了一個小小的前程，在南京候補，家眷也都住在南京。繼祖少年時候，也曾在外省幹過些撈錢的差事，祇因他為人過於柔懦，凡事沒有決斷，以致無論甚麼好差事，總是以罣誤下場。繼祖四十二歲才得了一個兒子，取名后成。

古語說得好：有子萬事足。歐陽繼祖的家業，本來很厚，加以自己撈來的錢，總共也有十多萬，預計不但足夠自己一生的衣食，連子孫也夠混了，遂起了個林泉休養的念頭。全家回到淥口，過度安閒日月。歐陽后成的母親，雖是繼配，然此時的年紀已有三十多歲了。歐陽繼祖覺得沒有風趣，飽暖思淫欲，於是就在醴陵縣城裏，花錢買了一個姓毛的小家女兒做姨太太。

這時毛氏祇有一十八歲，在娘家已和一個姓潘名道興的道士通奸。潘道興略懂得些邪術，並會幾手拳腳，性情凶悍異常，時常在賭場裏，喝得大醉，與同賭的相打。誰也不敢惹他！毛氏本來生得有幾分姿色，十四五歲的時候，已惹得一般浮薄少年起鬨！

醴陵的淫風素盛，湖南那時六十三州縣，沒一縣有醴陵那們淫亂無恥的風俗。小戶人家的女兒，偷人養漢，照例算不了甚麼事，因此毛氏也無法獨善其身。一般和毛氏有染的，爲吃醋相打的事，不知鬧過多少次？直到姘識了潘道興，那些浮薄少年，都自料不是潘道興的對手，才一個個銷聲匿跡，不敢再上毛氏的門。

歐陽繼祖這回因有事到縣城，就住在毛氏隔壁，祇眼裏看見了毛氏姿色之美，耳裏卻沒聽得毛氏聲名之壞，所以花錢討了回來。毛氏初到歐陽家的時候，還安分做姨太太。過了幾月，就漸漸的嫌歐陽繼祖柔懦無用了，心裏念念不能忘情於潘道興。潘道興也丟不開毛氏，悄悄的到淥口來住著，一有機會，便與毛氏幽會。這種奸情事，兩方越混越情熱，便越熱越膽大！

兩人都欺歐陽繼祖年老懦弱，起初尚躲在外面相會，後來潘道興簡直偷進歐陽家裏來。一次卻被后成的母親撞見了，氣忿不過，將撞見時的情形，一五一十的告知歐陽繼祖。以爲繼祖聽了，必然大發雷霆，把毛氏驅逐不要。誰知繼祖不但不生氣，並疑心是后成的母親吃醋，有意栽誣，一面將后成的母親責罵了一頓，一面把這些話轉告給毛氏聽。毛氏自然指天誓日，撒嬌撒癡的哭鬧，繼祖倒百般的安慰毛氏。

毛氏從這番哭鬧之後，恨后成的母親入骨！暗地和潘道興商量，要將后成的母親害死。潘道興會苗族詛咒的邪法，祇須得著仇人的生辰八字，設壇詛咒四十九日，仇人便無病而死。潘道興被毛氏糾纏不過，自己也願意除去這個眼中釘，好與毛氏暢所欲爲，眞個施出那種邪法來。也是后成的母親，壽數有限！丈夫納妾，他心裏已是抑鬱不樂；加以因撞見毛氏和潘道興通奸的事，反受了丈夫的責罵，一肚皮怨恨，無處發洩。

女子的心性窄狹，處了這樣的境遇，便沒人用邪法詛咒他，也免不了一死。而潘道興正在施行詛咒法的時候，這消息又被一個忠於后成母親的老媽子知道了，不知輕重的，對后成母親一說。登時氣上加氣，便氣斷了氣了！

這時，后成已有了七歲。他母親在將要斷氣的時分，緊握了他的小手哭道：「好孩子！你

母親是被人害死的，你應永遠牢記在心上！將來長成了人，替你母親報仇雪恨！」后成的年齡雖小，心地卻極明白。當下跪著痛哭，發誓：必替母親報仇！他母親聽了這話，即瞑目而逝。后成伏在他母親屍旁邊，直哭得死去活來，幾日飲食不進口。毛氏看了后成這種情形，非常忿恨，借事刁唆繼祖，將后成毒打。

說也奇怪！后成的母親死了好幾日，家中平安無事，並沒發生甚麼怪異。自毛氏刁唆繼祖，毒打后成一頓之後，這夜毛氏和繼祖睡著，就夢見后成的母親，披散著頭髮，怒容滿面的走來，指著毛氏罵道：「你這淫婦，害死了我，還不足意，七歲的無知小孩，與你有甚麼仇怨？要刁唆他父親，將他這們毒打！」一邊罵著，一邊伸手來揪毛氏。毛氏嚇得大叫一聲，驚醒轉來。

繼祖也從夢中驚覺，忙問毛氏：為甚麼大叫？毛氏醒來半晌，一顆心尚兀自跳個不住，不敢直說夢中情景，拿別的言語胡亂敷衍了一會。自此每夜必夢見后成母親，前來斥罵，甚至將房裏的器皿，打得一片聲響。毛氏不由得害怕起來，又與潘道興商量。

潘道興道：「他既做了鬼，尚不安分。我救生不救死，衹得再下一番毒手了！」於是由毛氏拿出錢來，雇了幾個工人，半夜將后成母親的墳墓掘開。搬出棺木來，翻屍倒骨的弄了一會，用符水炒熱許多鐵蒺角和川豆子，蓋在屍骨上面，仍舊埋好。妖法果然靈驗！經潘道興這們做作一番之後，毛氏再也不夢見后成母親了，房中器皿也沒聲響了。

據潘道興說：已將后成母親的鬼魂，禁錮起來，非待六十年後，不能投生為人。毛氏這時心中的快活，自是形容不出，而忌惡后成的念頭，也就隨著這快活，繼長增高。

后成長到九歲的時候，歐陽繼祖見兒子生得聰明，七歲正是發蒙讀書的時候，就延了本地一個姓朱的秀才，到家專教后成讀書。這姓朱的雖是個落魄的秀才，為人倒還正直。因是本地方的人，知道歐陽家的事故，很有心想把后成扶植出來。

及至后成母親被毛氏詛咒死了，朱秀才知道底細，心裏很為不平。暗地勗勉后成：認眞讀書，不要悲哭，惹得毛氏忌恨。無奈后成的天性極厚，日裏當著人不哭，夜裏總是躲在沒人的地方，哭到夜深才睡。

朱秀才料知后成這種情形，決不能見容於毛氏。

潘道興是個無惡不作的人，在醴陵一縣，早已沒人不知道，沒人不畏懼，既能用邪法，害死后成母親，就不能連后成一同害死嗎？后成年紀太輕，不知道厲害。我和后成既有師生之誼，憑天良不能眼睜睜的望著他，給人害死。但是我一個落魄秀才，自己謀一身衣食的力量，尚嫌不足，還有甚麼力量能搭救后成呢？

明知繼祖是個沒用的昏瞶糊塗蟲，若拿這類話去和繼祖商量，不但沒有益處，反而促成毛氏謀害后成的決心。朱秀才思量了好幾日，卻被他想出一條門路來了！

這日借故向繼祖支了半年束脩。等到夜深人靜的時候，悄悄的將后成叫到跟前，問道：「你知道你死去的母親，是怎生死的麼？」

后成流淚說道：「我母親是仇人謀害死的！」

朱秀才一面拿手帕替后成拭乾眼淚，一面問道：「你母親的仇人是誰呢？」后成掩面不作聲。朱秀才又問道：「你母親的仇人，是不是你的仇人呢？」后成點頭應是。

朱秀才道：「你母親的仇人，能把你母親謀害死，難道你不怕你的仇人，也把你謀害死嗎？」

后成聽了這話，抬頭望著朱秀才，衹管哽咽著，說不出話來。

朱秀才看了后成那可憐的情形，也不禁流淚道：「好孩子，不用害怕，也不用著急！這地方，你是不能再住下去了。你父親懦弱無能，又被毛氏迷昏了，心目中除了毛氏，沒有第二個人。不論誰人說的話，你父親也不會聽。毛氏既能和潘道興將你母親害死，留下你在這裏，他們心裏必不安貼。

「他們若起念要連你一同謀害，並不是一件難事。你年輕固然不知道防範，衹是他們用的是邪法，任憑甚麼人，本也防範不了。我想你叔父現在南京，他爲人比你父親精明幹練，我少時也和他有點兒交情，不如將你送到他那裏去。他是個識大體的人，料不至漠視你。你願意去麼？」

后成道：「願意是願意去。不過我記得我媽在日，曾對我說，叔叔的家離這裏遠得很，怎麼能去呢？」

朱秀才不覺破涕爲笑道：「儘管再遠些，那有不能去的道理？路費我都已安排好了，你既願意去，我們此刻就走罷！明日你父親不見了你，是要著急，派人尋找的，但是毛氏必巴不得你走開，或者還阻止你父親，不許尋找。好在我獨自一個人，沒有家室，你父親雖明知是我帶著你走了，他也沒法能奈何我！」

后成見有自己先生同走，膽量就大了。當夜遂胡亂揀了幾件隨身要穿的衣服，做一個小包袱綑了；朱秀才也衹帶幾件衣服，並那半年束脩。師徒二人偷著從後門走出來，到江邊上了行走長沙的早班民船，不待天明便離開了淥口。由長沙一路水程到南京，途中有朱秀才照應，不

到半月，已安然到了南京。

這時，歐陽繼武在兩江總督衙門裏當差，公館在參將衙門隔壁。歐陽家的花園和參將衙門的花園，祇隔一堵短牆。那時參將是旗人慶瑞。慶瑞雖是鑲黃旗的人，學問人品在漢人的武員中，都很難得。歐陽繼武歡喜賦詩，和慶瑞極要好，彼此往來，無間朝夕。慶瑞因走大門出入，彼此都有不甚方便，特地將花園短牆打通，安一扇便門，名作「好順門」，慶瑞不到歐陽家來，繼武便過慶瑞那邊去。歐陽繼武看慶瑞在南京，最要好、來往最親密的朋友，除了自己而外，就祇一個姓方名振藻的。

方振藻不知是那一省的人，年紀四十來歲，生得凶眉惡眼，滿臉橫肉。一沒有一定的職業，二沒有一定的居處，時常喝得大醉，跑到參將衙裏來，問慶瑞要銀子去做賭本。慶瑞總是殷勤招待，方振藻要多少銀兩，慶瑞便如數拿給他。歐陽繼武見過無數次。慶瑞有一次拿銀子遲了一點兒，方振藻趁著酒興，竟拍桌大罵慶瑞。慶瑞祇是笑嘻嘻的陪不是，方振藻還是忿忿不平的，拿著銀子去了。

歐陽繼武看了，心裏實在代慶瑞不平。問慶瑞道：「軍門該欠了方君的銀子嗎？」

慶瑞笑道：「你看他是能有銀子借給我的人麼？」

歐陽繼武道：「然則方君憑甚麼，屢次向軍門強要銀子呢？」

慶瑞搖頭道：「他並不曾向我強要，是我願意送給他用的。」

歐陽繼武聽了不明白，接著問道：「方君和軍門是有親麼？」

慶瑞說：「不是，是很要好的朋友。」

歐陽繼武心想：慶瑞雖是武職，卻是個文人，並且是世襲的武職，非寒素起家的可比，怎麼會有這們一個很要好的朋友呢？因問慶瑞道：「我聽說方君在外面的行爲，很不免有些失檢的地方，軍門也微有所聞麼？」

慶瑞道：「不知你所謂失檢的地方，是指那一類而言？」

歐陽繼武道：「酗酒行凶，賭博相打，固是方君每日必有的尋常事。好像我還聽得人說：他在這南京城裏，行強霸佔有夫之婦，並將人丈夫打傷的事，已做了好幾次了！一般受他欺陵的人，就因他是軍門要好的朋友，不能奈何他。軍門耳裏也曾聽人說過這些事麼？」

慶瑞點頭歎道：「何嘗沒聽人說過，我就因爲他是我要好朋友，不能將他怎樣！」

歐陽繼武道：「不能勸他改過麼？」

慶瑞道：「他肯聽我勸倒好了。」歐陽繼武不好再往下說，然心裏很不以慶瑞這般對待方振藻爲然。疑心慶瑞有甚麼不可告人的陰私，被方振藻抓住了，因此不敢與方振藻反臉。歐陽繼武一有了這種疑心，對慶瑞也就漸漸的冷淡了，慶瑞到歐陽家三四次，歐陽繼武才肯去回看一次，慶瑞倒一點兒不覺著的樣子。

這日，朱秀才帶著歐陽后成來了。歐陽繼武一聽朱秀才說出來投奔的原由，也很覺得凄慘，並十分感謝朱秀才護送后成的盛意。當下收拾了兩間近花園的房間，給朱秀才和后成住。歐陽繼武的子女，年紀都衹得三四歲，繼武把后成作自己兒子看待。繼武的夫人也很賢淑，后成住著，倒比在家適意。繼武見朱秀才這般仗義，甚是欽佩，就留在家中，仍教后成的書。后成雖則住在這裏比在家適意，然每到夜深人靜的時候，想起母親慘死，自己不知要到甚麼時候，才能報仇雪恨，不由得又傷心起來。卻又不敢哭出聲，怕叔父、嬸母聽了難過。總是躲在花園角上，一株老梨花樹下嚶嚶的啜泣。那梨花樹距離歐陽家內室遠，距離慶瑞的書房很近。

慶瑞這夜因在書房裏有事，直到三更時分，還不曾安歇。忽聽得花園裏，有哭泣的聲音，很吃了驚！連忙走到花園裏細聽，哭聲從短牆那邊，梨花樹底下傳來。慶瑞身體矯健，一縱身就到了梨樹旁邊。這時后成衹顧拿手膀靠著梨樹，頭伏在手膀上，抽咽不止，並不知道有人從牆頭上飛過來了。

慶瑞有幾日不曾過歐陽家來，不知后成師徒來投奔的事。一時忽見這們一個小孩，獨自在這人跡輕易不到的地方，傷心痛哭，自不能忍住不問，遂輕輕在后成頭上，拍了一下，問道：「你這孩子是那裏來的？在這裏哭些甚麼？」

后成不提防有人來，倒著實嚇了一跳！忙止了哭聲，抬頭一看，借著星月之光，見是一個儀表魁偉的人，慈眉善目的，望著自己，好像很希望自己快些回答他的模樣。后成看了，覺得詫異！暗想：叔叔家裏，並沒有這們一個人，這人是那裏來的呢？並且他走到我跟前來，怎的一沒聽得門響，二沒聽得腳聲呢？

后成心裏既有這種疑慮，便不先回答，反問慶瑞道：「你老人家貴姓？是怎樣進這花園來的？」

慶瑞一聽后成的口音，和歐陽繼武相似，又見出言從容有禮，已料知必是繼武的同鄉或親屬。遂笑答道：

主。」

「我是隔壁慶家的（旗人本無族姓，漢人每以其名字之第一字為姓。例如：呼榮祿為榮中堂，呼端方為端撫台），你是歐陽家甚麼人？有甚麼事，受了委屈？儘管向我說出來，我能替你作主。」

慶瑞這替后成作主的話，不過是哄騙后成，想后成說出所受委屈來的。在慶瑞這時心裏，以為小孩便受委屈，也不過是要吃甚麼沒吃著，要穿甚麼沒穿著，或者因頑皮被大人責罵了，一時難過，就哭了出來。

而后成是個有根基的小孩，初到歐陽繼武家的這日，就聽得他嬸娘對他說過隔壁是參將衙門，參將慶瑞和他叔叔很要好的話。一聽慶瑞的言語，心裏也料知這人必就是慶參將，遂對慶瑞說道：「你老人家就是慶老伯麼？我叫歐陽后成，才從醴陵到我叔叔這裏來的。」

慶瑞既和歐陽繼武深交，繼武有兄有姪在醴陵居住，是知道的，當下點了點頭道：「不錯！令叔曾對我說過，他有個哥子住在醴陵，他姪兒已將十歲了。你甚麼事，這時分一個人在這裏哭呢？你叔叔打了你麼？」

后成連忙搖頭道：「叔叔很歡喜我，不會打我。」

慶瑞笑道：「然則你嬸娘打了你麼？」

后成也搖頭道：「嬸娘更不會打我。」

慶瑞道：「你這孩子眞奇怪！既是沒人打你，你半夜三更的，獨自躲在這裏哭些甚麼呢？也不怕你叔叔、嬸娘聽了不快活。」

后成道：「我就為的是怕叔叔、嬸娘聽了不快活，才獨自躲在這裏哭，沒想到驚動了老伯。下次再不敢到這裏來哭了！」說罷，轉身要走的樣子。

慶瑞聽了后成這幾句話，又看了后成的舉動，覺得不是尋常小孩，鬧穿鬧吃和受了責罵的哭法。不問個明白，似乎有些放心不下，遂伸手攔住后成，隨握了后成的小手，說道：「你同到我那邊去玩玩好麼？」

后成仍低頭用手指著眼淚，說道：「今夜已深了，明日當隨叔叔到老伯那邊請安。」

慶瑞不依道：「夜深沒要緊。來罷！」說時，拉著后成便走。開了好順門，把后成引到書房裏。就燈光看后成生得貌秀神清，姍姍如有仙骨，心裏不禁欣喜道：「你為甚麼事哭，說給我聽？我總有力量，替你作主！」

后成見慶瑞盤問，不能隱瞞不說，祇得將家裏的情形，和盤托出的，說了一遍。說完了，又掩面抽咽起來。

慶瑞聽了，陡然站起身，咦了一聲道：「有這種事嗎？」仰面望著天花板，出了半晌神，才向后成道：「祇管哭些甚麼，專哭就算報了仇嗎？我問你，你想報仇不想報仇？」

后成道：「除卻我短命死了，就不報仇！」

慶瑞點頭，問道：「你打算怎生報法？」

后成道：「先生曾對我說過，要我發憤讀書，將來進學中舉點翰林，做了官，這仇便能報了。」

慶瑞道：「若是你命裏沒有官做，不是一輩子也不能報仇嗎？並且你也得打算打算，你此時還祇十來歲，也不曾讀幾年書，好容易由你的心願，要進學便進學，能中舉便中舉，想點翰林做官，就點翰林做官嗎？即算件件都如了你的心願，毛氏和潘道興兩個東西，能長久留著性命在醴陵，等你發達了去報仇麼？」

后成道：「我也就爲這個，不知道何時才能報這大仇，所以越思越傷心，忍不住就哭了！」

慶瑞重復握了后成的手，歎道：「精誠所至，金石爲開。這也是你的純孝，感動神明，才得在這時遇了我。你祇要肯聽我的言語，我包管你在數年之內，如願相償。」

后成即忙跪了下去，說道：「老伯使我能在數年之內報仇，老伯就教我去死，也心甘情願！」

慶瑞拉了后成起來道：「你今夜且回那邊去睡了，有話明日再說。不可再和剛才一樣，獨自躲著哭了。」后成答應著，自回這邊安歇了。

次日上午，慶瑞來會歐陽繼武，見面便笑著問道：「令姪從醴陵來好幾日，你怎麼也不帶他到我那邊來玩玩呢？是你的姪兒，就不算是我的姪兒嗎？」

繼武也笑道：「鄉村裏初出來的小孩，一點兒禮節也不懂得，沒得見笑，因此不曾帶過來給軍門請安。」

慶瑞道：「這話不像你我至好兄弟說的。聽說還有一位西席同來的，何不請他出來見見呢？」

歐陽繼武即教人把朱秀才和后成請出來。見禮後，祇閒談了幾句，慶瑞便向繼武說道：「我看令姪的氣宇，將來必成大器。我心裏不知怎的，非常愛他。」

繼武笑道：「這就是舍姪的福氣。」

慶瑞道：「你打算就請朱先生，在這裏教他讀書麼？」繼武點頭應是。

慶瑞道：「我的大小兒，今年也有八歲了，去年就打算延先生到衙門裏教讀，祇苦一時得不著相當的人。難得朱先生到了這裏，我想和你商量，屈朱先生到我那邊去住，令姪也一同過去，我以為你們叔姪生親了，督率恐不免有難嚴密的地方，不如我替你代勞的好些。你的意思以為怎麼樣？」

繼武聽了，那有不願意的道理呢？即忙立起身拱手笑道：「得軍門這們格外栽培舍姪，這小子的造化，眞是不小。便是朱先生，也和我是總角之好，我素知他的性格。今得托庇軍門宇下，必十分相宜。」慶瑞異常高興。

次日就親自送了聘朱秀才的關書，並贄敬銀兩過來，朱秀才遂帶后成到參將衙裏教書。慶瑞因心愛后成，白天教后成跟著朱秀才念書，夜間帶著到上房裏睡覺。朱秀才和歐陽繼武，自是都巴不得后成能得慶瑞的歡喜。

后成在慶瑞上面房裏睡了幾夜，這夜慶瑞對后成道：「你想由讀書發展了再報仇，既是來不及，就衹有於讀書之外，另學一點兒報仇的本領。我這裏有個人，本領極好，就是人品壞些，你專學他的本領，不學他的人品，是不妨事的。你願意，我就求這人收你做徒弟。」

后成道：「老伯教我怎樣，我便怎樣，衹求老伯作主便了！」

慶瑞即點頭起身出去。一會兒同一個彪形大漢，走了進來。

后成偷眼瞧那大漢，醉態迷糊，斜披著一件衣服在背上，敞開胸膛，露出漆黑的一片汗毛來。行動時昂頭天外，好像惟我獨尊，不把世間一切人物，放在眼裏的樣子。進房就踞坐在上面一張椅上。慶瑞很誠敬的將后成來歷，略向這人說了一遍，這人鼻孔裏哼了一聲。

慶瑞招手教后成過去拜師，后成低頭過去，恭恭敬敬朝這人拜了四拜。這人雷也似的吼了一聲道：「錯了，錯了！」拔地跳起身，往旁一閃。嚇得后成幾乎抖起來，不知自己甚麼事錯了。便是慶瑞也驚得呆了，望著這人發怔。

這人仰面朝天，好像默祝甚麼。一會兒走到后成跟前，拉起后成來問道：「你認識我麼？」

后成心裏好笑。暗想：我從來不曾見過面，怎麼會認識呢？然心裏雖是這們想，口裏卻答道：「認識。」

這人大笑道：「我也知道你必認識我！」

慶瑞覺得后成的話，答得奇怪！這孩子才到南京來，怎麼會認識的咧？遂向后成問道：「你怎麼會認識呢？」

后成還沒回答，這人已大聲說道：「認識，認識！不是冤家是對頭！」遂望著后成指了他自己的鼻尖道：「方振藻便是我。成全你的孝道是一件好事，但是除了這房裏，你我三個人而外，是不能給第四個人知道的。你從此白天仍照常讀書，夜間我來傳你的本領。你本領到手的這一天，就是我成全你的日子。但是我成全了你，你也肯成全我麼？」

后成見方振藻酒醉得舌頭都大了，說出些話來，都在可解不可解之間。心想：他成全我是不錯，但是怎麼倒問我肯不肯成全他呢？我既受了他的成全，就祇怕我沒有力量，我若有力量能成全他，而他又恰好有事須我成全，我豈有不竭力成全他的道理？后成正在這們思索，方振藻已現出很惶恐的樣子，很失意的眼神，望著后成催促道：「你怎麼不好好的回答我呢？」

后成祇得答道：「師父若有須弟子成全的時候，弟子有一分力量，盡一分力量！」方振藻聽了，長歎一聲，也不說甚麼，提步往外便走了。慶瑞和后成都送出門來，方振藻頭也不回的去了。

后成摸不著頭腦，跟在慶瑞後面，回身到上房。慶瑞問后成道：「你師父問你認識他不認識他，你回答認識，你畢竟認識他麼？」

不知后成怎生回答？且待第三一回再說。

施評

冰廬主人評曰：古詩青竹蛇兒口一首，末句謂最毒婦人心。其實天下婦人，不能一筆抹煞。惟淫蕩之婦，其心皆毒。作者寫毛氏之淫，既淫到極處，即毒亦毒到極處。吁！可畏哉！淫婦也。

第三一回　入深山童子學道　窺石穴祖師現身

話說：后成見慶瑞問他：畢竟認識方振藻麼？即答道：「老伯教我拜過師之後，師父問我：認識他老人家麼？我本來是不認識的。不過我想：既已拜過了師，師父問我認識不認識，我若回答不認識，不成了弟子不肯認師父的罪嗎？因此祇得回答認識。其實我認識的，僅認識是我的師父；未拜師以前，師父若問我認識不認識的話，我必回答不認識。」

慶瑞點頭歎道：「凡事皆由前定，非人力所能勉強！」

后成心裏著慌道：「師父怪我回答錯了，不肯收我做徒弟了麼？」

慶瑞連連搖頭道：「不是，不是！這話此時不能對你明說。你去安歇罷。你師父吩咐你：不許給第四個人知道的話，你須牢記在心，不可忘了！明晚你師父必來，傳你的本領。」后成聽了，才把心放下，忙答應不敢忘記。這夜后成安歇了。次日早起，仍照常從朱秀才讀書。

到初更時分，后成在慶瑞跟前坐著。一會兒，方振藻來了，這夜卻不似昨夜那們爛醉糊塗的樣子。后成慌忙起身，上前給方振藻請安。方振藻笑嘻嘻的握了后成的手，問道：「學本領有三不得，你知道麼？」后成這番便不敢亂答了，回說不知道。

方振藻伸左手倒著指頭計數道：「學本領的人，膽小不得，偷懶不得，亂動不得！這屋子裏面，不是學本領的地方，學本領得到城外山上去。你若膽小害怕，便學不著本領；你害怕不害怕呢？」

后成心想：既說害怕便學不著本領，我如何能說害怕？我學了本領，替母親報仇；我母親必然暗中保佑我，我還害怕甚麼呢？遂向方振藻答道：「不膽小，不害怕！」

方振藻點頭道：「祇要你不膽小害怕，不偷懶、不亂動兩件，就不應說了！好！我們就去罷。」

慶瑞起身對方振藻拱手道：「恭喜，恭喜！」

方振藻也答禮道：「托福，托福！」

后成看方振藻答禮時的神色，很露出不快的樣子，也猜不透是甚麼意思？

當下方振藻帶領后成出來，在黑暗地方行走。沒一會，后成的兩眼神光滿足，仔細向四處一望，覺得所走的並不是街道，已像到了野外的光景。隨即走上了一座高山。

方振藻忽停步回頭說道：「這所在最好！你就這塊方石上坐下來，我傳授你的口訣。」

后成即在所指的石上坐下。方振藻將入道的口訣，細細的傳授了。

等后成心領神會了，說道：「修道的人，在修練的時分，不能有外物分心！你祇顧坐在此地，依我傳授的，勇猛做去，就有山魈野魅，前來侵擾，你都不要去理會他。我有符咒在你所坐的石上，你不離開這塊石，不論甚麼東西前來，你都不用害怕。離開了這石，我便不能保你了，所以說亂動不得。」后成一一答應了，轉眼便不見了方振藻。

十來歲的小孩，教他一個人，在半夜三更的時候，獨自坐在深山窮谷之中；雖說師父教他不害怕，其實何能免得了心中的恇怯！還虧了是歐陽后成，替他母親報仇的心急，每害怕到了極處的時候，一轉念他母親慘死時的遺囑，若害怕便不能報仇，膽氣就登時壯了！

這夜照著方振藻傳授的口訣，做到聞得遠處雞叫的聲音了，方振藻忽從身後走出來，說道：「天光快亮了。第一次修練，早點兒回去休息罷。等工夫略有進境，再慢慢的把時刻加多。」后成見是師父來了，連忙起身應是。

方振藻挽了后成的手，一步一步的走下山來。后成留神細看所經過地方的情景，剛行到山腳下，覺得兩腳軟了一軟，以為踹著了甚麼軟東西，低頭看時並不見有甚麼！再抬頭看兩邊，祇見兩面都是房屋，原來已在街上行走；忙回頭看後面的山，卻已一點兒山影都不見了。心裏自是很疑惑，然不敢開口問方振藻。從那山腳下走起，不到一百步遠近，便已是參將衙門了。方振藻引后成從後門進去，直送到后成睡的床上，教后成安心睡覺才去。

從此方振藻每夜必來，引后成去那山裏修練，雞一叫就送后成回來睡覺。如此不間斷的修練了半年，方振藻對后成道：「於今你可再增加修練的時刻了！」當下又傳授了些道術。

每夜直修練到紅日東升，方振藻才送他回來。后成因夜間不能休息，祇得趁上午睡一兩個時辰；朱秀才教慶瑞兒子讀書的時候，后成仍須趕著同時受課。因此朱秀才並不知道后成有學道的事。

后成這夜正坐在那山中石上修持的時分，忽一陣風吹來，直吹得四圍樹木亂搖亂擺。隨聽得一聲大吼，山谷響應的聲音半晌不絕。

后成祇是十來歲童子，半夜獨自在無人的山中，猛不防遇了這種現象，雖說他已經從方振藻修練了半年，然實用驅邪辟怪的法術，尚不曾學得，一時怎能夠不驚慌失措！遂舉眼向四處張望，祇見一隻水牛般大的斑毛大蟲，已山崩也似的迎面撲將下來，嚇得后成仰天便倒！但是他身體雖被嚇倒了，心裏卻還明白，打算翻身滾下石來好跑。

陡然間暗自轉念道：「跑不得！師父不是曾吩咐我，祇要不離開這塊石頭，不論甚麼東西也不能近身的嗎？」他心裏既有此轉念，便仰面躺著不動。

一會兒沒聽得甚麼聲息，逆料那大蟲早已走了，仍掙扎起來坐著。哎呀！大蟲那裏肯走呢？支起前腳，坐下後腳，踞在后成前面；兩隻賽過燈籠的眼睛，睜開望著后成，瞬也不瞬一下，更從鼻孔裏發出一種驚天動地的哼聲來！后成這次的膽量，便大了些兒，知道這大蟲坐著不敢上前，確是因石頭上有師父的符籙；自己祇一離開這石頭，便成虎口裏的肉食了！

那大蟲守到雞聲高唱，才立起身來，將前兩爪抓地，墊下腰子，把身體伸長，抬頭張口，打了一個呵欠，再豎起那條旗桿也似的尾巴，朝天裊了幾裊；上半截身體往前一縱，兩條後腳也和前爪一般的，在地下用力一抓，然後發一聲狂

吼。吼聲未止，大風已隨著吹得滿山樹木嘩嘩的響，那大蟲便跟著那陣風，祇一躍，即躥入樹林中去了。

后成暗道：「好險！虧得我今夜尚不曾離開這石頭！若和前昨幾夜一樣，坐久了支持不住的時候，每在樹林中遊走一會，在那時遇了這孽畜，我還有命嗎？師父的法力雖大，祇是沒有前知的本領；一時不在跟前，也不能救我！我若早知道這山裏有虎，無論如何也不敢獨自坐在這裏修道了！」后成一個人思前想後，要想出一條安全的方法；看看想到天光大亮了，卻不曾把安全方法想出來！

這時一輪紅日，剛剛冒出地面，后成因身在高山之上，受日光最早。方振藻所傳授他的功課當中，原有一種應迎著初出地的日輪做的。然后成這時，一則因驚嚇過甚，二則因思慮過多，竟不能和平日一般的做得順利！后成祇得停了不做！想借著這時師父沒來，仔細看看四周山勢。他在這山上修了大半年的道，祇因每次都是深夜來，絕早去，全沒有給他細看山勢的餘閒與機會。

這時后成就立在那塊石頭上，回身朝上面望去，祇見一片青翠欲滴的樹木，頂著滿枝滿葉的露珠兒，好像在那裏與初出的陽光，爭輝鬥麗。陽光漸漸的上升，直射入樹林裏面。后成隨著陽光的射線，看一片樹林過去，有一個石巖；石巖裏黑洞洞的，也看不出有多深，並巖裏有甚麼東西；因那石巖的縫口，不過尺多高；人非匍匐不能進去，所以看不清裏面。

后成正想走近那巖跟前去，看個停當；湊巧那輪紅日，一步一步的升上，恰在這時候，陽光與巖口，成一平行線；陽光遂射進縫口去了，頓時照得巖裏通明徹透！后成趁著陽光朝裏看時，衹見一張四方的石桌上，端坐著一具骷髏白骨，渾身沒一些兒皮肉。后成不覺吃了一驚，再舉眼看時，日輪又移上了些兒，衹看得見石桌，石桌上的骷髏便已看不見了，一瞬眼間連石桌都不能見了；裏面仍是黑洞洞的，回復了沒有陽光以前原狀。

后成方在驚疑的時候，忽聽得後面有人笑問道：「瞧見了甚麼，立在這裏發癡？」后成轉身看時，原來是師父來了。遂將所見情形說給方振藻聽，問石巖中骷

髏是甚麼人？

方振藻笑道：「你要問這骷髏麼？這骷髏便是你祖師的法身！你是不能褻瀆他的，快跟我

回去罷。我今天有事，要五百兩銀子應急，我又不願到慶家去拿；我知道你叔叔很有錢，你去給我借五百兩銀子來罷！」

后成一聽這話，比昨夜遇見大蟲時還要嚇得厲害！暗想：我叔叔儘管有錢，我一個小孩子，吃他的，穿他的，無緣無故要這們多銀子幹甚麼呢？叔叔祇要問我一句，我便沒有話回答。后成心裏這們思量，口裏卻不敢拒絕。方振藻不待后成回答，彷彿覺得后成不能不答應他似的，遂挽著后成的手，送回參將衙門。

后成因有這件大事，橫梗在胸中，連飯也吃不下。加以昨夜受了大蟲的驚，竟倒在床上不能起來。慶瑞親到床前問病，后成將遇大蟲和看見祖師法身的事說給慶瑞聽，並說說當時被大蟲嚇倒的情形。

慶瑞問道：「你遇大蟲的話，曾對你師父說過麼？」

后成說：「不曾。」

慶瑞道：「你爲何不說呢？」

后成道：「不是不說，因爲師父來的時候我正在看見祖師的法身，急於要問師父是甚麼人的骷髏；師父告訴我是祖師，接著就說他今天有事，要五百兩銀子應急，教我去叔叔那邊去借來給他。我聽了心中一著急，便將遇大蟲的事忘了！」

慶瑞點點頭道：「原來是這們一個原由！」慶瑞一面說，一面低著頭，好像思索甚麼；一會兒仍望著后成說道：「我就拿五百兩銀子給你，你去送給你師父，你不用為難不好向你叔叔開口。」后成正要說：這如何使得？慶瑞已轉身出房去了。

不一刻，捧了五個很沉重的紙封，走來擱在后成床上，說道：「等歇你師父來了，你就交給他便了。」

后成感激得說不出話來，衹光著兩眼問道：「師父若問銀子是那裏來的，我說是老伯給的好麼？」

慶瑞搖頭躊躇道：「說是我給的也不大妥當！」

后成道：「我斷不敢無故向叔叔要這多銀子，衹好向師父直說。我在老伯這裏的日子已不少了，師父向老伯要銀子的事，也不知見過了多少次？今天大約是也有些不好意思起來了，所以教我去叔叔家要！論師父成全我的恩德，休說五百兩，便是五千兩，衹要我能拿得出，也應送給他老人家用，無奈我做不到！實在恐怕他老人家，見我這次在叔叔家能拿得出，下次手邊沒了錢又向我開口，師父已是累了老伯，我不也跟著使老伯受累嗎？因此不敢不向師父直說！」

慶瑞仍是搖頭道：「不妥，不妥！你師父的性格，我深知道。他衹要有銀子到手便拿著去揮霍，並沒有問這銀子來歷的工夫！他既不問你，你又何必說出來呢？你若開口就向他說：這銀子是慶老伯拿來的，他一定倒要對你發脾氣，說你不聽他的話！你等他來時，祇這們說就得了：師父吩咐辦五百兩銀子，已遵命辦好在這裏了，請帶去使用罷。」

慶瑞說到這裏，忽停了不說。即聽得外面腳步聲響，方振藻已喝了個八成醉意，一路歪斜的走進房來。進門就要問話的神氣，一見慶瑞坐在床邊，便不說甚麼了。后成遂照著慶瑞的話，對方振藻說了一遍。方振藻果然不問銀子來歷，歡天喜地的將銀封揣入懷中；邊揣邊笑著說道：「正等著要這銀子使用！我也不坐了，回頭再見！」一掣身又往外走了。

慶瑞見方振藻去得遠了，才說道：「學道的人，每夜獨自在深山之中修練，大蟲自然是可怕，就是旁的野獸猛然間遇見也討厭！我於今借給你一件防身的好東西，不要給你師父看見；不問甚麼猛獸，禁當不起一兩下！」

旋從袖中抽出一件黑黝黝的東西，約有四五寸長；遞給后成手中，說道：「這是從外國買來的手槍。這東西厲害得很，一連打得六下，幾十丈遠近打去，人畜立時倒地！你帶了這東西在身邊，便有三五隻大蟲來，也可一一的打死！」后成連忙雙手接著。慶瑞詳細告知了打法，教后成好好的藏在身邊。后成收藏起來。從此每夜帶著入山修練，膽氣粗壯了許多。

如此每夜勤修苦練，又整整的過了一年。祇因沒有機會，給后成試驗；雖苦練將近兩年，

然究竟不知道自己的道法，練到了甚麼程度？但是后成也不著急，方振藻傳授他甚麼，他便修練甚麼。不過夜間因修練的時間太多，上午須睡一會兒，下午方能讀書。

朱秀才不知道后成拜方振藻爲師的事，總怪后成偷懶，屢屢責備后成道：「你母親臨終的遺囑你都忘了麼？此時不發憤讀書，將來有你報仇雪忿的分兒嗎？」后成每聽朱秀才提到他母親遺囑的話，觸動了傷痛之心，祇是嗚咽的哭泣！因方振藻曾吩咐不許告人，也就不敢把夜間修練道法的話，對朱秀才表明自己不是偷懶！

這日下午，后成將讀書的功課做完了，朱秀才對后成說道：「時常來這裏，纏著軍門要錢的那個痞棍似的人，你知道他於今撞下了大禍麼？」后成知道所說的便是自己師父，不由得吃驚問道：「撞下了甚麼大禍呢？」

朱秀才道：「就在離這衙門不遠，有一家姓屈的，夫妻兩個和一個七十六歲的老娘、一個五歲的小孩，全家四口人，昨夜都死在這痞棍方振藻手裏！你看，慘也不慘！是不是一樁大禍？」

后成連忙問道：「那一家四個人，爲甚麼都會死在他一個人手裏咧？又怎麼知道是他咧？」

朱秀才道：「說起來，連我都恨不得要吃他的肉！但是他於今已不知逃到那裏去了！滿城的人動了公憤，要捉拿他，沒把他拿住！原來，這姓屈的妻子雖有三十多歲的年紀，聽說風度卻還不惡。在我們還到這裏以前，不知方振藻用甚麼法子，將姓屈的妻子強奸了。強奸之後，更霸佔起來。那妻子不待說，不是一個有貞操的女子。然姓屈的不是個全無廉恥的人，見自己妻子被全城都知道的第一個窮凶極惡的痞棍佔住了；而自顧力量，又奈何方振藻不得，祇好忍氣吞聲的走開了。走到了甚麼地方，並沒人知道。

「方振藻巴不得姓屈的走開，公然毫不避忌的，將屈家當他的外室。左鄰右舍的人看了這種事，都早已替姓屈的不平；而屈家婆媳，因家計艱難，貪圖方振藻的手頭散漫，倒不計較，竟相安無事的過了一年。近來方振藻不知又強佔了一個甚麼女子，將屈家的生活不顧了。前幾天，姓屈的忽然回來了。左右鄰居以爲方振藻已多日不到屈家來了，姓屈的便回家，也不至有亂子鬧出來！

「誰知姓屈的這天才回家，第二日鄰居就聽得方振藻在屈家大聲罵人。昨夜有人見方振藻喝得大醉，走路一偏一倒的，走進屈家去了，一夜並沒人聽得屈家有甚麼聲息。今日上午，大家都差不多要吃午飯了，還不見屈家有人開大門。鄰居疑惑起來，就約了好幾個人，去敲屈家的門。敲了一會，不見裏面答應。衹得撬開門進去，一看全家老幼四口，都死在床上，但是四人身上，經仵作驗了，全沒一點兒傷痕，也不像是中毒死的！」

后成聽到這裏，問道：「既沒有傷痕，又不像中毒，卻何以知道是死在姓方的手裏呢？」

朱秀才道：「就為的死得這們奇怪，大家才能斷定是方振藻害死的！因為南京城裏有多少人知道方振藻會邪法，要殺死幾個人，不算一回事！聽說曾有人和他同賭，三言兩語不合，吵起嘴來；方振藻衹指著那人罵一句：我若不教你明天不能吃早飯，你也不知道我方振藻的厲害！那人回家，次日早，果然沒一點病就死了！」

后成口裏不說甚麼，心裏很不以自己師父的行為為然！不過又著急自己的道法不曾練成，師父卻犯了人命案件逃了；以後修練，不得指教的人，悶悶的回到上房。看慶瑞的神情，好像並不知道有這回事似的，后成也不敢提起。這夜等到平時入山修練的時候，方振藻仍照常來引后成入山；后成見師父並不曾逃走，也就不把屈家的事放在心上了！

又修練了三個月。這日方振藻神色驚慌的，跑到參將衙門裏來；一見慶瑞的面，即對慶瑞雙膝一跪，說道：「你今日得救我一救！」

后成在旁看了這情形，很覺得詫異！暗想：我從來沒見過師父有這種驚慌的樣子。不知方振藻畢竟爲甚麼事求慶瑞救他？且待第三二回再說。

施評

冰廬主人評曰：作者寫后成報仇心切，不畏艱險困難，以求得達厥志。與第一集寫柳遲學道心切，秉一片至誠心，訪師求學，遙遙相應。中間夾入方振藻事，迷離惝怳，直至下回方得大白；又與唐采九一段髣髴。文筆似犯而事實決不相犯，作者真以文為戲哉！

第三二回　驚變卦孝子急親仇　汙佛地淫徒受重創

話說：慶瑞見方振藻跪下求救，先舉眼看了看后成，才忙伸雙手將方振藻扶起，說道：「自家人，何必如此多禮？請安心坐下來罷！」方振藻起來就旁邊椅上坐下。

后成看他的神氣異常頹喪，全不似平日那般趾高氣揚的樣子，心裏很有些覺得詫異。暗想：我師父平日無惡不作，好像是天不怕地不怕的樣子；今日怎的忽然現出這般神氣來呢？並且他是一個法力無邊的人，便有不了的事，慶老伯卻有甚麼力量能救他呢？

后成正在這們思量，即聽得慶瑞向方振藻說道：「你若是疲乏了，不妨去后成床上歇息歇息。此時辰光還早，正好趁此休養一番。」

慶瑞說到這裏，回頭對后成道：「扶你師父到床上去睡罷。」

后成一面應是，一面走上前來攙扶方振藻。方振藻望著后成，露出一種似笑非笑、似哭非哭，又像害怕，又像歡喜的臉色，說道：「你倒已修練到了這一步，便沒有我自己也能尋得著門路了！不過你能修到這一步，可知是誰的力量？」

后成忙垂手答道：「師父玉成之德、老伯培植之恩，弟子沒齒不敢忘。」

方振藻忽改變態度，哈哈笑道：「你那裏知道！」

慶瑞不待方振藻往下說，即連連擺手止住道：「此時不用說這些閒話吧！」方振藻便不作聲了，也不要后成扶掖，立起身就走。

后成看他起身和提腳的時候，像是很吃力、勉強撐持的樣子；又像身上有甚麼痛苦，又像是奔走了許多里路，身體走疲乏了。

后成看了這情形，又不由得暗忖道：「怪道慶老伯教我扶師父去睡！師父平日喝得爛醉如泥的時候，走路一偏一跛的，快要跌倒的樣子，尚且不要人攙扶著走；今日一些兒醉意沒有，倒教我扶著去睡，原來他身上，不知出了甚麼毛病！」后成一面思量著，一面跟著方振藻，到自己床跟前。

祇見方振藻一納頭橫躺在床上，悠然長歎了一聲，自言自語的說道：「你敢追我到這裏來，就算你有眞本領！哈哈！衹怕你不敢啊！」旋說旋闔上兩眼，沉沉的睡了。

后成在旁邊看了，兀自猜不透是怎麼一回事！但是后成心裏著慮的：衹愁師父若是病了，夜間去山中修練，沒人指教。遂坐在床邊伺候著。

方振藻睡了一會，忽張開眼來，望著后成笑道：「好小子！你坐在這裏是伺候著我麼？」后成忙起身應是。

方振藻向床邊指了一指，說道：「坐下來，我有話和你說。」后成隨即坐下。

方振藻問道：「你可知道我爲甚麼弄到這個樣子麼？」

后成搖頭道：「弟子不知道！」

方振藻道：「你想知道麼？」

后成停了一停，答道：「有益於弟子的事，弟子很想知道；但是若與弟子修道之念有礙的事……」

方振藻不待后成說下去，即伸手將后成的手握住，笑道：「快不可如此稱呼！我那有這們大的福分，能做你的師父？」

后成一聽這幾句不倫不類的話，不由得吃了一驚！忙立起身，垂手說道：「弟子承師父玉成之德，正不知應如何酬報！師父怎的忽然是這們說起來？弟子如有甚麼錯處，總求師父俯念年幼無知，從嚴教訓！」

方振藻翻身坐起，使出平日輕浮的態度，哈哈大笑了一陣，說道：「酬報倒可不必，祇要不替人報仇就得咧！」

后成看了方振藻這般舉動，聽了這般不可思議的言語，更是如墮五里霧中，不知應如何回答！心想：我若不爲我母親報仇，又何必萬水千山的來這裏學道？並且我爲母親報仇，也不能說是替人報仇！難道我師父得了心瘋病麼？若不然，怎的今日專一說這些沒有道理的話？后成心裏是這們思量，方振藻也不說甚麼，站起身逕自去了。

后成因恐自己修練的法術半途拋棄，祇得到慶瑞跟前，問道：「師父今日的言談舉動大異平日，並有不認我做徒弟的意思。不知我曾有甚麼差錯，使他如此生氣？」

慶瑞笑道：「沒有的事！你修練得非常精進，他決不會無端不認你做徒弟！」

后成道：「師父的道法高深，向來俯視一切，常說當今之世，沒有能與他爲難的人！今日卻爲甚麼現出很爲難的樣子來呢？」慶瑞半晌不回答。

后成料是自己不應該這們說，急忙解釋道：「小姪實在是因離家三年，大仇未報！惟恐師父中道厭棄小姪，道法練不成功，更不知何日才能報仇雪恨！」

慶瑞看了后成發急的樣子，也伸手拉住后成的手道：「你師父素來是這們荒乎其唐的，你應該知道。你儘管專心一志的練你的道法，成功就在目前了！修練以外的事，你可以不必過問！應當你知道的，到了那時候你不問也會知道；若是不應當你知道的，知道了，反分你修道的心。我不回答你，並不是怪你不該這們問，祇因你還不曾到知道這事的時候！」

后成這時心裏所希望的，但求不妨礙自己修練的功課，功課以外不相干的事，他原不想過問，當下便不說甚麼了。

這夜仍照常入山修練。練到三更過後，於萬籟沉寂之中，猛聽得山巖裏一聲虎嘯，登時四山響應，林谷風生！后成是曾經在這山裏受過一番驚嚇的人；一聞這聲音，就想到那夜遇虎的情景，又不禁有些害怕起來！忽轉念想道：「那次遇虎之後，慶老伯不是給了我一桿槍防身的嗎？一向平安不曾用過，此刻還揣在懷裏；何不取出來，等那孽畜近身，便賞他兩下呢？」

隨想隨探手入懷，拔出那桿連發六響的手槍來，準備停當，借著星月之光，竭盡目力，向四方森林中仔細探看。卻是奇怪！那虎祇嘯了那一聲，便沒絲毫聲息了！后成等了好一會，見沒動靜，祇得依舊揣藏了手槍，再做功課。

沒一刻工夫，方振藻來了。后成照例立起身來問候。方振藻揚手止住道：「坐著不必動罷。我有話和你說，大家坐下來好慢慢的談。」后成雖聽師父這們說，然已立起身來了，不能不讓師父先坐下才敢就坐。

方振藻又改變了白日的態度，兩手執住后成兩條胳膊，緩緩的往下按著，笑道：「我若是你的師父，你自然不能先行坐下，於今你我不是師徒了，還拘甚麼形跡呢？我此刻得意極了，你聽我說得意的事罷！」

后成被按著衹好坐下，十分想問何以於今不是師徒的話，但是方振藻不容他有問這話的空隙。一同坐下來，緊急著說道：「我在南京混了十多年，南京的三歲小孩都知道我的三種嗜好，你我在一塊兒也差不多三年了，你知道我是那三種嗜好麼？」

后成說：「弟子衹知道師父的道法高深，實在不知道有那三種嗜好！」

方振藻大笑道：「你還在這裏甚麼師父弟子！好，也罷！這時和你說，你衹當我是胡亂說了好耍子的，待一會兒再說罷！我的三種嗜好，你何嘗不知道？不過存客氣，不肯直說出來罷了。我老實說你聽：我第一種嗜好就是貪花，祇要有生得漂亮的雌兒落到我眼裏，我便和掉了魂的人一般，不弄到手快活快活，再也放他不下！不問他有丈夫沒丈夫，是貞節女子是淫蕩婦人，我總有本領，使他依從我！」

方振藻說到這裏，又打了個哈哈。接著自己解釋道：「有了我這般道法，世間有甚麼女子，能保得了貞節呢？第二種嗜好和第一種的色字，從來是相連的，就是愛酒。我一喝了幾杯酒，貪花的膽量就不因不由的大起來了！所以要貪花，便非有酒不可！第三種嗜好卻和第一、第二兩種不相連，然而是一般的痛快！你猜得出是甚麼？」

后成見方振藻說出這些不成材的話，心裏已存著幾分不快，祇是不敢表示反對罷了！略略的搖著頭答道：「猜不出是甚麼！」

方振藻笑道：「賭博，你也不知道嗎？我賭博輸贏，祇憑運氣不用法術；一用法術，便贏了也沒趣味！你要知道我此刻極得意的事，並不是賭博贏了錢，也不是酒喝得痛快，也不是得了生得漂亮的女子，我料你決猜不著我為甚麼事得意！你我不久就要分離了，我不能不把得意的事，說給你聽！」

后成忍不住插嘴問道：「好端端的為何就要分離呢？」

方振藻忽然長歎一聲道：「數由前定，誰也不知道為著怎的！前次我向你要五百兩銀子的事，你不曾忘記麼？」

后成道：「還記得是曾有這們一回事，不過日子久了，沒人把這事放在心上，師父不提起，弟子是差不多忘懷了！」

方振藻點頭笑道：「我平日拿旁人的錢使用，也記不清一個數目，從來也沒想到償還；惟有你那五百兩銀子，便到臨死也不會忘記！」

后成道：「那算得甚麼，何必這們擱在心上！」

方振藻道：「那卻有個緣故。銀子雖祇五百兩，用處倒很大！六塘口如是庵的住持尼淨緣，早五年前，本來就和我要好。我嫌他年紀大了些，有三十六七歲了，不願意時常到如是庵裏去。淨緣恐怕我把他拋棄，想出些方法來牢籠我。他有幾個年紀很輕的徒弟，他都一個一個的用藥酒灌醉了，陪著我睡，我祇是不大稱心如意。

「離如是庵四五里路遠近，有一家姓陶的紳士，是有名的富戶。陶家有個在浙江做鎮台的，死在任上，留下一個新討進來的姨太太，年紀才十七歲，生得著實漂亮，並是良家的女子，陶鎮台設計討進來的。陶鎮台一死，陶夫人的醋心不退，逼著這十七歲的姨太太在陶家守節。姨太太不敢違拗，就隨著陶鎮台的靈柩，一同歸到陶家來。

「湊巧搬運靈柩的那日，我在半路上遇著了。像那姨太太那般嬌麗的女子，我白在世間鬼混了幾十年，兩隻無福的烏珠，實在不曾瞧見過一次！這時雖是在半路上偶然遇見，但我的三魂七魄，簡直完全被他勾著去了！我知道陶家是個有錢有勢的人家，那陶夫人治家又十二分的嚴謹，誰也不能到他家做出奸情事來！我尋思無法，祇好求淨緣替我出主意。

「淨緣倒肯出力，專為這事在陶家走動了好幾個月，勸說得姨太太情願落髮出家，終生皈依三寶，就要拜淨緣為師。叵耐陶夫人不答應，說是落髮出家可以，但不許在如是庵出家。自己拿出錢來，建了一個小小的尼庵，就在陶家的住宅背後。不知從甚麼地方，招來一個五十多歲的老尼姑，陪伴那姨太太，姨太太便眞個落髮修行起來。祇苦了我和淨緣，用了多少心思，費了多少氣力，到底不曾如著我的心願！

「幸虧淨緣能幹，漸漸的和那老尼姑弄熟了；知道老尼姑也不是個六根清淨的人，生性極是貪財。淨緣費了許多唇舌，他才答應了：能送他五百兩銀子，他方肯躭這驚恐。因此我那日向你要五百兩銀子，就在那夜，老尼姑將淨緣給他的藥酒，哄騙得姨太太喝了，迷迷糊糊的與我成了好事。

「次早醒來，生米已經煮成了熟飯，翻悔也無益了，索性要嫁給我做老婆。若論他的模樣性格，本來做我的老婆也夠得上。不過我是一個天空海闊，來去沒有罣礙的漢子，多添一房妻小，便多添一層罣礙；並且他已經落了頭髮，娶回家來也不吉利！祇是我心裏雖然這們著想，口裏仍敷衍他，教他安心等待，等到頂上的頭髮復了原，即娶他回家。他怨我沒有娶他的眞心，幾番對我說：你既不能娶我回家，這裏是佛門清淨之地，你從此就不要到我這裏來了罷！免得風聲傳到夫人耳裏，我的性命便活不了！」

后成聽到這裏，不覺慘然說道：「可憐，可憐！」

方振藻道：「這有甚麼可憐？我花了五百銀了，用了許多心計才把他弄到手，沒快活得幾日，我不是獃子，怎麼能隨意丟開呢？並且我花錢費事，受怕躭驚，爲的就是他一個人。我對他這們有情，論理他對我也應該如此，而他竟忍心教我不要再去，我如何能甘心咧？好在我不比尋常人容易被人識破，每夜等大家睡淨了才去，天未明就出來，一向除了淨緣和老尼姑之外，決無人知道！

「前夜也是合當有事！二更時候，我到他那裏，他還坐在床上等候，不曾睡下。一見我從窗眼躥進去，即跳下床對我揚手，教我不要高聲。我問爲甚麼？他指著對面房間，就我耳邊低聲說道：『今夜有兩個年輕的尼姑，到夫人那裏化緣，夫人見天色快晚了，就留兩個尼姑歇宿，親自送到這裏來，此刻在對面房間裏睡了。我恐怕你不知就裏，進房和我隨便談話，給他們聽見了，不是耍處！所以坐在床上等候！』

「我當下聽了這些話，也不把放在心上，打算上床睡覺。無奈他的膽小，定不肯我在那裏睡，逼著要我離開那房。我心裏不免疑惑起來！暗想：若眞是兩個年輕的尼姑來這裏化緣，出家人斷不肯多管閒事！怕到這個樣子幹甚麼呢？著他這樣慌張的情形，對面房間裏睡的多半不是尼姑！我既生了疑心，益發不肯走了，蠻將他抱上床同睡。平日我本來不待天明就走，前夜卻有意睡到日高三丈，還假裝睡著不起來。任憑他推一會，揉一會，在耳邊低喚一會，掩面飲泣一會，我祇作睡著了不作聲！他急得無法，穿衣下床，出房去了。

「我在床上聽得他走出房門，隨手將門帶關，在外面鎖了。我才睜眼一看窗戶，祇見窗紙上照著一個黑影，從窗紙小窟窿裏，現出一隻黑白分明的俊俏眼睛來，那眼光正射在我身上。我心想：不好！他昨夜所說的並非假話，據這眼光和黑影看來，不是一個年輕尼姑是甚麼呢？立時打算踢破窗門逃走。忽聽得窗外發出嬌滴滴的聲音，向我叱道：『那來的惡賊，敢汙穢佛門清淨之地！』

「我這時見已有人叫破，也就用不著急急的圖逃了。這尼姑的容貌生得怎樣，雖隔了一層紙，不曾看出；然那隻勾魂的眼睛，是已見過的，覺得比陶家姨太太的還要動人幾分，我何不瞧他一個仔細？如果有十分姿色，兩個年輕的尼姑，又在外面化緣，料沒弄不到手的道理！這主意打好，已走近了窗戶跟前，即聽得外面又有一個很嬌嫩的聲音問道：『妹妹怎的還不動手呢？若給惡賊跑了，豈不可恨嗎？』我當下聽了這話，祇是好笑。

「若不是想看他們的心急，原以爲可以不作理會的，那曉得我這條性命，就險些兒送掉在那房間裏！虧得我急於要看他們，一舉手衝破了窗門，躥出窗外；誰知我的腳還不曾點地，迎頭就是一劍飛來，我才大驚不敢怠慢！一面招架，一面偷眼看兩尼姑的容貌體態，眞是一對嫦娥仙子！我一落眼，渾身骨節都不由得酥軟了！祇因那兩口劍非同小可，緊緊的揀我要害刺來。性命祇在呼吸的關頭，不容我再有旁的念頭！使盡平生本領，想將兩人制服；無奈兩人不肯放鬆半點，一折身，我屁股上早著了一下，我立腳不牢，便借遁光跑了！

「我逆料那兩個丫頭，既有那們大的本領，遇了我必不肯輕輕放過；我昨夜安排好了，專等他們趕來。果不出我所料，昨夜二更以後，他們自投羅網，逕到參將衙來找我，兩個都被我活捉生拿了。你想：這們兩個天仙也似的人兒，既落到了我手裏，還愁他不給我快活麼？你看我如何不得意？」

后成聽了這番事跡，止不住心頭發火，若不因方振藻是自己學道的師父，早已拔出手槍來打了！這時祇得極力按納住火性，問道：「師父拿了他們，此刻關在甚麼地方呢？」

方振藻笑道：「此刻還在參將衙裏。祇等我將你的事辦妥了，我便要把他們帶到一個安樂地方去。有了這們兩個人給我享受半世，就是神仙，我也不想做了！」

后成問道：「我有甚麼事要辦妥呢？」

方振藻向東方望了一望，說道：「快了，快了！太陽一出就行！」后成不懂是甚麼意思，呆呆的望著方振藻發怔。方振藻不住的搖頭晃腦，現出極得意的神氣。

不多一會，東方一輪紅日，漸漸的升將上來，登時照得滿山蒼翠的樹木，都和喝醉了酒的一般紅豔。后成猛然想起背後山巖裏的祖師來，即回頭隨著陽光射線，向那巖石裏面望去，覺得陽光還低了些兒，裏面仍是漆黑的，看不分明。

方振藻一手挽起后成笑道：「帶你見祖師去，今日是你成功的時候了！」后成跟著從樹林裏穿到巖前。

方振藻指著巖口一片青石道：「快叩見祖師！」后成連忙跪下叩頭。一抬眼，便看見一具很高大的骷髏，端正趺坐在一個四方石桌上。

方振藻在旁呼著歐陽后成，說道：「仔細端詳！祖師的法身就在這裏！你的師父，也就在這裏！我不是你的師父，我是你第三個師兄。你要知道，拜師的時候，便是得道的時候。你此刻拜師，須拜受師父的戒律，發誓遵守！」

方振藻旋說旋從懷中摸出一張字紙來，展開朗念道：「第一戒妄殺，第二戒竊盜，第三戒邪淫，第四戒酗酒……」接著念第五戒甚麼，第六戒甚麼。方振藻念一戒，歐陽后成伏在青石上答應一句。

方振藻念完了說道：「當著祖師發誓，要賭本身咒，不許推諉到來生！」

歐陽后成虔心發了誓，立起來，忽覺得心裏一動！眼看了方振藻，便遏不住心頭忿怒，隨即厲聲向方振藻問道：「師兄也是祖師的徒弟麼？」

方振藻道：「怎麼不是！」

后成道：「師兄拜師的時候也曾受過戒麼？」

方振藻道：「怎麼不受！」

后成道：「也曾發過誓麼？」

方振藻道：「怎麼不發！」
后成道：「發的也是本身咒麼？」
方振藻道：「怎麼不是！」
后成道：「發了誓不遵守不要緊麼？」
方振藻道：「怎麼不要緊！犯了咒是要靈驗的！」
后成道：「師兄屢次犯了，怎麼卻不靈驗呢？」
方振藻哈哈大笑道：「我發的本身咒，是一輩子也不會靈驗的。因爲我當日發的誓是：倘若犯了戒，就得死在一個未成年的小孩手裏。我的道法，休說未成年的小孩不能制死我，我敢說當今之世，沒有能死我的人！我怕甚麼？」
不知歐陽后成聽了，怎生說法？且待第三三回再說。

施評

冰廬主人評曰：術士之能使道法，亦猶文人之善運文字。夫文字、道法，俱所以助人立身之本，匪所以供人犯罪之階。故聖人謂之窮則獨善其身，達則兼善天下也。若假文字、道法以濟其惡，則其惡必甚，而罪亦彌大矣。

方振藻恃道法以淫人婦，人莫敢抗；恃道法以殺人，人又不能抗。然則將任其橫行終古歟？則蒼蒼者天，未能容也；作者筆下，亦未能容也。故出一后成以制之，其意蓋謂，善運道法如方振藻，卒死於一孺子之手，則道法亦有時失其效用耳。今之文人，好假文字以濟其惡，而以為可恒者，盍鑒諸？

第三三回　述奸情氣壞小豪傑　宣戒律槍殺三師兄

話說：歐陽后成見方振藻說當今之世，沒有能使他死的人。即隨口問道：「祇要沒人能死你，便可隨意犯戒，不要緊嗎？」

方振藻搖頭晃腦的說道：「我生性是天不怕、地不怕的人；沒有法力的時候，還有些兒顧忌王法；於今王法既奈何我不了，我還管他甚麼戒不戒？高興怎麼便怎麼！」

歐陽后成忿氣說道：「然則祖師收了你這種徒弟，不是罪過嗎？王法能容你，但怕祖師不能容你！」

方振藻仰天大笑道：「祖師多年不問我的事了！並且祖師若不容我，他自己就得先破殺戒；他自己既能破戒，又何能不容我這破戒的徒弟呢？」

后成聽了這強詞奪理的話，更加生氣道：「祖師就能容你，我也不能容你！你若再不懺悔，我必替祖師除了你這敗類！」

方振藻翻起白眼，望著后成冷笑了一聲道：「你配麼？你這點微末道行，那裏夠得上說這話？」

后成道：「好！你果眞怙惡不悛，我自有夠得上的這一日！」

方振藻道：「江山易改，本性難移！我等你一百年罷！怕了你，還是方振藻嗎？」

后成剛待回答，陡覺得耳裏有人呼著自己的名字，說道：「你懷中預備殺虎的東西，不能拿出來殺人麼？」后成恍然明白了，從懷中拔出那手槍來，槍口才露出，就轟然一聲響！祇見方振藻哎呀了一聲，兩手一張，向後便倒！

后成倒吃了一驚，暗想：慶老伯教我要開放的時候，須用食指鉤動槍機，怎樣我才拔出來便響了呢？並且慶老伯曾教我開放時，應如何瞄準方能打著要打的東西；剛才我並沒瞄準，怎麼一響便眞個把他打死了呢？心裏一面疑惑，兩眼一面看方振藻仰倒在地下，胸口吐出鮮血來；睜開兩隻火也似的紅眼，望著自己；兩手在地下亂抓，好像痛苦得忍耐不住似的；兩腳祇管一伸一縮，把山土擦了兩條坑！

后成本來絲毫沒有殺方振藻的心思，平日爲人也沒有這日這們容易生氣，糊裏糊塗的，竟做出這種非常的事，彷彿如作了一場惡夢！這一時一看方振藻的慘酷情形，不由得心中又是不忍，又是悔恨孟浪，渾身不由自主的抖得手槍都掉在地下。見方振藻兩眼活動，尚不曾死；不禁走過去雙膝跪下，失聲痛哭道：「我該萬死！我自己實在不知道何以忽然這們的糊塗？」

方振藻悠然長歎了一聲，說道：「你也用不著哭，數由前定，並不是你忽然糊塗！我自作自受，與你無干！不過我和你雖不是師生，也有一番指導的情誼。我今日如此結果，我身後未了的事，你應該替我辦了，你能答應麼？」

后成拭著眼淚，說道：「師兄未了的事，我自應代辦，請師兄吩咐罷！」

方振藻就地下微微的點頭道：「我在南京強佔人家的妻子，雖有好幾個，然我自從誘奸了陶家姨太太之後，那些地方我都斷絕了不曾去，各人的丈夫也都團聚如初了；惟有明媒正娶的三房家室，分作三處住了。我平日有的錢，到手就用，沒一些兒積蓄，這三房家室，我死之後毫無依靠，年紀雖都不甚大，又無生育，本不難另嫁；祇是與我夫妻一場，三人都不曾有差錯，我臨死不能不給他們幾兩銀子，或守或嫁，聽憑他們自便。我打算每人給五百兩銀子，你得代替我籌措一千五百兩，在三日之內分送給三人，你能答應我麼？」

后成聽了，很覺得爲難，暗想：我自己還是寄人籬下，衣食都仰給於慶老伯，教我從那裏去籌措這們多銀兩呢？上次要我籌五百兩，由慶老伯如數拿出來，我心裏已很覺不安！於今更多了兩倍，難道還好意思向慶老伯開口嗎？

方振藻見后成躊躇不能答白，即忿然說道：「你不能答應，也得你答應！來生再見！」說罷，兩腳一伸，兩眼往上一翻，竟噈氣死了！后成呆呆的望著屍體流淚，一時不知要怎麼才好！

就在這爲難的當兒，忽聽得石巖裏有人咳嗽一聲，后成不由得吃驚；回頭看時，祇見一個風神飄逸的少年，寬袍緩帶，從石巖裏從容走了出來，面上帶著笑容，向后成說道：「好孩子！能替我誅鋤凶暴，也不枉我成全你一番！」

后成這時已看見巖中石桌上的骷髏沒有了，心裏已明白這少年便是祖師，連忙掉過身，仍舊跪下叩頭道：「弟子一時糊塗，作夢也似的幹出這樁逆倫的事！千萬求祖師慈悲，救活師兄的性命！」

少年正色說道：「你師兄的行爲，你曾知道麼？」

后成伏地答道：「曾聽師兄自己說過。」

少年道：「你聽了覺得怎樣？」

后成道：「覺得師兄不應該那們犯戒！」

少年道：「犯戒便得犯咒，你知道麼？」

后成道：「知道！」

少年笑道：「你旣知道，爲甚麼又求我救活他的性命呢？」

后成道：「師兄犯戒，是應得犯咒；然弟子受了師兄的好處，論人情物理，似乎不應該死在弟子之手，因此求祖師慈悲！」

少年大笑道：「你至今還以爲你師兄是死在你手裏麼？你起來搜你師兄身上，看可有甚麼東西？」

后成立起身來，挨近方振藻屍旁，彎腰在方振藻身上摸索了一會，從衣袋裏摸出一封信來。一看信面上寫著遺囑兩個字，心裏不禁又是一驚，兩手嚇得抖個不住，不敢抽出信封裏面的東西來看。

少年在旁喊道：「遺囑是給你的，怎麼不開封瞧呢？」

后成衹得戰戰兢兢的開了封，抽出一張字紙來，衹見上面寫道：

「后成吾弟：吾於三年前已知有今日之罰，衹以造孽過深，不容懺悔！後事須吾弟代了！二十年後，當俟吾弟於天津。祖師垂戒極嚴，甚不可忽！今日之事，即是後來者之榜樣！慎之，慎之！」

紙尾署方振藻手書五字。后成看完，已是汗流浹背。

少年指著方振藻的屍道：「裝殮掩埋是你的事，你須永遠將這情形放在心上！」

后成正想問遺囑上怎麼有二十年後，俟我於天津的話，還不曾說出，一轉眼就見紅光一閃，照得巖石裏面通紅，少年已不知去向；再看巖中石桌上，仍然端坐一具骷髏骨。

后成恭恭敬敬的，在巖口朝裏面拜了四拜。心想：這裝殮掩埋的事，惟有回去求慶老伯，就是那一千五百的銀子，暫時也衹好向慶老伯借用，將來由我賺了錢，如數奉還。想罷，收了遺囑、戒條，拾起手槍揣好，對著方振藻的屍哭道：「師兄請耐心在這裏等一會，我就來送你入土！」說畢，下山。

還沒走到山腳，即見前面有八個人，抬一具棺木；後面跟著一個騎馬的，五六個步行的。

后成初以爲是來這山上進葬的，仔細看時，那騎在馬上的，不是別人，正是慶瑞。心裏疑惑道：「我昨夜起更時候，才從慶老伯家來此修練，並不曾聽說衙裏死了人；這棺木裏面，裝的是誰呢？哎呀！這棺木的蓋還不曾封好，是空棺木麼？難道慶老伯已知道我師兄被手槍打死了麼？」

后成一面心裏猜度，兩腳往山下迎上去，行到切近，后成正待向慶瑞訴說方振藻的事，慶瑞已因上山不便騎馬，跳下了馬來，說道：「不用說，事情我已知道，特備了棺木前來裝殮的。」

后成更加疑惑，問道：「事情才出祇有這一刻兒工夫，這山上又沒有旁人能去老伯那邊送信，老伯怎得知道得這們迅速呢？」

慶瑞邊攜了后成的手上山，邊笑著說道：「豈待此刻才能知道。在三年前，你在我那裏拜師的時候，早已知道有今日的事了。當日拜師的情形，你就忘了麼？你那時答應成全他，今日果然在你手裏成全了。」

后成聽了，不覺悚然說道：「小姪那時正覺得師兄的舉動很奇怪，師兄本來一次也不曾和我見過面，卻忽然會問我認識他不認識他的話，那時尚以爲他有些失心瘋的模樣。後來老伯追問小姪，老伯也沒說出一個所以然來，我若早知有今日這一劫，早就應該避匿不和師兄見面了！」

慶瑞笑道：「老伯小姪的稱呼，從今日起應當收起，另換一種稱呼才是。你知道我是你甚麼人麼？」

后成愕然了半晌，說道：「我知道是家叔至好的朋友。」

慶瑞搖頭道：「稱呼是以比較親厚些的爲準。我和令叔固然是要好的朋友，須知我和你更是同門的兄弟，你此後見面，應呼我爲二師兄。今日應了咒，神死在這山上的是你的三師兄。你三師兄的本領雖沒有甚麼了不得，然以你此刻的本領，拿來和他比併，十個你也敵他不了。祇因祖師不肯輕開殺戒，就爲今日的事，才收你做徒弟，你不遇這種機緣，好容易列入祖師門牆嗎？」說著話，已到了方振藻屍旁。

慶瑞朝著屍體，作了三個揖，揮淚說道：「三弟英靈不遠！身後的事有我在，儘可放心！二十年後，仍是今日成全你的人來成全你！安心去罷！」

后成看方振藻的兩隻紅眼，自中槍倒地後，兩眼向上翻起，直待慶瑞到來，不曾闔攏；慶瑞剛揮淚說完這幾句話，兩眼登時闔下來了！慶瑞指揮跟隨的人，將帶來的衣服替方振藻裝殮；並教扛抬棺木的人，就在石巖旁邊掘一個深坑；裝殮停當，即時掩埋起來。不多一會工夫，已七手八腳的做了一個墳堆。慶瑞見已葬好，才帶了后成和衆人回衙。

后成偶然想起，方振藻今早曾說拿住了兩個小尼姑，監在衙裏，遂向慶瑞說道：「三師兄說昨夜拿住了兩個女刺客，於今三師兄已經去世，二師兄打算怎生發落呢？」

慶瑞停了一停，笑問道：「他已將詳情對你說過了麼？」后成點頭應是。

慶瑞道：「這事依你打算，怎生發落才好呢？」

后成道：「這事實是三師兄的罪惡！我今早聽得他述這事的時候，即很不以他這種舉動爲然；彼時我就自恨沒有能耐，不能禁阻他；假使我在旁邊，遇著這般的事，必定不顧性命，把誘奸良家女子的人除掉；便是自己本領不濟，反死在惡徒手裏，也心甘情願！

「何況這兩個女刺客和陶家的女人，同是佛門弟子；親眼看見這種汙穢行爲，出自佛門清淨之地，自己又有力量，如何能袖手旁觀呢？依我的意思：二師兄可替三師兄減輕罪惡，趕緊將二人釋放！並且據三師兄說：二人的本領不小，以三師兄的本領，初次交手，尚且受了傷；可見二人必也有些來歷，不是尋常之輩，二師兄正好借此做個人情。」

慶瑞搖頭道：「若就事論事，你這意思自是不錯！不過你三師兄祇對你撩頭去尾的說了他自己這段事故，其實這裏面的情由，還很長很長。你此刻既已和我是同門兄弟，便不可不知道我們這派，現在的仇敵極多，這兩個女子也是我們的仇敵。就沒有你三師兄這種汙穢的舉動，他們既到了南京，也是要和我們爲難的！」

后成詫異得很的樣子問道：「修道的人與人無忤，與物無爭，怎麼會有很多的仇敵呢？」

慶瑞正色道：「談何容易！與人無忤，與物無爭！旁的不說，我且問你，你不是爲要替你母親報仇，才專心學道的嗎？此時你報仇的機會已快到了，你能做到與人無忤、與物無爭八個字麼？萬一潘道興的法力比你高強，你一人不能報仇，能不拉幾個好本領的幫手同去麼？即算你比潘道興厲害，如願將你母親的仇報了，你能保潘道興沒有同門兄弟與徒子徒孫，又出來替潘道興報仇麼？似此寃寃相報，仇敵安得不多？

「你要知道，我們奉的崆峒派，崆峒派與崑崙派，素來是不相合的。崑崙派全是漢人；崆峒派原是從蒙古發源的，蒙古人居多，回子、苗子都有，從來漢人極少，也輕易不肯收漢人做徒弟。自從祖師在七十年前，由蒙古入中原傳道，才收了董祿堂和楊贊化、楊贊廷兄弟；楊贊化又傳龐福基；楊贊廷又傳甘瘤子；甘瘤子、龐福基更傳了不少的徒弟，都是漢人。崑崙派的人因此更仇視我派了！

「這兩個小尼姑是眇師父的徒弟，一個是朱繼訓的女兒，一個是朱繼訓的兒媳。朱繼訓在潮州謀叛，已正了國法，全家因有眇師父搭救，才留了性命。這番二人到南京來，一則因祖師在這裏，想來顯顯自己的能爲；二則因我和你三師兄都是旗人，在他們更覺有深仇積怨！我於今縱能大度包容，將他釋放；他不見得知道感激，從此不與我爲難！」

后成聽得裏面有種種關隘，便不敢有所主張。又因慶瑞剛才提到替母親報仇的話，觸動了幾年來蘊蓄於衷的心事，祇坐在一旁，低頭落淚。

慶瑞看出了后成的心事，即向后成說道：「你還悲苦些甚麼？我剛才不是說，此時你報仇的機會已快到了嗎？你的根基很厚，白日飛升，在你並非難事。不過你的年事太淺、閱歷不深，因閱歷不深，操持便不易堅定，我等須以道爲體，以法爲用。祖師因見你的根基尚好，修練較平常人容易百倍，所以想將你作育出來。惟恐你爲急於報仇一念，分了向道之心，才命你三師兄專一傳授你的法術。

「你要知道法術沒有邪正，有道則法是正法，無道則法是邪法。你此刻的法術足夠修道之用，祇是若從此不在道上用功，則你這些法術都是自殺的東西！你三師兄今日如此下場，即是無體有用之結果！祖師假手於你以殺他，實具有深意，千萬不可忽略！」

后成覺得領悟了，說道：「二師兄說我此刻的法術足夠修道之用，我實不懂得！我從三師兄苦練了三年，三師兄常說我很有進境，但是我至今還覺得一種法術都施用不來，這是甚麼道理呢？」

慶瑞笑道：「你不曾到施用的時候，如何能施用得來？」

后成問道：「怎麼謂之施用的時候呢？定要與仇人見面，才是施用的時候麼？」

慶瑞說：「不然！你三師兄還不曾將開門的鑰匙給你，鑰匙就是口訣，我傳給你罷！」當下慶瑞傳授了后成的口訣。

次日，后成正在慶瑞跟前，聽慶瑞談道。忽見一個親隨，送了封信進來。慶瑞拆開封皮看了一遍，隨手揣入懷中，連忙起身出去了，好一會才蹙著眉頭進房。后成不知是那裏來的信，不敢過問。看慶瑞面上，很露出憂容。后成是個生性很忠實的人，親眼看見於自己有大恩的人有爲難的事，實在忍不住不顧問，卻是轉念一想：二師兄這們高的道行，這們強的法力，尚且爲難憂慮，我就問，不也是白問嗎？

后成心裏這般思想，慶瑞像是已經知道，長歎一聲，對后成道：「你三師兄眞累人不淺！他欺眇師父已死，求我幫同設計將這兩個小尼姑拿住。也不打聽清楚，朱繼訓的兒子是智遠禪師的徒弟；方才的信，就是智遠禪師，打發他徒弟朱復送來的。我看了信，不由得要著驚；雖立時將兩個尼姑放了，然我從此又多幾個勁敵！

「我要專心練道，就得解組入山；這小小的前程，在我本不值一顧！無奈我是蔭襲的職分，又是旗籍，其中有種種滯礙，使我不得如願！終年坐在這個參將衙門裏，那是修道的地方？你三師兄撞下大禍走了，卻教我一個人擔當，你看我怎麼能不憂慮？我思量你的親仇未報，必不能安心在這裏久留。好在你家中，並沒離不開的人，你叔叔、嬸母已在此地落了業；你回家鄉報復了仇恨，仍回我這裏來。一則你們叔姪兄弟可以團聚；二則我有你做個幫手，凡事都放心一點兒。不知你的意思怎樣？」

后成不假思索的答道：「二師兄便不吩咐我仍回這裏來，我報仇之後，也沒地方可走，自免不了仍依家叔生活。祇是我報仇的事，二師兄打算教我何時前去呢？」

慶瑞掐指算了一算道：「哎呀！你此刻就得動身，在路上還不能躭擱，趕到醴陵，方不遲誤！若稍有躭擱，祇怕不能完全如你的心願！」

后成聽了這話，那敢怠慢！慌忙立起身，說道：「二師兄既這們說，我就衹得即時動身了。」

慶瑞點頭道：「令叔和先生兩處，我自會告知他們，不用你去說。」

后成匆匆拾奪了一個包裹，慶瑞拿了一包散碎銀兩，給他做盤川，后成遂動身向醴陵報仇去了。

不知這仇怎生報法？且待第三四回再說。

施評

冰廬主人評曰：方振藻之罪惡，罄竹難書。然觀其死後遺囑，則三年前已早知必有今日。明知之而故犯之，此所以祖師雖慈悲，亦不容寬假，而必假歐陽后成之手以除之歟！至死時叮嚀后成數語，又似懺悔，又似戒飭。可謂糊塗一世，清醒一時矣！

二十年後俟於天津一語，伏根甚遠，又為讀者腹中添一悶葫蘆。崆峒、崑崙兩派，積怨甚深；而所以積怨之故，讀者多未明瞭。此回從慶瑞口中，敘述一過，眉目清醒。后成為母報仇之志，念念不忘。純孝如此，讀書必為聖賢，修行必成正果。慶瑞許其夙根甚深，不難白日飛昇，斯言信也。

朱復與惡紫、光明，亦本書主要人物，久不出現，未免冷淡。此回乃從慶瑞口中帶敘數語，亦借賓點主之法也。

本回結束方振藻，接敘后成報仇事，為文章之大變化。

第三四回　動念誅仇自驚神驗　無錢買渡人發殺機

話說：歐陽后成馱著包袱從參將衙門出來。那時沒有輪船、火車，祇好搭民船到漢口，再由漢口直接搭船到溆口。估計程途，祇要遇著順風，沿途沒有躭擱，不過半月或二十日工夫可到。無奈天氣絕少半月二十日不變的，從南京去醴陵，又是上水，應有北風才好！偏巧后成動身在三月，暮春時候，那有連刮半月二十日北風的？在江河中，整整行了一個半月，才到溆口；既到了溆口，便容易到家了！

后成這日到了家鄉不敢歸家，到附近鄰居一打聽，才知道自己父親已死了兩年八個月；計算在自己逃出門三個月之後，便已去世了！甚麼病症死的，鄰居都不知道；就是庶母也在二十日前死了，至此才知道慶瑞教自己不要在路上躭擱的道理！然事已如此，祇得尋那主使教唆的潘道興雪恨。

一打聽潘道興這時住在鄉下，遂尋到潘道興家。原打算逕找潘道興，當面數出他的罪惡，然後下手懲治他的。轉念一想：不妥！聽說潘道興也很會些法術，自己雖曾修練了這們久，然

太沒有經驗，恐怕弄不過他，露了面，反爲不好。祇好躲在潘家對面山上的樹林裏面，等潘道興出來，相機下手。

等不到半日，潘道興果然從家裏出來。潘道興的形像，后成本來認識的；這時雖隔了三年不見，然容貌身體並沒有變更的地方；祇覺得精神萎頓，不似幾年前強悍凶狠的樣子了。

俗語說得好：「仇人見面，分外眼紅！」潘道興一落到后成眼裏，后成立時就觸動了自己母親慘死時的情形！心裏一痛恨潘道興，不由得便遠遠的指著潘道興切齒道：「我今日定要取你這惡賊的性命！」這話才說出口，手還不曾縮回，再看潘道興，已仰面朝天倒在地下，手腳略略的動了幾動，即直挺挺的竟像是死了。

后成暗自吃驚道：「怎麼死得這們巧？我的法術還不曾默念口訣，這惡賊倒已死了！可惜，可惜！不過他早不死、遲不死，剛巧在我見面的時候死，我的仇總可算是報了；但是他死得這們奇怪，我不能不上前瞧個仔細，恐怕他已知道有我在此暗算，故意在我眼前裝死，我誤認他是眞死，不再下手他，那就上他的當了！」心裏想著，即上前行走。

才走了幾步，忽又轉念道：「他不是有意裝死，想騙我到他跟前，好下手我麼？祗是我也不怕，小心一點兒就是了！」

遂逕走到潘道興跟前一看，祗見七孔流出鮮血來，便是三歲小孩，也能一望而知，確是死了！復用手指著潘道興的屍，說道：「你也有今日麼？你此刻做了鬼，可知道無惡不作的人決沒有好結果的麼？你三年前咒死我母親，我今日是特地前來報仇的！我原意也是想教你七孔流血而死，你卻不待我施行法術，就照我心裏所想的自行死了，可見得你已惡貫滿盈，我便不來報仇，你也免不了這般結果！」

后成很滿意的數責了潘道興幾句，即到自己母親墳上，哭祭了一番。醴陵雖還有些親戚故舊和族人，然都與后成沒有親密的關係，無酬應周旋之必要。想起動身時慶瑞吩咐的話，不敢在醴陵停留，隨即回頭向南京進發，仍打算在淥口搭乘民船。

才行到離淥口十來里地方，有一條小河。這河有兩艘渡船，來回渡人過河。照例：每人要三文渡河錢。后成在三年前，跟朱秀才從家中逃出來的時候，走到這河邊叫渡船過河，駕渡船的，是個三十多歲的漢子。那時見朱秀才是個文人，后成是個小孩，又在黑夜，很露出急迫的樣子，駕渡船的遂存心要敲朱秀才的竹槓。等二人上了船，一篙撐到河心，硬逼著朱秀才要一串錢。這時朱秀才惟恐被后成的父親追來，不敢躭擱，忍氣拿出一串錢給駕渡船的。

后成年紀雖小，當時也很覺得氣忿；後來日久漸忘，也就沒把這種小事放在心上。這回重返南京，走到這河邊，那艘渡船恰停泊在這邊河岸，后成上船一看，認得就是那夜逼錢的漢子！一時想起那夜的情形，連睄了那漢子幾眼，那漢子卻不曾理會。接連岸上來了七八個渡河的，都上了這艘渡船。

那漢子見船已坐滿，即向岸上一篙點開了船，渡河的照例在河心各人拿出三文錢來，交給駕渡船的。駕船的見錢數不差，方肯將船攏岸，少一文便是囉唣！后成知道這規例，先拿出三文錢來，因懶得交給那漢子手中，順手搭在艙板上，向那漢子招呼道：「我的渡錢在這裏呢！」那漢子愛理不理的，也睄了后成一眼。

衆人各從衣袋裏摸出錢來，祇有一個年約五十多歲的道人，身上穿著一件破舊不堪的單道袍，很有幾處露出肉來；赤著雙足，趿兩隻不同樣的破鞋，好像是從灰屑堆中拾起來的，沾滿了泥垢灰塵；手裏提一隻尺多長的小木箱，雖看不出箱中裝了些甚麼東西，然任憑是誰人看了，照這道人身上的情形推測，誰也能斷定箱中決無貴重物件。

但道人卻把那木箱看得十分珍重的樣子，自己靠船舷坐著，將木箱擱在膝蓋上，雙手牢牢的捧著，彷彿怕被同船人奪了去似的。同船人也都很希奇的望著他，他卻不回看一眼，祇是笑容滿面的望著后成。

見后成與同船的人都拿出錢來，交給那漢子，才做出詫異的樣子，問那漢子道：「坐渡船也要錢的嗎？」

那漢子兩眼往上一翻，冷冷的答道：「我吃了飯，愁沒事幹，駕著渡船耍子！你要錢麼？我還有錢給你呢！」

道人笑道：「你說的當眞麼？我家鄉地方的河都有義渡，給人錢的事也是有的！我今日過了大半天，還沒討得一些兒東西進口，正餓得支持不住了！你果肯做好事，給我這幾十文錢，那才眞是救人一命，勝造七級浮屠！」

那漢子猛不防朝著道人的臉，啐了一口凝唾沫，接著厲聲吒了一句道：「你作你想的清秋夢啊！你裝糊塗，想賴渡河錢麼？不行！値價點，趕緊拿出錢來，不要拖累他們！」

道人聽了，很著急似的說道：「哎呀！你原來是和我開玩笑的麼？我還祇道眞給我錢呢！於今你既後悔不肯給我，也就罷了！何必這們罵我？更啐我一臉唾沫幹甚麼咧？」那漢子圓睜著兩眼，將手中竹篙，從後梢往河中一插，釘住了渡船，怒氣沖天的躥進船來，待伸手去揪道人的衣服。

后成看了不過意，連忙立起身遮著道人，向漢子說道：「你用不著難爲他！我代替他給你渡河錢便了！」

漢子隨手把后成往旁邊一推，罵道：「你背上還有搖籃草，口裏還作奶子臭，要你多管甚麼閒事？……嗄嗄！你這牛鼻子！上了老子的船，敢打算賴渡河錢麼？」口裏這們罵著，兩手已將道人的破舊道袍揪住，用力揉擦了幾下，問道：「敢不拿出錢來麼？」

道人被揉擦得苦著臉道：「我身邊實在一文錢也沒有，教我把甚麼拿出來呢？」

漢子大聲喝道：「你身上既一文錢沒有，爲甚麼敢跳上老子的渡船？」

道人雙手緊緊的抱住木箱道：「有人代我出錢，你爲甚麼不要？」

漢子晃了晃腦袋道：「沒有這們便宜的事！你這東西沒有錢也居然敢跳上渡船；若不重重的懲治你一番，以後我這渡船也不能駕了！」說著，舉起右手來，將要向道人頭上打下。

一看道人兩手緊護著木箱，像是十分重要，即住了手不打下，卻來奪取木箱。道人見漢子要奪木箱，兩手更抱得緊了，二人竟扭作一團！同船的人，都像有些畏懼漢子的凶惡，不但沒人敢動手幫助道人，也沒人敢開口說一句公道話！

后成看了實在不過意！即從身邊摸出一塊約莫三兩來重的銀子，送到漢子眼前，說道：「你不過向他要渡河錢，他沒有，我代他出你又不依！於今我替他給你這塊銀子，你難道還不依嗎？」

漢子看了這大一塊銀子，不由得就鬆手放開道人，將銀子接過手來，掂了幾掂，復仔細瞧了瞧成色，才一面點頭揣入懷中，一面拿眼不住的打量后成。后成掉過頭不作理會，漢子回到船梢去，走后成身邊擦過，故意踏得艙板一翻，趁勢將身體向后成一偏，一手觸在后成的包袱上，包袱中還有幾十兩銀子，著手自覺有些分量，連忙換了一副笑臉，對后成陪話道：「對不起你！沒碰傷那裏麼？」

后成已知道他這一碰不懷好意，也笑著搖頭道：「祇要不把我這包袱碰下河去，碰在我身上不要緊！」

漢子到船梢抽起篙來將船撐走，逗著后成說道：「聽你說話是本地口音。小小的年紀，獨自馱著包袱，待上那裏去呢？」

后成隨口答道：「我要去的地方遠呢！」

漢子笑道：「不邀幾個同伴的，一個人出遠門也不怕嗎？」后成懶得答白。見快要攏岸了，即立起身緊了緊包袱的結頭。

漢子現出躊躇的樣子，向左邊一篙點去，把船點得回過頭來。船上的人齊聲喊道：「怎麼不攏岸，反向左邊下篙呢？」

漢子惡狠狠的答道：「老子駕了一輩子的渡船，怕不知道攏岸，要你們多事嗎？」說著，用力將船梢抵著河岸，雙手持篙，鉤住岸上的木樁，回頭喝向乘船的人道：「船頭壞了，不能靠岸！你們快打船梢下去！」

船梢是朝天蹺起的，有四五尺高下；又靠在一面斜坡底下，離岸更覺得高了。乘船的人，都存著畏懼的心，不敢不依漢子的話，祇得一個一個走船梢跳下去，也有跳跌了，半晌爬不起來的。這河雖小，河流卻很急，輪到后成往下跳的時候，那漢子搶住后成的包袱往上一提；后成身體往下墜，包袱便從頸上脫出來，到了漢子手裏，跟著將鉤在樁上的竹篙一鬆，那渡船便被河流推著，朝下水如奔而去。

后成心裏氣不過，指著那漢子罵道：「像你這種沒天良的惡賊，眞應倒在這河裏淹死！」說也奇怪！后成這話一出口，那漢子便是奉了軍令，也沒這們服從。隨著后成所指，眞個向河心裏一個跟斗，連包袱掉入水中，水面上衹冒出兩個泡，就淹死了！

同船渡河的人，都立在岸上看了詫異道：「這漢子的水性極熟，怎麼自己會鑽下水淹死呢？」

后成心裏更是驚疑，暗想：我並不曾施用我的法術，如何一動念頭，不用口訣也和用了口訣一般呢？遂又指著河心說道：「我的包袱，你既無福受用，就應該還我，免得我在路上沒錢使用！」說來更怪！后成說這幾句時，兩眼望著河心，衹見一個大浪捲過來，包袱竟隨著大浪捲到了岸上。

后成趕緊拾了起來，不覺怔了半晌，暗自尋思道：「這種法術的厲害，還了得嗎？潘道興七孔流血而死，我還祇道是偶然和我心裏思想的相合，照這樣看來，祇要一動念，就如響斯應，那麼潘道興的確也是被我用法術殺死，不是偶然的事了！這種法術又靈驗、又厲害，眞是再好沒有的了！怪道二師兄說有了我這般的法術，已足夠報仇。原來一些兒用不著施展，祇一起念頭，就隨心所欲，無不如意，使仇人沒有反抗的餘地；不過好雖是好到無以復加，險也就險到極處了。

「我除了潘道興是我的仇人而外，再沒有仇人；即如這個駕渡船的漢子，行爲自是可惡，然他是一個無知無識的人，生成了這種凶悍的性質，祇知道要錢，不知道有禮義，遇了有力量的人，看見他這種行爲也祇能責罵他一頓，教訓他下次不可如此欺人；充其量，也祇能將他痛打一番，勒令他改途向善。除了地方官有懲處他的權柄，旁人斷不能將他處死！

「我今日因一動念，送了他的性命，論情是他罪有應得；論理則我犯的法比他奪我的包袱還重！我的年紀此刻還祇十三歲，後來的日子長，少年人氣性大，將來怎能免得有與人口角相爭，或意見不對的事？倘若我和這人平日並無絲毫嫌怨，就祇爲一言兩語不合，兩下動起氣來，我在氣頭上，心裏巴不得他立刻就死，而僅僅這一動念，他竟不由分說，立時便如我的心願眞個死了，像這樣任意殺人，即算國法無奈我何，天理也就不能容我！我原是爲要替母親報仇，才刻苦修練法術；如今母親的仇已報，這種法術再修練了有甚麼用處？」

后成正思量到這裏，猛覺有人在肩頭上拍了一下，隨即哇一聲說道：「好小子！敢用邪法將駕渡船的淹死！這還了得！」

后成大驚，回頭看時，不是別人，正是剛才同渡河的窮道人，口裏衹得賴道：「他自己不小心掉下河去了，我站在這裏，誰有甚麼邪法淹死他？」

那道人哈哈大笑道：「你想賴麼？你用邪法淹死了他，還說他是罪有應得！他為甚麼是罪有應得？」

后成見道人居然能說出自己心裏所想的話，料知他的本領必不尋常，想再不承認是不行的，遂指著包袱，說道：「他搶劫我的包袱，你就沒瞧見嗎？」

道人搖頭道：「包袱現在你手中，他甚麼時候搶了你的？」

后成忿然說道：「你既說他沒搶我的包袱，那麼，他掉在水裏淹死，就更不與我相干！他在船上，逼著你要渡河錢，你就忘了麼？我不為替你出渡河錢，他也不至想搶我的包袱！」

道人又打了一個哈哈道：「一個駕渡船的人，搶奪了你的包袱，你便要他的性命。有異種人搶奪了你的祖宗產業，你倒像沒有這回事的一樣！一個道士殺了你的母親，你拚死拚活的跟人學法，回家鄉報仇。有異種人慘殺了你無數的祖宗，你倒也不把這事放在心上！原來你衹會欺侮比你弱的人，勢力比你強大的，你不但不敢去惹他，反而想去巴結他！哈哈！有人告訴我，說歐陽后成是個神童，誰知乃是一個這們沒志氣的小子！」

后成一聽道人的話，雖一時不懂得異種人搶奪產業和慘殺祖宗的話，是甚麼意思；然自己在南京學法，與這次回家報仇的事，除了慶瑞而外再沒人知道。這道人竟決不含糊的說了出來，更知道必有些來歷！心裏又暗自思量道：「我於今父母雙亡，已是無家可歸的人了，在南京幸遇了二師兄，得了學道的門徑，並一再說我的根基好；今日又遇見了這道人，必是我命裏應該學道。這道人無端對我說這一派話，自有用意，我何不向他問個明白？」

想罷，遂急換了一副笑臉，向道人拱手說道：「我的年紀太小，衹知道潘道興咒死我母親的事，是我母親臨終時吩咐報仇的，實在不知道有異種人慘殺我祖宗，搶奪我祖宗產業的事，還要求你說個明白！」

不知道人怎生回答？且待第三五回再說。

施評

冰廬主人評曰：潘道興恃妖法以淫人妻妾、離人骨肉，罪惡與方振藻相埒。七孔流血而死，確屬罪有應得！

駕船人勒索渡資，凌老侮幼，為害行旅，與攔路劫奪之盜賊無異，死亦宜也。

銅腳道人向后成說有人慘殺你祖宗一席話，引起下文絶大波瀾，為文章之樞紐。

第三五回　偷路費試探紫峰山　拜觀音巧遇黃葉道

話說：那道人聽了后成的話，仍是笑嘻嘻的答道：「你想知道慘殺你祖宗，搶奪你產業的人麼？我知道的很詳細，不過不能就這們說給你聽！」

后成問道：「要如何才能說給我聽呢？」

道人忽然正色回問道：「你眞想知道呢？還是隨口問著玩呢？」

后成遂也正色答道：「我實在是因父母去世太早，這種大事，沒人肯向我這未成年的小孩子說，所以不知道還有這般大仇恨；於今既承你老人家肯指點我，豈有不是眞想知道的道理！」

道人點了點頭道：「你既是眞想知道，且同我來，此地不是談話之所。」

后成遂馱上包袱，跟著道人行走。才走了十來步，后成在後面，留神看道人兩腳，行動時好像不甚方便的樣子。左腳略略有些偏跛，皮色也和右腳不同；右腳骭上有汗毛；左腳骭上光溜溜的，一根汗毛也沒有；仔細看時，原來是一隻銅鑄的假腳；祇是行走的比尋常人還要迅速！在路上不祇一日，將后成帶到貴州境內一座山裏。

那山十九是巖石堆成，最大的巖石占四五畝地沒有裂縫。山高不過五六里，卻陡峻異常；

巖石上長滿了青苔，腳踏在上面一溜一滑，並沒有上下的道路；也沒有樹林藤葛可以攀扯。若是尋常人，斷不能從巖石上向山頂行走！歐陽后成做了三年服氣的工夫，又是童身，早已身輕似燕，能在薄冰上遊行；跟著道人行走，因此才不大吃力。看那道人兩腳，在巖石上和打鼓相似；左腳觸在巖石上，更鏗鏘有聲。一會兒便到了山頂。

后成看這山頂的形式，甚是奇特，最高處有一飯桶形的圓石，足有一畝地大小，七八丈高下；當中一條裂縫從上至下，如彈了墨線鋸開的，不偏不倚將圓石分作兩個半月形；裂縫約有七八尺寬，中間搭著一條石梁。石梁方正平直，有一丈多長，二尺多寬，尺來厚；可由東半圓石走過西半圓石。看這石梁的重量和圓石四周的形勢，決不是人力所能造成這種奇蹟的！

道人指著圓石，向后成道：「這山叫飯甑山，就因這石形似飯甑。你不要小覷了這石梁！順治初年，黃葉道人在這山裏修道，費了九牛二虎之力才將這石梁架成的！」

后成問道：「費九牛二虎之力架成這樑，有何用處？」

道人笑道：「沒用處，便不足奇了！這山與陝西終南山相通，黃葉道人在此山修練中黃寶笈，常有山精海怪前來刼搶。黃葉道人修練不曾成功，沒力量抵禦，竟被山妖將中黃寶笈奪去了；後來虧了終南山昭慶寺碧雲禪師，施展無邊佛法，取回中黃寶笈交還黃葉道人。黃葉道人就架了這條石梁，與昭慶寺的銅鐘相應！一遇意外的事，祇須拿鐵如意三叩石梁，昭慶寺的銅鐘便應聲而響，黃葉道人就賴這石梁，將中黃寶笈練就，你能小覷他嗎？」

后成聽了這派虛無縹緲、不可究詰的故事，也不知畢竟是怎麼一回事？便懶得尋根覓蒂的追問。心裏忽然想起道人所說異種人慘殺自己祖宗，及搶奪產業的話，忍不住問道：「你老人家說慘殺我祖宗，搶奪我產業的，究竟是甚麼人？此時可以說給我聽了麼？」

道人道：「於今還沒到向你說的時候。你的年紀太輕，工夫太淺，你這仇人的地位太高，本領太大。你不能去報仇雪恨，便說給你聽也沒用處，徒然分了你向道之念。我這木箱中，便是黃葉道人傳下來的中黃寶笈。我和你有緣，可傳給你，就在此山中修練！」說罷，縱身上了石梁，開了手中木箱，拿出一本八寸多長、五寸來寬、一寸來厚的書來。

后成此時忽然福至心靈，忙跪在石梁下面，朝著道人叩了四個頭。道人笑嘻嘻的招手叫后成上了石梁，傳授了中黃寶笈，將后成引到山陰一個小廟裏。廟中有兩個小道童，供道人驅使，做砍柴燒飯種種粗事，終年也不下山。

道人傳授后成的工夫，與方振藻所傳的完全不同。道人說后成在南京所學的，不過是一種很厲害的邪法；這種邪法，將來定要禍國殃民的。道人此時所說，祇是一句推測的話，誰知後來庚子年的義和團拳匪，所崇奉的就是這種類似白蓮教的邪法。此是後話，一言表過不提。

且說：后成在飯甑山，重新修練中黃寶笈，朝夕不輟的，不覺三易寒暑，年齡已是一十六歲了。這日，道人忽然拿出一柄劍來，指給后成看道：「這劍不弱似莫邪、干將，也是雌雄兩柄。這是一柄雄的，我傳給你，並傳你一路劍法。你用心練習，將來可憑著他做些事業！」后成得了這劍，依著所傳的劍法，又練習了六個月。

道人說：「劍術已經成功了！你此時可以下山去，先成立家室，我再指引你上一條安身立命的道路，你的大仇也就可望報復！」

后成問道：「怎麼謂之成立家室？」

道人笑道：「男願爲之有室，女願爲之有家，女嫁男婚，便謂之成立家室。」

后成苦著臉說道：「弟子願終生修道，保守這點元陽，不願成立家室！」

道人搖頭道：「孤陰不生，獨陽不長，修道成功與否並不在乎童陽！你將來的事業，不是你一個人所能成功，非先成立家室不可！」后成見逼著教他下山成婚，祇急得哭起來，哀求道人將他留在身邊修練。

道人沉吟了一會，說道：「修道原不是要獨善其身的，你一點兒功德沒有，就跟著我修練三五百年，也不見得有成功之望！你眞是一心向道，也得下山做些功德，到了那時分，我自然引你重上山來！」后成見是這們說，才不說甚麼了。

道人寫了一封信，交給后成道：「這封信，本來要教你直送到蒙自茨通壩掌寨楊鉞胡那裏去的。祇因此去茨通壩，路途太遠，不多給你些盤纏不能去。而我在這山裏，一時拿不出多的錢，祇好教你藏好這信，先到安順府一個富人家取些盤纏，再由安順動身去蒙自。

「安順城南二十多里，有一座山叫紫峰山，那山底下，有一所很高大很華美的房屋。屋內主人祇有母女兩個，以外都是奴僕。那人家姓楊，在三十年前，和我有些嫌隙，我多久就想報復他，祇因沒有閒工夫前去，又因不是深仇大恨，所以遲到於今，不曾去得！那人家富有貲財，但是母女都非常鄙吝，好好的去向他們借盤纏，是決不肯破費一文的！

「你此去到了安順之後，先在城裏落了客店，趁白天出城到紫峰山下，將路徑探看明白，等黑夜初更以後，才帶了雄劍防身，前去盜取盤纏。我並不是教你做賊，是教你去替我報仇！不過你須仔細，楊家母女兩個，也都有點兒本領，祇不大高強；你前去盜他家的銀兩，他母女說不定會當時察覺，出來與你交手，你卻萬不可殺傷他們；若將他們殺傷了，便是我的罪過！仔細，仔細！」

后成接了信，答道：「他們是女子，弟子祇要銀兩到了手，可以不交手，便不與他們交手。」道人點頭說：「很好！仇恨不深，偷盜他些銀兩，使他母女心痛心痛，也就算是報復了！」

后成領了道人的命，揣了書信，背了雄劍下山。在路曉行夜宿，不幾日到了安順府。依著師父的吩咐：先在安順城裏，落了客棧。即日到紫峰山下，果然有一所極壯麗的房屋。向附近鄰居打聽，果是姓楊，家中母女兩個，倒有十多個僕婢。

后成立在紫峰山上，將出入的路徑看在眼裏，記在心裏。到夜間初更以後，帶了雄劍，悄悄的翻出了安順城，直奔紫峰山下，二十多里路，不須多大的工夫便到了。在屋上，聽屋裏的人已睡得人聲寂靜了，祇有靠後院一帶房屋，隱隱有些燈光；估料那燈光的所在，必是楊家母女所居的房間。心想：師父既說他們鄙吝，鄙吝人的銀錢，十九是安放在自己住的房間裏；我且去窗外偷看他們睡了沒有。

想罷，隨即到了後院。看這房間的形式，是一連五開間；東西兩間，都是很大的玻璃窗，

朝著後院。院中栽了些花木，陳列了許多盆景。后成躡足潛蹤的走到東首窗前，從窗簾遮掩不密的縫中朝裏面探看，祇見房中點著一盞大琉璃宮燈，照耀得人鬚眉畢現；靠牆根堆了一大疊的皮箱，箱上都用紅紙條寫明了第某號；皮箱對面一張朱漆衣櫥，櫥門上掛了一把白銅鎖，櫥盡頭安放一張金漆輝煌的大床，床上帳門垂著，好像已有人睡在床上；床前踏板上，躺著一個十多歲的蓬頭丫鬟，看情形已是深入睡鄉了。

后成思量：銀錢不在箱裏，便在櫥裏；我不進裏面去，怎得銀錢到手？遂抽劍撥開了窗門，鑽身到了房中；喜得一些兒聲息沒有，踏板上丫鬟鼾聲不斷的打著，知道不曾驚醒。心想：皮箱太多，不知銀錢在第幾號箱裏？不如且先打開衣櫥看看。

伸手扭那白銅鎖，祇喳喇一聲就脫落下來；剛用雙手去拉兩扇櫥門上的銅環，猛然見琉璃燈影一動。急回頭看時，一個中年婦人正從床上躍下來，叱一聲：「好大膽的鼠賊！也不打聽打聽，公然敢進老娘房裏來行竊！」一邊罵邊舉起雙拳，雨點一般的打下來。

后成是初生之犢不畏虎，見女人沒拿兵器，也就用空手對摶；祇走了幾個照面，女人不敵后成矯捷，被后成一腿踢翻在地。口裏大喊：「宜兒還不快來拿賊！」后成沒偷著銀兩，著急沒盤纏到蒙自去，不肯便放手走開。一腿將女人踢翻之後，也不顧他喊叫，折身仍伸手去拉櫥門。

那女人喊聲才了，就聽得窗外有又嬌嫩、又鬆脆的聲音應道：「來了！」好快！應聲未歇，已從窗眼裏閃進一個垂髫小女子來；兩腳不曾著地，一縷白光，早迎著后成頭頂劈下。后成這才吃了一驚，忙閃身放出雄劍來，想將來劍抵住。可是作怪！雄劍才放出來，一縷青光，早與白光纏繞作一團！

后成正覺驚疑，便見那女人高聲喊道：「住手！問明了再打，休得傷了自家人！」小女子聞言，即收了劍光。

那女人向后成問道：「你姓甚麼？從那裏來的？手中使的是甚麼劍？快說出來！」

后成見小女子提的那劍，形式長短和自己的雄劍一般無二；心裏正覺得詫異，又見女人問話有因，便隨口答道：「我叫歐陽后成，從飯甑山來的。你問了有何話說？」

那女人道：「從飯甑山來的麼？嘎！你這小子，眞是大的膽量！你如何敢把銅腳道人的雄劍偷到這裏來使用？」

后成聽說偷了銅腳道人的雄劍，不覺怒道：「胡說！銅腳道人是我的師父，他賜給我這劍，怎麼說我是偷的？」

那女人望著后成怔了怔，說道：「你是銅腳道人的徒弟嗎？卻為甚麼夤夜跑到我這裏來行竊呢？你可知道，我是銅腳道人的甚麼人？」

后成鼻孔裏冷笑了一聲道：「我若不知道也不夤夜到這裏來行竊了！你是銅腳道人的仇人，你打算我不知道！」

后成自以為說的不錯，祇說得小女子掩面笑起來。那女人更現出錯愕的樣子，問道：「誰對你說，我是銅腳道人的仇人？」

后成道：「你定要問來歷麼？老實說給你聽，就是我師父銅腳道人，他親口向我說的。我師父本教我送信到茨通壩去的，因怕我帶少了盤纏，說他有個仇人在這裏，教我順便來偷些銀兩當盤纏。」

那女人仍是驚疑的神氣問道：「送信到茨通壩，是送給楊鉞胡麼？」

后成反問道：「你怎麼知道是送給楊鉞胡？」

那女人哈哈笑道：「這就越說越奇怪了！你可知道你師父教你送信去楊鉞胡那裏，幹甚麼嗎？」

后成道：「我師父教我跟著楊鉞胡，將來好做些事業。」小女子見后成說話時，不住的拿眼睛瞟他，瞟得有些不好意思，提著那劍，低頭轉到床後去了。

那女人笑道：「你上了你師父的當，你還敢罵我胡說！我也老實說給你聽罷，楊鉞胡是你師父的兒子，是我的丈夫，你想想看，我是不是你師父的仇人？你師父應不應該教你來偷盤纏？」

后成聽了，也覺得非常古怪，說道：「師父確是這們對我說的，確是這們教我做的。師父又不是失心瘋的人，無緣無故說自己兒媳婦是仇人，教自己徒弟偷自己兒媳婦的銀子做甚麼呢？」

那女人偏著頭想了一想，問道：「你師父給你這柄劍的時候，曾向你說了些甚麼話？你此時還想得起來麼？」

后成道：「當時不曾說旁的話，祇說這劍不弱似干將、莫邪，也是雌雄兩柄，練習好了，將來可憑這劍做些事業！就是這幾句話，沒有旁的話！」

那女人又想了一想，問道：「給這劍的時候沒說旁的話，教你下山的時候曾說甚麼話不曾呢？」

后成道：「下山的時候，師父說我的劍術已經成功了，此時可以下山去，先成立家室，再指引我上一條安身立命的道路。」

那女人道：「你當時怎麼說呢？」

后成道：「我因不肯傷損元陽，要跟著師父修練一生，不要家室。後來我急得哭起來了，師父才說寫信給我，送到茨通壩掌寨楊鉞胡那裏，並教我先來這裏偷盤纏。」

后成說到這裏，女人已哈哈大笑道：「是了，是了，不用說了！你師父因你不肯成立家室，就用這方法騙你到這裏來，使你親眼見見他的孫女兒，並使雌雄劍會一會面，好成就這一段姻緣。」

且慢！著書的敘述這段故事，專從歐陽后成這方面寫來，看官們必覺得甚麼銅腳道人這方面的事，件件是毫無根據，突如其來，看了如在五里霧中，使人不快得很！於今歐陽后成這方面的事，已單獨敘述到不能再繼續下去的地步了，祇得掉轉筆尖，敘述銅腳道人這方面的故事。

銅腳道人姓楊名建章，貴西安順府人。少時讀書，聰穎絕倫；不到二十歲，文名已震驚遐邇。當時貴西的民俗粗野，休說眞有學問的文人不多，便是文氣略為清順的讀書人，每年考試也僅能滿額。以貴西當時的文化情形而論，像楊建章這般學問的人，眞可以誇口說，視科名如拾芥！祇是人生一飲一啄，皆由前定。

孔夫子尚且說富貴在天的話，楊建章命裏不該從科名中討生活，任憑他滿腹詩書，錦心繡口，每到考試，總平白無故的發生些意外的事故：不是在場屋裏害病不能提筆，便是弄壞了卷子；有一次忘記寫題目；有一次的詩祇有草稿，忘記謄正；一年一度，十九因犯規，以致名落孫山之外。

楊建章考了十多次，越考越覺得自己沒有科名的分，考到三十幾歲，便賭氣不赴考了！他家祖遺的產業足夠溫飽，便終日在家栽花種竹、飲酒讀書。他夫人王氏，甚爲賢德，伉儷之情極好，祇苦沒有生育。他家屋後紫峰山上有一座觀音廟，王夫人盼子心切，每月朔望必親去觀音廟祈禱，虔誠求嗣。事有湊巧，是這們朔望祈禱，不上一年，王夫人居然有孕了！

楊建章是個讀書明理的人，平日自然不信這類神怪的事，但是見自己夫人居然祈禱得有了效驗，心裏也就有些活動了。婦人心理：自己信奉神明，多是巴不得丈夫也跟著信奉；王夫人見楊建章對於觀音大士的信仰心，有些萌芽了，就一力慫恿楊建章就去觀音廟叩謝神恩。

楊建章心愛夫人，不忍過拂夫人的意思。六月十九爲觀音大士的生日，楊建章遂在這日，齋戒沐浴，上紫峰山觀音廟去。楊建章雖是住在紫峰山底下，然讀書人腳力不健，又因這山並非名勝之境，所以在山底下住了半世，一次也不曾到山頂上遊覽過。

這日楊建章到觀音廟，拜過神像之後，興致甚佳。心想：從山底下到觀音廟，這山已上了大半，何不乘興上山頂遠眺一番呢？遂將敬神的祭品，交給跟隨的人先帶下山去，獨自鼓動起興致，冒暑往山頂上行走。這山的形勢，是貴西多山之地，雖不甚高峻，然丘壑極多，玲瓏秀逸，很有足資騷人遊覽的所在。

楊建章一丘一壑的慢慢領略，也不覺得疲勞，也不覺得暑熱。興之所至，信步走了十多里。心中甚悔生長在這山底下，不知早來遊賞；直到中年以後，精力漸就衰頹的時候，不因敬神還不能發現這紫峰山的好處。

心中一面懊悔，一面轉過一個山坡，正立在一塊大巖石上，向對面山峰仰望。猛聽得背後撼樹搖山的一聲虎吼，驚得急回頭看時，祇見一隻斑斕猛虎，相隔不過二三丈遠近；憑空一躍，撲將過來！楊建章不覺哎呀一聲，不及提步，兩腳一軟，就倒下石巖去了。

幸虧立腳的巖石，祇有七八尺高下；倒下去祇將左腳拗斷了，肩背上略受了些浮傷。當那嚇倒下去的時候，心裏明白，惟恐猛虎跟著撲下來，忍痛翻過身，睜開兩眼向巖上望著，即聽得有人叱道：「孽畜！敢傷好人！還不快快滾回去！」

楊建章聽了，好生詫異，暗想：這虎，難道是人家豢養的麼？想到這裏，就見一個老道人，身穿黃色葛布道袍，撐著一條三尺多長的鐵如意當拐杖；腰間絲絛上繫著一個六七寸長的黃色葫蘆；鬚眉髮髻，也都透著黃色；面目十分慈善！立在巖石上，朝楊建章看著：口裏連說：罪過，罪過！踴身飄然而下，彎腰向楊建章問道：「居士傷著了那裏沒有？」

楊建章當那怕猛虎追趕下來的時候，並不覺得身體如何痛苦；這時已逆料猛虎不至來傷人了，渾身立時痛不可當，左腿更是徹心肝的痛！祇是心裏仍明白，知道這道人必有來歷！見問傷著了那裏的話，即點頭指著左腿。

道人放下鐵如意，揭開楊建章的下衣一看，蹙著眉搖頭道：「居士合該成個廢疾的人！這腿斷的部位不好，便用藥力接續起來也是不能行走；自後並難保不時癒時發。長痛不如短痛，索性割掉這一段倒不妨事！」

楊建章此時已痛得昏過去了。

道人馱著他送回家中，王夫人看了，不待說是急得痛哭！道人在楊家替楊建章割斷了傷腿，治好了創口；又替楊建章配了隻木腳。楊建章自是感激道人。

道人住在楊家歡喜替人寫字，字體非顏非柳，筆走龍蛇；下款祇是寫黃葉兩字，從不肯向人說姓名。不久，王夫人臨盆，生了一個兒子。道人在三朝日，替小兒取了個名字叫鉞胡。從楊鉞胡出世後，道人與楊建章的交情益發親密了，每夜必細談到夜深才睡！楊鉞胡周歲的這一日，許多親友都來道賀。楊建章當著親友說了些請託關照的話；衆親友聽了雖覺楊建章說得不倫不類，然也沒人詰問他：為甚麼無端說這些類似遺囑的話？

楊建章說過這些囑託的話之後，沒一會就失蹤了；便是那個黃葉道人也同時不知去向。王夫人和衆親友，當即派人四處尋找，如大海撈針，那裏找得著一些兒蹤影呢？一連找尋了幾日，找不著，也就祇得罷了。楊建章沒失蹤以前，家中的事務原是王夫人經理，此時楊建章雖卒然出家，於家務並無絲毫影響。

王夫人撫養著楊鉞胡，到十幾歲的時候，生性歡喜武藝，對於詩云子曰，就格格不能相入。楊鉞胡既是生性好武，就自然會找著一般會武藝的人，終日使槍弄棒。王夫人因祇得這個兒子，惟恐他體質不佳，壽命短促；練習武藝能使體質強壯，也就不加禁止。

光陰易逝，楊鉞胡不覺到了二十二歲。王夫人抱孫情切，要給兒子娶媳婦。楊鉞胡自己說不娶沒武藝的媳婦，要定婚，須得先交手見過高下，兩廂情願才定，門戶身家，概不計較！

這消息傳出去，也有些拳教師的女兒，略懂得些拳腳，羨慕楊家富厚，想和楊鉞胡定婚的。祇是與楊鉞胡交手都全不費事的，被楊鉞胡打敗了！連打敗了幾個，此外就有本領略高些兒的，也害怕不敢前來丟人了！王夫人見東不成西不就，非常著急！託親友勸楊鉞胡降格相從。楊鉞胡以母命難違，也就把選擇的格式放鬆了些，祇要有勉強相安的，便打算將就些定下。

這日，忽有一個六十多歲、鄉下人裝束的老頭，帶著一個十七八歲的女子，到楊家來要見楊鉞胡。楊鉞胡看這女子：身上雖穿著破舊的衣服，容貌卻是天然的美質；舉動甚是大方，全沒一點小家女兒，見人羞澀的醜態；兩隻天然足和男子的一般大小，楊鉞胡見面就覺得很合意！

老頭問道：「我聽說貴府娶媳婦，要挑選會武藝的姑娘，是不是確有這話？」

楊鉞胡道：「就是我要娶媳婦，能和我走到五十個回合，武藝就合式了！」

老頭道：「就祇選武藝嗎？這是我的義女，他父母都沒有。十八年前，我在某處山底下經過，聽得山上有小兒的哭聲。上山看時，祇見一只小篾籃盛了個才生下來的女兒，掛在樹枝上；我一時心裏不忍，提回家餵養，直養到於今。略教了他幾手武藝，尋常三五十人，也近他不得！

「我是一個光身的窮人，不能和富貴人家攀親；而平常人家沒多大出息的男子，我又捨不得胡亂將他嫁去。聽得貴府有這種條件，所以特地送他到這裏來。他是在我手裏養大的，一點兒女工不知道，也沒教他裹腳；你若不嫌他的出身不好，我便教他和你交手。明人不做暗事，我不慣說假話欺哄人！」

楊鉞胡決不躊躇的答道：「很好，很好！我一點兒不嫌！」

當下這一對未曾定妥的夫婦就各顯所長，動起手來；直鬥了八九十個回合，不分勝負！楊鉞胡托地跳出圈子來，喊道：「行了，行了！」楊鉞胡就此娶了這個不知父母姓名的女子做妻室。夫妻的感情，倒異常濃厚。楊鉞胡成親的第二年，王夫人便去世了。又過了一年，楊鉞胡的妻子生了個女兒，取名叫宜男。

宜男長到五歲的時候，楊建章忽然回來了。改了道人裝束，年紀祇像是五十來歲的人，斷了的左腳改配了一隻銅腳。楊鉞胡夫婦都不認識，還虧了一個老當差的，當日在楊建章跟前當書僮，此時還能記認。有這當差的證明了，楊鉞胡夫婦才敢拜見父親，並引著宜男拜見祖父。

楊建章撫摸著宜男的頭道：「我特為你才回家一趟，你跟我到山裏玩耍去罷！」宜男祇有五歲，聽了這話莫名奇妙，祇翻起兩隻明星也似的眼珠望著。楊鉞胡夫婦以為是騙小兒玩的話，並不在意！楊鉞胡因自己父親出家了二三十年才回家，自己不曾盡過一點兒孝道，心裏也想問問父親，二三十年來在外面的行蹤生活。這夜，就陪著楊建章談話。

談到夜深人靜的時候，楊建章忽問楊鉞胡道：「你長了三十歲，可知道你名字叫鉞胡兩個字的意義麼？」

楊鉞胡說：「不知道！」

楊建章道：「鉞便是殺，替你取這名字，就是教你將來努力殺胡人的意思！於今大明的江山，被胡奴佔據了二百多年，我們應該努力設法將胡奴殺盡，死後才對得起九泉之下的列祖列宗！三十年前引我出家的黃葉道人，便是洪武大帝的十一世嫡孫，他的道法玄妙，本來可以幫助洪秀全在金陵成帝業。無奈洪秀全因他是洪武嫡系，恐怕妨礙他自己的地位，不肯容納以致功敗垂成！

「黃葉道人至今說起來，還是歎息不置！此時胡奴正是大業中興的時候，氣燄方張，中原各地暫時無可圖謀！惟有雲南各屬土司，地僻民強，你可以去那裏從容布置，等候時機！宜男孫女的資性極好，我將他帶到山裏傳他本領，學成即送他回家，準備日後好幫同殺滅胡奴！」

楊鉞胡至此，才知道父親果然要把宜男帶到山裏去。祇急得連忙說，宜男年齒太稚，女孩子不像男孩子方便，要求不要帶去的話。楊建章也不爭論。楊鉞胡夫婦次日早起看宜男時，已是影子也沒有了；再看楊建章，也不知何時，從甚麼地方走了！重重的門戶窗葉，都仍是嚴關不動！

可憐楊鉞胡夫婦，衹得這一個比明珠還貴重的女兒，一旦失去，教他夫婦如何不著急？如何不心痛？楊鉞胡明知尋找無益，夫妻兩個衹日日盼望早些送回家來。好容易的盼望了六年，宜男已將十二歲了，這日獨自走了回來。楊鉞胡夫婦見著，自是如獲至寶！

不知楊宜男怎生在楊建章跟前過了六年？學了些甚麼本領？且待第三六回再說。

施評

冰廬主人評曰：歐陽后成之遇銅腳道人，猶青蓮透水，為出邪入正關頭。嗣後功名事業，彪炳人寰，其種子胥於此回播下。

銅腳道人既以正道教后成，而何以命其下山時，竟明明以偷兒事屬之？讀未終卷，不禁大惑；厥後乃知是一種牽引作用。撮合之奇，用心之苦，盡出讀者意外也。

下半回敘述銅腳道人歷史，與楊鉞胡命名之由，足見當時懷覆清之志者，正大有其人。特草澤英雄，不遇風雲際會，即湮沒無聞耳。讀此當為辛亥革命諸公，大呼幸運！

第三六回　誅旱魃連響霹靂聲　取天書合用雌雄劍

話說：楊宜男被他祖父楊建章帶去，六年才放回家來，楊鉞胡夫婦見了，眞是喜從天降！楊鉞胡妻子將宜男摟在懷中，問長問短。楊宜男卻甚是淡漠，不肯將六年來在外的情形細說，祇拿出一封書信來，交給楊鉞胡道：「祖父教父親，不要忘記了黃葉道人命名之意！」

楊鉞胡看信中言語，是教自己多帶些財物，去雲南各屬土司運動聯絡，爲異日革命發動的準備。信尾說宜男的劍術已成，將來必有建立功業的機會。宜男所使的劍，是一柄雌劍；他日若遇了使雄劍的兒郎，便是姻緣所在，不可錯過！

楊鉞胡看了，問宜男道：「你的雌劍在那裏，可拿出來給我瞧瞧麼？」宜男舉手一拍後腦，即見有一線白光從後腦飛出來，繚繞空際，如金蛇閃電一般；頓時室中寒氣侵人，肌膚起粟。宜男舉手向庭前棗樹上一指，白光便繞樹旋飛，枝葉紛紛下墜，與被狂風摧折無異！宜男再一舉手，仍從後腦收斂得沒有蹤影了。

楊鉞胡問道：「雄劍和雌劍有甚麼分別呢？不怕當面錯過嗎？」

宜男搖頭道：「辨別甚容易，雌劍是白光，雄劍是青光，與旁人的劍光相遇，是分而不合的；雌雄劍相遇，是合而不分的。此劍的妙處在有質有神，能伸能縮，隨使用的心意。我於今藏在後腦，放出來是白光一道，這是使用這劍的神，非劍術成功後不能如此運用。這劍的實質，原是雙股劍的一柄，通靈變化全看練的工夫如何。若僅使用他的實質，充其量也不過能取人於十步之內，與頑鐵何異？」說時，復從後腦取出一柄寸多長的小劍來，迎風一閃，便是一柄三尺多長的寶劍。

楊鉞胡見自己女兒有這般本領，心裏自是高興！即日遵著楊建章的吩咐，束裝往雲南去了。半年後有信回來，說已做了茨通壩掌寨；各土司、各掌寨和千把總，已聯絡了不少，這且按下。

再說，安順府這年大旱，從四月到六月不曾落過一滴雨水。安順一府的農民，祇急得求神拜佛，哭地號天。安順府知府張天爵，由兩榜出身，爲官甚是清廉正直，平日愛民如子。今見這般大旱，若再有十天半月不下雨，不但田裏的禾苗將全行枯槁，顆粒無收；便是河乾井涸，人民沒得水喝也得渴死。張天爵衹得自己齋戒沐浴，虔誠祈禱；祈禱了兩日無效，張天爵眞急得無可如何了，就親自作了一道表章，在山頂上立了一個壇，自己穿戴了朝衣朝冠，將表章當天焚化了，直挺挺的跪在烈日當中。

表章上說：一日不下雨，一日不起來；兩日不下雨，兩日不起來；寧肯自己死在烈日之中，代小民受罰，不忍眼見一府的百姓，相將就斃！但是張天爵雖則是這們跪了兩日，天空一點兒雲翳都沒有，日光更火炭一般的，連山中樹木都炙焦了！

依張天爵自己，硬要曬死在烈日之中，無奈左右的人苦勸。又有個紳士來對張天爵說：「終南山昭慶寺的碧雲禪師，於今遊方到了安順彌勒院。他的道法高深，已享壽二百多歲了，陝西人稱他爲活神仙。難得他恰好此時到了安順，若得他來求雨，當有靈驗！」

張天爵到了這種時候，衹要有人能求得下雨，無論要自己如何委屈都可以；當下聽了這紳士的話，即刻步行到彌勒院，當面求碧雲禪師慈悲，救一府百姓的性命。

碧雲禪師合掌苦著眉頭道：「老僧已到安順一月有餘了，非不知道安順大旱，若老僧有力量求得雨下來，早已自己設壇，求雨救一府的百姓了！」

張天爵不禁流淚，向碧雲禪師下跪道：「老師父的道法高深，無論求得下雨，求不下雨，務必請老師父誠求一番；或者上天見憐，賜些雨水也未可知！」

碧雲禪師扶了張天爵起來，歎道：「賢太守如此愛民，老僧祇好冒險做一番試試看！做得到，是太守和一府百姓的福氣；做不到，是大家的劫數，老僧也免不了要斷送二百四十年的功行！太守須知此番的大旱並非曦陽肆虐，上天降災，祇因安順府境內今年出了一個旱魃；此時這東西的氣燄正在盛不可當，沒有能剋制他的人。

「論老僧的道法，祇能將他幽囚起來，不能制他的死命；而這東西越幽囚越肆惡得厲害，世界沒有不畏旱災的地方，幽囚了也沒地方安置。並且老僧三世童陽之體；若見旱魃的面，以火遇火，老僧自身先受其害；所以老僧眼見這般景象，不敢出頭替百姓除害，替太守分憂。今見太守如此愛民，老僧尋思再四，喜得安順境內還有一件純陰之寶，太守能將那寶請來，這事便有八成可做了！」

張天爵連忙問：「寶在那裏？應如何去請？」

碧雲禪師道：「就在離城二十多里的紫峰山下，有個姓楊名宜男的小姐，今年才得一十三歲。太守祇要請得他來，老僧就有幾成把握了！」

張天爵喜道：「既是本府轄境之內，本府親去請他。他雖是一個小姐，可以推卻不來；但本府一片至誠之心，無論如何，總得將他請到！不過這小姐年才一十三歲，他如何倒有本領，能剋制旱魃呢？」

碧雲禪師道：「將他請來了，到那時太守自然知道！」張天爵聽了這話，即時動身到楊家來。楊鉞胡的妻子，見安順府知府忽然到家裏來了，心裏著實吃了一驚！以爲是自己丈夫在雲南事機不密，被人告發了，犯了叛逆之罪，須連坐家小，已打算帶了楊宜男從後山逃走。幸虧楊宜男有點見識，說：「若是要連坐家小的案子，豈有知府親自到來之理？且等見面問明了原由，如果有不測之禍，要圖逃也是很容易的事！」

楊鉞胡妻子心想，不錯！楊家是紫峰山下的土著，非到萬不得已不能棄家逃走，遂硬著頭皮出來迎見張天爵。張天爵殷勤說了來意。楊鉞胡妻子轉告宜男。

宜男道：「我並不知道旱魃是甚麼東西？更不知道如何能制旱魃的死命？不過碧雲禪師是個聖僧，我曾聽祖父說過。既是他老人家教我去，必有些道理。我果能爲安順一府除了這大旱，也是一件功德。」

楊鉞胡妻子是聽憑楊宜男自主，不加干涉的。楊宜男隨即同張天爵到城裏來。張天爵直引到彌勒院見碧雲禪師。碧雲禪師教張天爵在北城外高山頂上設一個壇，壇上一切器具全用黑色，正面側面各安放一把交椅。張天爵依言辦理停當了。

次日正午時候，碧雲禪師帶了楊宜男上壇。自己披著大紅袈裟當中坐下，教楊宜男坐在側面交椅上。從彌勒院挑選了一個又聰明又壯健的小和尚，也立在壇旁邊。此時的太陽如高張一把火傘，鳥雀都藏匿得無影無蹤，不敢在天空中飛行；無論體魄怎麼強健的農人，一到那熱烈的陽光底下做工夫，不到兩個時辰，就得渴死。

張天爵帶了一般屬員衙役，拱立在壇下靜候，一個個都曬得火燒肉痛，走又不敢走，躲也無處躲；惟有碧雲禪師端坐在壇上，神閒氣靜的，祇當沒有這回事的樣子。從容端起一杯清水，喝了一口，仰面朝天噴，噴起一片霧來，約有一畝地大小，遮住了陽光；張天爵和一般拱立在壇下的人，立時如到了清涼世界。

碧雲禪師教小和尚伸出兩隻手掌來，提硃筆畫了兩道符在掌心裏；並口授了幾句咒詞，教小和尚牢牢的記著：去兩里路以外，一座沒一株樹木的山底下，朝山上念誦這幾句咒詞，念到有一隻遍身烈燄的怪物出來，就停口不念了，回頭便向原路快跑。那怪物必然追趕，等他追到切近，先將左手掌的符朝他一照，照後仍向前跑；再追到切近，再將右掌符照去，一跑到了壇前，便安穩無礙了！小和尚答應著去了。

碧雲禪師才對楊宜男道：「老僧要借重小姐的雌劍。等歇老僧喊小姐下手的時候，小姐不可遲疑。」楊宜男還是個小孩子脾氣，不知旱魃是種甚麼怪物？很想見識見識，聽了碧雲禪師吩咐的話，祇摩拳擦掌的等候。

且說，小和尙雙手握了那兩道符，一口氣跑到那座山底下，祇將咒詞念了兩遍，就聽得山上一聲狂叫，接著便是一陣呼呼的響聲，與房屋失火、被風刮著火嘯的聲音相似。小和尙朝山上一望，祇見一個丈多高的紅人，渾身射出二三尺長的火燄；兩目如電光閃爍，血盆大口裏伸出寸多長的四個獠牙，好像能將整個的人，囫圇吞下去的樣子！

小和尙看了，不由得不害怕，掉轉身軀便跑！並不知道這怪物追來沒有，那敢回頭望一眼呢？才跑了半里多路，耳裏已聽得那呼呼的響聲跟在後面來了。默念兩手祇有兩道符，若照不早了，跑不到壇跟前，豈不誤事！不又跑了十來丈遠近，呼聲更響得大了，漸漸的覺得背上彷彿有火燒得肉痛，再也忍耐不住了，舉左手往後一照，不提防脫手就是一個霹靂！

小和尙驚得回頭一看，祇見那怪物被霹靂震得倒地打滾，身上的火燄也減退了尺多！小和尙趁他沒立起來，掉頭又跑，又跑了半里來路，聽得那怪物在背後哇哇的亂叫，叫出來的聲音非常尖銳，那聲音無論在甚麼人聽了，必知道是因很著急，才那們叫喚！

小和尙仗著右掌中還有一道靈符，膽量比先時大了些，旋跑旋回頭看那怪物，身上的火燄又高到二三尺了，行走不像人的腳步，周身骨節彷彿木像，不能轉動；兩腿硬綁綁的，祇能聳著肩頭，一上一下的向前蹦躥，頭頂上亂叢叢的紅髮，分披在肩窩上；兩隻耳根上，似乎懸掛了一些紙錠，紙錠上也有火燄射出，卻沒有把紙錠化去；相差還有五六丈遠，那怪物就朝前伸著兩手，準備捉人的樣子，兩爪尖銳與鷹爪相似！

小和尚原打算等他追到切近才放霹靂的，無奈火氣太盛，隔四五丈遠，就炙得痛不可當！勉強向前再跑了百十步，將右手霹靂放出，跟著一陣傾盆大雨。衹見那怪物倒地打了一滾，雨點打在他身上就如火上加油，火燄更射出七八尺高下；轉眼就住了雨，地下沒留一點水跡。不過那怪物有些現出累乏了的樣子！

小和尚不敢停留，剛跑到離壇十來丈遠近，那怪物從口裏噴出火來，火尾向小和尚背上直射！小和尚跑到壇前霧蓋之下，實在支撐不住了，撲地便倒！怪物趕上前，正待伸手捉小和尚。碧雲禪師舉手向怪物一指，怪物登時打了個寒噤，抬頭看見碧雲禪師，便捨了小和尚，待撲上壇來。碧雲禪師一拍戒尺，驀地響了一個炸雷；怪物正要騰空而上，被炸雷打了下來，一落地就吐出十丈長的火燄，向碧雲禪師燒來。

碧雲禪師對楊宜男喝聲：「動手！」就見那白光朝怪物迎頭劈下，火燄頓消；壇前霧蓋，登時如春雲舒展，轉眼佈滿了天空。再看那怪物時，已連頭劈作了兩半個，原來就是一個絕大的殭屍！

旱魃既除，甘雨自瀟瀟而下。張天爵不待說是非常感謝碧雲禪師和楊宜男二人，爲民除害；而安順滿城的百姓，聽說楊宜男是一個十三歲的閨女，又生得貌美如花，又有這種驚人的本領，於感謝之餘，更都存著欽敬愛慕之意。有許多富紳病了人，要迎接碧雲禪師到家治病的；就有許多富紳家的太太、小姐，想瞻仰楊宜男，定要迎接到款待的。更有不自量的王孫公子，想娶楊宜男做老婆，或妄想納做小星的。

楊宜男被這些太太、小姐纏擾得不耐煩了，待辭了碧雲禪師歸家，碧雲禪師對楊宜男道：「這番借你純陰之體和純陰之劍，誅了這旱魃，救了一府人性命，這功德已是不小。不過這旱魃爲害，祇害了一府百姓，爲禍還小；於今還有一個大怪物，就在老僧駐錫的終南山上，若他一旦成功，天下人都得遭他的荼毒！你牢記在心，將來那怪物也是要你驅除的！」

楊宜男問道：「那怪物的本領比旱魃何如？」

碧雲禪師道：「旱魃有何本領？不能與那怪物相提並論！你祇記在心頭便了，將來老僧尚能助你一臂之力！」

楊宜男問道：「將在甚麼時候呢？」

碧雲禪師搖頭道：「不可說，不可說！」楊宜男遂不敢再問。歸家住了兩年，並不曾聽得人說終南山有甚麼妖怪，也就漸漸的不把這事放在心上了！

楊鉞胡的妻子，因楊建章信中曾說宜男的姻緣，在使雄劍的兒郎身上；有許多富貴人家來求婚的，都用婉言謝絕了。但是光陰迅速，楊宜男已是十五歲了。那時安順、畢節一帶的風俗，普通人家的女兒，多是十三四歲出嫁；越是富貴人家，越訂婚得早。於今楊宜男已是十五歲了，尚不知使雄劍的兒郎在甚麼地方？做母親的心裏總不免有些著急，惟恐婚姻愆期，辜負了青春年少。

這夜歐陽后成來偷盤纏，他見后成放出來的劍是青光，又與自己女兒的劍纏繞作一團，沒有對敵擊刺的意味。更見后成年輕貌美，心裏即時觸動了那信中的言語。因此連喊：「住手！休得傷了自家人！」及盤問后成的來歷，便悟到楊建章是有意騙后成與楊宜男會面。

當下楊鉞胡妻子向后成道：「姻緣前定，不能由你不願！你師父是活神仙，他老人家的主張，不會差錯！他的孫女兒你此刻已見著面了，並兩下都已交過手了，你還有甚麼話說？」

后成原沒有娶妻的意思，但此時當面看了楊宜男這般比花還嬌豔的姿色，又有這般的本領，不知不覺的，已將不願娶妻的心理改變了，祇是口裏說不出承諾的話來。低著頭不說甚麼，面上卻表示欣喜的樣子。

楊鉞胡妻子知道后成年輕害羞，不便當面答應，心裏已是千肯萬肯了；不過躊躇自己丈夫不在家，婚事不知應該怎生辦理？應該定在甚麼時候？忽然想起，楊建章寫給楊鉞胡的信來，即問后成道：「你師父給你送到茨通壩的信，帶在身上麼？」

后成忙從懷中取出來看時，那裏是一封寫給楊鉞胡的信呢？上面分明寫著：「后成拆閱」四字。心裏暗自詫異道：「封面上寫的是這四個字，怎麼師父交給我的時候，我竟沒看出來呢？幸虧我在這裏發覺了，若如願相償的偷了些盤纏，我一定逕向雲南進發，決不會在半途拿出這信來看；到茨通壩拿出這信來呈遞，豈不成了大笑話？這裏既寫了教我拆閱，我且拆開來，看裏面寫的是甚麼？」

后成拆開看了一遍，不禁變色道：「這事怎麼了？我師兄慶瑞在陝西有難。我三年前受了他成全之德，論情理我不能不去救！祇是此去陝西，山遙路遠；師父教宜男師妹和我同去。師妹卻如何去得呢？」

楊鉞胡妻子問道：「這信不是你師父教你送到茨通壩去的嗎？如何寫的卻是這種事？」

后成將信遞給楊鉞胡妻子道：「我也正覺得詫異！師父交這信給我的時候，分明說送給雲南茨通壩掌寨那裏；不知怎的，此時一看，封面上卻寫了教我拆看？」

楊鉞胡妻子接過一看，上面寫道：

「深喜汝能了吾心願！完娶之期，俟吾後命可也！慶瑞於汝有私恩，不可以不報！渠在陝西終南山有難，非汝與宜男同去救援，將不得免！亟去勿怠！」

楊鉞胡妻子看了，說道：「信上如此吩咐，不同去是不行的！祇看你師妹的意思怎樣？」楊宜男在床後已聽得明白，當即想起碧雲禪師在二年前叮囑的話。心想：我祖父教我同去，必就是爲那怪物！歐陽后成與楊宜男都是天眞未鑿的人，也不知道未曾完娶的夫妻，應當避嫌的俗套。楊宜男當下就從床後轉了出來，說道：「去終南山可以會見碧雲禪師，我願意同去！」

后成聽了這話，也想起當日在飯甑山頂上，受中黃寶笈的時候，自己師父所說石梁來歷的話來，遂問楊宜男道：「不是昭慶寺的碧雲禪師麼？」

楊宜男喜道：「怎麼不是？你也認識他就更好了！」

后成道：「我並不認識。因曾聽得師父說過，所以是這們問問。師妹想必是認識的了？」

楊宜男即將在安順府誅旱魃的事，和碧雲叮囑的話，述給后成聽。

后成聽了，也歡喜道：「我正著急就到了終南山，也不知道我師兄在那裏被難！並且我師兄的本領很不平常，他既有難，我本領不及他的，如何能救得了？於今有碧雲禪師在那裏，便不愁找不著，也不怕本領不濟了！」次日，這一對未婚的小夫婦，就動身向終南山前進。途中不止一日，這日到了終南山山底下。剛待上山，祇見前面來了兩個和尚，朝著歐陽后成合掌，笑道：「候駕多時了！祖師爺正在寺中等著二位呢！」

后成連忙拱手相還道：「豈敢，豈敢！兩位師父可是昭慶寺的麼？」兩和尚點頭不說甚麼，后成夫婦跟著和尚上山。

不一會，到了昭慶寺。和尚引進裏面見碧雲禪師，二人叩頭行了禮。后成正要說明前來的原因，碧雲禪師搖手止住道：「不用說，老僧已知道了！你們長途勞頓，且去休息一會兒再說。」兩個和尚即將二人，引到一間小小的房裏。

直等到黃昏向後，碧雲禪師才走了進來，隨手將房門關了；從袖中拿出一疊黃紙符來，交給后成道：「你將這符，遍貼這房的四周上下。」后成依言貼好了。

碧雲禪師才笑著說道：「此時我們可以開口說話了！你們今日正來得湊巧，若再遲十日到此，便有回天的力量，也無濟於事了！我們在此地一言一動，假使不在這貼了符的房裏，那怪物能一一捏算出來；他一有了防備，就大費周折了！」

后成心想：我是爲救師兄來的，碧雲禪師卻向我說這些牛頭不對馬嘴的話！后成正這們著想，衹聽得楊宜男問道：「畢竟是個甚麼怪物？有些甚麼害人的舉動呢？」

碧雲禪師道：「這怪物也是一個人，已潛心苦練了六十多年。衹因洪武元年，七陽眞人在此山飛升的時候，將一部玄玄經，藏在對面石山之中；當時曾對玄玄經祝道：『留待有緣人，得此無上道！』二三百年來，沒有能將這經取出來的。

「這怪物爲想得這部經，特地在這山裏，尋了一處風水極佳的地基，建了一個小小的道院；專心致志的，在院中練習取經的道法，已練了二十多年。此時道法已經被他練成了，衹等今夜亥子之交，就要將這經取出來。這經一落他的手，不須十日工夫，他的本領就通天徹地了，誰也不能奈何他！

「他此時的神通，已經上應天象。北京欽天監兩次密奏西后，說：終南山妖氣，上通於天；須遣道法高深的人，及早前去剪除，免成大患！西后問：何人能當此任？欽天監保奏新陞總鎭慶瑞。西后便下了一道密旨，命慶瑞前去終南山剪除妖孽。奈慶瑞的道術，與這怪物一般的不是正道；不過慶瑞爲人，心地還光明，所以不至在怪物手中喪生！」

后成問道：「慶瑞已經與怪物較量過了麼？」

碧雲禪師道：「若已較量過，就早已沒有命了！慶瑞也定了在今夜亥子之交下手。待一會兒，你就能見著的。」后成這才把心放下。

到亥初時分，碧雲禪師領二人出來向山頂上行走。這時天空一輪明月，如掛冰盤，二三里內看得分明。碧雲禪師走到一處，停步指著一片幽林，說道：「那樹林之中，便是那怪物修練之所！院後有一座筆管形的山峰高聳。你們到那山峰上去，祇凝神注目在院前的石塔頂上。等怪物取經到手的時候，你們就可下手誅他；到了危急的當兒，自有老僧前來相救，不用害怕！」

后成問道：「慶瑞此時在那裏呢？」

碧雲禪師道：「那時你自見著，不用問老僧！」

后成不敢多說，和楊宜男同時飛上了那山峰。低頭看那樹林中寺院時，祇見溶溶月色之中，有一團濃霧將樹林籠罩著，僅隱隱約約的，看見有一所房屋在裏面，寂靜靜的沒一些兒聲息。定睛看寺院前方，一座白石的寶塔，塔尖直聳雲表；寶塔對面一座石山，不甚高大，形勢與一個饅頭相似。

二人正在觀察四周情形，忽聽得有聲如裂帛，在濃霧中響亮。急向發聲處看時，祇見一顆紅星，從屋頂直伸而上，射到塔尖便停住了；塔尖上登時現出一個人影來。那人影足有一丈二三尺高下；寬袍大袖的道家裝束，紅星在頭頂的髮結裏面。

后成低聲向宜男道：「你看這怪物有這們高大的身體，眞可算是一個大怪物了！這怪物既苦練了六十年，你我除了兩柄雌雄劍外，一點兒法寶沒有；若是敵他不過，將怎麼了呢？」

宜男目不轉睛地望著塔尖，答道：「此時才思量怎麼了？已是遲了！還不快看，他在那裏做手勢了！」

后成看那怪物在塔尖上，手足舞蹈了一會，忽從口中吐出一道白色的光芒來，朝著月光射去；射到半空，復收回來，接連又射了上去，比前次射得更高；繼續射到第四次，直與銀盆也似的月光相啣接；籠罩樹林的濃霧，被幾次白光衝得沒有了；天空明淨無塵，月色清明，直與白晝無異！

二人從來不曾見過有這們明亮的月光，十里以外，能辨別人男女老少。這時仔細看對面那山，竟是一塊整石，沒絲毫罅隙！心想：碧雲禪師說，七陽眞人的玄玄經，藏在那石山裏面；沒一點兒斧鑿的痕跡，怎生藏得進去呢？可見得七陽眞人道法之高深了！

於今這怪物，居然修練得有從這無縫石山中取經的本領，我二人眞不知拿甚麼本領，敵得過他！后成正這們心裏虛怯怯的想著，衹見那怪物收回了與月御接的白光，猛然舉手向對面石山上一指，口裏喝一聲敕；這敕字才脫口，便是驚天動地的一聲巨響！二人立腳的山峰，就如遇了風浪的帆船，震蕩的幾乎立不住腳！再看對面石山時，逢中炸裂了一條大口，足有丈來寬，裂縫中彷彿有火燄噴出來。

怪物舉手再向裂縫中指了一下，即見一件紅光四射的東西，從裂縫中出來，直飛到怪物身邊；怪物將袍袖一展，那東西便鑽進了袖口。怪物登時現出的那種高興得意的樣子，直是形容不出。二人知道那紅光四射的東西，必就是七陽眞人的玄玄經，后成道：「是時候了！」話才說出，猛聽得半空中，嘩喇喇一個霹靂，狂風頓起，大雨驟下。霎眼之間，將清明如晝的月色，變成黑越越的，伸手不見五指；但見無數金蛇電閃，圍繞著那怪物亂射，左一個霹靂，右一個霹靂，衹是在半空中打不下來！怪物直挺挺的立在塔尖，從腦袋裏面發出一種洪鐘之音。雷聲漸漸的遠了，電閃也漸漸的稀了！

后成連忙將雄劍放出，道：「不好！我師兄鬥不過這怪物了！」說時遲，那時快！后成這一道劍光，直向怪物頭頸刺去！可是作怪！那劍光還離怪物二三尺遠，仍退了回來；楊宜男不敢怠慢，趕緊也將雌劍放出。雌雄劍的力量眞大！兩劍如夾剪一

般的，分左右向怪物橫剪過去！眼見怪物左手向後一揮，才揮了一個半圓，就被兩劍攔腰斬作兩截，翻下塔去了！

正在怪物翻身倒下去的時候，后成、宜男都被人提住胳膊，比鷹隼還快的飛下了山峰；尚在空中不曾著地，又聽得背後一聲驚天動地的巨響，沙石紛紛如雨點打下！二人著地看時，原來被碧雲禪師一手提了一個！

碧雲禪師放下二人，吐舌搖頭道：「好險，好險！」

后成心想：怪物已被我二人腰斬了，還有甚麼好險好險呢？

碧雲禪師對楊宜男道：「你的劍祇要再遲放些兒，此時你們已變成肉泥了！就是有老僧在此，也惟有歎息無可爲力！你二人是童男女，又是雌雄劍，所以能剋制他！祇一道雄劍，奈何他不得；祇一道雌劍，也奈何他不得！你雌劍將放出去的時候，他已用移山倒海之法，將對面石山揮動，向你們當頭壓下，老僧不挈你們從石山底下逃出來，此時不已壓成肉泥了麼？大害雖然除了，卻斷送了你們兩個，豈不可傷可惜？」

碧雲禪師復引二人到方才立腳的山峰觀看，祇見一個數畝地大小的石山頂，和戴帽子相似的戴在山峰頂上，將原有的山峰，壓低了數尺！二人看了，不由得驚得目瞪口呆，半晌才同聲說了一句：好厲害！碧雲禪師忽然失聲喊道：「不好了！快下去！」這一聲喊，又將二人嚇了一大跳！

不知碧雲禪師為甚麼這們大驚小怪？且待第三七回再說。

施評

冰廬主人評曰：此回上半寫誅旱魃，既有聲而有色；下半寫滅怪物，更動魄而驚心。或病其誕。吾曰，是書以奇俠命名，此正作者用力寫奇字處。矧驅神使鬼、倒海移山，原是仙家妙用。特凡夫俗子，目未能見，概謂之誕，可乎？以誕目是書，非善讀奇俠傳者。

第三七回　未先生卜居柳仙村　沈道姑募建藥王廟

話說：歐陽后成夫婦，忽聽得碧雲禪師失聲叫道：「不好了！快下去罷！」二人的驚魂甫定，一聽這話，不禁又大吃一驚，不知又出了甚麼禍事？都愕然望著碧雲禪師。

碧雲禪師仍挈著二人的胳膊，如鷹隼搏兔，疾飛而下，一瞬就到了那白石寶塔下面。后成立住了腳，看天空月色，仍如初上山時一般明朗；風雷雨雹，早已隨著那怪物翻下塔來的時候消滅了。再看塔底下的怪物屍體，祇見連道袍斬作了兩半段；細看頭上的兩耳，不知被何人割去了！

碧雲禪師彎腰在兩個袍袖裏，摸索了一下，笑道：「好大膽的孽障！果然趕現成的，想得這部天書！」

后成連忙問道：「誰把玄玄經拿去了嗎？我願意去追討回來！」

碧雲禪師點頭道：「就是這怪物的徒弟藍辛如拿去了！於今你師兄慶瑞已跟蹤追去。祇是你師兄的本領，敵不過藍辛如；此刻正在山陰拚命相鬥！你師兄賴有皇命在身（黃葉道人爲朱明宗室。碧雲禪師與道人爲一流人物，「賴有皇命在身」一語，似不應出之碧雲之口！然有清入宰中原，國祚至二百六十餘年之久，豈爲偶然！談道者喜談孽，禽魚木石皆各有其孽；孽不足以相抵，人力無如之何！孽之爲物，與星相家之所謂命運相類。有清享二百六十餘年之國祚，祚未盡，孽亦未盡；且其孽之大，當然非藍辛如之孽所能抵！而慶瑞之孽，又不足以抵藍辛如，所以不能不有賴於皇命耳！有清二百六十餘年中，有志恢復明社者，何時何地無之；而直至辛亥一役，始得推翻之者：辛亥以前之從事革命者，其孽皆不足以抵之也！銅腳、黃葉之外，猶不可勝數），或可不死。你二人趕緊去助他一臂之力，將天書奪回！」后成夫婦聽了，那敢怠慢，急匆匆追過終南山之陰。

祗見一個山坡之內，一團黑煙，有四五丈寬廣，二三丈高下，團圓如一個大黑桶。黑煙裏面有甚麼東西，在外面看不清晰。圍繞著黑煙的，也是雷電交作，與那怪物在塔頂上時無異。

后成向楊宜男道：「藍辛如必在黑煙之內；這雷電必是我師兄的天心五雷正法。」

楊宜男舉眼向四處一望，忽指著前面一帶山岡，說道：「你看那個立在山岡之上，披散著頭髮的是誰？」

后成隨著宜男所指的方向看去，不覺逞口而出，叫了聲哎呀，道：「那就是我師兄慶瑞！他鬥不過藍辛如，已急得手慌腳亂了！我們怎生幫他呢？」

楊宜男道：「立在山岡上的是你師兄，藍辛如必在黑煙裏面。」楊宜男口裏說著，飛劍已從後腦朝黑煙射去。后成也忙將雄劍放出。

說也奇怪，疾雷閃電，祇繞著黑煙盤旋，不能衝破到黑煙裏面去；歐陽后成和楊宜男二人的雌雄劍一到天空，便如兩道長虹，發聲如裂帛的，直射進黑煙；黑煙登時四散！此時東方已經發亮，后成借著反射的陽光，看黑煙散處，一個穿藍色道袍的道人，已身首異處，倒在山坡之下死了！

慶瑞正從山岡上，一面向死道人跟前走，一面招手叫著后成老弟。后成遂同楊宜男湊上前去。慶瑞已從死道人身上，將玄玄經取在手中，說道：「老弟兩番救了我的性命。感謝，感謝！祇三年不見，想不到老弟的造化，便到如此地步！可喜，可賀！」

后成搶前幾步，叩頭行禮道：「往日不得師兄玉成，安有今日？爲地方爲人民除害，是我輩分內應做的事！值得師兄道謝嗎？」

慶瑞來不及跪倒答禮，與楊宜男相見了，也謝了援助之德，才將玄玄經雙手遞給后成道：「我本來應親去叩謝碧雲老祖，無奈有皇命在身，諸多不便！這部天書，原應帶著回朝覆旨。祇是這番非碧雲老祖的佛法無邊，不能剪除大害！這書不恭送老祖，不足以報答高厚，就請老弟轉呈罷。我須即刻回朝覆旨，不敢躭延！」

后成接了玄玄經，還想和慶瑞談談別後情狀。慶瑞祇顧從腰間拔出刀來，將藍辛如的兩耳割下；從袖中取出一個小手巾包來，打開將兩耳包裹。后成看那包中，已包有兩隻很大的耳朵在內，心想：原來那怪物的兩耳，就是師兄割下來了。慶瑞裹好了四隻耳朵，便急匆匆的走了。后成捧了玄玄經，和楊宜男同回到白石塔下面。碧雲禪師已運用廣大神通，將石塔移動，鎭壓著那怪物的屍體。

據迷信神怪的人說：幸賴有此一著，庚子年的拳匪，才容易銷滅了，沒將東南半壁鬧糟！這被鎭壓的怪物，就是徐鴻儒的徒弟。這本來都是一派無稽之談，不過中國數千年來，聖人以神道設教，其中從來不曾有人能推翻過；不能因其非事理之常，便斥爲虛妄！並且在下這一部奇俠傳，其間所寫的人物，其才能都是出乎尋常情理之外的，也不僅終南山誅怪、安順府誅旱魁，這種不經的故事。

閒話少說，再說：后成將玄玄經呈上碧雲禪師，並陳述慶瑞與藍辛如鬥法，自己夫婦相助的情形，及慶瑞託轉呈玄玄經的言語。

碧雲禪師歡天喜地的，收了玄玄經道：「你兩人此時不用回紫峰山去。我這裏有一封書信，煩你二人送到湖北襄陽府柳仙村藥王廟裏，交給朱復、朱惡紫兄妹。你祇說他師父智遠禪師，日前來西安，曾與老僧會晤。老僧因他幾年來恓恓惶惶的，得不著勝地，不能了道；已轉求黃葉道人，將萬載的玄妙觀暫時化給他，使他好成正果！他此時正在玄妙觀，可教朱復速去見他。」碧雲禪師說畢，交了一封信給后成。

后成祇默記了這番言語，也不知道所以然。收好了書信，即時和宜男拜別碧雲禪師，登程向襄陽柳仙村進發。這且按下。

於今再說：朱復自從奉了他師父智遠禪師的書信，到江寧救出朱惡紫、胡舜華之後，他兄妹和胡舜華，表面上雖都是已曾出了家的人；然實際尚不是眞個已了絕塵緣的，並且三人都沒有可以落腳的庵堂寺院。此時從參將衙門裏出來，不能不商量一個去處。

朱惡紫道：「我師父在日，最相投契的道侶，惟有沈棲霞師父。我記得有一次，棲霞師父和我師父說：他在湖北襄陽府柳仙村，收了兩個男徒弟；新建了一所藥王廟，在柳仙村裏。那柳仙村的風水極好，能作自己將來了道之所。於今我與舜華妹，既得不著好安身之所；依我的意思，不如且到柳仙村，依託棲霞師父那裏去。」朱復聽了，自然沒有不贊成的，於是三人遂向襄陽柳仙村來。

在下寫到這裏，卻又得掉轉筆頭，先將柳仙村一段故事寫出來。這柳仙村是個甚麼所在呢？何以取這們一個村名呢？卻也有一點兒荒唐來歷：柳仙村在離襄陽府六十多里的一個鄉僻地方，村裏不過二三十戶居民。村口有個小小的市鎮，叫黃花鎮。因爲村裏有個柳仙祠，所以叫作柳仙村。

那地方的故老相傳，說：當日呂洞賓在洞庭湖收服了柳樹精，在岳陽樓喝得大醉。所謂「朗吟飛過洞庭湖」，就是從岳陽樓飛到了衡山回雁峰。祇是呂洞賓醉後飛到回雁峰去了，這個初被收服的柳樹精，一看呂洞賓的葫蘆忘記帶去，就把葫蘆裏面的酒偷喝了。

柳樹精能有多大的酒量，喝下去便醉失了本性，把被呂洞賓收服的事忘了，跑到襄陽府黃花鎮上，興妖作怪；等呂洞賓在回雁峰酒醒轉來，再回到洞庭湖一看；不好了！柳樹精已逃得無影無蹤了！祇得追到黃花鎮，又用法力將柳樹精收服。黃花鎮的人，因被柳樹精鬧怕了，大家拿出些錢來，建一個柳仙祠，香花供養，想敬奉得柳樹精，不再來興妖作怪。於是這柳仙村的地名，也就跟著這柳仙祠同時出現了。

柳仙村裏面的二三十戶居民，都是安分務農的善良百姓，也沒有富家大族在內，更沒一個讀書能識字的人。一日，忽然有一個六十多歲的老人，帶領兩個六七歲的小孩，並許多行囊車輛，來到黃花鎮上。自稱姓未，南京人。因來襄陽投親不遇，不願再回南京，想在柳仙村，出錢買點兒田地，就在這裏居住。

黃花鎮的人，見這姓未的老人，爲人很是謙虛和藹，都願意與他接近。大家呼他爲未老先生。未老先生向人說：那兩個小孩，是他自己的孫子。他在柳仙村買了些田地之後，建造了一所小小的房屋，親自教兩個孫子讀書。

未老先生歡喜種桃樹。初時祇將他自己住宅的周圍，種了無數的桃樹，數年之後，漸漸的將範圍推廣，住宅四周的山上，都種滿了。種植的方法，像是很有研究的。尋常人家種的桃樹，至快也得十來年來，才可望開花結實，而初結的桃子，都是不甜的。

這朱老先生種的，與尋常人家種的，大不相同：祇須三年，就能結實了；並且結出來的桃子，又大又甜。成熟之後，運到襄陽府發賣；嘗著這桃子滋味的人，沒一個不咂口咂舌的說好吃。都稱這種桃子爲朱家桃。每年不到成熟的時候，就有許多販戶，爭著交錢定購。

朱老先生初到柳仙村的時候，本來已很富裕；三年後加了這筆朱家桃的出息，更是富足極了。祇是他富足儘管富足，他自己和兩個孫子的衣服，仍是十分樸質；家中一切食用都極節省，情願拿著大把的錢，周濟貧乏，附近數十里以內的貧苦人，沒有不曾受過朱老先生周濟的！因爲曾受他周濟的人多，朱家豪富的聲名，也就跟著傳播得很遠。

柳仙村裏雖都是安分的農人，而柳仙村以外的人，在勢固不能個個安分。當時就有一班惡賊，被朱家豪富的聲名打動了；嘯聚了十幾個強徒，黑夜擁入朱家。朱老先生已是風燭殘年，兩個孫子還祇十四五歲，那裏有反抗的能力？家裏雖雇用了幾個僕役，也都不是強徒的對手；因此毫不費事的，將朱家所有的財物，盡數劫去了！

當衆強徒擁進去行劫的時候，疑心朱家富名甚大，所有的銀錢，不僅已被搜出來這們多；必然還有貴重物品及金銀珠寶，藏匿在甚麼祕密地方。將朱老先生的兩個孫子，用刀背砍打，逼著他供出藏匿金銀的所在來。可憐這兩個小孩，被打得昏死過去，那有甚麼地方可供呢？衆強徒去後，朱老先生看兩個孫子，被打得體無完膚，一個打斷了一條胳膊，一個打斷了一條大腿，把個未老先生，急得甚麼似的！鄉村中又請不著有本領的外科醫生，祇得守著兩個受傷的孫子，痛哭流涕！便有人獻計，教未老先生多寫幾張招請好外科醫生的招貼，到襄陽府張貼起來；治得好，謝多少錢。未老先生依計而行。

次日，果有一個白髮鬖鬖的老道姑，走到未家來，對未老先生說道：「貧道善能醫治一切跌打損傷，並能限日治好，與不曾受傷時一樣，毫無痕跡；治的時候，更一些兒不覺痛楚。不知老施主肯教貧道治麼？」

未老先生急忙應道：「我正苦沒人能治，四處張貼招紙，延請醫生，那有不肯教師父治的道理呢？」

道姑點頭道：「但是治好了，將怎生謝貧道呢？」

未老先生道：「祇要師父能將兩個小孫完全治好，聽憑師父要我怎生謝，我便怎生謝！凡是我力量做得到的，無不從命！」

道姑道：「那就是了！且等貧道把兩位令孫治好了再說。」這道姑隨即動手，將兩個小孩的傷處敷藥包紮。手術眞妙！不須幾日工夫，果然兩小孩的傷處都好了！

未老先生便問道姑：要怎生相謝？道姑指著對面種桃樹的山丘，問道：「那山是老施主的產業麼？」未老先生點頭應是。

道姑道：「貧道衹要在那桃林裏面，化一塊方丈大的地基，再由貧道募化十方，募些錢來，建一個藥王廟。不知老施主肯將那山裏的地基，施捨給貧道也不？」

未老先生笑道：「師父也太客氣了！休說師父於小孫有再造之恩，便是尋常方外人，要向我化一塊地基，建築廟宇，這是一件有德事，我也沒有不肯的道理！師父也不須再去十方募化錢文，衹看師父的意思，藥王廟將怎生建法？應建多大的規模？儘可畫出一個圖形來交給我辦便了！師父就請住在寒舍，指示一切！」

道姑聽了，也不客氣，欣然說道：「貧道終是向人募化。老施主能獨力做此功德，豈不更好？至於廟宇的規模，不妨極小，貧道久已將圖形畫好，帶在身邊！」

說著，從身上取出一捲紙，展開遞給未老先生道：「依這圖形建造，工料儘可簡省；貧道但求能避風雨，不求能壯觀瞻，可以支持三十年便夠了！在這藥王廟未造成以前，貧道仍得去各勝地雲遊；遊罷歸來，便不再出去了。」

未老先生看那圖形，連神殿衹有五間房屋，和尋常極小的廟宇一樣。當時陪同道姑到對山桃林裏，擇了一方地基，由道姑指定了方向。

道姑合掌向未老先生道：「廟宇地基，都是由老施主捨的，貧道衹坐享其成。此時貧道尚須往別處去，俟廟宇落成後再來。」

未老先生在柳仙村住了好幾年，平日素不見他與方外人接近；大約他的性質，是一個不歡喜方外人的。這回因道姑治好了他兩個重傷待死的孫子，所以不能不建造一所廟宇，酬報道姑！

然在未老先生心裏，衹要施捨一方地基，依照圖形，建造了一所廟宇，自問便算對得起道姑了；至於這道姑究竟是從那裏來的？定要在桃林裏面，建造這小小的一座廟宇做甚麼？何以建造的，偏是不多有的藥王廟？未老先生都不曾向道姑顧問。並且連那道姑姓甚麼，叫甚麼名字，也便不曾向道姑請教一聲。道姑作辭要去，就由他去了。

那道姑去了之後，未老先生即派人採辦磚瓦木料，招請土木工人，開始建造起來。五間房屋的工程不大，有錢人辦事，更分外的容易；衹兩三個月的工夫，一所小結構的藥王廟，便已依照道姑所畫的圖樣，建築成功了。

未老先生的心裏，以爲：道姑臨去時說俟廟宇落成後再來，此時廟宇已經造成，道姑不久必然會來的。誰知落成後，又過了幾月，並不見那道姑到來。當道姑來柳仙村治病的時候，未老先生既不曾盤問道姑的來歷和姓名，也無從向人打聽道姑的下落。衹得將一所新建的藥王廟封鎖起來，等道姑來了再開。光陰易過，藥王廟落成，轉瞬經年了。

距離柳仙村三十多里遠近地方，有一個土霸，姓曹名上達，是戶部侍郎曹迪的兒子。曹家幾代都是顯宦，聚斂盤剝到曹上達手裏，已有數十萬的財產。民國時代的顯宦，動輒是數百萬數千萬；若衹有數十萬的財產，要算是兩袖清風，誰也不放在眼裏！然在前清時代，富至數十萬，在社會上一般人的眼光看了，確是了不得的巨富。

曹上達既有這們富足的產業，他家幾代顯宦，門生故吏又佈滿朝野；因此在襄陽府的勢力，尋常沒人能趕得他上。凡是到襄陽一府來上任的官兒，沒一個不先來巴結曹上達的！祇要觸怒了曹上達，無論這人如何振作精神做官，也決做不長久。

這曹上達平日在鄉裏的行爲，就和平常小說上所寫土豪惡霸的一般無二；如侵佔人家田產、強奸良家女兒，以及窩藏匪類、魚肉鄉民種種惡事，皆無所不爲！他出門也是有無數凶眉惡眼的漢子，前護後擁；若是在路上遇了有些兒姿色的女子，那是先由曹上達親自上前調戲，那女子相從便罷，若不相從，就嗾使跟從的惡漢，動手強搶回家。稍爲軟弱些兒的女子，少有不被他奸汙的；強硬的就十九送了性命。事後雖明知是死在曹上達手裏，然天高皇帝遠，襄陽一府的官員，都巴結曹上達還愁巴結不了，誰敢收受一紙告曹上達的狀子！曹上達的膽量，因此越弄越大！

有人在曹上達跟前，稱讚柳仙村的未家桃，如何好吃？每年的出息如何大？把曹上達的心說動了！打發兩個篾片到未家來，要收買未家的桃林；看未老先生要多少價錢，毫不短少！

朱老先生說：「我這桃林就是我一家養命之源，無論出多少錢，也不能賣給人！」

篾片明知道朱家是不肯賣的，不過假意是這們問問。見朱老先生這們回答，便冷笑了一聲，說道：「你知道要收買你桃林的人是誰麼？你知道襄陽曹公子要買人的產業，是從來沒人敢回半個不字的麼？你爽氣一點賣給他，倒落得一個人情，並可得些銀兩；要想把持不肯，就轉錯了念頭了！」

朱老先生已在柳仙村住了這幾年，曹上達平日凶橫不法的行爲，耳裏也實在聽得不少了；祇恨自己沒有力量，能替受害的打抱不平！於今這種凶橫不法的行爲，竟輪到自己頭上來了，教他如何能不氣忿？但是估量自己的能力，萬分不能與曹上達抵抗；若眞個一口咬定不肯，這兩個篾片，當然回去在曹上達面前慫恿，曹上達有甚麼事幹不出呢？甚至連自己的老命都不能保全！白白的把一條命送了，桃林仍得落到曹上達手裏去！

朱老先生一再思量，除了應允，沒有安全的方法！當下祇好忍住氣，對篾片說道：「我也知道曹公子不是好惹的人，不過我一家的性命，就靠這桃林養活，所以不願賣掉；於今既是曹公子定要我這桃林，我就祇得另尋生路了；價錢我也不敢爭多論少。祇對面桃林裏，有一所新建的藥王廟，不是我朱家的產業，早已施捨給一個老道姑了，不能由我賣給曹公了！」篾片見朱老先生居然應允了，自是喜出望外！問朱老先生要多少業價？朱老先生酌量說了個價目。

篾片回去報告曹上達，曹上達怒道：「幾棵桃樹值甚麼銀子？照他買進來的業價，給還他一半，趕緊滾出柳仙村！我這裏立刻派人去接收桃林，接收了便是我的產業。藥王廟要施捨給誰？祇由得我！誰管他甚麼道姑道婆？」兩個篾片聽了，自然隨聲附和，也主張是這們辦理。

再說：朱老先生見兩個篾片走後，知道不久就有曹家的人，前來接收產業。心想：一時將家搬到甚麼地方去住呢？藥王廟雖是特地建築了，施給那老道姑的；然道姑經年不來，也不知他的行蹤所在。那道姑的年紀，已有六七十歲的模樣了，這一年來沒有消息，說不定已是死了！我何不暫時搬進廟裏去住？道姑來了，臨時讓給他也不遲；不來，我就住下去。

朱老先生計算已定，即時帶了一個工人，拿了掃帚，到藥王廟去打掃房屋。走到廟門口，朱老先生正從懷中取出鑰匙來，打算開發廟門上的鎖。一看門上，不覺吃了一嚇，那鎖已不知去向了！廟門祇虛掩著，像是曾有人進去了的。回頭問問來的工人道：「有誰進廟裏去了嗎？」

工人道：「祇怕是曹家打發人來看，旁人是不會擅自將鎖打開的！」工人說著推開廟門。

未老先生走進廟去，看神殿上已打掃得十分清潔；神龕上原來只有神像，沒有帳幔的，此時已懸掛了顏色很鮮明的綢帳；龕前神案上，陳設了香爐、燭台、木魚、銅磬，都很精美。案前的拜墊，都已鋪好了，只不見有人。未老先生不由得非常詫異，放開嗓音，咳了一聲嗽。

就見一個年約十五六歲的瘌痢頭小和尚，從神殿後面轉出來，從容不迫的，向未老先生合掌道：「小僧奉了師父的命，剛到這裏來，因恐怕驚動施主，又得派人來幫同打掃，所以還不曾到府上來。果然施主一聽得說，就帶人攜著掃帚來了！」

未老先生聽了這些話，一時竟摸不著頭腦！暗想：我平生沒結交過和尚，這小和尚的師父是誰？如何能打發徒弟來，強占旁人的廟宇呢？難道出家人，也能像曹上達那們橫蠻不講理麼？曹上達仗著有錢有勢，人家不敢惹他；這小和尚的師父，有甚麼勢力來強佔這廟宇？並且真是有勢力的和尚，強佔了這個小小的藥王廟，有甚麼用處？

未老先生一時想不出這道理，就對小和尚說道：「這廟已施給了一個老道姑，他經年未曾來住。於今我自己的產業，已屬了旁人，只得暫時到這廟裏住住。所以帶了掃帚來打掃，並不是來幫你打掃的。你師父只怕是弄錯了！這廟原是建築了施給道姑的，不曾施給和尚！」

小和尚似乎吃驚的樣子，問道：「我師父說：施主甚是富足，怎麼只一年下來，產業就已屬了旁人呢？莫不是因建築這藥王廟，花的錢太多麼？」

未老先生搖頭歎氣道：「這都毋須說了！總之，這藥王廟已不能再拿了施給和尚。請你回去，照樣對你師父說罷！」

小和尚笑道：「施主弄錯了！我師父並不是和尚，就是去年在這裏，替兩位令孫治傷的道姑。施主特地建築了施給他的。我師父因為還有些事不曾了，不能就到這廟裏來，又恐怕施主盼望；所以教小僧先來，以便朝夕伺候香火。」

未老先生禁不住笑道：「你這話說得太離了經！你是個和尚，怎麼能認道姑做師父？這就未免太希奇了！」

小和尚也笑道：「一點兒不希奇，將來施主自能知道和尚認道姑做師父的道理！施主若此刻不相信小僧是那道姑打發來的徒弟，小僧這裏還有一件可做憑證的東西！」

說著到神殿後，拿了一捲紙出來，展開遞給未老先生看道：「這廟宇的圖形，是一正一副；小僧師父交給施主的是正圖，副圖在小僧這裏。施主可以相信了麼？並且師父不久就要來的，小僧豈能支吾過去？」

未老先生看這圖形，和前次的圖形，絲毫無二；又見小和尚雖是個癩痢頭，滿身滿臉的汙垢，然言談舉動，不像是個作惡害人的人，心裏已知道不是假冒的了！只是心想：怎麼來得這們不湊巧？他旣來了，卻教我一家，一時搬到那裏去呢？未老先生是這們躊躇著，不得計較。

小和尙問道：「施主畢竟是怎麼一回事，輕易的就把產業屬了旁人？難道施主府上，又遭了甚麼意外的事嗎？何妨說給小僧聽聽呢？小僧師徒託施主的庇蔭，應該能替施主分憂才是！」

未老先生無端遭此橫逆，心裏自不免有些抑鬱，想向人伸訴之處；今見這小和尙雖年小骯髒，說話卻像很懂情理的，當下忍不住長歎了一聲，將曹上達平日的作爲，及這番逼買桃林的舉動，說了一遍，道：「於今是沒有黑白的世界！我風燭殘年，原是想多活幾春；打聽得這柳仙村裏居住的，多是些安分務農的良民，才搬到這裏來，以爲可以安穩度此餘生了！誰知盜劫之後，又有這種不操戈矛的大盜，逼得我不能在此立腳！唉！天地雖大，還有一塊乾淨土嗎？」說罷，竟放聲大哭起來。

小和尙聽了，不但一些兒不替未老先生悲傷，反仰天打著哈哈，說道：「老施主也太不曠達了！世上沒有千年世守的業，堂皇天子的錦繡江山，拱手讓給旁人的事，歷朝以來不皆是如此嗎？這一片兒桃林，算得了甚麼？老施主破點兒工夫，栽培種植，不到十年，又是一般的產業，那值得這許多老淚？」

未老先生聽小和尚這們勸慰，更傷心得哭不可抑。同來打掃的工人，在旁用許多不倫不類的話勸解，倒把未老先生勸住了，攙扶著工人回家。祇好打算婉求曹家，稍寬假幾日，另覓遷

移之所。

次日，等曹家人前來兌價接收產業；等了大半日，不見人來。下午就聽得黃花鎮上和柳仙村裏的人紛紛傳說：曹上達昨夜正和他第六個姨太太睡了，不知被甚麼人腰斬在床上！那姨太太直到今早醒來才知道，還不知是甚麼時候死的！

曹上達夜間在姨太太房裏睡覺，房外照例有十來個把勢，輪流守候；房裏還有幾個丫鬟，也是輪流聽候使喚。昨夜房外的把勢、房裏的丫鬟，都眼睜睜的，並不曾偷閒睡著，窗門也都關得嚴密，不曾打開。

今早同睡的姨太太，忽然在床上叫起來，丫鬟才敢揭開帳門，祇見曹上達已攔腰斬作了兩半段，死在被裏，好像是連被窩都不曾揭開的！

曹家的人報了縣官。縣官來驗看了，疑是同睡的姨太太謀殺，卻找不著一點兒證據；只怕是和房裏的丫鬟，夥通謀殺的！於今已將那同睡的姨太太，和房裏所有的丫鬟，連房外的把勢，都帶到縣衙裏去了！殺了這樣一個大惡物，襄陽一府的人，無一個不稱快！未老先生聽了這種傳說，也疑心是同睡的姨太太謀殺。

不過依情理推測：在半夜裏腰斬一個人，怎能沒一些兒聲息，不使房外的把勢聽得？並且當姨太太的，要謀殺老爺，既能夥通丫鬟，也不愁沒有乾淨避嫌的方法，何至謀殺在自己床上？又何至用這種又難又笨的腰斬呢？未老先生如此推測，縣官自然也是如此推測，不能將那姨太太及一干人定罪。為這一條大命案，參了幾個官，畢竟不曾辦出來；而未老先生的桃林，就幸賴曹上達被殺得湊巧，得以保全下來了。

又過了幾個月，還不見那道姑到來。未老先生很有些疑心這小和尚，來得古怪：終日不見他出外，也不見有人和他往來；他一個人住在廟裏，自炊自吃；從沒人見他在外購買食物，而廟裏柴、米、油、鹽、醬、醋、茶，件件都不缺少。每日除弄飲食吃喝之外，就在神前念經；念的不知是甚麼經？拜的也不知是甚麼神像？廟門一日只有巳、午、未三個時辰打開；這三個時辰以外，總是關著的。

他在神殿上念經的時候，連他自己住的耳房，都關閉起來，好像房裏有極貴重的東西，怕有人來強搶了去似的！神殿上打掃得沒一些塵垢，所有的陳設及應用器具，也沒一件不磨洗得潔淨無塵。惟有他自己的頭臉，及身上衣服骯髒得不堪；一立近身，就有一股令人不耐的氣味。

未老先生很覺得這些地方古怪，心想：小和尚說，和尚認道姑做師父的道理，將來我自然會知道！於今他已來這裏好幾個月了，我實在還不知道是甚麼道理。今日無事，我倒要去藥王廟問問他。看他師父怎的還不來？未老先生想罷，便獨自走到藥王廟裏。

不知未老先生問出了小和尚甚麼來歷？且待第三八回再說。

施評

冰廬主人評曰：此回結束誅怪事，接敘沈棲霞、朱惡紫諸人；中間插入曹上達恃強奪產一段，倍覺靈活。

曹上達作惡多端，一死不足蔽其辜；惟不先不後，恰死於逼奪未家桃時。明眼人讀之，固早知其必為沈棲霞所殺無疑矣。但土豪惡霸，無時無之，亦無地無之；安得千萬沈棲霞，施其神技，為天下含冤負屈人，一吐骯髒不平之氣耶？

第三八回　藥王廟小和尚變尼姑　柳仙村沈道姑收徒弟

話說：朱老先生獨自走到藥王廟，想問明小和尚的來歷。走到廟門口，祇見廟門緊閉，從裏面閂了。朱老先生心想：此刻才到申刻，天色這們早，如何就把廟門關了呢？廟裏有甚麼金珠寶貝，怕人劫奪？用得著是這們防強盜似的，青天白日，把廟門關閉！我敲開門進去，也要問他一個白晝關門的道理。

遂舉起手中拐杖，向廟門上敲去；連敲了幾下，不見裏面的小和尚答應。暗想：難道睡著了嗎？又重重的敲了一會，裏面仍是寂然無聲。這廟有一張後門，離耳房很近。朱老先生見敲著沒人答應，遂轉到後門口，伸手推門，也是從裏面閂得很緊，推去絲毫不動。祇得又舉起拐杖亂打，邊打邊喊小師父開門。

任憑朱老先生高高喊，重重敲，裏面那有一些動靜呢？不由得驚異道：「便是眞個青天白日的關了門睡覺，也沒有睡得這們叫喚不醒的人！可惡這廟宇沒一個朝外面的窗戶，不能窺探裏面的情形；莫不是小和尚獨自躲在裏面，有甚麼不可告人的行爲麼？我已好些日子不到這廟裏來了，也不知這廟門關了多久？今日曾打開過沒有，我也沒看見。

「這小和尚的身體很瘦弱，又是一個瘌痢頭，臉上沒一些兒血色，好像有病的樣子；或者

是病倒在裏面，無人照顧他，又病又飢餓，以致不能起床！就聽得我在外面敲門叫喚，因沒氣力高聲答應，也未可知。我是這廟的施主，今日沒來這裏便罷，既到這裏來了，不能因叫不開門，就不作理會。他若是到外面去了，不在廟中，廟門應該在外面上鎖，斷不能前後門都從裏面鎖著。

「好在這後門的木料，並不十分堅牢；因爲那老道姑說了，祇要能庇風雨，可以支持三十年，所以建造的材料，都沒在堅牢上著想。且回去，叫個工人，帶個鐵鑿來，將門斗撬開進去看看。」未老先生決不躊躇的，回到家中。

卻是不湊巧！一個長工因他自己有事出去了，祇有兩個孫子在家。此時這兩個孫子，也都有十八九歲了。

未老先生即將叫不開藥王廟的門，並自己想撬開後門進去的話，對兩個孫子說了。兩個孫子喜道：「那後門一撬就開了，我兩人包能撬開！」未老先生說好。

當下就帶著兩孫，攜了一把鐵鍬，到藥王廟後門口。當小孩的人，遇了這類時候，沒有不鼓動好奇之念的，有自家長輩開了口，教他們撬這叫喚不開的門；就和撬開了，有許多把戲可看，許多利益可得似的！推的推，撬的撬，果然不須幾鐵鍬，早將這不牢實的後門板，撬得一片一片散開了。

未老先生支著拐杖，當先走了進去，口裏仍不住的叫著：「小師父在那裏？」五間房都走遍了，這才把未老先生嚇了一大跳，那裏尋得出那個瘌痢頭小和尚的影子呢？

未老先生坐在小和尚睡的耳房裏，對兩個孫子說道：「這個小和尚很蹊蹺，舉動實在太古怪了！這廟僅有一張前門，一張後門，連對外的窗戶，都沒一個；於今前門還是鎖得牢牢的，後門也是裏面上了鎖，且用木槓橫門了，不是在裏面，不能這們關鎖。然而他在裏面，把前後門都關鎖了，卻從那裏出去呢？回來又叫誰開門呢？這廟宇是我親自監著建造的，除了這五間現面的房子而外，沒有可以給他藏躲的地方；這五間房裏沒有，是已出外無疑的了，這種舉動，不更是古怪嗎？」

兩個孫子道：「我兩人，有幾次跟著你老人家到這裏來，見小和尚跪在神殿上唪經。我記得這耳房的門，幾次都是從外面反鎖著的，一次也沒看見這房裏是甚麼模樣。我多久就疑心這房裏，必有甚麼貴重東西；怕被歹人白天裏看破了，黑夜前來偷去。難得這回小和尚不在廟裏，這房門又沒上鎖；何不趁此時搜搜看，有甚麼貴重東西沒有？」

未老先生道：「那卻使不得！越是小和尚不在廟裏，我們越不可動他的東西。我若早知他不在廟裏，也不教你們撬開門進來了！於今沒有法子，祇好坐在這裏等他回來，將原因說明白了再去。君子不示人以可疑，何況對於這個未成年的方外人呢？」兩個孫子聽得這們說，便不敢亂動了。祖孫三人坐等到天色已經昏暗了，還不見小和尚回來，祇得相率歸家。

不說未老先生這兩個孫子，生性都異常精細，當跟著未老先生，同進小和尚所住耳房的時候，已經見了一件可疑的東西；因未老先生不許搜查，故不敢拿出來研究。

是一件甚麼可疑的東西呢？原來是一隻白大布的襪子，壓在墊被底下，祇露出一隻襪底來；就那襪底的長短形式，一望就可知道是女子穿的；男子除了五六歲的小孩，決沒有那們瘦小的腳。兩人當時看在眼裏，記在心裏。

跟著未老先生歸家之後，二人便悄悄的到僻靜地方商議。年紀大些兒的說道：「那墊被底下露出來的襪底，斷不是小和尚的。怪道這小禿驢，終日將那耳房門鎖著，不教我們進去，原來他把尼姑藏在裏面！那樣的襪子，不是尼姑穿的，是甚麼人穿的呢？」

年紀小些兒的點頭道：「那次替我們治傷的老道姑，我記得他腳上所穿的，就是這一類的襪子。不過那道姑的腳不小，襪子比這隻露出來的，彷彿要長大寸多些；這小禿驢所偷的尼姑，一定是個年紀很輕、身材很小的，才能在那間耳房裏，藏躲得許多日子。我們今日進耳房的時候，這尼姑多半是躲在禪床底下；那時若爺爺許我們搜檢，祇一撩開床褥，包管就搜出來了！「這小禿驢有一個尼姑在廟裏，怪道他出去，能將前後門都從裏面鎖著，回來時也不愁沒人開門！這東西太可惡了！一所新建造乾乾淨淨的廟宇，被他是這們弄得汙穢不堪了！我們萬不可輕恕了他！他夜裏必然要回來的。我們趁此時到廟裏去，揀個好地方躲起來，準能撞破他們的奸情！奸情既被我們拿著了，怕他們不謝罪，不滾向別處去嗎？」二人商議停當了，就瞞著未老先生，悄悄的到藥王廟來。

這時已是初更時分了，廟裏仍不見有小和尚的蹤影。二人藏身在神龕裏面，從帳幔縫中朝外望，小和尚一入耳房，就得看見；而立在神殿上，決看不見神龕裏面有人。此時正是上旬天氣，初更過後，月色正明，從天井裏射進月光，照得神殿上通明透徹，靜悄悄的萬籟皆寂。

二人約莫等了一個更次，年紀大些兒的，屈身躲在裏面，身體屈曲得發痠了，對年紀小些兒的說道：「等了這們久，還沒一些兒動靜，難道這禿驢通夜不回來麼？我已彎腰曲背的，蹲得遍體發痠了，待出去伸一伸腰才好！」

年紀小些兒的答道：「不要出去！已等了這們久，還是忍耐些好！這耳房裏一點兒動靜沒有，莫不是尼姑已經不在裏面了麼？」

大些兒的剛待回答，瞥眼見神殿上月光中，有黑影一晃，風飄落葉似的，從天井裏飛下一個人來，逕走入耳房去了。二人都看得分明，是一個身材瘦小的尼姑，祇看不出面貌妍媸；就那妖嬌體態推察，年齡至多不過二十來歲。

二人腦筋中，不知道世間有能飛得起的人；突然看見了這個從天上飛來的尼姑，並落地沒一些兒聲響，不約而同的疑是妖怪，祇嚇得渾身亂抖！心裏都想趁妖怪進耳房去了，趕緊逃回家去。無奈沒經過事的公子哥兒們，既嚇得渾身發抖，兩條腿也就痠軟得不由自主了！祇想竭力的鎮靜，不把神龕抖得亂響都做不到。

正在又嚇又急，無可奈何的時候，祇見從耳房裏走出一個人來，以為必就是那妖怪了；仔細看時，原來竟是瘌痢頭小和尚！小和尚一出來，二人的膽量，便登時壯了許多！

祇見小和尚立在耳房門口，朝著神龕叱道：「那來的小賊，敢藏在裏面？想偷廟裏的東西麼？」二人見已被小和尚看破，料知再藏匿不住了，祇得硬著頭皮衝出來。

年紀大些兒的，指著小和尚說道：「我們倒不是想來偷東西的小賊，卻要問你：你是一個和尚，為甚麼瞞著人，把小尼姑藏在房裏？你知道你自己犯的甚麼罪？」旋說旋跳下神龕來。

小和尚聽了，反笑嘻嘻的合掌說道：「原來是兩位施主！小僧失禮了！不知兩位憑甚麼，說小僧瞞著人，藏匿了小尼姑在房裏？畢竟藏在那間房裏，倒得請兩位施主拿出憑據來。」

二人冷笑道：「我們親眼看見的！你還想抵賴麼？我們若拿不出憑據，也不躲在這裏，拿你的奸了！小尼姑現在耳房裏，你還賴些甚麼？」

小和尚笑道：「耳房裏有甚麼小尼姑，請兩位叫出來，給小僧看看！若眞有小尼姑，小僧自然伏罪！」

二人道：「敢讓我們搜麼？」

小和尚立過一邊，讓出耳房門來，說道：「不敢讓兩位搜，便是眞個藏有小尼姑了！請快進房去搜搜！但不知搜不出，該當怎樣？我師父不在這裏，這藏匿小尼姑的聲名，小僧承當不起！」

二人攘臂說道：「分明看見一個小尼姑進房去了，那有搜不出的道理？你讓我搜罷！」

小和尚卻又當門立著說道：「搜是自然讓兩位搜！祇是搜不出小尼姑時，該當怎樣的話，得事先說個明白！這不是當耍的事！」

二人急得跺腳道：「你這分明是攔住我們，好讓小尼姑逃走；等他已經逃出了房，再讓我們進房裏去搜！」

小和尚一聽這話，連忙跳過一旁，說道：「豈有此理？快來搜罷！」

二人跑進耳房，借著殿上反射的月光，房內看得分明，何嘗有個小尼姑的魂靈呢？看那朝著天井的窗戶，仍是和白天一樣，關得很嚴密的。二人在床下、桌下，都用手摸索了一遍，空洞洞的一無所有。二人這才有些慌了！

小和尚立在門外，一疊連聲的催促道：「小尼姑呢？怎麼還不拿出來？」

年紀大些兒的道：「那小尼姑本是一個飛得起的怪物，我二人親眼看見他從天井裏飛下來的。此時不知道他躲到那裏去了？這房裏沒燈火，不甚明亮，一些找尋不出來！然你藏匿小尼姑的事，是確切不移的，是百口難分的！」說著，想往外走。

小和尚攔門站住，不放二人出來，說道：「小尼姑就小尼姑，又是甚麼飛得起的怪物！既是飛得起的怪物，便不應該說是小尼姑！並且既是飛得起的怪物，我又如何能瞞著人，將他藏匿在房裏？祇有這們大小一間房，月亮照得通明，如何能推諉說不甚明亮？到底是不是藏匿了小尼姑，須說個明白再走！」

二人被小和尚這一逼，逼得忽然想起那墊被底下的小襪底來；也不回答，折轉身從床上一摸，就將那襪子摸在手裏。走到門口，揚給小和尚看道：「你還想賴麼？你不藏匿小尼姑，你是個和尚，床上如何有尼姑的襪子？快說，快說！這是不是憑據？」

小和尚一看，這才嚇變了臉色；伸手想奪那襪子，二人怎麼肯給他奪去呢？年紀大些兒的，將襪子舉得高高的；年紀小些兒的，就亮開兩條胳膊攔住。二人同聲問道：「還想賴麼？」

恰在這難分難解的當兒，猛聽得未老先生的聲音，從後門喊著進來道：「你兩人畢竟在這裏淘氣，吵些甚麼呢？」

二人一聽是自己祖父來了，立時更覺得理直氣壯。牢牢的將襪子握住，推開小和尚，跑到神殿上，迎著未老先生，一五一十的，指手劃腳，訴說剛才的情形，硬說小和尚偷藏了小尼姑！

未老先生聽罷，叱道：「站開些，不許你們亂說！我自有道理！」二人被叱得諾諾連聲的，立在一旁。

未老先生從容對小和尚說道：「小師父！何不將燈點起來？我多久就有意要和小師父談談，祇苦機緣不湊巧。方才小孫多有開罪小師父之處，望小師父不要介懷！」

小和尚應聲說道：「老施主有何見教？這皎皎明月之下，儘好暢談，何須再用燈火！」

未老先生遂向兩個孫子揮手道：「你們回家去罷！方才的事，不許對人胡說亂道！」

二人走了之後，未老先生說道：「我久已疑心：尊師是個道姑，何以會收和尚做徒弟？這個疑團，直到於今才得解釋！原來小師父恐怕獨自住在這廟裏，有許多不便之處，所以將本來面目藏過！

「我初見小師父的時候，見小師父的身體瘦弱，行步遲緩，就覺得不像年輕的男子；後來更看了小師父種種舉動，都有可疑之處。最使我生疑的，就是小師父明明是一個極愛清潔的人，廟中打掃得一點兒灰塵沒有，一切陳設的東西，及應用的器具，也都是刮垢磨光、雅潔無比；獨小師父身上，骯髒得不能近人。

「就是頭頂上的瘌痢疤痕，我每次見小師父，總是新敷上許多藥膏，不曾有一次像是敷了幾日的。瘌痢非瘡癤可比，那裏用得著每日敷這些藥膏呢？這些地方，都使我放心不下，因此今日特地到這裏來，想向小師父問個明白。便是尊師這們多日子不來，我也要向小師父探聽他的行蹤。

「誰知走到這裏，廟門從裏面關得緊緊的；敲了一回，不見小師父答應。後門也是一般。當時實在怕小師父獨自住在廟裏，發生了甚麼病痛，不能起床；祇得回家叫小孫同來，撬開後門，進裏面探看。尋遍了五間房屋，卻不見小師父的蹤影。因為劈門入室，恐怕小師父回來驚訝；坐等到黃昏向後，才帶著小孫回家。沒想到小孫因白天在小師父房裏，看見了小師父的襪底；疑心小師父有違犯戒律的行為，瞞著我到這裏來偷看！湊巧看見了小師父的本來面目，自以為是拿著了把柄。

「他們小孩子心粗，那裏知道小師父就是從天上飛來的尼姑？我在家因不見了小孫，料知必是到這裏來了；恐怕小師父仍不曾回來，他們膽敢到小師父房裏胡鬧，祇得追來，打算叫他們回去。沒想到他們正在小師父跟前無禮，千萬求小師父原諒！照小師父的舉動看來，尊師必非尋常之人！我雖癡長了七八十歲，祇是有眼無珠。尊師在寒舍住了好幾日，竟是當面錯過了，我至今還不曾請教尊師的法諱和履歷；便是小師父道號甚麼，我也疏慢極了，不曾請教。這都望小師父恕罪，詳細告我，我還有奉求小師父的事！」

未老先生說話的時候，小和尚很安閒的聽了；至此，才點頭答道：「老施主既已識破了我的行藏，我也毋須隱瞞。我師父因知道老施主是正人君子，才投託宇下。我師父姓沈諱棲霞，江湖中人不知道他老人家的很少。他老人家和金羅漢呂宣良同輩至交，生平行跡也和金羅漢一樣，沒一定的庵堂道觀，山行野宿的時候極多。近年因外丹已成，內丹非有適宜的所在潛修，不能成就；募化老施主這所廟宇，就是爲他日成道之地。

「打發我先到這裏來，並不曾教我藏首露尾，欺騙老施主。祇因初到襄陽，還不曾來這廟以前兩日，偶然在路上遇著一群凶徒。其中有一個爲首的，生得凶眉惡眼，滿臉橫肉；衣服卻華美絕倫，騎著一匹白馬。一群凶徒簇擁著，與我迎面相遇。我見他們來的人多，便立在道旁，讓他們過去。

「誰知那個騎在馬上的東西，走到我面前，忽然勒住馬不走了！問我是那個庵裏的尼姑？我說是路過襄陽，不是在此地出家的。那東西便起了禽獸之念，要我跟著他去。我說我是出家人，無故不能腳踏俗家門，那東西就跳下馬來，伸手想來拉我。我本待順手打他一頓，奈師父臨行吩咐了，不許輕易與人動手，衹得折轉身就走。那東西追了幾步沒追上，遂揮手教那群凶徒追捉。我在轉拐的地方，趁他們不看見，溜進了樹林之中，沒被他們追上。

「我隨即向地方上人打聽，才知道那個騎馬的東西，就是襄陽一府有名的惡霸，姓曹名上達。平日無法無天，衹差落草，便是一夥大強盜。年輕女子，不落到他眼裏便罷，一落到他眼裏，除死終逃不出他掌握！我心想：既是如此，這番雖僥倖不曾被他們追上，將來在藥王廟終免不了要拖累施主！不如從此改裝這個模樣，一則可以避曹上達的眼；二則獨自住在藥王廟裏出入行動，都方便些，因此就把裝改了，才到廟裏來。

「誰知道曹上達竟要強奪老施主的產業！我初聽了老施主的話，還以為曹上達因知道我改裝到這廟裏來了，才來和老施主為難。心想：老施主慷慨建造這所藥王廟給我師父，豈可因我使老施主受無妄之災？此時就是師父在這裏，也決不能不為老施主分憂，為地方除害！因此這夜我便到曹家，趁曹上達睡著了的時候，將他腰斬了！」

未老先生聽到這裏，即朝著這尼姑化裝的小和尚，作了一揖道：「原來是小師父為襄陽府除卻了這個大害！我那日聽外面的人，傳說曹上達被殺的情形，我就心想：不是聶隱娘、妙手空空那一類的人物，斷不能刺人於不覺，像這們奇特的！我癡長到七八十歲，今日何幸得遇著小師父？更何幸得做小師父的地主？」

化裝的小和尚，祇略略的謙遜了兩句，即接著說道：「我師父曾說，老施主是當今的有心人，眼力確實高人一等！」

未老先生歎道：「衰朽殘年，去死祇爭時日了！然而生當現在這種時候，早就該死，何況活到了七八十歲，還說死不過嗎？祇是使我放不下的，就是剛才開罪小師父的那兩個頑童！於今既承小師父沒拿我當不可說話的人，我也祇得將履歷表明給小師父聽。還得望尊師和小師父垂念老朽，格外成全他們兩個！

「我一向對人都說他兩個是我的孫兒；其實他二人，並不是我的孫兒，且不同姓。那個年紀大些兒，剛才拿著小師父襪子在手裏的，姓羅單名一個續字。他父親羅宏志，是忠王李秀成部下一名勇將。年紀略小些兒的，姓趙名承規。他父親趙煥綸，是個博學多聞的名士，在忠王部下經管文卷，忠王甚是器重他。

「趙煥綸與羅宏志爲生死至交，兩家同處一個屋子，聘了我教羅續、趙承規的書。南京城破之日，趙煥綸、羅宏志都以身殉難；全家眷屬，也死的死，散的散了！祇我帶著這兩個學生，得藏匿在親友的家中。亂事稍定，才逃了出來，先在襄陽府住了些時。

「我本姓朱，名光啓，在南京薄有文名。恐怕襄陽有人挑眼，連累兩個學生，若改尋常的姓氏，又恐怕有同籍同姓的人，來和我攀談族誼，對答不來，反露馬腳，因改了姓未。兩個學生的年齡，與我相差的太遠；祇好將他們的姓名藏過，假託是我的孫兒。這柳仙村裏的人，盡是安分務農的；不但沒有在外面為官做宰的人，連讀書識字的人都沒有。卜居在這裏面，不愁有明眼人，瞧出我的破綻，所以從襄陽府搬到這裏來。

「於今兩個學生的書，都已讀得有樣子了；祇因他兩個的先人，都是轟轟烈烈的豪傑，我不能教學生違反其先人之志趣，去靦顏事仇，所以不令他們赴考；不然，憑他們胸中本領，也不難混個一官半職到手。我給他兩人取名字，就含了個繼承先人之志的意思在內。不過以太平天國那們好的基業，尚且弄到如此結果；此時要繼承先人之志，頗不是一件容易的勾當！甚想趁我未死之前，為他兩人謀一託身之所，使他們有盡人事以聽天命的機緣！

「無奈亂離之後，各方的音問阻隔，竟不知何處可以託身？近來正在為難，想不到有尊師和小師父降臨此處，這眞是趙、羅兩小子的造化，千載難逢的！我剛才曾說有奉求小師父之事，就是為他們兩個。要求小師父不嫌頑劣，不以是男子為嫌，慨然收他兩個做徒弟，傳授他們一些本領，好為異日繼承先志之用！他二人身受成全之德的，自是啣感終生；就是我和他們在九泉之下的先人，也感激無地！」說著，又向化裝的小和尚，躬身一揖。

小和尚連忙合掌答禮，說道：「我此刻還是做徒弟的時候，那裏就敢收徒弟？好在我師父不久就要來了，老施主向他老人家說，沒有不行的！」

曾化名未老先生的朱光啓聽了，覺得有理，便不強求了。沒過些時，沈棲霞道姑來了。朱光啓將羅續、趙承規拜給沈棲霞做了徒弟，朝夕研練道法。這且不提。

再說：朱復帶著朱惡紫、胡舜華，從南京到襄陽來找沈棲霞。這日到了襄陽府，祇見六街、三巷的店鋪門口，以及各住家的公館門口，都陳設一張方桌，桌上排列香燭、果餅之類的祭品。幾乎家家如此，沒一家沒有。朱復見了，心裏好生詫異，想打聽出一個理由來。不知曾打聽出甚麼理由？且待第三九回再說。

施評

冰廬主人評曰：此回敘明曹上達致死之由，為上回餘波。述小道姑化裝和尚一節，亦曲折來寫，決不平鋪直敘。此即作者賣力處也。

第三九回　陸偉成折桂遇奇人　徐書元化裝指明路

話說：朱復走近一家鋪戶門口，想打聽家家門外陳設香案的理由。見一個五六十歲的老年人，坐在櫃房裏面，便合掌說道：「貧僧初到貴地來，不知道貴地的風俗。請問老施主：此地家家戶戶的大門外，都陳設這香案，是何用意？」

老年人打量了朱復兩眼，見朱復雖是個行腳僧的打扮，卻是氣概不凡；即陪著笑臉，抬身答道：「師父是遠方來的，原來不知道，今日是玄妙觀迎接御賜全部道藏眞經的日子！襄陽府的陸知府大老爺，三日前就傳諭滿城百姓：要虔誠齋戒，焚香頂禮的迎接。所以家家戶戶，都在大門外擺設香案。」

朱復問道：「玄妙觀在那裏？因甚麼事御賜全部道藏眞經給他呢？」

老年人答道：「玄妙觀就在這城裏。觀裏的老道爺，今年拿出很多的穀米來，救了襄陽府一府的飢荒，所以御賜他全部道藏眞經！這是襄陽府從來沒有的盛典！師父既是從遠方到這裏來，何妨去玄妙觀瞧個熱鬧呢？」

朱復聽了這話，也不在意，更不願意去瞧這種巴結皇室的盛典。當即謝了那老年人，帶著朱惡紫、胡舜華兩人，投奔藥王廟，暫時就寄住在藥王廟中。這且按下。

於今須另說一位奇俠的故事了。常德有個姓陸名文良的，曾中了一榜。因家財甚是富裕，陸文良爲人又天性純孝，中過一榜之後，就在家事奉老母。陸文良有個兒子，名叫偉成，生成絕頂的天資：讀書過目成誦，六七歲就能信口念出詩來，吐屬非常名貴；雖是博學的人卒然聽了，都得疑是讀熟了的古詩。

陸家和陶文毅公家有些瓜葛。陸偉成在八歲的時候，見著陶文毅公，很得陶文毅公的賞識，想帶在跟前讀書。這時陶文毅公正做兩江總督，陸文良自無不願意之理，於是陸偉成就在兩江總督衙門裏讀書。

陸偉成的天資，固是高到了絕頂，頑皮卻也到了絕頂！祇在文毅公面前，就循規蹈矩，一言一動，都不肯輕率苟且；一背了文毅公的眼，便和沒有籠頭的馬一樣，誰也羈絆他不住！白天不肯用功讀書，盡做些頑皮生活；夜間等一衙門的人都睡著了，陸偉成才認眞做起功課來。文毅公祇要他功課做得好，對於這些舉動，全不顧問。

總督衙門後面，有個花園，花園裏有幾株丹桂。這年秋天，丹桂開得極盛。陸偉成讀書的房子，靠近花園；夜深讀書，一陣陣的桂花香風，撲入鼻孔，陸偉成忍不住想折幾枝作案頭供養。然在黑夜，不敢獨去花園裏折取；祇得坐等到天光將近發亮了，能勉強辨得出途徑，即獨自出了書房，走到園裏。

一看幾株桂花樹都很高，花枝離地太遠；自己身體太矮小了，攀折不著！但他素來是頑皮得能爬上無皮樹的，立在地下既攀折不著，他就把桂花樹抱著，慢慢的爬了上去。用眼四處張望，看那一枝的花最好。

偶然一眼，看見了一件驚心動魄的事！原來：花園圍牆之外，緊靠著一戶人家的後院；這時正有一個約莫是中年的男子，立在後院裏，披散著頭髮，用木梳梳理。最使陸偉成見了驚心動魄的，就是這人頭髮裏面，有無數火球，跟著木梳滾下來；越梳越多，這人好像並不覺著的樣子！

此時還是曉色朦朧，陸偉成爬在桂樹上，和這人相隔又遠了一點，看不清這人的面貌。祇是既發現了這種奇怪的事，陸偉成是個頑皮好事的小孩，不探尋一個究竟，是不肯罷休的！當下也不作聲，也不折桂花了；就伏在桂樹椏上，屏聲息氣的靜看。祇見這人先朝後面梳了一會，即將頭髮覆在前面，彎腰低頭，一把一把的朝前梳著；祇梳得大小的火球，滿頭亂滾；天光漸漸的大亮，火球也漸漸的消滅。

這人停了梳，將頭髮披向背後，抬起頭來。陸偉成定睛一看，認得這人就是在總督衙門裏

當廚子的徐書元，平日陸偉成，常在小廚房裏看見他辦菜給文毅公吃的。此時見是熟識的人，那裏再忍得住不作聲呢？遂高聲喊著徐書元道：「你頭上有火！你頭上有火！」

徐書元聽了，朝桂樹上一看，見是陸偉成，登時露出驚慌的樣子，雙手對陸偉成搖著道：「陸少爺還不快下來！萬一跌著那裏，看怎麼了？」說話時，匆匆將辮髮結起，從角門轉到花園裏來，問道：「陸少爺這時候，獨自爬在桂樹上做甚麼呢？」

陸偉成已折了兩枝桂花下來，說道：「我本是要折桂花，卻於無意中，看見你在那邊梳頭。你頭上怎麼有那們些火球亂滾？你得把道理說給我聽。」

徐書元故意裝作不懂得的樣子，反問道：「甚麼火球亂滾？都滾在甚麼地方去了？」

陸偉成的年紀雖輕，精明卻是到了極點！當在桂樹上喊著徐書元，連說你頭上有火的時候，就已看出徐書元驚慌的神氣；此時見徐書元反問甚麼火球，即正色說道：「你不要裝作不知道！我親眼看見的，並且看了好大一會工夫，你想還瞞得住麼？」

徐書元笑道：「那是少爺的眼睛放花，何嘗是我頭上眞有火球呢？」

陸偉成搖頭道：「不是，不是！我的眼睛，從來看遠處都看得很得當，無緣無故的放甚麼花？你眞要再裝假麼？你此時不向我說，等一會我自有法子問你，看你始終隱瞞得了！」徐書元一聽這話，臉上不覺變了顏色，好像很有些害怕的樣子。

陸偉成更得意的說道：「你這人鬼鬼祟祟的！在這花園裏對我說，有甚麼要緊？」

徐書元起初以為陸偉成是個小孩，容易哄騙；及聽他說出話來，甚是扼要，便知道無可狡賴了；然仍不肯輕易說出來，隨口答道：「如果頭上眞有火球亂滾，豈有不將頭髮燒落的道理？」

陸偉成一手握著桂花，一手掩著耳朵就走，邊走口裏邊說道：「你對我是不說的！你能始終不說，算是你的能耐！」

徐書元笑著從後面，將陸偉成的衣拉住道：「少爺眞會放刁！好，我說給少爺聽罷！」

陸偉成回身笑道：「我親眼看見的，你還想抵賴，怎說我會放刁？畢竟那火球是那裏來的？快說罷！」

徐書元道：「少爺能不將剛才所看見的情形，對第二個人說麼？」

陸偉成道：「你能說給我聽，並教給我梳頭的法子，我就不對人說；無論甚麼人，我也不說！你若仍是隱瞞著，不把法子教給我，我是要逢人遍告的！」

徐書元道：「怎麼謂之教給你梳頭的法子？我不懂得！」

陸偉成道：「你又裝假了！你用甚麼法子，才梳得頭上有火球亂滾？你得將梳的法子教給我！」

徐書元道：「這東西少爺學了有甚麼用處呢？」

陸偉成道：「祇看你自己有甚麼用處，我學了便也有甚麼用處！」

徐書元笑道：「錯是不錯，但是少爺把學的話看得太容易了些！世間也沒有這們便宜的事！既這麼，少爺要對人說，儘管去對人說罷！我並不怕甚麼。」

陸偉成以為：徐書元是有意說得不要緊，好拒絕自己要求的！暗想：他若眞個不怕我對人去說，他又何必做出驚慌的樣子？更何必拉我回頭呢？我逼著要他教我，除了拿著要去對人說的話嚇他，沒有旁的法子！想罷，鼻孔裏哼了一聲道：「你說既沒有這們便宜的事，我也不勉強你！」說完，提了桂花就走，以為徐書元必然再趕上來拉住的。

誰知走了十幾步，並不見徐書元趕來；不肯回頭，又走了幾步，仍沒聽得後面腳步聲響。

忍不住回頭看時，衹見徐書元已轉身從角門出花園去了，陸偉成才懊悔自己不該太硬，反把事情弄僵了。一時再想不出轉圜的方法，衹得沒精打采的回到書房，呆呆的坐著思索。

他究竟是個天分很高的人，一回想徐書元所說世間沒有這們便宜的事這一句，心裏立時有一種覺悟！思量：徐書元所謂沒有這們便宜的事，若不是說我不曾送他的師父錢，便是怪我要學梳心思太不堅誠！他這頭髮裏面，梳出無數火球的事，本來很不尋常；他一個人在後院中，可見得不是有意使用幻術，若眞個這們就教給我，那也未免太不足貴重了！他的意思，想我不對外人說；我若對人說了，他必然怪我，益發不肯教我了。他早起立在那個後院裏梳頭，他家必就是住在那個屋子裏面。我既想跟他學這東西，何不到他家裏去找他呢？陸偉成自覺想得不錯！

次日，不等到天明，就到花園裏，爬上那株桂樹等候。以為：徐書元到昨早梳頭的時候，必然再出來梳頭，打算趁那時過那邊去。衹是等得天光已亮了，仍不見徐書元出來。這時因是清晨，四面寂靜無聲。陸偉成蹲在桂樹枝上，隱隱聽得有人哭泣，哭聲並不甚遠，好像就在衙門裏發出來的。

暗想：這時候，衙門裏怎敢有人哭泣？細細聽去，能辨得出那哭聲是女子，哭得甚是傷心！又順著耳朵靜聽了一會，不由得更加詫異起來！原來：那哭聲並不是從衙門裏發出來的，發哭聲的所在，正是徐書元家中，越聽越確切。陸偉成不暇思索，隨即溜下樹來，也從角門走到徐書元後院，就分明聽得是婦人哭丈夫的聲音了。

陸偉成也不管那婦人哭的丈夫是誰，提高嗓音喊了兩聲徐書元。不見有人答應，哭聲卻被喊得停止了。

陸偉成又振著喊了兩聲，即見一個蓬頭粗服的中年婦人，淚眼婆娑的，從裏面走到後院來，望了望陸偉成，就掩面哭起來，說道：「陸少爺來叫徐書元，可憐他已害急症病死了！此刻還停在床上，沒衣服裝殮。陸少爺不信，請進去瞧瞧就知道了。」

陸偉成驚問道：「甚麼病死得這們快？昨日不還是好好的嗎？」邊說，邊往房裏走。

婦人跟在後面，答道：「豈但昨日是好好的，天光沒亮的時候，還是好好的呢！祇一陣肚裏痛，連醫生都來不及去請，就已死過去了！」

陸偉成走到房裏一看，祇見徐書元直挺挺的在床上躺著，死像甚是可怕！陸偉成畢竟年輕膽小，不敢細看，急忙退了出來。徐書元的妻子，又撫屍痛哭起來。

陸偉成聽了這種淒慘的哭聲，心裏難過，匆匆走出了徐家，仍從角門，穿過花園，回到書房裏。心想：徐書元不像是個體弱有病的人，怎的這一陣肚裏痛就死了？我看他家裏的情形，很是窮苦；他妻子說因沒有衣服，還不曾裝殮，可見他窮得不堪了！我從家裏帶來的銀子，還有幾十兩不曾用了；好在我此刻也用不著多少銀子，何不拿來送給他妻子，好買衣衾棺槨裝殮呢？

小孩子的腦筋簡單，如何想便如何做。陸偉成當下就拿了幾十兩銀子，親自送給徐書元的妻子；衙門裏的廚子火伕，都來徐家幫同辦理喪事。徐書元原籍是湖南武岡州的人，他妻子扶柩回籍。合衙門的同鄉人，都湊送了盤纏。陸偉成見徐書元已死，頭髮內梳出火的事，也就沒有把他放在心上了，仍舊專心讀書。直到十五歲的時候，書已讀得很博雅了，才回常德來。

這日在常德城隍廟裏，無意中看見一個蓬首垢面的叫化，雖是衣服破舊，容顏憔悴，形貌舉動，卻還能認識就是徐書元！陸偉成心中十分驚訝，思量：人的像貌，雖有相同的，然何至像到這樣一般無二？我記得：徐書元鼻端上，有顆川豆大的紅痣；這叫化鼻端上也有一顆。我若非親眼看見徐書元死了，裝殮在棺木內，封了棺蓋，必將這叫化當作徐書元！世間沒有死了多久又活轉來的人，教我怎麼敢認他是徐書元呢？

陸偉成看了這叫化一會，這叫化也像不覺著有人注意他的樣子。陸偉成竟不敢認，祇得撇了叫化走出廟來。

才走了十來步，忽聽得背後有人喊陸少爺。一聽那喊的聲音，不是徐書元還有誰呢？陸偉成忙立住腳回頭看時，那叫化已跟在背後來了；對陸偉成作揖，說道：「陸少爺便不認識徐書元了嗎？」

陸偉成道：「怎麼不認識？不過實在想不到你還在這裏！所以祇看了你一會，見你也不像認識我的，故不敢冒昧。你怎的在此地，成了這個模樣呢？」

徐書元笑道：「並不怎的，祇因這模樣很舒服！我動身回湖南的時候，承陸少爺送了我數十兩銀子，我心裏至今感激，因此特地來常德謝謝陸少爺！」

陸偉成見徐書元說話的神情，與當年無異，忍不住問道：「你動身回湖南的時候，不是曾得過急病嗎？後來在甚麼時候好了呢？」

徐書元笑道：「不瞞少爺說，當日急病死了，是一樁假事！因怕少爺年紀小，不知道輕重，將那早在桂樹上看見的情形，胡亂向外人說；外面知道的人一多，說不定還得鬧出大亂子來！那時除了裝死，沒有旁的方法！」

陸偉成此時的知識，比較當年充足；聽了徐書元的話，料知必是白蓮教一流的人，登時又動了要從徐書元學法的念頭。便仍和徐書元回到廟裏，揀了個僻靜的所在坐下來，說道：「你當日不肯將那梳頭的法子傳給我，是怕我年紀小亂說；於今我可發誓，斷不向人提出半個字！你可能放心傳我些法術麼？」

徐書元笑道：「少爺富貴中人，要學這些邪術，有甚麼用處？」

陸偉成道：「法術有甚麼邪正？用得邪便邪，用得正便正！」

徐書元聽了，很吃驚似的說道：「少爺是有根基的人，見地畢竟不凡！不過少爺現放著光明正大的高人在這裏，不去拜師，我很覺得可惜！」

陸偉成連忙問道：「誰是光明正大的高人？現在那裏？我若知道，安有不去拜求之理？」

徐書元道：「少爺將來的造詣，不可限量！我因感激少爺周急之義，不能不來指引少爺一條明路。從此西去二十多里，有座山，名叫烏鴉山；那烏鴉山底下，有家姓朱的，聚族而居，老少男女，共有二三百口人。公推朱鎭岳爲族長。這朱鎭岳在常德一府，都祇知道他是個極正大的紳士；卻少有人知道他夫妻兩個，都是當代的大劍俠。少爺若能拜在他門下，學成了劍術；將來超神入聖的根基，就在此番穩固了！」

陸偉成問道：「不就是一般人都稱為朱三公子的麼？」

徐書元連連點頭道：「正是朱三公子，不過他此時已是五十多歲了。他原籍是常德人，但是他父親在陝西做官，他是在西安生長的，二十歲才回常德來。他單獨一個人，押解二十萬銀子，從龍駒寨起運，巡回常德。一路之上，驚動了多少綠林豪傑，也有轉這二十萬銀子念頭的，也有聞得朱三公子的名，不服這口氣，要和他見個高下的。

「祇是那有一個是他的對手呢？惟有他的夫人田廣勝的小姐，那時正避難在黔陽山中；聞了他的聲名不服，和他較量了半夜，將他的腿刺傷了。然而田小姐自己，也免不得受了重傷。那時朱三公子的威名，在江湖上，可以說得無人不知道！」

陸偉成聽了這些話，覺得很希奇好聽，插口問道：「甚麼夫妻倒相打起來了呢？」

徐書元笑道：「不打不成相識！這是一句老話。他們若不相打，也不得成夫妻！這事說來話長，少爺能拜在他門下學劍，詳情自然會知道的；此時不必說他。我為報答少爺一點周急的好意，特地到此地，來指引少爺一條明路；於今話已說明，我還有事去，不能在此久留了！」

陸偉成正待問：去那裏？有甚麼事？祇一轉眼間，就不見徐書元的蹤跡了！不覺嚇了一跳，忙起身四處張望。

祇見廟門口擁進十多個衙差來，各人手持單刀鐵尺。一進廟門，就留了四個人，將廟門把守；餘人衝到廟裏，各自睜著銅鈴般的兩眼，向各處搜索。有兩個將陸偉成渾身打量。陸偉成不睬，提腳往廟外走。這兩個衙役都張開手把去路攔住，喝問道：「你是甚麼人？你既在這廟裏，應該看見那個叫化！你祇說出他此刻躲在甚麼地方，便不干你的事！」

陸偉成道：「不錯！剛才還見有個叫化坐在這廊下。不知怎的，你們一進廟門，那叫化就不知去向了？那叫化犯了甚麼罪，你們像是來拿他的樣子？」

不知衙差怎生回答？且待第四〇回再說。

施評

冰廬主人評曰：本回又敘出二奇人，為崆峒派張聲勢，並牽引出下文朱鎮岳來，是為文章過渡之法。

陸偉成小小年紀，能識徐書元之法術，要以教授，天資高人一等。徐書元以詐死免禍，智術之工，不亞於嚙槖之鼠，可謂狡矣。

（編按：施評只此三十九回，以下各回皆無。）

第四〇回　朱公子運銀回故里　假叫化乞食探英雄

話說：陸偉成見十多個衙差，擁進城隍廟來，要捉拿徐書元，便問衙差道：「那叫化犯了甚麼罪，你們來捉拿他？」

衆衙役中有認識陸偉成的，走出來說道：「原來是陸少爺，怪不得不知道這叫化子的來歷！這東西那裏是當叫化子的？他是白蓮教的餘黨，姓徐名樂和。因他鼻顛上有顆紅痣，大家都叫他徐疙疸。幾年前在寶慶、常德、武岡一帶，犯案如山；統湖南省繪影圖形的捉拿他，沒人能見著他的面，都祇道他已經隱姓埋名，藏躲在甚麼地方，不會再出來了。誰知他竟敢假裝一個叫化子，坐在這廊簷底下！

「湊巧我們這個夥計，因有點事兒到這廟裏來，一落眼便看出是徐疙疸，連忙跑回衙門報信。幸虧我們不曾魯莽，知道徐疙疸有通天的本領，不容易捉拿，沒敢稟報本府大老爺；祇悄悄的約了這幾個人，前來碰各人的運氣。若是徐疙疸的惡貫滿盈，合該死在這裏，我們就拿個正著；拿著了之後，再去稟報不遲！他不該死，我們是無論有多少人，也拿他不著的，免得稟報了自討麻煩！」

陸偉成聽了，也不再追問，隨即出廟歸家。次日，向家中說明了，獨自騎了匹馬，到烏鴉山拜訪朱鎮岳。

這朱鎮岳的名字，在第二回書中，已經露過了面。祇因沒工夫騰出筆墨來，細寫他的歷史。此刻寫到陸偉成學劍的事情上，本可趁勢將朱鎮岳的履歷，追述一番；祇是要寫朱鎮岳的履歷，從頭至尾，至少也得二十萬字，方能說得清楚。因爲朱鎮岳一生履歷，當中連帶的人物太多；若一一寫出，勢必喧賓奪主，反妨礙著奇俠傳中的人物！

然而完全不寫，一則使看官們對於朱鎮岳三個字納悶；二則初集書中既經露過面，如果模模糊糊的放過去，似乎是一個大漏洞。於今祇好取一個折中的辦法，僅根據第三回書中，清虛道人對柳遲介紹朱鎮岳夫婦的幾句話的來歷，追述一番，使看官們知道個大概罷了；至於與朱鎮岳連帶的人物的事實，及朱鎮岳平生的事跡，另有專書敘述，不再多說。

卻說：朱鎮岳原籍是常德烏鴉山的人。他父親名沛，字若霖，在陝西做了十多年知縣。朱鎮岳是在陝西生長的。有兩個哥子都在襁褓中死了，因此朱若霖夫妻把朱鎮岳看得十分珍重。朱若霖親自教他讀書，讀到十二歲，在陝西就很有點文名。

十三歲的這一年，因跟著他母親到東門報恩寺迎香。報恩寺的住持雪門和尚看見了，說朱鎭岳的骨氣非凡，定要收在跟前做徒弟；朱若霖夫婦旣把朱鎭岳看得比甚麼寶貝還要珍貴，如何肯無端送給一個和尚做徒弟呢？虧得雪門和尚費了許多唇舌，居然把朱若霖夫婦說得願意了，教朱鎭岳拜雪門和尚爲師；不過他這拜給雪門和尚做徒弟，並不是也落髮做和尚。

因雪門和尚是咸豐年間畢派三大劍俠之一，要收朱鎭岳做徒弟，是要傳授朱鎭岳的劍術。三大劍俠是誰呢？第一個是廣西人田廣勝；第二個是江蘇人周發廷；第三個就是報恩寺雪門和尚。怎麼叫作畢派呢？因這三個劍俠，都是涼州畢南山的徒弟。

朱鎭岳從雪門和尚練了幾年劍術，稟賦足、天分高的人，無論學習甚麼東西，成功是比尋常人迅速些；朱鎭岳雖不能說盡得了雪門和尚的本領，然幾年苦練的工夫，已不等閒了。

朱鎭岳當拜雪門和尚爲師的時候，朱若霖正陞了西安府知府。朱若霖在陝西，將近做了二十年的官，這二十年宦囊所積，也有二十多萬兩銀子。那時甘肅的捻匪正在猖獗，陝西也在搖動。朱若霖恐怕：一旦變起倉卒，一生所積的二十多萬銀子，太笨重了，不能運回家鄉。知道雪門和尚的本領了得，江湖上沒人不聞名畏懼，想要求雪門和尚押送這二十多萬銀子，由水路運回常德。

無奈雪門和尚是個方外人，不肯擔當這種差使；卻擔保朱鎭岳能押送回籍，沿途萬無一失！朱若霖見雪門和尚這們說，雖不放心自己兒子能負這們重的責任；然當時雪門和尚旣不肯去，除了自己兒子，委實找不出第二個比較妥當的人來，也祇好聽天由命。買了十萬兩銀子的黃金，和十萬兩白銀，由陸路運到龍駒寨；再由龍駒寨包了一艘大民船，把二十萬金銀裝上。朱鎮岳這時年紀，才得二十歲；這番又是初次單獨出門，就押運這們多金銀硬貨。凡是知道這回事的人，沒一個不代替朱鎮岳躭憂！

朱鎮岳卻行所無事的，上船即吩咐一般船戶水手道：「你們都知道這船上裝載的，是二十萬金銀；這種草亂的時候，押著這種船隻在江河裏行走，確不是一件當耍的事！你們大家都得小心一點兒！但是我教你們人家小心，並不是要你們小心防強盜，如果有強盜前來打劫，教你們小心，有甚麼用處？我說的小心，是教你們小心聽從我的吩咐！水路全仗順風，此去常德府，誰也算不定須行多少日子？照行船的慣例：凡遇順風，總得行船；風色不順，就得停泊。有時一連刮了十天半月的倒風，船便得停泊十天半月，不能開頭。

「我這回卻不然！不問風色如何，我說要開頭，那怕刮著極大的倒風，也是要立刻開頭的；我說這碼頭須停泊多少日子，那怕整天整夜的刮著順風，也是要停著不能動的！有時經過一個埠頭，看天色本可以停船了；我說不能停，就不能停。荒僻蘆葦之中，本不是停船的所在；然我說要停在這裏，就得停在這裏！總之，事事須聽我的吩咐。遵著我的吩咐，再出了意外；便有天大的亂子，也不與你們相干！」

一般船戶水手，見朱鎭岳這般吩咐，當然諾諾連聲的答應。開頭之後，一切都請命而行。每到一處碼頭，朱鎭岳必上岸拜訪這碼頭上的能人；一路上雖也經過幾次明搶暗劫，然沒有一個能上得朱鎭岳的手！朱鎭岳雖在少年，卻並不存心傷人，每次衹顯出一點兒驚人的本領來，將搶劫的強徒打退便了。因此朱三公子的聲名，綠林好漢中，無人不知道，也無人不佩服，更沒有記恨前來報復的！

船行了不少的日子，這日，已進了湖南的境界，船停泊在白魚磯。朱鎭岳知道白魚磯一帶，並沒有大能爲的人，便懶得上岸去拜訪。

這時，正是八月間天氣，夜裏月色，清明如鏡。朱鎭岳坐在船頭，對著波光月影，想起這一趟獨自押運著這一船金銀，行了幾個月水路，沿途遇了不少的強人，居然能平安無事的，到了湖南境界；若再有幾日順風，就很容易的得到家鄉。二十歲的人，能擔當這們重大的任務，在江湖上行走的，衹怕古今的英雄當中，也沒有幾個有這般能耐！想到此處，不覺得意起來，即叫跟隨的人，取了壺酒來，獨自對著月光，淺斟慢酌。

不知不覺的，已飲到了三更時分。朱鎭岳覺得涼露襲人，正待回艙睡覺，才立起身來，猛覺得船身往下略沉了一沉。朱鎭岳是個生性機警的人，即知道是有大本領的人上了船！抬頭迎著月光一看，衹見一個魁偉絕倫的漢子，一隻腳立在桅尖上，一隻腳向天翹起來。那漢子的身法眞快！朱鎮岳剛哇問了一聲是誰，已一閃落到了船頭，雙腳踏實的時候，正如風飄秋葉，絲毫不聞聲息！

朱鎮岳萬分想不到此地竟有這種能人，想問出姓名來再動手。誰知那漢子不等朱鎮岳有問話的工夫，已放出劍光來，朝朱鎮岳便刺！朱鎮岳見如此魯莽，不由得發怒，也回劍對殺起來。二人周旋了好一會，那漢子畢竟不是朱鎮岳的對手；身上受了好幾處傷，狼狽不堪的逃去了！

朱鎮岳這番雖打勝了，然心裏非常納悶，暗想：這白魚磯地方，不曾聽說有如此能人！並且這人的劍法，和我的劍法一般無二；他突如其來，也不答話，究竟是來劫銀子呢？還是有意來看我本領的呢？他既得這們高強的本領，就不應看了這點銀子便眼紅；若是有意來看我本領的，卻為甚麼不肯和我答話呢？

我師父曾向我說過：同練畢派劍術的，連我師父衹得三個人：一個在廣西，一個在江蘇，湖南地方沒有。如果這人是和我同派的，就光明正大的來看我的本領，也很容易，如何犯著是這們來呢？倘若我的手段毒辣些兒，是這們把一條性命誤送在我手裏，豈不後悔也來不及？

他這番雖是打敗了，然當與我交手的時候，他半點也不肯放鬆，竟是用性命相撲的樣子；有意來看我的本領，也不應該逼得這們緊！朱鎮岳是這們想來想去，畢竟想不出一個所以然來；祇得放過一邊，等到有機會，再探訪這人的蹤跡。

又行了幾日，這日已到了白馬隘地方，離常德祇有八九十里水程了。若明日風色好，祇須一日工夫，便能達到目的地。朱鎮岳因在白魚磯，稍為大意了些兒，就遇了一個有能為的漢子，便不敢再大意了！那怕是一處很小的鄉鎮碼頭，都得上岸去探訪探訪。恐怕在大功告成的時候，出一個岔子，弄得前功盡棄。

這日船抵白馬隘的時候，天色還很早，朱鎮岳將要上岸去，照例吩咐船戶道：「我上岸去了；你們看守著船頭船尾，不許閒雜人等上船來！」這幾句話，從龍駒寨開頭，朱鎮岳凡是停船上岸，沒一次不是這們吩咐，船戶水手都聽得厭了。一路之上，也從沒外人上過船；船戶水手心中，因也不把這些話當一回事，祇大家齊聲應是便了。

朱鎮岳上岸去沒一會，忽有一個蓬首垢面的叫化，彎腰曲背，慢慢的挨近船邊來，伸手向船戶要討點兒飯吃。船戶揮手，喝道：「你向別處去討罷！我這裏是沒有打發的！」

叫化停了一停，流著眼淚哀求道：「你教我向那裏去討呢？我在這裏已討了大半日，還不曾討得一顆飯到口！可憐我已餓得不能動了！殘菜剩飯，不拘多少，胡亂給我吃點兒吧！」

船戶聽這叫化說話，帶些陝西口音，不覺動了同鄉之念；打量了叫化幾眼，問道：「你是那裏人？我看你年紀很輕，大約還不過十六七歲模樣兒，也還生得不醜，怎麼會在這裏當叫化呢？」

這叫化聽了，更哭著說道：「我原是陝西人。因在七八歲的時候，跟隨著父親到常德做生意，家中也有不少的產業。祇怪我自己不好，不肯認眞讀書，也不肯規規矩矩的做生意。

「去年同我父親，到這白馬隘來收帳，偶然看上了一個姑娘，一時捨不得離開；回常德後，就偷了我父親二百兩銀子，瞞著家裏人，仍到白馬隘來，和那姑娘相好。二百兩銀子用不了多久，銀子一用光，那姑娘便不肯留我了，將我趕了出來！我無顏回常德去，就流落在這裏。

「可憐我父親，祇得我這一個兒子；忽然間不見了我，也不知急到甚麼樣子？我於今實在苦得不能受了，滿心想回常德去。水路雖祇八九十里，但是沒有船錢，身上又是這種模樣，誰也不肯把船載我去！旱路有一百四五十里，我此刻害了一身的病，那裏能行走得這們遠？眼見得我不久就得死在這白馬隘，屍骨莫說回家鄉，就是要想回常德，等我父親瞧一眼，也是做不到的事！」說到這裏，竟掩面放聲痛哭起來。

這船戶是一個心腸很軟的人，聽了這些可慘的話，又看了這種可憐的情形，不因不由的躊躇了一會道：「我也是陝西人，難得在這裏遇著同鄉。這船正是要到常德去，若是風色好，祇明日一天便到了。載你一個人回常德，原不是一件難事；不過這船不比尋常的船，這是西安府的朱三公子包定了的船。

「朱三公子曾吩咐了：不許閒雜人等上船！這干係非同小可，我不敢擔當！飯菜是沒要緊的東西，我倒可作主，給你飽吃一頓；我再可尋兩件衣服給你，雖說不得稱身合式，比你此刻身穿的，略為光彩一點就得咧！搭便船回常德，也容易些！」船戶說罷，自去船梢裏，端了一大碗飯菜出來，教叫化就河岸上吃；又轉身到艙裏，尋了兩件半舊的衣服，拿出來交給叫化。

叫化祇略吃了些飯菜，即退還船戶道：「餓極了，反吃不下，最好是慢慢的做幾次吃下去。承你老看顧同鄉的情分，這們待我，我心裏實在感激了不得！我在這河邊討吃，已有幾個月了；給殘菜剩飯我吃的，不是沒有，然像你老這般和顏悅色，跟我談天的，實在一個也不曾遇見過！

「我今日能在這地方遇見鄉親，眞是不容易的事，賞我的飯菜，又給我的衣服，我更不應該不知足，再說甚麼；祇是你老雖把這衣服給我穿了，我想趁便船去常德，仍是做不到的事！我的體質又弱又多病，這衣服到我身上，不要幾個時辰，就得被幾個強梁的叫化剝了去，甚至身上還得挨他們打幾下！因此這衣服我也不敢穿，你老還是不給我的好。

「如果蒙你老可憐我，肯給我船梢一尺的地方，蹲幾個時辰，得到常德，你老便是我的重生父母，到死也感激你老的恩典！到常德之後，並得請你老到我家裏去款待。古語說得好：救人須救徹！不知你老肯慈悲慈悲麼？」說著，嗓音又硬了，眼睛又紅了。

船戶聽了這些話，看了這種情形，心腸不由得更軟了！慨然答道：「好！我就擔了這干係罷！你來蹲在船梢裏，不要聲響。祇要到了常德，朱三公子便知道，也沒要緊了！」叫化連聲道謝。

船戶遂將叫化引到船梢，揭開兩塊艙板，指著裏面，對叫化道：「朱三公子每次上岸回船，照例須滿船搜看一遍。你躲在這艙板底下，不要聲響！等公子回來，搜看一遍之後，我再放你出來坐著。」

叫化向船戶作了個揖道：「我決不敢聲響，連累你老！」隨即鑽進船底，蹲伏作一團；船戶將木板蓋好，自以爲朱三公子不會察覺。

天色將近黃昏，朱鎭岳回到船上，照例在船頭船尾巡視了一遍。回到艙裏，將船戶叫到跟前，喝問道：「你這東西，好大的膽量！怎敢不遵我的吩咐，引人到船梢躲著？」

船戶一聽這話，臉上不由得驚變了顏色，口裏一時嚇得答不出話來！

朱鎭岳一疊連聲的催問道：「快說！引上來的甚麼人？」

船戶心想：公子已經知道了，是隱瞞不過去的，衹得說道：「請公子息怒！小的不敢引壞人上船！是一個年輕小叫化，他家也住在常德；因流落在此地，不得回鄉，來船上討吃，一再懇求便載他回常德。小的不合一時糊塗，存了個可憐他的念頭，將他引到船梢底下蹲伏；以爲衹有一日，便到了常德，所以不敢報給公子聽！」

朱鎭岳停了一停，起身說道：「帶我去看看，是個甚麼模樣的小叫化？」

船戶遂把朱鎭岳引到船梢，將木板揭開，對叫化說道：「快出來叩見公子！公子已知道有人上了船，我不敢再隱瞞，怪不得我不救你！」那叫化戰戰兢兢的立了起來，低頭站著，十分害怕的樣子。

朱鎮岳仔細端詳了兩眼，順手朝著船戶臉上，就是一個嘴巴打去，罵道：「你這種蠢東

西！那裏這們不知道禮節？這般教人蹲伏著，豈是待客的道理？」

罵畢，即轉身對叫化拱手陪笑道：「請好漢恕船戶是村野愚夫，肉眼不識英雄！小可又不在船上，多有得罪之處！請進前面艙裏去，坐著細談罷。」

可是作怪！那叫化初見朱鎮岳的時候，嚇得那們縮瑟不堪的樣子；及聽朱鎮岳說了這番客氣話，便立時改變了態度，笑容滿面的，也對朱鎮岳拱了拱手，答道：「豈敢，豈敢！江湖上人都稱朱三公子了得，固是名不虛傳！欽佩，欽佩！我此刻還有事去，改日再來領教罷！」說完要走。

朱鎮岳那裏肯放呢？連忙攔住，說道：「瞧我不起的，不至親降玉趾！這船上比不得家中，並沒好的款

待，祇請喝一杯寡酒，請教請教姓名，略表我一點兒敬意！」

叫化略沉吟了一下，即點頭應道：「也罷！與公子相會，也非偶然！」朱鎮岳欣然叫廚子安排酒菜，邀叫化進艙；朱鎮岳取出自己的衣服來，雙手遞給叫化道：「請暫時更換了，好飲酒敘談。」叫化也不客氣。有當差的送過水來，叫化洗去了手臉汙垢，換了衣服，頓時容光煥發，面如冠玉！衆船戶水手偷看了，都吃驚道怪。

須臾，酒菜擺好。朱鎮岳推叫化上坐，自己主位相陪。酒過三巡，朱鎮岳才舉杯，說道：「兄弟這番奉家父母及師尊之命，冒昧押運二十萬金銀回常德。這二十萬金銀，是家父一生宦囊所積，其中毫無不義之財！因此沿途多少豪傑，都承念及這點，不忍多與兄弟爲難，兄弟乃得平安到此！今承足下光顧，必是有緩急之處，務請明白指示一個數目，需用多少，如數奉上，決不敢稍存吝惜！不過尊姓大名，仍得請教。」說罷，斟了一杯酒送上。

叫化哈哈大笑道：「公子的眼力，確是不差！但是認我是爲緩急需錢使用，來此轉銀子念頭的，就未免擬於不倫了！我家雖非富有，然我並沒有需銀錢使用的事。公子這番好意，我不敢領情！」

朱鎮岳聽了，不覺面生慚愧，連忙起身陪罪道：「兄弟該死！妄以小人之心，度君子之腹！還望足下恕兄弟粗莽，請明白指示來意。」

叫化反問道：「公子還記得在白魚磯遇的強盜麼？」

朱鎮岳驚道：「怎麼不記得？兄弟看那人並不是強盜，是怎麼一回事呢？」

叫化很注意似的望著朱鎮岳，問道：「公子怎的知道那人不是強盜呢？」

朱鎮岳笑道：「這何難知道！有那們本領的人，如何會做強盜；便是要做強盜，可下手的所在也很多，何必來轉同道的念頭？兄弟因此敢斷定他不是強盜！」

叫化又問道：「他或者不知是公子，也未可定！」

朱鎮岳搖頭，笑道：「他若不知是兄弟，來時的情形，便不是那們了！於今且請說那人怎麼樣？當時不肯道姓名，究竟是那個？兄弟正愁沒處打聽！」

叫化笑道：「那人誠如公子所說，不是強盜。他本人既不肯向公子道姓名，我也不敢代他將姓名說出！那人因在公子手裏受了重傷，於今還在家調養。那人有個朋友，有些代那人不服，要前來和公子見個高下，卻派了我先來探看一番。公子今夜小心點兒便了！多謝公子的厚意，我們後會有期！」說罷，起身作辭。

朱鎮岳竭力挽留住，說道：「此刻不到初更時候，還早得很，何妨坐一會，兄弟還有話奉問！」

叫化又坐下來，說道：「時候雖說尚早，不過我來的時候，曾和派我來的人約定，在二更以前，回報探看的情形，他等我回報了再來。若過了二更，不見我回去，便認作我的形跡，已被公子看破，本領敵不過公子，死在公子手裏了，他就前來替我報仇雪恨！那麼，和公子相見的時候，他既存著報仇的心，動起手來，就不免要毒辣些！依我的愚見，爲公子著想，還是早放我回去的好！免得仇人見面，以性命相撲。設有差錯，公子固是後悔不及；就是我，也對不起公子這番款待我的盛意！」

朱鎮岳聽完這番話，不覺怒形於色，勉強按納住火性的樣子，說道：「足下這話，雖是一番好意，爲兄弟著想，但是未免太把兄弟看得不成材了！兄弟也不敢領情！俗語說得好：來者不善，善者不來！他不存報仇的心，兄弟也未必敵得他過；他便存著報仇的心，兄弟也未必就怕了他！足下既這們說，兄弟本來不必執意挽留的，至此也不能不把足下留在這裏了，倒要看他報仇的本領怎樣？足下萬不可去回報，衹在這裏多飲幾杯！」

叫化當說完那些話之後，很留意看朱鎮岳的神氣；見朱鎮岳發怒，倒笑容可掬的，舉著大指頭，向朱鎮岳道：「衹就這點氣概上看來，已是一個好漢了！我遵命在此坐地便是。」

朱鎮岳忽然問道：「足下不要見怪！等歇那人前來報仇，兄弟免不了和他動手，那時足下怎麼樣呢？」

叫化笑道：「我衹坐在這裏，動也不動！公子蓋世的豪傑，固用不著我幫助；那人若是要我幫助的，也不至來會公子了。我作壁上觀，誰勝誰負，我都不出來顧問！」

朱鎮岳點頭道：「這就是了！大丈夫言出如箭！兄弟有所佈置，足下也請不必顧問！」叫化連連應好。

朱鎮岳遂將衆船戶水手，都叫到跟前，說道：「你們把大鑼大鼓，準備在船梢底下。半夜時分，若覺得船身擺簸得厲害，彷彿遇著大風浪似的當兒，就大家將鑼鼓擂打起來；手裏一面擂打，口裏一面吆喝，不妨鬧得凶狠，船身不平定不可停止！」衆人齊聲答應了，各自退出艙外準備，也沒人敢問是甚麼用意。

朱鎮岳吩咐了船戶去後，仍舊和叫化開懷暢飲；祇不談叫化及白魚磯所遇那人的身世，知道叫化是決不肯說的！

二人飲到天交二鼓，朱鎮岳從箱裏取出一副軟甲來，披在身上；全身紮束停當了，向叫化笑道：「請清坐一會，就來奉陪。」

叫化忙起身斟了杯酒奉上道：「預祝公子制勝克敵，請飲這杯！」

朱鎮岳接過來放下道：「但願能託足下的鴻福，等回來再飲不遲！」朱鎮岳跨出艙門，心想：白魚磯那漢子，來時先搶船梢；他朋友或者也是如此。我何不先在梢顛上等候他來？遂縱身上了梢顛。這時隔白魚磯遇那漢子，才得幾日，夜間的月色，仍甚分明。

朱鎮岳在桅顛上約等了一個更次，猛見雪白的沙洲上，一條黑影，比箭還快的，向桅顛上射來。朱鎮岳不等他近身，即高聲喝了句：「來得好！」那黑影似乎吃了一驚的樣子，閃折了一下，就到了朱鎮岳立腳的下面。白光一道，已向朱鎮岳雙腳刺來。朱鎮岳自不敢放鬆，也發出劍光來對殺。於是二人翻上覆下，都不肯離開桅桿，祇繞桅身狠鬥。

朱鎮岳借著月色看來人的像貌，生得甚是凶惡，滿頭亂髮蓬鬆，散披在肩背上；滿臉絡腮鬍鬚，有二寸多長，張開和竹篼一樣。年齡老少雖看不出，然就這種像貌看起來，至少也應有四五十歲。身材卻不甚魁偉，舉動矯捷到了極處，本領遠在白魚磯那漢子之上。

朱鎮岳和這人鬥了十幾次翻覆，因覺得這人的劍法，又和自己的一般無二，心裏委實有些放不下！一面招架著，一面喝問道：「來的不是畢門弟子嗎？何不通出姓名再鬥！」這人祇當沒聽見，劍法更來得凶毒！朱鎮岳大怒，暗罵：這東西好生無禮！也使出平生本領來抵敵。二人鬥到這分際，桅底下鑼鼓，突然大響起來；兼著吆喝的聲音，震天動地！這人彷彿露出些驚慌的樣子，忽然改變劍法，朝朱鎮岳下部襲來。

朱鎮岳認得這一下劍法，是畢派中最厲害的看家本領；祇不容易施展得出來，若施展出來了，他派的人，無論有多大的本領，縱然不送性命，至少也得被斬斷一條腿！惟有畢派中練過這手工夫的，能避免得了；然不是本領比施展的人高強得多的，仍得受點兒輕微的傷。

朱鎮岳的本領，恰好與這人不相伯仲；一見這看家的劍法施展出來，不禁暗叫了聲：不好！憑空往上一躍。超過桅顛一丈多高，覺得那劍在右腳後跟上，略沾了一下。也就施展出自己的看家本領來，一劍刺到這人臉上；祇聽得喳的一聲，這人一抹頭便向岸上逃去。朱鎮岳也不追趕，躍下桅來；船身一平定，鑼鼓吆喝之聲，立時寂然了。

朱鎮岳跑進艙來，叫化已迎著賀道：「恭喜，恭喜！好一場惡鬥！」

朱鎮岳笑道：「這東西眞厲害！險些兒使我沒命回家鄉！」說時，卸了軟甲，取出藥來，敷了腳跟上的傷處。對叫化說道：「這人的本領，兄弟自是佩服！但像他這般本領的人，還不能說有一無二；惟有他那種像貌之凶惡，恐怕在人世再也找不出第二個來！於今已和我交過手了，足下可以將這人的姓名來歷，說給兄弟聽了麼？」

叫化仍是搖頭笑道：「公子將來自有知道的一日，此時用不著我說。公子珍重！我去了！」祇見他身子一晃，已在岸上長嘯一聲，不知去向了！

朱鎮岳太息了一會，暗想：這幾個人的舉動，眞教我摸不著頭腦！我此番算是初次出馬，從來不曾和人有過仇恨；況且曾和我交手的兩人，都是畢門的弟子；這個假裝叫化的，不待說也是同門了。彼此既是同門，平日又沒有宿嫌舊怨，何苦是這們一次、兩次的逼來呢？幸而我準備了鑼鼓，使他猛吃一驚，才能在他臉上，還了一劍；不然，就不免要敗在他手裏了！祇是這人不知曾練了一種甚麼工夫？面皮那們堅實，劍刺去喳的一聲響亮！

朱鎮岳正獨自坐在艙中揣想，祇見船戶走進艙來，叩頭謝罪道：「小人今日不遵守公子的吩咐，幾乎弄出大亂子來！想不到這樣一個小小的叫化，竟是有意來船上臥底的！倘非公子有先見之明，知道有人上了船時，這般重大的干係，小人便粉身碎骨，也擔當不起！」

朱鎮岳教船戶起來，說道：「我何嘗有甚麼先見之明？這叫化假裝的雖不錯，但是還粗心了一點兒；他自己留出一個上船的記號給我看，我才一望分明！這船板都是光滑乾淨的，平日你們打從岸上回船，穿了鞋子的，必得在跳板上，脫了鞋子才下船；若是赤腳，也得用洗帚洗滌乾淨才下船；沒有腳上帶著泥沙，在船板上亂踹的。

「這叫化因怕回來撞見他，壞了他的計算，祇要哄騙得你答應了，就匆匆上船蹲伏；便沒想到泥沾的腳，踏在光滑乾淨的船板上，一步一步的，都留下了痕跡！他上船不久，我就回來。你因天色已將近黃昏了，不曾留神船板上有腳印。我看腳尖朝著船梢，祇有上船的印，沒有下船的印。無論甚麼人看了，也都知道上船的人，不曾下船去！」

船戶聽了這般解釋，這才恍然大悟。天光一亮，就從白馬隘開頭，向常德進發。一帆風順，祇一日便安抵了常德。朱鎮岳將金銀運回烏鴉山老宅。這時他家還有七十多歲的祖母，和叔伯堂兄弟人等，朱鎮岳還是第一次歸家，骨肉團圓，自有一番天倫樂趣，這都不用說他。在家盤桓了好多日，因心裏懸念在西安的父母，復束裝動身，仍由水路回龍駒寨去。這回僅帶了隨身盤費，肩上沒有擔負何項責任，比較來時，自是舒服多了！

這日，船仍停泊白魚磯。朱鎮岳想起那夜和那漢子交手的情形，心裏委實有些放心不下！思量：我此刻身上也沒有甚麼責任，何妨上岸去訪問訪問，看這一處有沒有畢門中弟子？主意已定，便與船戶說知，有事須在這裏躭擱些時，等事情辦妥了才開頭。船是他包定的，開頭停泊，當然由他主張。

朱鎮岳上岸訪問了三四日，這白魚磯本不是停船的碼頭，不過河面曲折，上下的船可以借此避避風浪。岸上祇有七零八落的幾戶人家，做點小買賣，並沒有大些兒的商店。不須幾日工夫，周近數十里以內，都訪遍了；休說沒有畢門的弟子，流傳在這一帶，連一個會些兒把勢的人也沒有！

朱鎭岳訪得了這種情形，祇得沒精打采的，打算次日開頭前進。這日天色已將晚了，朱鎭岳在船上坐著，覺得無聊，獨自在岸堤上，反操著兩手，踱來踱去。偶然一眼看見靠堤有個小小的茅棚，棚裏坐著一個白鬚老人，在那裏彎腰低頭打草鞋，棚簷下懸掛著無數打成了的草鞋。

朱鎭岳看那老人的姿態精神，絕對不以尋常老年人的龍鍾樣子，不由得心中動了一動！暗想：我何不如此這般的，去探看他一番？即算訪不著畢門弟子，能另外訪著一個奇人，豈不甚好？想罷，匆匆回船。

不知朱鎭岳打算如何去探看老人？那老人畢竟是誰？且待第四一再說。

第四一回　賣草鞋喬裝尋快壻　傳噩耗乘間訂婚姻

話說：朱鎮岳匆匆回到船上，叫船戶過來，借了一套粗布衣服，自己改裝出一個船戶來；上岸走近茅棚，向那老者問道：「草鞋幾文錢一雙？」

老者並不抬頭，祇望了望朱鎮岳的腳，即隨手拿了一雙，擲在朱鎮岳跟前，答道：「我的草鞋，比旁人打的結實，一雙足抵兩雙。旁人的賣五文錢一雙，我的要賣八文。你穿過一雙，便知道比買旁人的合算！」

朱鎮岳看老者身旁，有一把破了的小杌子，即拿過來坐著。借著套草鞋躭延的時間（草鞋上的繩索，照例：須買的人，臨時結絆），問老者道：「看你老人家鬚髮都全白了，精神倒是很好！不知尊庚已有幾旬了？」

老者見問，才抬頭望了朱鎮岳一眼，仍低頭結著草鞋，答道：「老了，不中用了！今年癡長了七十八歲！」

朱鎮岳道：「你老人家就是一個人住在這裏嗎？」朱鎮岳問這話的時候，已伸著赤腳踏進

草鞋。

老者且不回答，很注意的向朱鎮岳腳後跟望了幾眼，連忙起身放下結著的草鞋，對朱鎮岳拱了拱手，笑道：「原來是朱公子來了！輕慢，輕慢！若不是於無意中看出了尊足的傷痕，又幾乎錯過了！」

朱鎮岳不由得吃驚問道：「老丈何以看了我腳上的傷痕，便知道我是朱某？」

老者哈哈笑道：「老朽特地在這裏等候公子！豈有不知道的道理？寒舍離此地不遠，就請公子屈駕一臨，如何？」

朱鎮岳突然見老者這般舉動，實在有些摸不著頭腦，祇得問道：「請問老丈尊姓大名？今日初次和老丈會面，老丈何以知道我會到這裏來，先在這裏等著？一月以前，在白馬隘地方，刺傷我這腳的，難道就是老丈麼？」

老者搖頭，笑道：「老朽何至刺傷公子！公子如想見那夜在白馬隘和公子交手的人，此時正好隨老朽前去。老朽的姓名，到了寒舍，自然奉告。」

朱鎮岳心想：這老人的神情、舉止，使人一望便能知道非尋常的老人！在白魚磯和白馬隘所遇的三個人，十九就是這老人的徒弟！也不知他們和我有甚麼過不去的事，兩次來找我動手鬥不過我，於今卻又改變方法，想引我到他們巢穴裏去。雖明知這番若是同去，是免不了又要動干戈的；但這老人既專在這裏等我，我就要推諉不去，他也不見得便肯放我過去，徒然示弱於人，於事無益。好在我的金銀已經運到了家，我單獨一個人，沒有顧慮，不怕遭逢了何等意外；我就跟他去，看究竟是怎麼一回事？

思量既定，當下便向老者說道：「自應同去拜府。請略等一等，我回船更換了衣服便來。」

老者笑道：「就這衣服何妨！我輩豈是世俗的眼睛，專看在人家的衣服上？就是老朽身上穿的，何嘗不與公子一般？就這樣最好，用不著去更換，躭擱時刻！」

朱鎮岳見老者這們說，祇得說道：「衣服即算遵命，用不著更換；但是得向船戶招呼一聲，也使他好安心等候我回船。」

老者搖手道：「這也可以不必！他們不見公子回船，自知道等候。船上又沒有值錢的細軟，值得如此費周折！」朱鎮岳被說得不好意思，祇得毅然答應。這老者拍拍身就走，茅棚、

草鞋都不顧了。

朱鎮岳跟在後面，覺得老者的腳步甚快，振作起全副精神，才勉強跟上。沒行走一會，天色就昏暗了。幸有星月之光，辨得清道路。朱鎮岳初時以爲：老者既說寒舍離此地不遠，至多也不過幾十里路；及至跟著飛走了一夜，走到天光大明，還不見到。

朱鎮岳平生用赤腳草鞋，一夜奔馳這們遠的道路，這是第一次！工夫雖來得及，兩隻腳底，卻走起了好幾個水泡，步步如踏在針氈上，痛徹肺腑！實在忍耐不住了，祇好請問老者道：「老丈說府上離此地不遠，於今已走了一整夜，雖不能計算已行了多少里路，然估量已走得不少了，何以還不見到呢？」

老者連連點頭道：「快了，快了，就在前面不遠了！累苦了公子，可在火鋪裏歇歇。」老者引朱鎮岳到路旁一家火鋪裏，陪朱鎮岳同吃了些充飢的東西。教朱鎮岳伸出兩隻腳來，老者含著一口冷水，向腳底噴噀了幾口，用手在走起的幾個水泡上，揉擦了一會，帶笑說道：「尊師走路的本領極好！怎不傳給公子？老朽倒不曾留意，此後從容些走罷！」

朱鎭岳心想：不錯！我師父曾帶我往各處遊歷，他老人家行路不起灰塵，說是練氣的工夫，有了火候，才能如此！我此刻那裏夠得上說有這種本領？看這老者的本領，遠在我之上；我此去他若對我有惡意，我如何能對付得了呢？想到這上面，不由得就有些害怕起來，忽又轉念一想道：「他若果是惡意，我和他同走了一夜，他何時不可動手做我，定要將我引到他家裏才下手！」

有了這們一轉念，心裏又覺安了許多！然朱鎭岳是少年好勝的人，因爲好勝的一念所驅使，才肯冒險跟來；於今祇走路一端，便賽不過七十八歲的老人，面上如何不覺得慚愧？好在老者行所無事的樣子，開發了飯食錢，又引朱鎭岳上路。說也奇怪！朱鎭岳兩腳本已痛得寸步難移了；經老者一噴水、一揉擦，此時已全不覺得痛苦了，和初上道的一般！老者行走也不似昨夜那般飛也似的快了。

又走了一日，直走到第三日午後，才走到一座巉巖陡峭的山下。老者指著山上，笑道：「這可眞到了寒舍了！」朱鎭岳抬頭看這山，高聳入雲，危巖壁立，雖依稀認得出一條樵徑，然一望便能斷定：已經多年沒有樵夫行走，荊棘都長滿了！巖石上的青苔，光溜溜的，可想像人的腳一踏在上面，必然滑倒下來！幸虧朱鎭岳在陝西的時候，曾上過這般陡峻的山峯；這時施展出工夫來，還不甚覺吃力。

老者引著彎彎曲曲的，走到半山中一處山坡裏，祇見一所石屋，臨巖建築；石屋的牆根和屋頂，都佈滿了藤蘿，遠望好像是一個土阜，看不出是一所房子。石屋周圍，有無數的參天古木，幽靜到了極處；休說不聞人聲，連禽鳥飛鳴的聲音也沒有，靜悄悄的如禪林古院。

朱鎭岳雖是個少年好動的人，然一到了這種清幽的地方，不由得塵襟滌淨，心地頓覺通明，不禁長歎了一聲道：「好一個清幽所在，眞是別有天地非人間！不是老丈這般清高的人，誰能享受這般清幽的勝境？使是我今日能追隨老丈到這裏來，也就是三生有幸了！」

老者笑道：「公子旣歡喜這裏清幽，不妨在這裏多盤桓些時日！」說著，上前舉手敲門，即聽得呀的一聲門開了。

朱鎭岳看那開門的，是一個華服少年，儼然富貴家公子的模樣；不覺心裏詫異，暗想：像這樣的嬌貴公子，如何能在這深山窮谷之中居住？

再看那少年，含笑對自己拱手，說道：「朱公子別來無恙？」才吃了一驚，仔細看時，原來不是別人，正是在白馬隘從船梢木板底下拖出來的叫化！此時改變了這般華麗的裝束，任憑如何有眼力的人，一時也辨認不出來！當下朱鎭岳旣看出就是那個叫化，便也連忙陪笑拱手。

老者讓朱鎮岳進門，即回頭對這少年說道：「朱公子來了，怎不去叫你哥哥快出來迎接？」少年應著是，走進隔壁一間房裏去了。

朱鎮岳進門，看這屋子，和尋常三開間的客堂房相似；祇是房中並沒有甚麼陳設，案凳都很粗笨，勉強能坐人而已！石壁上懸掛了幾件兵器，也都笨重不堪！老者親手端了一把凳子，給朱鎮岳坐。

朱鎮岳向老者行了禮，剛待展問老者邦族，及此番見招的原由。祇見少年從隔壁房裏出來，到老者跟前，低聲說了幾句話。老者哈哈大笑道：「蠢才，蠢才！都是自家人，一時的輸贏，有甚麼要緊？值得這般做作！這們小的器量，真是見笑朱公子！再去，教他儘管出來相見，『不打不成相識！』難道這句話，他也沒聽人說過嗎？」

朱鎮岳聽了這幾句話，逆料不是白魚磯交手的，便是白馬隘交手的人；因鬥輸了，不肯出來相見。見這少年現出躊躇不肯再去的神氣，便起身笑問是怎麼一回事。

老者道：「小兒不懂事，前月瞞著老朽到白魚磯，向公子無禮，卻被公子傷了！將息至今，才把傷痕治好；此刻他聽說公子來了，還不好意思出來相見！」

朱鎮岳也哈哈大笑道：「原來如此！我得罪了大哥，我親去向他陪罪便了！」說著，對少年說道：「請足下引我去見他！」少年笑著道好，遂把朱鎮岳引進隔壁房裏。

朱鎮岳看靠牆一張床上，斜躺著一個身材高大的漢子，年紀約有三十來歲，生得濃眉巨眼，很有些英雄氣概。回想在白魚磯那夜所遇那漢子的情形，果和這人彷彿。此時這人臉上，現出盛怒難犯的樣子。朱鎮岳上前作了一揖，說道：「那夜委實不知是大哥，乞恕我無禮！」

這人不待朱鎮岳再往下說，托地跳下地來，指著朱鎮岳高聲說道：「你也欺我太甚了！你到我家來，我既不肯見你，也就算是低頭服輸到極處了！你還以爲不足，要來當面奚落我！」說罷，氣沖沖的回身一腳，將窗門踢破，一閃身就縱上了後山石巖；再一轉眼，便不知去向了！朱鎮岳作夢也想不到自己向人陪罪，反受人這般唾罵！一時竟被罵得怔住了，不知應如何對付才妥？

這漢子方從窗口逃去，即聽得老者在客堂裏罵道：「孽畜安敢對公子無禮！」隨即走進房來，對朱鎮岳再三道歉。朱鎮岳倒不生氣，祇覺得這漢子的脾氣古怪，當下仍和老者退到客堂，分賓主坐定。

老者從容說道：「公子雖不曾見過老朽的面，祇是老朽的名字，公子必是曾聽得尊師說過的；老朽便是與尊師同門的田廣勝，公子心中可想得起這個名字麼？」

朱鎮岳聽了，慌忙站起身說道：「原來就是田師伯！小姪安有不知道的道理？」說著，重新拜下去。

田廣勝忙伸手拉起來，指著少年給朱鎮岳介紹說：「他姓魏名壯猷，原是我的徒弟，於今又是我的女壻了。我本有兩個兒子，兩個女兒。大兒子名孝周，在廣西當協統。三年前，陣亡在長毛賊手裏，屍首都無處尋覓！我祇得將在我跟前的幾個徒弟，齊集在一塊兒，說道：『你們大師兄陣亡，屍身無著，我固然是痛心極了！便是你們一則念與我師弟之情，二則念與你大師兄同門之親，手足之義，都應該各自盡點兒力量去尋覓回來，才對得起你大師兄的英靈！此刻你兩個師妹，都還不曾許人，看是誰能將大師兄的屍身尋回來，我即招誰做女壻！』

「那時幾個徒弟，都竭力尋找，卻是魏壯猷找著了！魏壯猷那時才有十五歲，正和我最小的女兒紅紅同年；我既有言在先，不能不踐，就招了他在家做贅壻。大女兒名娟娟，今年二十一歲了，尚不曾許人。這兩個女兒，是我繼配的女人生的。那年我大兒子既陣亡了，家鄉地方，被長毛賊亂得不能安身！此山在貴州境內，這屋子原是畢祖師當年修練之所。山中豺狼虎豹極多，祖師當日不肯傷害這些猛獸，爲的是不許尋常人能上這山裏來，特地留了這些猛獸，看守山坡，好使左近幾十里路以內的人，不但不敢上山，並不敢打山腳下經過。

「祖師去世的時候，我們同門三兄弟，都在這屋裏。祖師將身邊所有的東西，分給我們三人；這房子就分給我了。我因有家室在廣西原籍，用不著這房屋居住，空著好多年。及至這番，被長毛賊亂得我不能在家鄉安身，祇好搬到這裏來，暫避亂世。

「誰知到這裏不久，我繼配的女人就病死了！人人祇知道中年喪偶，是人生最煩惱的事；不知道老年忽死去一個老伴侶，其煩惱更比中年厲害！自從拙妻死後，我祇將他草草的安葬在這山裏，便終日在外遊覽山水。仗著老年的腳力還足，時常出門，三五月不歸來。前月我正在廬山，尋覓幾種難得的草藥。忽見小女紅紅找來，說他二哥義周，在白魚磯被朱三公子殺傷了；傷得甚是沉重，睡在家裏人事不省！

「我一聽這消息，還摸不著頭腦，問小女說的是那裏來的朱三公子。你二哥在家好好的，何故會跑到白魚磯去，被人殺傷？小女拿出一封信來，原來是尊師雪門師父託人寄給我的。信中說：公子是他近年所收的最得意的徒弟，這回由公子押運二十多萬金銀回常德原籍。公子的本領，小小的風浪，原可以擔當得起；所慮就是公子有些少年好勝的脾氣，誠恐惹出意外的風波，公子失了事，便是他失了面子！因此特地寄這封信給我，要我念昔日同門之情，大家照顧照顧！

「這封信寄到，湊巧我不在家，落到了我這個不懂世情的二兒子義周手裏！他見雪門師父誇讚公子是近來所收最得意的徒弟，有擔當風浪的本領，便不服氣！和他大妹子娟娟商量，要把公子押運的金銀截留，使公子栽一個跟斗！娟娟知道是這們不妥，不敢和他同去；然知道義周這畜牲，是生成的牛性，也不敢勸阻。義周便獨自出門，要和公子見個上下；僥天之幸！在白魚磯遇著公子，被公子殺得他大敗虧輸，回家便臥床不起！他當時以爲是必死無疑的了，求自己兩個妹子、一個妹壻，替他報仇雪恨！

「大女兒不能推卻，祇得答應。一面教他妹壻改裝到公子船上，刺探虛實；一面教他妹子到廬山，報信給我知道。我當時看了尊師的信，不由得大吃一驚！思量：這一班孽障，膽敢如此胡鬧！他們自己傷也好、死也好，是自作自受，不能怨天尤人！祇是萬一傷損了公子一毫一髮，這還了得！教我這副老臉，此後怎生見雪門師弟的面呢？連夜趕回家來，想阻止大女兒不許胡鬧！

「及至趕到家時，大女兒也已在公子手裏領教過，回家來了。大女兒盛稱公子的本領了得，他若非戴了面具，臉上必已被公子刺傷了！我聽得公子祇腳上略受微傷，才放了這顆心。依我的氣忿，本待不替孽子治傷的，祇因他兩個妹子、一個妹壻，都一再跪著懇求，我才配點兒藥，給孽子敷上。可惡的孽障！到今日還不悔悟自己無狀，倒懷恨在心，不肯與公子相見！這都祇怪我平日教養無素，以致養成他這種乖張不馴良的性子！實是對不起公子！」

朱鎮岳聽了這番話，才如夢初醒，暗想：怪道那夜在白馬隘交手的時候，那人再也不肯開口，原來是女子戴了面具，假裝男子；所以頭臉那們大，身材又那們瘦小。我末了一劍，刺在他面具上，怪不得喳的一聲響！那夜若不是我安排了鑼鼓助威，使他害怕驚動岸上的人，慌張走了；再鬥下去，不見得不吃他的虧！祇可惜這娟娟是個女子，若是個男子，有這們好的本領，倒是我應當結交的好朋友！

朱鎮岳心裏這們著想，偶然觸發了一句話，連忙起身向田廣勝說道：「田師伯太言重了！小姪開罪了義周二哥，他見了小姪生氣，是應該的！承師伯瞧得起小姪，不把小姪當外人，呼小姪的名字，小姪就很感激；叫小姪公子，小姪覺得比打罵還難受！」

田廣勝點頭笑道：「依賢姪的話便了！賢姪可知道我借著賣草鞋，在白魚磯專等候賢姪，是甚麼用意？」

朱鎮岳道：「小姪以爲這是承師伯不棄，想引小姪到這裏來的意思，但不知是與不是？」

田廣勝搖頭，笑道：「我明知賢姪家住在常德烏鴉山底下，若祇爲想引賢姪到這裏來，何不直到烏鴉山相邀？値得費如許周折！」朱鎮岳也覺得有理，祇是猜不出是何用意。

田廣勝接著笑道：「我從廬山回來，不多幾日，又接了尊師從西安傳來的一封信。因為有這封信，我才是這們佈置。我今年已癡長到七十八歲了，正是風前之燭，瓦上之霜，在人世上延挨一日算一日。古人說：人生七十古來稀！我於今既已活到七十八歲了，死了也不為委屈；不過我有未了的心願，若不等待了便死，在九泉之下，也不得瞑目！我有甚麼心願未了呢？就是我這大女兒娟娟，今年二十一歲了，還不曾許配人家。論到我這個女兒，容儀、品性都不在人下；若不過事苛求，早已許給人家了！

「無奈我這女兒，因是我晚年得的，從小我就把他看得過於嬌貴；傳授給他的武藝，也比傳授旁的徒弟及兒子都認眞些！他的武藝既高，眼界心性也就跟著高了；尋常的少年，沒有他看得上眼的！他發誓：非有人品、學問、武藝都能使他心服的，寧肯一生不嫁！

「我年來到處留神物色，休說人品、學問、武藝，都能使我女兒心服的男子，不曾遇見過；就是降格相從，祇要我看了說勉強還過得去的，也沒有遇著！這番天緣湊巧，得了賢姪這般一個齊全的人物！

「若是尊師託人帶信給我的時候，我在家接了信，我兒子便不致到白魚磯與賢姪為難；我兒子不被賢姪殺傷，不求他妹子報仇，他妹子更何致與賢姪交手？因有這們一錯誤，我女兒才得心悅誠服的欽佩賢姪！我看這種姻緣，眞是前定，不是人力所能做到的！我想就此將小女娟

娟，許配賢姪，祇不知賢姪的意下如何？

「祇要賢姪口裏答應了，至於成親的日期，此時儘可不必談及。賢姪如有甚麼意思，不妨直對我說，毋須客氣！我也原是不存客氣，才當面對賢姪說。其所以假裝賣草鞋的，親自將賢姪引來這裏，也就是要借此看看賢姪的氣度和能耐！我見賢姪的時候，故意說寒舍就在離此地不遠，更不教賢姪回船換衣服，賢姪竟能同行三日，一點兒不曾現出忿怒的樣子；可見得氣度寬宏，不是尋常少年人所能及！而我那孽障對賢姪無狀，賢姪能犯而不較，尤爲難得！」

朱鎭岳至此，才覺悟種種境遇，都是有意造設的。心想：娟娟的本領，確是我的對手，又是田師伯的小姐，與我同門，許配給我，並不委屈了我。此刻田師伯當面問我，我心裏是情願，原可以當面答應他。不過我父母都在西安，這樣婚姻大事，雖明知由我親自定下來，我父母是決沒有不依的；然於爲人子的道理，究竟說不過去！

想到此處，即向田廣勝說道：「承師伯不嫌小姪不成材，小姪還有甚麼異議，本來就可以聽憑師伯作主的！衹因小姪這番回常德，是奉了家父母的命，押船回來的；爲急於要回西安覆命，才在家不敢躭擱，祇住了一個多月，即動身回西安去。此時家父母在西安，見小姪還不曾回去，心裏必異常懸念！小姪打算即刻動身，兼程並進，到西安覆命之後，將師伯這番德意，稟過家父母。想家父母平時極鍾愛小姪，這事斷沒有不許的！那時再從西安到這裏來，一則好使家父母安心；二則既稟告了家父母，小姪的心也安了。還望師伯體念小姪這一點兒下情！」

田廣勝聽了，待開口說甚麼，忽又忍住。半晌，才說道：「這是賢姪的孝行，我本不應相強；但是據我的意思，婚姻大事，自應請命父母，然有時不得不從權。我於今並不要賢姪和小女成親，祇要賢姪口裏答應一句就是了！」

朱鎭岳道：「師伯的話說得明白。小姪其所以不敢答應，就是因這事體太大，一經口裏答應了，便至海枯石爛，也不能改移！於今小姪離開西安，已有大半年了；誠恐自小姪離開西安以後，有門戶相對、人物相當的女子，已由家父母作主聘定下來了，小姪並不知道，又在師伯跟前答應了，將來豈非事處兩難？」

田廣勝不住的點頭道：「賢姪所慮的，確是不錯！此刻我祇問賢姪一句話：倘若賢姪此時能知道尊父母實在不曾在賢姪離開西安以後，替賢姪定婚；而尊父母又斷斷不會不許可賢姪在這裏定婚，那麼，賢姪可以答應我麼？」

朱鎮岳道：「那是自然可答應的！不過此地離西安這們遠，從何可以知道呢？」

田廣勝道：「賢姪不知道，我倒早已知道了！賢姪大概能相信我七十八歲的人了，說話不至於信口開河。賢姪所慮的這一層，我能擔保沒有這回事，並能代賢姪擔保，尊父母萬不至於說話！但須賢姪答應下來，我立刻便拿我能擔保的證據給賢姪看。」

朱鎮岳思量：這種擔保，不過是口頭上一句話，如何能有證據給我看呢？若果能證實我所慮的，沒有這回事，我就答應了也沒要緊！遂對田廣勝道：「師伯既說能擔保，必沒有錯誤，何須要甚麼證據？祇是不知道師伯所謂證據，究竟是甚麼？莫不是有新自西安來的人麼？」

田廣勝道：「賢姪且答應了我再說！並不是我要逼著賢姪答應，這其中的道理，等一會自然明白。」

朱鎮岳道：「既這們說，小姪便權且答應了！將來祇要家父母不說甚麼，小姪決無翻悔！」

田廣勝至此，才把所謂能擔保的證據拿了出來。朱鎮岳一看，祇嚇得號咷痛哭！不知到底是甚麼證據？且待第四二回再說。

第四二回　魏壯猷失銀生病　劉晉卿熱腸救人

話說：田廣勝將所謂擔保的證據拿出來，朱鎮岳一看，原來是一封信。這信是雪門和尚寫給田廣勝的，信中的語意很簡單，祇說：某月某日捻匪破西安，府尹朱公夫婦同時殉難！現已由雪門和尚自己備棺盛殮，即日動身運回常德原籍。信尾託田廣勝設法勸阻朱鎮岳，勿再去陝西。

朱鎮岳祇看了府尹朱公夫婦同時殉難這幾句，已呼天搶地的痛哭起來；沒哭一會，便倒地昏過去了！田廣勝、魏壯猷都忙著灌救，半晌醒轉來，仍哭著責備田廣勝道：「師伯既得了這信，怎的不於見面的時候給我看？好教我奔喪前去！隱瞞三四日，倒忍心和我議婚事，使我成爲萬世的罪人，是甚麼道理？」

田廣勝連忙認罪道：「這是我對不起賢姪！不過雪門師父的信上說了：即日動身運柩回常德原籍，怎好教賢姪去奔喪呢？在我瞞三四日不說，固是全因私情，沒有道理！祇是在賢姪遲三四日知道，並不得謂之不孝！賢姪得原諒我：若在見面的時候，將這信給賢姪看了；則三年之內，不能向賢姪提議婚的話。我剛才已曾對賢姪說過了，我於今已是七十八歲的人了；正如風前之燭、瓦上之霜，得挨一日算一日！三年之後，祇怕葬我的棺木，都已朽了！因此情願擔著這點不是，逼著賢姪承諾我的話，以了我這樁惟一的心事！」

朱鎮岳見田廣勝這們說，自覺方才責備的話，說得太重；即翻身向田廣勝叩頭，泣道：「師父信中雖說已動身運柩回籍，然小姪仍得迎上前去，以便扶著先父母的靈柩同行。」

田廣勝拉起朱鎮岳，說道：「賢姪用不著去！我已派人迎上去了；大約不出一二日，便能將靈柩運上這裏來。」

朱鎮岳問道：「運到這裏來做甚麼呢？」

田廣勝道：「我估料長毛賊的氣燄，還得好幾年才能消滅；就是常德，也非安樂之土！賢姪這番又運回這些金銀，更是惹禍的東西！我看這山裏還好，已打發兩個小女去烏鴉山，迎接令祖母到這裏來，免得年老人擔驚受怕！尊大人的靈柩，暫時安厝在這山裏；等到世局平靜了，再運回原籍。雪門師父來了之後，我還要和他商量，盡我們的力量，下山去做幾樁事業！」

朱鎮岳見田廣勝這們佈置，祇得依從。過不了幾日，果然朱沛然夫婦的靈柩，和朱鎮岳的祖母都到了。大家在這山裏，整整的住了八年；清兵破了南京之後，朱鎮岳夫婦才回烏鴉山祖屋。朱鎮岳的祖母和田廣勝都死在這山上。

這八年當中，田廣勝、雪門和尚以及朱鎭岳夫婦、魏壯猷夫婦，都曾下山做過許多救苦救難的事。因田廣勝和朱鎭岳都挾了一種報仇的念頭，暗中替清軍出了不少的力；但是這些事，不在本書應寫之列，都不去寫他。不過寫到這裏來了，卻不能不連帶把魏壯猷的履歷，略為交代一番，使看官們知道這部書中的重要人物，清虛觀笑道人的來歷。

魏壯猷自從田廣勝死後，不久他夫人紅紅也死了。他和紅紅伉儷的情分，本十分濃厚；紅紅一死，他悲痛到了極處！這時南京已破，清室中興，各省粉飾太平。人民在幾年前因兵荒離亂的，至此都漸漸的各回故土了。魏壯猷早已沒有父母，跟著田廣勝長大的；此時無家可歸，祇得借著遊山攬勝，消遣他胸中悼亡之痛！

田廣勝在日，手中積下來的資財很不少，約莫有二三十萬。他兩個兒子，一個死了；一個因和朱鎭岳負氣，出走得不知去向。臨死祇有兩個女兒、兩個女壻在跟前；這多的遺產，當然分給朱鎭岳、魏壯猷兩人。

魏壯猷得了這一部分財產，獨自一個人用度，手頭自然很闊！遊蹤所到之處，當地的縉紳先生以及富商大賈，無不傾誠結納。祇是他對人從不肯露出自己的本像來，一般人見他生得風度翩翩、溫文爾雅，都以為他是一個宦家公子，誰知道他是一個劍俠呢？

有一次，魏壯猷遊到了四川重慶，住在重慶一個最大最有名的高陞客棧裏。這客棧房屋的構造，是五開間三進；樓上地下，共有三四十間房子。有錢的旅客，到重慶多是在這客棧下榻。魏壯猷到的時候，歡喜第三進房屋又寬敞又雅潔，祇可惜已有三間被人佔住了，僅餘下一間廂房；中間客廳，是不能住人的。魏壯猷單身一個人，本來有一間廂房住著便得了；但是他因好交遊，無論到甚麼地方，總是座上客常滿，尊中酒不空，這一間廂房，因此不夠居住。當下便和客棧帳房商量：要騰出這三間房子來，給他一人居住；房錢多少，決不計較！

帳房看魏壯猷的行李很多，很透著豪富的氣概，以為是極闊的候補官兒，來這裏運動差缺的；恐怕錯過了這個好主顧，連忙答應了魏壯猷，向那三個旅客要求移房。費了許多唇舌，才將三間房子，騰了出來，給魏壯猷一個人住了。魏壯猷照例結交當地士紳，終日賓朋燕集，弄得五開間的房子，都座無隙地！一時魏公子在重慶的聲名，幾於沒人不知道！

他這回來四川遊歷，身邊帶了千多兩黃金，原不愁不夠使費！金銀在他這種有本領的人手裏，不問到甚麼地方，難道還有人能劫奪了去嗎？祇是事竟出人意外：這日魏壯猷因須付一筆帳，開箱打算取一百兩黃金出來兌換；足足的一千兩黃金，那裏還有一兩呢？祇剩了一塊包裹的包袱，不曾失掉！

魏壯猷不由得大吃一驚，暗想：這事眞奇怪！這一疊八口皮箱，金葉放在第六口皮箱之內；要開這箱，非將上面五口搬開不可，五口皮箱內盡是衣服，每口的分量很不輕，要搬開不是一件容易的事！並且每口皮箱，都上了鎖，貼了封條；鎖和封條，絲毫未動，這金葉從那裏取出去的呢？這一進房屋，除了我沒旁人居住，我在家的時候，固然沒人敢動手偷我的東西；便是我每次出外，多在白天，門窗都從外面鎖了，鑰匙在我自己身上，若曾有人動過鎖，我回來開鎖的時候，豈有個不知道的？

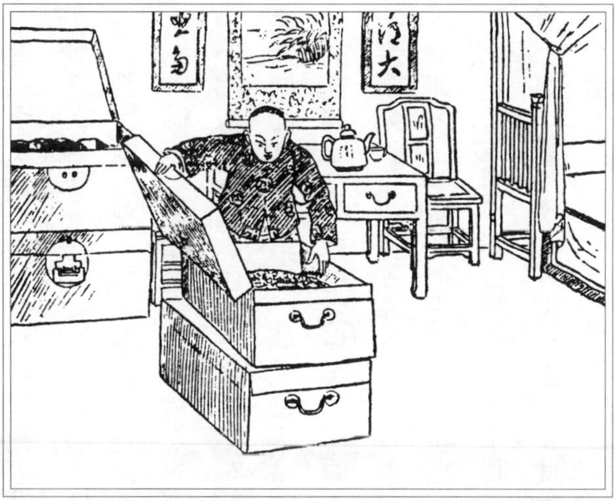

魏壯猷心裏一面思量，一面將這七口皮箱，次第開看，都一些兒沒有動過的痕跡；惟有第四口箱中的一塊一百五十兩重的金磚，也宣告失蹤了！

不覺失聲叫著哎呀道：「這就是奇怪了！這塊金磚，因是紅紅留下來的紀念物，多久不曾開看，連我自己都忘記了，不知放在那口皮箱裏。方才若不是看見這個裝金磚的盒兒，在衣服底下壓著，我說不定一時還想不起被人盜去了呢！如果盜這金子的人，是將八口皮箱都打開來，一口一口的搜索；則不但箱外的鎖和封條，應該現些移動過的痕跡，便是箱內的衣服，也應該翻得七零八亂！若不是一口一口打開來搜索，怎麼連我自己都不知道在那口箱裏的東西，外人能這們輕巧的盜去？」

魏壯猷反覆尋思，祇覺得奇怪，再也想不出是如何失掉的道理來！不過懸揣：盜這金子的人的本領，可以斷定決不尋常！報官請緝，是徒然教盜金子的人暗中好笑，沒有弋獲希望的；倒不如決不聲張，由自己慢慢地尋訪。失掉金子的事小，這樣盜金子的能人，卻不捨得不尋訪著，好借此結識這們一個人物！當時將皮箱仍舊堆疊起來。

在魏壯猷失掉這點兒金子，原不算甚麼，祇是此時正在客中，又逼著須付帳給人，既拿不出金子來，就祇得暫拿衣服典錢應付。心裏因急欲把盜金子的人，探訪出來，也就懶得再和一般士紳，作無謂的應酬了。高陞棧的帳房，見魏壯猷拿衣服典錢還帳，料知是窮得拿不出錢來了，登時改變了對待的態度。平時到了照例結帳的時期，祇打發茶房，將帳單送到魏壯猷房中桌上，一聲不響，就退出去的；此時帳房便親自送到魏壯猷手中，擺出冷冷的面孔，立在旁邊等回話了！

魏壯猷卻毫不在意，隨即又拿衣服去當了錢，付給帳房；自己仍四處探訪這盜金子的人。一連探訪了十多日，一點兒蹤影都不曾訪著。客棧裏的用度大，他又不知道省儉，衣服典當起來不值錢，出門的人，更能有多少衣服？不須幾次就當光了！

新結交的一般士紳，忽然不見魏公子來邀請了，初時以爲是害了病，還有幾個人來客棧裏看看。幾日之後，都知道魏公子手邊的銀錢使光了，靠著典當度日，一個個都怕魏公子開口告貸，誰也不敢跨進高陞棧的門；有時在路上遇著，來不及似的迴避！魏壯猷心中有事，那裏拿這些人放在眼裏？

客棧裏的人，見魏壯猷終日愁眉不展，祇道是窮得沒有路走了，才這們著急，帳房恐怕再住下去還不起房飯錢，便走來對魏壯猷說道：「客人既手邊不寬展，不能和往日那般應酬了，還要這們多房間幹甚麼呢？下面有小些兒的房間，請客人騰出這一進房屋給我，好讓旁的客人來住！」

魏壯猷心裏正因訪不著盜金的人，非常焦躁，聽了帳房的話，祇氣得指著帳房大罵了一頓！帳房以爲：魏壯猷窮了，是不敢生氣的，想不到還敢罵人！究竟摸不著魏壯猷的根底，不敢認眞得罪，祇好咕嘟著嘴，退了出來。魏壯猷心裏一煩悶，便幾日不出門，貧與病相連，竟悶出一身病來了！

練過工夫的壯年人，不生病則已，生病就十分沉重！魏壯猷到各處遊歷，舉動極盡豪華，然從來不曾帶過當差的。在平時不生病，沒有當差的，不覺著不便；此時病得不能起床了，偏巧沒有錢，又和帳房翻了臉，客棧裏的茶房，都不聽呼喚起來，便分外感覺得痛苦了！連病了三日，水米不曾沾唇！客棧裏的人，都以爲魏壯猷是個不務正業的紈袴子弟，不足憐惜！

這時卻激動了一個正直商人，慨然跑到魏壯猷房裏來探看，並替魏壯猷延醫診治。這個人是誰呢？是在成都做鹽生意的，姓劉，名晉卿，這時年紀已有五十多歲了。在成都開了三十年鹽號，近來因虧折了本錢，打算將鹽號盤頂給人。祇因劉晉卿所開的鹽號，規模太大；成都的商人，多知道這鹽號的底細，不肯多出頂價。劉晉卿嘔氣不過，帶了些盤纏，特地到重慶來覓盤頂的主兒。湊巧不先不後的，與魏壯猷同這一日到高陞棧。

兩個月來，魏壯猷的一舉一動，他都看在眼裏；他自己是一個謹愼商人，心裏也不以魏壯猷的舉動爲然。不過見魏壯猷一旦貧病得沒人睬理了，覺得：這種豪華公子，不知道一些人情世故，拿銀錢看得泥沙不如的使用；一朝用光了，就立時病死，也沒人來睬理，很是可憐！遂袖了二十兩銀子，走到魏壯猷房裏來，殷勤慰問病勢怎樣。

魏壯猷不曾害過大病，此時在這種境遇當中，病得不能起床，使他一身全副本領，一些兒不能施展，才眞有些著急起來！幾次打算教茶房去延醫來診視，無奈茶房受了帳房的囑咐，聽憑魏壯猷叫破了喉嚨，也祇當沒聽見！魏壯猷正在急得無可如何的時候，恰好劉晉卿前來問病。魏壯猷看了劉晉卿這副慈善面目，和殷勤的態度，心裏就舒暢了許多，就枕邊對劉晉卿點頭道謝。

劉晉卿拿出二十兩銀子，放在床頭，說道：「我是出門人，沒有多大的力量；因見閣下現在手中，好像窮迫的樣子，恐醫藥不便；我同在這裏作客，不忍坐視！閣下想必是席豐履厚慣了的人，不知道人情冷暖！我雖不知道閣下的家世，然看閣下兩月來的舉動，可知尊府必是很富厚的；我此時去替閣下請個好醫生來，閣下將病養好了，就趕緊回府去！世道崎嶇，家中富裕的人，犯不著出門受苦！」在劉晉卿說這番話，自以爲是老於世故的金石之言，魏壯猷祇微微的笑著點頭。

劉晉卿一片熱誠，親去請了個醫生來，給魏壯猷診視了；開了藥方，也是劉晉卿親去買了藥來，煎給魏壯猷服了。外感的病，來得急，也去得快！服藥下去後，祇過了一夜，魏壯猷便能起床，如平時一般行走了。

因已有幾日不曾出外，探訪偷金子的人，心裏實在放不下！這日覺得自己的病，已經好了，正思量應如何方能訪得出偷金子的人來。忽然從窗眼裏飄進一片枯黃的樹葉來，落在魏壯猷面前。魏壯猷原是一個心思極細密的人，一見這樹葉飄進房來，心裏不由得就是一驚，暗想：此時的天氣，正在春夏之交，那來的這種枯黃樹葉？並且微風不動，樹葉又如何能從天空飄到這房裏來？

隨手拾起這片樹葉看時，一望就可認得出是已乾枯了許久的，有巴掌大小，卻認不出是甚麼樹葉。又想：這客棧四周都是房屋，自從發覺失了金子以後，我都勘察得仔細，百步以內，可斷定沒有高出屋頂的樹木；既沒有樹木，也就可以斷定這葉不是從樹枝上，被風刮到這裏來的了！不是風刮來的，然則是誰送來的呢？魏壯猷是這們一推求，更覺得這樹葉來得希奇！

剛待叫一個茶房進來，教認這葉是甚麼樹上的。祇見劉晉卿走來，問道：「貴恙已完全脫體了麼？」

魏壯猷連忙迎著答道：「多謝厚意，已完全好了！」旋說旋讓劉晉卿坐。

劉晉卿指著魏壯猷手中的枯葉，問道：「足下手中這片公孫樹葉，有甚麼用處？」

魏壯猷喜問道：「老先生認得這是公孫樹葉嗎？甚麼地方有這種樹呢？」

劉晉卿笑道：「怎麼不認識？這樹我在旁處不曾見過，祇見瀘州玄帝觀裏面，有兩株極大的。這葉上的露，能潤肺治咳嗽，但極不容易得著！我先母在日，得了個咳嗽的病，甚麼藥都吃遍了，祇是治不好！後來有人傳了個祕方，說：惟有公孫樹葉上的露，祇須服十幾滴，便能包治斷根！

「我問甚麼所在有公孫樹，那人說出瀘州玄帝觀來。我做鹽生意，本來時常走瀘州經過的，這次便特地找到玄帝觀；公孫樹是見著了，但是葉上那有甚麼露呢？就是略有些兒，又怎麼能取得下來呢？在那兩棵樹下，徘徊了許久，實在想不出取露的法子來！虧了觀中的老道，念我出於一片孝心，拿出一個寸多高的磁瓶來，傾了五十滴露給我。這是他慢慢的一滴一滴取下來，貯藏著備用的。我謝老道銀子，他不肯收受。我帶了那五十滴露回家，先母服了，果然把咳嗽的病治好了！因此我一見這葉便認識！」

魏壯猷問道：「那玄帝觀的老道姓甚麼？叫甚麼名字？老先生知道麼？」

劉晉卿點頭道：「我祇知道一般人都叫那老道爲黃葉道人。姓甚麼？究竟叫甚麼名字？卻不知道。」

魏壯猷道：「那黃葉道人，此刻大約有多少歲數了？」

劉晉卿笑道：「於今祇怕已死了許多年了！我已有了二十多年，不曾到那觀裏去。我去討露的時候，看那道人的頭髮鬍鬚，都白得和雪一樣；年紀至少也應有了七八十歲。豈有活到此刻還不曾死的道理？」

魏壯猷道：「既是祇有瀘州玄帝觀內，才有這公孫樹，這片樹葉，就更來得希奇了！」

劉晉卿問是怎麼一個來歷，魏壯猷將從天空飄下來的話說了，劉晉卿也覺得詫異。劉晉卿去後，魏壯猷心想：這樹葉必不是無故飛來的！我於今既知道了公孫樹的所在，何不就去玄帝觀探訪一番呢？主意已定，遂即日動身向瀘州出發。

途中非止一日，這日到了瀘州，逕到玄帝觀察看情形。果見殿前丹墀裏，有兩棵合抱不交的樹，枝葉穠密，如張開兩把大傘；葉的形式，與從窗眼裏飄進來的，一般無二；祇這棵樹上的葉色青綠，沒有一片枯黃的。魏壯猷把這觀的形勢，都看了個明白，記在心裏，打算夜間再來觀裏窺探。正待舉步往觀外走，猛覺得頭頂上一陣風過去，樹葉紛紛落下來。驚得連忙抬頭看公孫樹上，祇見一隻極大的蒼鷹，正收斂著兩片比門板還大的翅膀，落在樹顛上立著；那一對金色的眼睛，和兩顆桂圓相似。

魏壯猷生平不曾見過這們大的飛鳥，很以為奇怪，心想：像這們高大、這們雄俊的鷹，若好生調教出來，帶著上山打獵，確是再好沒有的了！祇是他立在這樹顛上，要弄死他容易，要活捉下來餵養，倒是一件難事！

眉頭一皺，忽然得了個計較，心中暗喜道：「我何不投他一個石子，驚動他飛起來；再用飛劍將他兩翅的翎毛削斷，怕他不掉下來，聽憑我捉活的嗎？」魏壯猷自覺這主意不錯，隨即彎腰拾了個鵝卵石，順手朝那鷹打去。

這石子從魏壯猷的手中打出來，其力量雖不及砲彈那般厲害；然比從弓弦上發出去的彈子，是要強硬些的！無論甚麼凶惡的猛獸，著了這一石子，縱不立時殞命，也得重傷，不能逃走！誰知這一石子打上去，那鷹祇將兩個翅膀一亮，石子碰在翅膀上，倒激轉來；若不是魏壯猷眼快，將身子往旁邊閃開，那石子險些兒打在頭上！然石子挨著耳根擦過，已被擦得鮮血直流！

魏壯猷不由得又驚又氣，指著鷹罵道：「你這孽畜！竟敢和我開玩笑嗎？我要你的命，易如反掌！」口裏罵著，隨放出一道劍光來，長虹也似的，直向那鷹射去。那知那鷹立在樹顛上，祇當沒有這回事的樣子。劍光繞著樹顛，盤旋了幾轉，祇是射不到鷹身上去。魏壯猷這才慌急起來！正在沒法擺佈的時候，那鷹兩翅一展，眞比閃電還快，對準魏壯猷撲來！魏壯猷料知敵不過、逃不了，失口叫了聲哎呀，便緊閉雙睛等死。

少不得說時遲，那時快的兩句套話，魏壯猷剛把雙睛一閉，耳裏就聽得殿上一聲呼叱，接著有很蒼老的聲音喊道：「休得魯莽！」那喊聲才歇，就覺得一個旋風，從臉上掠了過去。睜眼看時，那鷹已在這邊樹顛上立著；殿上站著一個白鬚過腹的老頭，左邊胳膊上，也立著一隻和樹顛上一般兒大小毛色的鷹。那老頭笑容滿面的，望著魏壯猷點頭。魏壯猷見鷹尚有這般厲害，這養鷹的老頭，本領之大，是不待思索的了！當下不因不由的，便存了個要拜這老頭為師的念頭。

緊走幾步到殿上，對老頭拜了下去，說道：「若不是老丈相救，小子已喪生於鷹爪之下了！小子年來遊行各省，所遇的英雄豪傑，不在少數，竟不曾遇見有這鷹這般能耐的！兩鷹是由老丈調教出來的，老丈有通天徹地的手段，可想而知了！小子一片至誠心思，想拜在老丈門牆之下！千萬求你老人家收納！」

老頭伸手將魏壯猷拉起來，笑道：「你的骨格清奇，將來的造詣，不可限量！但是我不能收你做徒弟。來！我引你見一個人罷！」魏壯猷隨著老頭，彎彎曲曲的，走到裏面一個小廳上，不禁又吃了一嚇！原來這廳上，睡著一隻牯牛般大的斑斕猛虎，那虎聽得有腳步聲，一蹶劣跳了起來，待向魏壯猷撲來的樣子！魏壯猷才被鷹嚇了那們一大跳，驚魂還沒定，那裏再有和猛虎抵抗的勇氣呢？嚇得衹向老頭背後藏躲。

虧得老頭對那虎叱了一聲，那虎才落了威，拖著鐵槍也似的尾巴，走過一邊去了。魏壯猷心想：幸虧我在白天遇了這老丈，若在黑夜，冒昧到這裏來窺探，說不定我一條性命，要斷送在這兩樣禽獸的爪下！魏壯猷一面這們著想，一面跟著老頭轉到廳後一間陳設很古雅的房裏。

一個鬚髮皓然、身穿黃袍的老道，手中拿著拂塵，盤膝坐在雲床之上，並不起身，祇向老頭笑了一笑，說道：「來了麼？」

老道也笑著應道：「我正爲不仔細，誤收了個劉鴻采做徒弟，後悔已來不及！這小子又要拜在我門下做徒弟，道友看我如何能收他？不過我瞧這小子骨格很好，道友若能收他在門牆之下，將來的成就，倒不見得趕不上銅腳！」

老道微微的搖頭，說道：「這小子此刻心心念念所想的，祇是黃金白銀，那有些微向道之意？銅腳能敝屣妻孥，視黃金如糞壤，卻是難能可貴的！這小子未必能及得！」

魏壯猷聽了兩老問答的話，雖聽不出銅腳是甚麼人；然老道人瞧不起自己的語意，是顯然可知的！思量：他說我心心念念所想的，是黃金白銀，可見得我失竊的事，與他有關聯！他才知道我是爲探訪黃金下落來的；我豈眞是爲探訪黃金？這卻看錯我了！

心裏如此想著，即走近雲床，跪下來叩頭，說道：「小子年來遊蹤所至，極力結交各類人物，爲的就是想求一個先知先覺之輩，好做小子的師資。即如小子這次失卻了黃金，若是被尋常人盜了去，小子決不至四處探訪！祇因料知盜黃金的人，能耐必高出小子萬倍；且其用意，必不在一點點黃金！小子若不探求一個水落石出，一則違反了小子年來結交各類人物的本意；二則既逆料那個盜黃金的人，用意不在黃金，便是有意借這事試探小子；若小子置之不理，也辜負了這人的盛意！小子果得列身門牆，妻財子祿，小子久已絕念！」說著，連叩了幾個頭。

老道人至此，才起身下了雲床，點頭笑道：「你知道絕念妻財子祿，倒不失爲可造之才！你師父田廣勝，曾與我有點兒交情。我因見你的資質不差，恐怕手中錢多了，在成都流連忘返，特地將你所有的盡數取來。又見你得不著探訪的門道，祇得給你一個暗記；那黃葉便是我的道號。」

魏壯猷聽了這老道就是黃葉道人，暗想：劉晉卿在二十多年前看見他，說他已有了七八十歲；於今照他這般精神態度看來，尋常七八十歲的人，那有這般強健？我能得著這們一個有道行的師父，此後的身心，便不愁沒有歸宿了！當下魏壯猷便在玄帝觀，跟著黃葉道人一心學道。這個養鷹的老頭，看官們不待在下報告，大約也都知道，便是金羅漢呂宣良了。

黃葉道人收魏壯猷做徒弟之後，即將從魏壯猷衣箱裏取來的金葉、金磚，仍交還魏壯猷。魏壯猷想起劉晉卿送銀及代延醫治病的盛意，覺得：自己此刻既一心學道，留著許多金子在身邊，也沒甚用處！劉晉卿因生意虧了本，不能撐持，才到成都招人盤頂，若將這金子送給他，正是雪裏送炭，比留在身邊沒有用處的好多了！魏壯猷自覺主意不錯，隨即稟明了黃葉道人，帶了金子回成都。

劉晉卿這時正爲找不著盤頂的人，住在客棧裏，異常焦急！客棧裏帳房，見魏壯猷出門好幾日不回來，以爲是有意逃走的；因劉晉卿曾代魏壯猷延醫熬藥，硬栽在劉晉卿身上，說：劉晉卿必知道魏壯猷的履歷，魏壯猷欠了客棧裏二三百串錢的房飯帳，要劉晉卿幫同追討。劉晉卿更覺得嘔氣！

這日忽見魏壯猷回來，心裏才免了一半煩惱！魏壯猷一回到客棧，就拿出幾十兩銀子來，叫了一桌上等酒席，專請劉晉卿一人吃喝。

劉晉卿見魏壯猷仍是初來時那般舉動，心裏很不以爲然！推辭了幾遍，無奈魏壯猷執意要請，祇得在席間委婉的規勸魏壯猷道：「我和足下雖是萍水相逢，不知道足下的身世；然看足下的豪華舉動，可知道是個席豐履厚的出身。於今世道崎嶇，人情澆薄！祇看足下初來的時候，結交何等寬廣？往來的人，何等熱鬧？客棧裏帳房，何等逢迎？祇一時銀錢不應手，那怕害了病，睡倒不能起床，也沒人來探望足下一眼！客棧裏帳房更是混帳，竟疑心足下逃走了！因我曾代足下延醫，居然糾纏著我，要我幫同找足下討錢！看起來，銀錢這東西，是很艱難的。拿來胡花掉了，不但可惜；一旦因沒了錢，受人家的揶揄冷淡，更覺無味！足下是個精明人，想必不怪我說這話，是多管閒事！」

魏壯猷哈哈笑道：「承情之至！兩月以來的舉動，我於今已失悔了！不過我在此一番舉動，能結識老先生這們一個古道熱腸的人，總算不虛此一番結納了！老先生的生意，也不必再招人盤頂，我此時還有幫助老先生的力量！」說著，將所有的金子，都搬到酒席上，雙手送到劉晉卿面前，直把個劉晉卿驚得呆了！半晌，才徐徐問道：「這這這是怎麼一回事？」

魏壯猷笑道：「沒有甚麼！我的錢，願意送給老先生，老先生賞收了便完事！」

劉晉卿遲疑道：「足下前幾日不是因沒有錢，將衣服都典質盡了的嗎？怎的出門幾日工夫，便得了這們多黃金呢？但是足下不要多心，怪我盤查這黃金的來歷，我是做生意買賣的人，非分之財，一絲一粟也不敢收受！足下若不願將來歷告我，請將這金子收回去，我感激足下相助的盛意便了！」

魏壯猷歛神歎道：「難得，難得！我這金子送得其人了！我的履歷，從不曾告人；老先生是長厚有德的人，故不妨見告！」隨將自己出生歷史，及此番失金、得金情形，略述了一遍。劉晉卿因那日曾親眼看見那片公孫樹葉，又見魏壯猷的氣概，確是不凡，不由得不十分相信！便道謝收了金子，自歸家重整旗鼓，經營固有的生意。

劉晉卿店裏，有一個姓戴名福成的徒弟，十二歲上，就在劉晉卿跟前學買賣；爲人甚是聰明伶俐，劉晉卿極歡喜他。三五年之後，戴福成對於鹽業的經驗很好；劉晉卿因信任他，漸漸給他些事權。誰知他年紀一到了二十幾歲，事權漸漸的大，膽量也就跟著漸漸的大了；時常瞞著劉晉卿，在外面嫖賭。

幫生意的人，一有了這種不正當的行爲，自然免不得銀錢虧累；因銀錢虧累，就更免不得要在東家的帳務上弄弊！這是必然的事勢，誰也逃不了的！戴福成掉劉晉卿的槍花，也不止一次；久而久之，掩飾不住，被劉晉卿察覺了，遂將戴福成開除。四川的鹽商原有幫口的；幫口的規則很嚴，凡是經同行開除的人，同行中沒人敢收用。戴福成既出了劉家，在四川再也找不著一碗鹽行的飯吃，祇得改業，跟著一般騾馬販子，往來雲南貴州道上販騾馬。

一日，跟著幾個馬販，趕了一群騾馬，行到雲南境內一處市鎮上。那市鎮上有個都天廟，這日廟裏正在演戲酬神，戴福成因閒著無事，便去廟裏看戲。這日看戲的人異常擁擠，戴福成仗著年輕力壯，在人叢之中，絲毫不肯放鬆的，和衆人對擠。擠來擠去，擠到一塊空地，約有五尺見方；中間立著一個衣履不全的道人，昂頭操手，閒若無事的，朝戲台上望著。

戴福成看了這道人，心中覺得奇怪，暗想：他一般的立在人叢之中，左右前後，並沒有甚麼東西遮攔，爲何這許多人，獨不擠上他跟前去呢？我不相信，倒要擠上去看看！想罷，即將身子向道人擠去。

不知戴福成擠上去的結果如何？且待第四三回再說。

第四三回　巧機緣深山學道　顯法術半路劫銀

話說：戴福成向那道人擠去，眼裏明明看見並沒有甚麼東西阻擋，然而祇是擠不上去，身體一用力，就不因不由的擠到了道人前面；回頭看道人，仍操手昂頭，獨自立在一塊空地上，心裏更覺得奇怪起來。掉轉身仍朝著道人擠去，一眨眼卻又到了道人左邊！

戴福成一連擠了四五遍，都是如此！口裏不禁喊了聲：「哎呀！」他這聲哎呀一喊出口，那道人就隨著望了他一眼。戴福成正想開口問這道人：是甚麼方法獨不怕擠？那道人一彎腰，提起放在腳旁邊的一口小木箱，掉頭就混入人叢之中。戴福成越覺得詫異，連忙緊跟在道人背後。

道人頭也不回的，逕走出都天廟，戴福成也緊跟著不放。約莫同走了十來丈遠近，戴福成幾步搶到道人前面，回身向道人作揖，說道：「老道爺將上那裏去？我心裏有一句話想請教，不知老道爺可肯賞光，同去前面那個小茶樓上，略坐一會？」

道人在戴福成身上，打量了幾眼，說道：「貧道還有事去，實在沒有工夫。有甚麼話，就請在此地說罷！」

戴福成向左右看了看，說道：「此地乃是市鎮之上，來往的人多，不便說話。千萬要求老道爺賞光！不要多久的時刻，不至躭擱老道爺的事！」

道人聽了，面上露出不高興的樣子，問道：「你可知道我是那裏人？」

戴福成搖著頭道：「不知道！」

道人忽仰天打著哈哈道：「是嗎？我也不知道你是那裏人！我再問你：你從前在那裏見過我麼？」

戴福成仍搖頭道：「好像不曾見過。」

道人又打了個哈哈道：「好嗎？我也好像不曾見過你！你我往日不曾聞名，近日不曾見面，憑空有甚麼話要問我？我沒有工夫，你去問別人罷！」

戴福成擋住去路，連連的作揖，說道：「我心裏要請教的話，非得向老道爺請教不可！若是往日聞過名，近日見過面，也用不著請教了！」

道人又打量了戴福成幾眼道：「也罷！我就同你去坐坐！看你要請教些甚麼？」

戴福成見道人答應了，欣然將道人引到這市鎮中一個小茶樓上，揀了一處僻靜的座頭，請道人在上面坐了。向堂倌要了一壺茶，將茶杯抹洗清潔，斟了一杯茶，恭恭敬敬的雙手送到道人面前，隨即拜了下去，叩頭說道：「我知道你老人家是個有大道法的人。要求你老人家收我做個徒弟，傳我一些道法！」

道人嚇得連忙立起身來，一把拉起戴福成道：「笑話，笑話！我流落在這裏，連討飯都沒有路，你還拜我做甚麼師父？快收起這些話，不要挖苦我了！」

戴福成道：「師父不要隱瞞！弟子已看出師父確是個大有道法的人，誠心誠意的拜師。那怕師父叫弟子赴湯蹈火，弟子斷不推辭！」

道人大笑道：「這話從那裏說起？我的道法，就祇會替人家做道場；近來運氣不好，簡直沒人家請我！你和我今日才初次見面，從甚麼地方看出我是個大有道法的人來，我倒得向你請教請教？」

戴福成道：「剛才凡是在都天廟看戲的人，沒一個不是被擠得連氣都不能吐；惟有師父昂頭操手的，立在衆人當中，左右前後，就好像有欄杆遮攔著似的，誰也擠不到師父身上來！弟子在旁邊看得明白，這不是極大的道法是甚麼呢？」

道人做出躊躇的樣子，說道：「有這種事嗎？祇怕是你的眼花了，或是認錯了人吧！我正因爲看戲的人太多了，祇擠得我一身生痛，才賭氣不看了，走了出來！你怎麼倒說人家擠不到我身上來呢？」

戴福成道：「弟子明明白白的看見，又不老了，如何會眼花？不是看一眼兩眼就走開了，更不至認錯人。師父不要隱瞞了罷！弟子不是曾留神看得分明，也不跟著出廟來，要拜你老人家爲師了！」

道人祇顧搖頭笑道：「即算你不是眼花，沒看錯，這旁人擠不過我，也不能說我有甚麼道法！或者是我的氣力，比他們一般看戲的人大些，這又算得甚麼呢？」

戴福成笑道：「如果師父和一般看戲的人對擠，一般人擠不過師父，弟子也知道算不了甚麼道法！弟子親身擠了四五遍，無論如何用力，總沾不著師父的身；這不是師父有極大的道法，是甚麼？」

道人笑道：「這就奇了！剛才在都天廟看戲的，何止千人？偏巧祇你看得這們清楚！我也懶得和你多費精神爭辯了，我聽你說話的聲音是四川人，這回到雲南來幹甚麼呢？」

戴福成道：「弟子原是在四川做鹽行生意的，近來改了業，幫人做騾馬生意。這種生意，勞苦就勞苦極了，出息是一點兒沒有，僅能餬口不餓死；所以見了師父這樣的道法，情願不做這苦生意了。學會了道法，自然不愁衣食！」

道人又問道：「你既在四川做鹽行生意，你可認識劉晉卿麼？」

戴福成聽道人提出劉晉卿三字，驚喜得連忙答道：「怎麼不認識，並且是弟子的老東家！

弟子從十來歲就在劉家行裏學生意，十幾年不曾幫過第二家。」

道人道：「你既在劉家幫了十幾年，卻爲甚麼改業呢？」

戴福成不肯說出舞弊被斥革的話，隨口答道：「弟子本來沒打算改業的，祇因劉家生意做虧了本，支持不下了，才將弟子辭退。同時被辭退的，也不僅弟子一個人！」

道人偏著頭沉吟了一會，說道：「你既是在劉晉卿行裏，幫了十幾年生意的人；也罷，我瞧劉晉卿的情面，收了你做徒弟罷！」戴福成見道人已經答應了，很高興的重新拜了師。

這道人便是魏壯猷，自從拜黃葉道人爲師後，即改了道家打扮。他生性喜歡遊歷，所到之處，從不肯向人道姓名。遇人有急難的事，最喜出力救濟。黃葉道人每傳一個徒弟，必傳給一口小木箱；木箱中藏的是黃葉道人親手製煉的膏丹丸散。所以歐陽后成在渡船上遇著銅腳道人，手裏也是提著一口小木箱。

這時黃葉道人在南七省，住持十多處有名的大道觀，自己住在瀘州玄帝觀；其餘的道觀，都派遣他自己的徒弟住持。魏壯猷派在清虛觀，就叫清虛道人。又因歡喜仰天大笑，不知道他道號的，都隨口呼他笑道人。

笑道人這日在茶樓上收了戴福成做徒弟之後，便向戴福成說道：「你的悟性很高，不是尋常人所能及；心思更是靈敏，所以能在熱鬧混雜之中，看出我與旁人不同的地方來，並能追隨不捨，要學道法。這也是你的緣分好，方有這般遇合！祇是你的骨氣，不但平常，且還有些壞處！我其所以不肯輕易答應你拜師，就因見你的骨氣不佳，恐怕你中途變卦的緣故！

「你既是劉晉卿的徒弟，又曾在劉家店裏，幫了十多年生意。我知道劉晉卿是個正直不苟的人，因他就相信你或不至中途變卦！不過你是個從小時候，便在生意場中混的人，甚麼東西叫作道？你都不懂得！一時的高興，便想跟著我學道；而我也容容易易的，便肯收你做徒弟，千古以來，實在沒有這樣糊裏糊塗的事！你此刻雖已拜過了師，但我仍得問你：學道的人，須受平常人萬不能受的困苦，永遠不能有退悔的念頭，你自問能受得了麼？」

戴福成決不思索的答道：「不問甚麼困苦，那怕就苦死了，爲學道而死，也死得瞑目！若將來倘有絲毫退悔的念頭，師父儘管置我於死地，我決不怨恨！」

笑道人立起身，撫著戴福成的肩頭，笑道：「好！你能拚死學道，成道祇在眼前。隨我來罷！」

戴福成給了茶錢，替笑道人提了小木箱，一同下了茶樓。戴福成順路到同夥住的飯店裏，向騾馬行販辭了職務。

笑道人將他帶到一個深山石穴之中，運了些穿吃的東西上山，傳授了入道修練之法，叮嚀戴福成道：「這山上毒蛇猛獸不少，你在這石穴中，穴外的一切毒物，都不能進來傷你；若一出穴口，就有性命之憂！這穴口所陳列的鵝卵石子，是我特地仿照諸葛武侯成法，佈的八陣圖；雖不能說如銅牆鐵壁一般堅固，然不是道德高深之士，休想能從這裏面出入！你衹專心一志的修練，我自會不斷的來看你。」笑道人將戴福成安置妥當，仍提著小木箱，往各地遊歷去了。

戴福成想修練道法的心思急切，很能耐苦用功；雖時常看見穴口外面，有豺狼虎豹之類的惡獸走過，衹因仗著穴口有自己師父的八陣圖保護，並不畏懼！那些野獸也果然不敢向穴口窺探！穴內吃喝的東西，將要完了，笑道人準按時再運上來。笑道人見戴福成進步神速，自甚高興，加倍的傳授。在山上苦練了三四年，已很有些兒道法了。

笑道人這日來到石穴，對戴福成說道：「你這幾年修練的成績，凡是學道人所應有的基礎道法，你都已完備了。此後用功的門徑，不與前幾年相同了；也用不著拘守在這石穴裏修練，儘管去各地遊行。衹是入我門下的戒律，你得一一遵守！」隨將幾條戒律，說給戴福成聽了，無非戒盜、戒淫、戒殺幾件普通的條律，戴福成自然唯唯聽命。笑道人又叮囑了一番，學道的人應該注意的行徑，戴福成也一一承諾。

笑道人去後，戴福成心想：我已離四川多年了，於今師父教我去各地遊行，我何不且去家鄉地方走一遭。古語說得好：恩怨分明大丈夫！家鄉地方的人，平日待我有些好處的，我此去應該報答；平日和我有嫌隙的，也就在這回，要使他們知道我的厲害！有一般見我歇了生意，便瞧我不起，不肯與我來往的勢利小人，更要重重的處置他們一番！戴福成這們一設想，心裏很覺得痛快！即時下山，施展出幾年來所學的法術，搬運了些衣服銀兩，將身上的衣服更換了，備辦了些行李，興高采烈的回到四川。

和戴福成認識的人，見戴福成出門好幾年沒有音信，今一旦回來，容顏煥發，衣飾鮮麗，加以舉動豪侈，都以為在外省做生意發了財回來！普通人的眼皮，照例沒有多深，看了戴福成的情形，無不爭先恐後的巴結。戴福成報答人好處，光明正大的送銀錢給人；對於有嫌隙的，就黑夜前去，或放一把無情火，將人家的房屋、器具、財帛，燒個一乾二淨！或使弄神通，將人家所積蓄的金銀珠寶，一股腦兒搬運來家，供他自己的揮霍！看往日仇怨的深淺，定這時報復手段的輕重；祇要曾有些兒睚眦之怨，沒有不盡情報復的！

他是個有法術的人，存心要和尋常人爲難，尋常人那有招架的能力呢？不但沒有招架的能力，受了傾家蕩產、送命傷生的禍，都是連來由多不知道！衹各自埋怨各自的命運不濟，才遭此種飛來之禍。

戴福成了卻平生恩怨，心中不由得十二分的痛快！猛然想起：幾年前在劉家鹽行裏的時候，就爲在班子裏，戀愛著一個妓女，虧空了不少的銀錢；於今我既有了這樣的法術，銀錢取之不盡，用之不竭，我何妨先弄些錢來，把劉家的虧空塡補了，就將那妓女討回家來？我在山中受了那們久的辛苦，此刻回到家鄉，也應揚眉吐氣，快樂快樂才是！想罷，自覺主意不差，立時盜來了不少的銀兩，親自送到劉晉卿鹽行裏。

此刻劉晉卿因得了魏壯猷的幫助，生意比前更做得發達了！戴福成回來的時候，劉晉卿已聽得人傳說，發了不小的財；但是也沒想到會送銀錢來，塡補以前的虧空。這日見戴福成來了，劉晉卿原打算問他：這幾年在外省如何情形的？及看了戴福成趾高氣揚的樣子，便不高興打聽了。

戴福成也不提起學道的話，衹揚著脖子說道：「我那年因虧了寶號一點兒銀錢，你便不念我十來年幫生意的情分，將我斥革！同行因我是被斥革出來的，也都不肯用我！若不是我自己努力，怕不餓死在這地方嗎？我虧空了銀錢，既被你斥革了，本來可以不歸還的；不過這一點兒數目，有限得很，我犯不著留這一筆帳在寶號，將來子子孫孫說起都不好聽！所以我親自帶了銀子到這裏來，請你教帳房連本帶息算起來，看是多少？我如數奉還便了！」

劉晉卿想不到戴福成說出這番不中聽的言語，當下祇氣得目瞪口呆，說話不出！欲待發作一番罷？又覺得這種不講情理的人，他既不以學徒自居了，若拿出從前當師父的聲口，教訓他幾句；他不但不肯承受，必且反唇相稽，說出更聽不入耳的話來！

劉晉卿是個更事最多的老成人，祇得竭力按納住心頭之火，勉強陪笑說道：「那是我對不起你的地方！虧點兒銀錢，原算不了一回事！祇怪我那事氣魄太小！於今事已多年了，還說甚麼塡補的話？」

戴福成不料劉晉卿竟這們客氣！一時想起在茶樓上拜師的時候，師父所說看劉晉卿面子的話來，心裏不由得就有些翻悔自己魯莽起來。祇因笑道人當日未曾向戴福成說出與劉晉卿是如何的關係來，便也立時改換了一副笑容，向劉晉卿說道：「師父這們客氣，就更顯得我無禮了！我畢竟年輕，不懂事，師父的大度包容，不要放在心上！虧空的款子，是無論如何要奉還的！我要向師父打聽一個人：清虛道人和師父的交情很深厚麼？」

劉晉卿愕然答道：「我平生沒有交過做道人的朋友。清虛道人是誰？連這名字，我都沒聽得說過！」

戴福成疑心劉晉卿不肯說，笑了笑，說道：「師父何必隱瞞！清虛道人當面對我說：他和師父的交情很深！」

劉晉卿正色答道：「道人不是不可結交的人！我如果眞個和清虛道人有交情，無端隱瞞些甚麼？並且你在我這裏，幫了十來年生意，幾時見我和甚麼道人往來過？」

戴福成看劉晉卿的神情，不像是不肯說的。心想：我師父當日原不曾說和劉晉卿有交情的話；劉晉卿是個生意境中的老實人，從來又不大出門，也沒有和我師父交朋友的道理。必是我師父曾聽人說過劉晉卿的行爲，知道是個正直人，所以對我說出看劉晉卿面子的話。劉晉卿既確實不認識我師父，我也就用不著怕他在我師父面前，說我甚麼了！戴福成如此一想，剛才翻悔自己魯莽的念頭，便立時打消了！

償還了虧空的銀兩，出來就去班子裏，找那個心愛的姑娘，居然被他找著了！班子裏姑娘，祇要嫖客有錢，是沒有嫖不到手的！並且戴福成嫖的這個姑娘，名字叫作葉如玉，是重慶有名的妓女，牢籠嫖客的手段極高！戴福成在雲南深山之中，鰥居了這幾年，一旦破戒，比較尋常狂且蕩子，更特別的來得熱烈！銀錢隨手花去，隨手又使神通弄了進來。幾多大商家、大銀號，窗不開，門不破，失去了整千整百的銀兩，查無可查，究無可究！

葉如玉見戴福成用錢如泥沙，要多少，有多少，以爲是個大富豪！又聽了戴福成說家中沒有妻小，遂傾心要嫁給戴福成。戴福成正在迷戀葉如玉的時候，當然是願意的，於是戴福成便成立起家庭來。

湊巧在這時候，四川起解三十多萬協餉銀兩去雲南。戴福成知道了這消息，心想：我三百、五百的，用法術去搬運商家的銀兩，一則痲煩費事；二則總覺不夠用！難得這協餉銀，有三十多萬兩；劫到手來，還愁我夫妻兩個，不夠一生溫飽麼？

戴福成自從回到四川，盜劫的勾當，也不知幹過了多少次？膽量越幹越大了！國家的法律，固然不在他意下；便是他師父清虛道人的戒律，他也早已不拿著當一回事了！因屢次犯戒，並不見自己師父前來施行懲處；更以為自己師父不在跟前，不妨為所欲為！

解餉銀雖有兵士擁護，但那裏是戴福成的對手呢？還不曾解出四川的境地，這夜宿在火鋪裏，人不知、鬼不覺的，三十多萬餉銀都被戴福成使神通搬走了！那位解餉官，直到天明起床才發覺，自然是驚得面無人色！

當下雖一面飛報本地官廳，協同緝捕劫犯，一面自行偵查下落，祇是那裏查得著一些兒蹤影呢？解餉官知道自己肩上的責任重大，便是回省自請處分，也決沒有好結果的；情急起來，便獨自跑到一處山林之中，解下腰帶來，打算尋個自盡，以一死卸責！

眞是無巧不成書！解餉官才揀一個樹枝上，結了腰帶，伸進脖子去。不遲不早的，清虛道人走這山林中經過，將解餉官救了下來。解餉官見是一個衣衫襤褸的道人，把自己救了下來，衹氣得跺腳道：「你這道人，眞不知輕重！我不是萬不得已，何至自尋短見！要你把我解下來做甚麼？」

清虛道人哈哈笑道：「世間那有甚麼萬不得了的事？衹要求我道人幫幫你，無論甚麼不了的事，都可以了！」解餉官聽了這話，看了看清虛道人這種窮相，更氣得說話不出！

清虛道人接著問道：「你所謂萬不得已的，究竟是甚麼事？說給我聽，我或者眞個能幫助幫助你，也說不定！」

這位解餉官，生成一雙極勢利的眼睛，那裏把這樣窮的道人，看在眼裏？並且因這窮道人，使自己尋死不成，這失卻餉銀的困難問題，沒方法解決，心裏反恨清虛道人多事；將臉揚過一邊，睬也不睬！

清虛道人哈哈笑道：「你這人眞是沒有見識！世間

人尋短見的，我眼裏看得多了；十個之中，有九個是爲少了幾個錢，窮逼無奈，衹得尋死！我看你身上的衣服很整齊，大概虧空的錢，不在少數；然而你若肯求我道人幫忙，不問多少錢，我都可以設法！」

解餉官不由得鼻孔裏哼上了一聲道：「你有錢，且把你自己身上的衣服弄整齊了，再來說這大話罷！」

清虛道人又打了個哈哈道：「你的眼力不錯，我自己確是沒有錢！但我有一個朋友，這幾日發了一注大橫財，聽說有三十多萬兩銀子；那橫財的來路，很不正當！我正打算去訛詐他幾萬兩來，建一所道觀。看你要多少？我就多詐索他些分給你！救人一命，勝造七級浮屠，好在我並不費事！」

解餉官一聽這話，不覺陡然高興起來！連忙換過一副嘴臉，很殷勤的問道：「有這種好事嗎？請問你這朋友姓甚麼？叫甚麼名字？住在某處地方？」

清虛道人搖搖頭道：「你不必打聽這些！你衹說要多少銀子才能了事，說個數目給我聽，我去詐索了銀子回來，照數送給你就是！」

解餉官心裏好笑，暗想：這牛鼻子道人那裏知道他朋友的三十多萬橫財，就是在我身上發的！我於今若向他說穿了，他必然立時逃跑，去告知他朋友；我不曾問出他朋友的姓名、住處，仍是查拿不著！不如把這道人騙到我的寓所，先將他拿下來，不怕他不供出他朋友的姓名、住處。除了這批協餉，那裏還有三十多萬的橫財可發？

解餉官想罷，即向清虛道人作揖，說道：「雖承道長的好意，肯向別處弄了錢來給我，祇是恐怕遠水難救近火！我現在就有幾個債主在我家裏坐索，我被逼得沒法，才出來尋死！最好求道長先同我到我家裏，對債主說說；因為那些債主，都已不相信我說話了！」

清虛道人道：「你這騙法果好！不過你知道我身上的衣服，還不及你整齊；你家的債主，未必肯相信我的話！」

解餉官正待再說，祇見樹林外有幾個壯健漢子，在那裏探望，認得是自己護餉的兵士。心裏高興，連忙指著樹林外，高聲說道：「道長！你看罷！債主就從那邊來了！請你快去向他們說說情！」

清虛道人朝林外看了一看的笑道：「我平生被債主逼怕了的人，你那幾個債主的相貌凶惡，怪道逼得你尋死！還是你自己去說罷，我今夜送銀子到你家來便了！」一邊說邊往林外走。

解餉官那裏肯放清虛道人走呢？趕上前要拉住，無奈道人的腳步太快，祇幾步已相離了丈多遠近！解餉官惟恐被道人走脫，一面拔步追趕，一面回頭招呼林外的兵士，快來拿劫餉銀的大盜。林外兵士因不見了解餉官，特地來尋覓的；見解餉官這們招呼，大家發聲喊，一齊追出

樹林。

眼見道人在前面越跑越快，越離越遠，解餉官祇追得兩腿痠軟，口吐白沫，倒在道旁，揮手向那些兵士道：「快追，務必拿住！就是劫餉的大盜！」幾個兵士，拚命追了一程，直追到連道人的背影都不看見了，才各自回頭報告解餉官。

解餉官氣得大罵這些兵士無用，幾個氣壯力強的人，追一個這們瘦弱的道人，都追趕不上，這其中顯有縱逃的情弊！罵得這些兵士那敢置辯。祇得扶著解餉官，垂頭喪氣的回去。

不知清虛道人，怎生去追回三十萬餉銀？且待第四四回再說。

第四四回　還銀子薄懲解餉官　數罪惡驅逐劣徒弟

話說：清虛道人跑離了追趕的兵士，即向戴福成家裏跑去。

戴福成這時正在志得意滿的，和葉如玉在家調情取樂，將大門牢牢的關閉，叮囑用人：不問是誰來會，衹說出外不曾回來！在戴福成的用意，並不是怕自己師父找來，衹因做了這種虧心事，自己不免有些疑神疑鬼的，恐怕被人看出破綻！以爲衹要閉門謝客，等到外面的風聲平息了再露面，便沒人疑心到自己身上了！

誰知清虛道人並不打從大門進來，也不待用人通報，戴福成和葉如玉並肩疊股的，坐在床沿上，清虛道人卻從羅帳後面閃身出來，高聲打了個大哈哈！這哈哈一打出來，衹把戴福成、葉如玉兩個人，嚇得目瞪口呆！但是戴福成耳裏聽熟了清虛道人的笑聲，這時笑聲一落耳，便知道是清虛道人來了！料想不妙，打算從窗眼裏逃走。不知怎的，彷彿被那笑聲笑失了魂魄，在深山石穴中幾年修練的神通，一時竟不知應如何使用才能逃走！

正在非逃不可，欲逃不能，衹急得目瞪口呆的時候，笑道人已走入房中，指著戴福成點了

點頭，笑道：「好，好！你倒會弄錢，會尋快樂，難得，難得！」

戴福成偷眼看笑道人的神色，雖則和平時一般的滿臉是笑；然此時的笑，覺得比平時來得可怕！衹得就床前跪下來，叩頭說道：「弟子該死！」

笑道人不待戴福成多說，連忙雙手拉了起來，說道：「不敢當，不敢當！貧道那有這們大的福分，做你的師父？你此刻的本領，不但比我強，比一般修道的老前輩都強呢！從來不論有多大道行的人，沒有敢劫餉銀的，你的本領，若不在一般修道的老前輩之上，怎麼敢幹這種驚天動地的勾當？我的眼睛瞎了，看錯了你。弄得祖師怪罪下來，幾使我沒有容身之地，衹好到你這裏來！你的本領，雖說大得很，敢打劫餉銀，無奈祖師和我的本領、膽量都太小了，擔當不起這們大的罪過！你有這種好所在，可以藏躲；我和祖師都沒有好所在藏身。看你打算怎生辦法？」說罷，仍是嘻嘻的笑，不過這笑容，就更覺得比發怒還來得難受！

戴福成衹嚇得身不由己的亂抖，口裏一句話也說不出！笑道人催促道：「一人做事一人當！你既有這膽量，做出這種驚天動地的事來，卻為甚麼又做出這個沒有擔當的樣子呢？原來你還趕不上一個尋常的強盜！值價些！快說打算怎麼辦？」

戴福成衹得又跪了下去，叩頭道：「弟子該死！聽憑師尊懲辦！」

笑道人搖著頭說道：「太言重了！解餉官衹差一點兒送了性命，我剛才從繩索上救了他下來，約了他就去回信。沒奈何，你也去走一遭罷！」

戴福成流淚哀求道：「弟子犯了罪，聽憑師尊如何懲辦，都情甘領受！若見了解餉官，勢不能不受國法！弟子不足惜，於師父的面子也不好！」

笑道人又仰天大笑道：「倒看你不出！你此刻還居然知道世間有甚麼國法，更還記得有個師尊，並且想得師尊也有面子！眞正難得！走罷！」說時，一手挽了戴福成的衣袖，喝一聲起，戴福成即覺得身體虛飄飄的，眼前的景物，登時變換了！

才一霎眼的工夫，已腳踏實地，定睛看時，原來到了自己藏匿餉銀的山谷中。衹見笑道人取了一封銀兩，納入袍袖之中，但見天旋地轉一剎那，又到了當日劫取餉銀的所在，一家火鋪門首，立了幾個壯健兵士。戴福成認得是押運餉銀的。那幾個兵士一見笑道人，即時都露出驚

疑的樣子，用很低的聲音，議論了幾句，便分作兩邊包圍過來。

笑道人雙手揚著，笑道：「我是送銀子來的！你們快去把那個在山林中尋死的人叫出來，我已當面答應了他，替他幫忙。此刻已送銀子來了！」笑道人雖是這們說，兵士仍圍著不放，衹一個兵士跑進火鋪報信去了。

沒一會，即見那解餉官領了七八個兵跑出來，對包圍的兵士喝道：「還不動手拿住，更待何時？」衆兵士一擁上前，想把笑道人師徒拿住；衹是分明看見道人立著沒動，卻好像隔了一層玻璃的樣子，可望而不可即！

笑道人拍著巴掌，笑道：「你們眞是不識好人！我救了你這人的性命，又來送銀子給你；你倒仗著人多勢大，要想欺負我！我也懶得和你們鬼混了！銀子在這裏，短少了六百兩；我原打算替你設法彌補的，就因看你對我的行爲，平日不待說是個倚仗官勢欺壓小民的壞蛋！這六百兩銀子，不得不罰你掏一掏腰包！」

即從袍袖中摸出那封銀子來，向那火鋪的門角落裏擲去；祇聽得嘩喇喇一陣響亮，彷彿倒塌了幾間房屋！驚得解餉官和衆兵士都張惶失措起來！看房屋並不曾倒塌，回頭再看笑道人和戴福成，都不見蹤影了！大家不由得又吃一驚，不知團團圍著，如何能在轉眼之間，便逃得不見蹤影的？

解餉官這時正立在火鋪門口，忽覺腳旁有一堆東西滾出來，低頭看時，祇見一封一封的銀子，好像從地下湧出來，祇往外滾；那銀封的形式印信，一望便能認得出就是被劫去的餉銀！這時又驚又喜的神情，自是形容不出！衆兵士也都看見了，大家看那滾出來的銀封時，原來是大門角落裏堆滿了；堆不下的，所以滾了出來。一點數目，祇少了六封。解餉官這才想起道人要罰他掏腰包的話來，祇要大數目回來了，便是萬幸！這短少的六百兩銀子，自然心悅誠服的掏腰包賠墊，這事便不成問題了！

再說：笑道人借遁法挈戴福成出了衆兵士的重圍，霎眼工夫，就到了一處石穴之中；戴福成看那石穴，分明認得出是自己修練道術之所。石穴中已有一個十五六歲的童子，就在自己當日打坐的石台上坐著，盤膝閉目，好像是正在做工夫；忽然睜開眼來，看見笑道人，連忙跪下叩頭。

笑道人滿臉堆笑的扶起說道：「很好，很好！你面上已盎然有道氣，祇是魔障仍不得退！此後務必在正心誠意上做工夫，剋魔之功自有進境！」童子唯唯應是。

戴福成看這童子，生得目如點漆，神光射人；兩道劍眉插鬢，鼻梁端正，兩顴高拱，任憑甚麼人一看，也能看出這童子是個極精明、有機變幹才的人！耳裏聽了自己師父稱讚童子的話，回想起自己下山後的行爲，臉

上不禁十分慚愧！他心裏正在疑慮，不知道他師父將他自己帶到這地方，將作何區處？笑道人已回頭向他問道：「你知道這是甚麼所在麼？」

戴福成道：「知道，是師父當日傳授弟子道術的所在。」

笑道人點了點頭，又問道：「道術是甚麼東西？我傳授給你做甚麼的？」戴福成不敢答應。

笑道人接著問道：「甚麼東西叫作戒律，我曾說給你聽過麼？」

戴福成祇得跪下來，說道：「師父是說過的。弟子該死，不能遵守！求師父責罰，以後再不敢犯了！」

笑道人笑道：「如何能怪你該死，祇能怪我該死，當日在茶樓上，爲甚麼不查問個明白？就聽了你一句在劉晉卿家幫了十來年生意的話，以爲劉晉卿是光明正直的人，你若是不成材的，不能在他家十來年；因此一層，便慨然允許你列我門牆！誰知劉晉卿就是因你不成材，才將你辭歇；你倒說是他生意虧了本，不能支持，你才出來改業的。

「我那時又因你在都天廟許多看戲的人當中，能看破我的行徑；以爲你的悟性很好，是能學道的材料，遂遵祖師廣度有緣人入道的訓示，收你做徒弟，傳你的正道！像你這種遭際，千百個慕道堅誠的人當中，受盡千辛萬苦出外求師，尚且找不著一二個得師如此之容易；何況你是一個毫無根基，並不知甚麼叫作道的愚民呢？

「我以爲你憑空得有這般遭際，應該知道奮勉，從此將腳跟立定，一意修持！並且看你那初入山的時候，尚能耐苦精進，因此才將修道人應用的一切法術，都傳授給你！道家其所以需用法術，是爲救濟人，以成自己功德的；是爲自己修練時，抵抗外來魔劫的！誰知你倒拿了這法術，下山專一打劫人的財物，造成自己種種罪過！

「你的罪過，不是責罰可了的；我也不須責罰你，我錯收了你這個徒弟，我應代你受祖師責罰！我於今惟有還你的本來面目，我門下容不了你這種徒弟！這裏有六十兩銀子，足夠你回四川的路費，免你流落異鄉，情急起來，又做害人的事！」說時，從懷中取出一個紙包來，往戴福成跟前一摜；隨即抬腿一腳向戴福成頭額上一踢，喝了一聲：去罷！祇踢得戴福成向後便倒，就此昏過去不省人事！

也不知在夢中經了多少時間，猛然清醒轉來。睜眼看自己睡倒在地上，覺得背上有石塊頂得生痛，身體好像才遭了一場大病初好似的，四肢百骸，都一點兒氣力沒有；打算翻身起來，祇是沒氣力，翻轉不動！

心裏不由得暗自驚疑道：「我在未曾修道以前，身上的皮肉，很容易覺得痛癢，多走幾里路便腳痛，多睡一會覺便周身都痛，若睡的地方不平，醒來更是痛得厲害！自從修道以後，身體不因不由的結實了；休說走路永不覺腳痛，那怕就睡在刀山上，周身也不會有一些兒痛苦！幾年來都是如此。怎麼此時睡在這平地，又會覺得背痛起來呢？我又沒害病，如何這們沒有氣力，連身體都不能轉動呢？

「我不是跪在這地下，聽師父教訓，忽被師父一腳，踢得昏倒的嗎？此時師父到那裏去呢？師父教訓我的話，我還記得清楚：末了曾拿出六十兩銀子來，是說給我做回四川的路費。唉！師父也眞是糊塗了！特地傳授我的道法做甚麼？從雲南到四川這一點兒路，祇一遁便到了，用得著甚麼路費！

「我那次下山回四川去，原是想一路風光些，才弄錢置辦行裝，好大模大樣的回家鄉，使人家知道我在外並不落寞，於今發了財回來！並不是我不能借遁，頃刻千里！師父大約是誤會了，以爲：若不拿這六十兩銀子給我，又怕我仍蹈故轍，用道法去搬運人家的銀錢；其實我剛才受了師父的教訓，以後總得斂跡一點！

「師父雖說不要我做徒弟了，然我既相從師父幾年，又學了師父這們多法術，師父又何能眞個不要我做徒弟呢？我這回略施小技，劫了三十多萬餉銀；師父就嚇得這個樣子，說得受祖師的責罰！若師父眞個不要我做徒弟，以後不管我了；我一旦沒有管束的人，豈不爲所欲爲，更要鬧出亂子來嗎？我無論到甚麼時候，鬧出了亂子，師父終究脫不了干係！可見得師父不要我做徒弟的話，不過故意是這們說了恐嚇我的！

「嗄，嗄，師父拿這話來恐嚇我，那知道我的法術既已學成，便如願已走了；巴不得沒有師父，倒少一個管束我的人！人生在世，能活多少年？辛辛苦苦的，修練了法術幹甚麼？不趁這年紀不大、身體未衰的時候，仗著法術快樂快樂，豈不成了一個獃子？

「師父說：不論有多大道行的人，從來都不敢劫餉銀；大概因餉銀是皇家的，來頭太大，所以不敢動手！我此後祇須拿定一個主意：凡事等打聽明白了，確是沒有大來頭，不會有後患的再做！我從下山起，到劫餉銀止，中間也不知用法術搬運了人家多少銀兩？放火燒了多少人家房屋？並不見師父前來責罵我不該，可見得那些小事，是不甚要緊的！我千不該，萬不該，想發大橫財，才弄出這亂子來！此後若再不知道謹愼，再累得師父受責罰，也就太無味了！」

戴福成心裏如此胡思亂想，自以爲拿定的主意不錯，從此沒有管束的人，更好作惡了；心裏既這們著想，自然不覺高興起來！勉強掙扎了幾下，雖有些覺著吃力，然畢竟坐了起來。低頭看那包銀子，還在地下；隨伸手拾起，揣入懷中。猛然想起坐在石上的童子，忙回頭看時，祇見那童子正垂眉合目，盤膝而坐，彷彿不知道有人在他面前的樣子。

此時戴福成正覺肚中有些飢餓了，暗自好笑道：「原來我是肚中餓了！怪道睡得背痛，四肢不得氣力！」遂立起身，向那童子說道：「沒請教師弟貴姓大名？」童子祇當沒聽得。

戴福成也不怪，仍陪著笑說道：「對不起師弟！師弟正在用功的時候，愚兄本不應該多言分你的神，不過此時又當別論！師尊在這裏教訓我的時候，師弟也在跟前。我於今實在覺得飢餓不能忍了，師弟這裏必有乾糧，千萬求師弟分給我一點兒充充飢，我還有話問師弟！」

童子聽了這話，才慢慢的睜開眼來，點了點頭，說道：「這瓦罐裏有乾糧，請師兄隨便用些罷。」說畢，又將眼闔上了。

戴福成取了些乾糧吃下去，頓時精神振作起來，不禁暗自安慰道：「果然是因餓得太厲害了，所以沒一些兒氣力！此刻吃了些乾糧，背上也不覺得痛了！這小孩有甚麼能耐？甚麼道行？師父卻當著我稱讚道氣盎然！我看他是沒甚麼道氣，師父必是有意嘔我的！他這一點點年紀，在這裏修練了幾天，那裏就看得出甚麼道氣？師父既當我的面，如此稱讚他，我倒要尋他開個玩笑，看畢竟是誰有道氣？」

想畢，即向童子說道：「我請教師弟貴姓大名，如何不肯賜教？」

戴福成說這話的時候，帶著些兒發怒的聲調。果將童子驚得張開眼來，陪笑說道：「對不起師兄！我姓賈，名曉鐘。祇因師父曾吩咐過：在做工夫的時候，無論如何，不能使身外的物，分了身內的心；入正道祇在方寸之間，入魔障也祇在方寸之間。就這一點，師父再三吩咐我仔細，我所以不敢和師兄多說話！」

戴福成聽了，哈哈笑道：「原來老弟錯解了師父的話！這話在幾年前，師父也曾在這地方，再三吩咐過我的。我是此中過來人，確知道一點兒不錯！不過老弟須先將師父這兩句話，解釋明白：甚麼謂之身外之物？甚麼謂之身內之心？老弟此刻能解釋得明白麼？」

賈曉鐘道：「我想這兩句話，沒有難解釋的所在。心便是修道的心，是在身體之內的；身體以外的東西，不拘甚麼，都可以謂之身外之物。分了道心，便是魔障！」

戴福成搖頭，笑道：「祇怕師尊的意思，不是這般解法！」

賈曉鐘連忙問道：「不是這般解，怎麼解呢？」

戴福成道：「若依老弟這般解法，師尊是不是你身外之物呢？是不是分你身內之心的呢？」

賈曉鐘想了想，也笑道：「這是我錯了！師尊是傳道給我的，固然不至分我的道心；師兄先我得了師尊的傳授，也祇於我有益，不至有損。我不應該怕師兄分了我的道心，理應求師兄指示才是！望師兄恕我才來這裏學道不久，不是經師兄提醒，我不懂這道理！請問師兄姓甚麼？已跟師尊多少年了？」

戴福成說了自己的姓名，道：「我在你此刻坐的這塊石上，整整的坐過三年！你已坐過多少日子了呢？」

賈曉鐘笑著搖頭道：「差得遠啊！我還不過三個多月呢！師兄既是在這裏坐過了三年，服氣的工夫，想必已是很好的了？」

戴福成點頭道：「那是不須說的！服氣的工夫，不做到那一步，不能成遁法！這是勉強不來的！你才做了三個多月的工夫，任憑你如何下苦工，也還夠不上說能服氣的話。我忝在先進，做了你的師兄，你休怪我托大！你要知道：服氣是我輩學道的基礎工夫，初學固然是從服氣下手做工夫；直到成道的一日，也還是在這上面，不能放鬆半點。所謂神仙不食人間煙火，不就是服氣有了那種火候的緣故嗎？」

賈曉鐘道：「我就因聽了師尊也是這們說，所以才請問師兄服氣的工夫，是不是已做得很好了？」

戴福成笑道：「這是不待問的！你祇聽我說在這塊石上，整整坐過了三年的話，便可想到我服氣的工夫，實在有個樣子了！若不然，我在修道的時候，莫說下山採辦食物，是很擾亂道心的勾當；就是有現成的食物在這裏，每日要用火來煮兩三次充飢，也是分心的事！師尊祇許半年火食，半年之後，便是乾糧；乾糧也祇許一年半，第三年連乾糧也不許吃了，僅能略略吃些兒果實。服氣的工夫，不做得有個樣子，不要餓得不能動嗎？」

賈曉鐘問道：「要半年後才許吃乾糧嗎？」

戴福成道：「不是不許吃乾糧。服氣工夫不做到半年，吃乾糧一則免不了餓；二則工夫不到這一步，便勉強支持，吃下也要生出毛病來！」

賈曉鐘道：「我祇在這裏吃了兩個半月的火食，何以師尊就要我吃乾糧？怎的已吃了一個月，卻不見生出毛病來呢？」

戴福成道：「你是小孩子，或者工夫容易些！我是整整的吃了六個月火食！」

賈曉鐘點頭道：「師兄服氣工夫，既做到很有個樣子了；剛才卻說實在覺得飢餓，不能忍了，倒要取乾糧吃，這是甚麼道理？師兄可以指教我麼？」

戴福成一聽這話，彷彿被提醒了似的，登時也不由得暗自驚疑起來！心想：我祇知道解釋背痛和四肢無力，是因爲肚中飢餓了；便沒想到平時常十天半月不吃一點兒東西，從來不覺著飢餓，何以此時忽然餓得這般厲害？究竟又是甚麼道理？哦！祇怕是了！遂問賈曉鐘道：「師尊已去多久了呢？」

賈曉鐘道：「剛去一會兒。」

戴福成又問道：「師父教訓我的時候，用腳在我額上踢那們一下，我就睡倒了。你看見的麼？」

賈曉鐘道：「師兄就睡倒在我面前，怎麼沒看見？」

戴福成道：「你記得我睡了多少日子麼？」

賈曉鐘怔了一怔，反問道：「怎麼記得睡多少日子？師兄難道眞個睡著了，不知道嗎？」

戴福成道：「豈但睡著了不知道，簡直和死了的一樣！也不知昏昏沉沉的，經過了多久，才忽然清醒轉來；大概是魂靈已經出竅，在空中飄蕩了許久，忽然尋著了軀殼，所以又清醒轉來！就在你面前，你都看不出，你學道眞是差遠了！」

賈曉鐘道：「我眼裏看見的情形，和師兄說的不對。我衹見師父一腳將師兄踢倒，即時吩咐了我幾句話便走了；我跪送過師父之後，剛坐好闔上眼來，就聽得師兄翻身坐起來了。從師尊帶師兄到這裏來起，至現在總共還不到一刻兒工夫。卻問我記得睡了多少日子，教我聽了，如何能不發怔？」

戴福成聽了這們說，也不覺怔了半天，說道：「依你說來，這話就更希奇了，更使我不得明白了！你既以爲我並不曾睡著，自是爲時不久；然若眞個沒睡多久的時間，我不僅不至於覺得肚中飢餓難忍，並何至衹在地下略躺一會，便覺得背上被石子頂得生痛，四肢更懶洋洋的，沒一些兒氣力呢？」

賈曉鐘也很詫異的問道：「有這種事嗎？師父常說，修道的人，衹要服氣工夫做到了五成，便能入水不寒，入火不熱，與銅筋鐵骨相似；所以夏天能著重裘，冬天能睡在冰雪之中。於今師兄服氣的工夫，何止做到五成？莫說才躺下沒一會，就是在這地下睡了幾晝夜，像這般平坦溫軟的所在，便略有幾顆小石子，也斷不能將師兄的背，頂得生痛！我本是初學，夠不上說工夫的；然此刻若教我仰天睡著，儘管睡在尖角石塊上，已能不覺得有絲毫痛楚了！」

戴福成心中異常驚駭，面上不由得不有些慚愧！打算顯點兒道法給賈曉鐘看了，好遮一遮臉上的羞慚，即對賈曉鐘說道：「尋常人要顯出自己是真心竭力替人做事，都是說赴湯蹈火不辭的話；可見赴湯蹈火，在尋常人看了，是一件極難的事，所以拿來作比譬！其實若在我輩修道的人看來，赴湯蹈火，算得了甚麼？師父所說：入水不寒，入火不熱的話，不就是赴湯蹈火的意思嗎？這個平常得很！

「我今日初次與你見面，你在這裏住了三個多月，我是過來人，知道你口裏必然清淡得十分難過。我可略施小技，請你飽吃一頓。祇看你歡喜吃甚麼東西，凡是在一千里以內的，你心裏想甚麼就說甚麼，不問價錢貴賤，我能在一個時辰之內，照你說的，用五鬼搬運法搬來，一樣也不會錯！這就算是盡了我做師兄的一點兒情分！」

賈曉鐘畢竟是個小孩，聽了做這種玩意，心裏甚是高興！加以這幾個月來，在這石穴裏面也實在熬得眞夠了李鐵牛的話，口裏淡出鳥來了，慌忙立起身來，笑道：「我倒叨擾師兄，如何使得？不過我此刻還沒有這等能耐，不能搬運酒菜來，替師兄接風，就祇好領師兄的情了！」

戴福成得意洋洋的說道：「用不著這們客氣！你我同門學道，就是親兄弟一般，橫豎不要我破鈔的事！你將來練成了我這般本領，也是一般的不問甚麼難得之物，都祇要一道靈符，便能咄嗟立辦！我們修道的人，受盡了千辛萬苦，爲的就是有這種快樂的日子在後面！」

貫曉鐘道：「畫符不是要紙筆銀硃嗎？此地沒有這些東西，怎麼辦呢？」

戴福成搖頭，笑道：「有這們些麻煩，還算得了甚麼道法？」說時，右手揑了個訣，裝腔作勢的說道：「你瞧著罷！就祇用這們一個訣，是這們向空中畫符一道！哦！你想吃甚麼，快說出來！看是在那一方，我好向那一方畫符！橫豎是一般的不費甚麼，樂得揀你心愛的，搬來吃個痛快，免得搬運來，都是不歡喜吃的東西！」

貫曉鐘笑嘻嘻的說道：「能隨我的意思，想吃甚麼，便有甚麼嗎？」

戴福成搖頭晃腦的笑道：「不能是這們便當，我也不要你說了！不但想吃甚麼有甚麼，你儘管指明要甚麼地方、甚麼人家用祕法所製造出來的食物，我都能運來給你吃！若不能這們辦，又如何顯得出道法的高妙來呢？江湖上賣幻術的，誰也能當衆搬運幾樣東西出來，給人驚訝驚訝；就是不能隨人指明要甚麼地方、甚麼人家的東西！當日左慈在曹操跟前，釣出松江的鱸魚來，便是我們這種道法！不是眞有本領的人，萬萬做不到！你試說幾樣平日歡喜吃的東西，這是要當面見效的！」貫曉鐘眞個說了幾樣鄉味，入山修道以來所想望不得的。

戴福成問明了地點方向，凝神靜氣的向空畫起符來。貫曉鐘立在旁邊，留神細看戴福成的

舉動，以便後來自己學這道法的時候，胸中有了這模範，修練容易些兒。祗見戴福成一面用手畫符，一面口中念咒，畫念了一會，兩腳在地下東踮到西，西踮到東，口裏越念越聲高，急猝像是動怒的樣子。這們又鬧了一會，就見他將頭上的辮髮拆散，分一半披在兩肩上，一半披到前面來，用牙齒咬住髮尾，滿臉汗出如洗。

就在這時候，石穴外面陡起了一陣狂風，祗刮得山中合抱不交的樹，都連根拔了起來；斗大的石塊，被風吹得在半空中飛舞，彷彿有千軍萬馬，狂呼殺敵的氣象！在這狂風怒號的當中，貫曉鐘分明看見有五個身高二三丈的惡鬼，在石穴外面盤旋亂轉；再看戴福成，已將身體縮作一團，篩糠也似的抖個不了，臉上全沒一些兒人色！突然一個霹靂從石穴門口打下來，煙火到處，五個惡鬼已燒得無影無形了；狂風也登時止息，仍回復了清明的天氣。祗戴福成被這霹靂震倒在地，半晌才甦醒，手腳都慢慢的伸縮起來！

賈曉鐘想不到有這種現象發生，一時驚得呆了！年輕初學道的人，見了這般險惡的情形，自不免心中害怕，以爲戴福成被雷劈死了，嚇得不敢上前！及見戴福成手腳都能伸縮了，才走過去，俯著身子問道：「師兄醒來了嗎？」戴福成睜眼望著賈曉鐘不作聲。賈曉鐘伸手將戴福成拉起來，說道：「這樣的大風刮起來，師兄搬運的東西，祇怕在半路上被風打落了！啊呀！師兄爲甚麼流淚哭起來了呢？弄不著吃的東西，有甚麼要緊？等不刮風的時候，再使法搬運些來，飽吃一頓便了！」

不知戴福成聽了這類小孩子口腔，回出甚麼話來？且待第四五回再說。

第四五回　烏鴉山訪師遭白眼　常德府無意遇奇人

話說：戴福成心裏正在極難過的時候，聽了賈曉鐘那種小孩口腔的話，不由得又是好氣，又是好笑！

舉手用衣袖揩了揩眼淚，說道：「你那裏知道我的苦處啊！我在這石穴裏三年的工夫，想不到就被師尊在我額頭上那一腳，踢得前功盡棄了！怪道我清醒轉來的時候，四肢也沒有力了，背也痛了，肚裏也餓了，全不像是曾做過道家工夫的人！我沒想到自己做的工夫，師尊也有法能取了去，還想用五鬼搬運法搬東西來吃，險些兒倒連我自己的性命，都被五鬼搬運去了！」說時，又流下淚來。接著說道：「我此刻的道法，反趕不上你這初學的人！唉！就悔過也來不及了啊！」

賈曉鐘看了這情形，仍回身在石上坐下來，說道：「我曾聽師尊說過，能悔過便是豪傑，那有悔過也來不及的道理！方才師尊臨走的時候，曾留下幾句話，教我在響過霹靂之後向你說。於今霹靂已經響過了，你聽著罷！師尊說：我原念你三年面壁，道法得來不易，不忍一旦盡行剝奪！無奈你下愚不移，隨時隨地都生妄念，實在玷我門牆！若再姑容，我必因你獲罪！」賈曉鐘述罷，默坐不話，嘻笑的態度，一點兒沒有了。

戴福成這才知道被師父認眞驅逐了，連道法都被剝奪得乾淨，不禁傷心痛哭起來！哭了一會，打算和賈曉鐘商量，看還有挽救的方法沒有？誰知賈曉鐘不待他開口，已向外面揮手，說道：「你快去罷！不是我不念同門之情，祇因這裏地位絕高，不到日落，就寒冷不可當！你的道法，既被師尊剝奪盡了；身上又沒有禦寒的衣服，必受不住寒冷！」

戴福成被這幾句話提醒了，果然登時覺得冷起來，篩糠也似的發抖；再看賈曉鐘板著冷酷的面孔，決沒有商量餘地的神氣；想起自己是他的師兄，剛才還對著他說了許多自居先進的話，此時實無顏再說告哀乞憐的話，便也不說甚麼了，垂頭喪氣的下山。

還虧了懷中有那六十兩銀子，有盤纏能回四川。戴福成修道的事，就如此作了一場大夢，祇略能記憶，不復有蹤影可尋了！笑道人自從誤收了戴福成這個不成材的徒弟，很受了黃葉道人幾番訓斥；以後收徒弟，便格外愼重了！這是後話，後文尚有交代。

於今，既因寫朱鎭岳的身世，連帶將笑道人的來歷，說了個大概。這枝筆不能不回到陸偉成身上，再一個大彎子，繞到襄陽府的朱復身上去。

且說：陸偉成自得了徐書元的指引，次日即獨自騎了一匹馬，到烏鴉山拜朱鎭岳。這時候

朱鎮岳，年紀已有了六十多歲。他兒子朱寶誠，都已有二十多歲了。家務概由朱寶誠經理，朱鎮岳夫妻兩個，對於一切外事，都不過問，也不和世人來往。因此常德人祇知道烏鴉山朱家，是常德一府的世家大族；卻沒人知道朱鎮岳夫婦，便是唐人小說中所稱述的劍仙一類人物。

這日，陸偉成到了烏鴉山，由朱寶誠接見了。陸偉成說明了來意，要求見朱鎮岳。朱寶誠見陸偉成是個貴家公子氣概，又來得很突兀；知道自己父親的脾氣，從來不肯傳授徒弟，而對於有富貴氣息的人，更不歡喜交談；逆料是決不肯接見陸偉成的，便對陸偉成說道：「家父年來精力衰歇，終日靜坐，尚惟恐家中人多紛擾，所以獨自住在一間樓上，多久就不能接見親友，不與聞外事。實在對不起！辜負了閣下一番跋涉！」

陸偉成見朱寶誠這們說，把來求師的興頭，掃了一個乾淨，祇得說道：「我誠心前來拜師，即不蒙收納，但求見一面也罷了！」

朱寶誠也不知道陸偉成的來歷，以爲富家公子，不是眞能有誠意拜師的人；若果是誠心前來拜師的，便不是這般口氣了，遂說道：「家父平生不曾收過徒弟，也本來沒有藝業可以傳人，閣下祇怕是聽錯了！家父習靜已久，恕不能出來接待！」

陸偉成祇聽得徐書元說，究竟不知道朱鎭岳是何等樣人，原沒有十分誠意。今見話不投機，祇索作辭回家，很沒有興致的坐在馬上，緩緩走進常德城。

常德城裏的街道，不甚寬闊；這時的天色，又快向晚了，行人本很擁擠。走到一條街上，祇見前面擠滿了一街的人，都不走動，好像在那裏看甚麼熱鬧。

陸偉成策馬近前一看，原來許多行人，都擠在一家酒樓門首，一個個抬頭顚腳，朝酒樓裏面望著。陸偉成在馬上比人高些，看見酒樓底下的帳桌跟前，立著一個年約四五十歲的人，蓬首垢面，身上穿著一件破舊不堪的藍布袍，寬大無比，使人一望便知道他所穿的，不是他本人的衣服;下面露出一雙精光的腳骭,祇一隻腳靸了一隻破鞋;亂叢叢的頭髮,披滿一頭,像是多年不曾剃過的。靠帳桌立著,現出滿臉頑皮相,望著外面許多看熱鬧的人。帳桌這邊立著的,像是個管帳的人;怒容滿面的向看熱鬧的人,訴說這人的罪狀。

祇聽得說道:「我見他這模樣,早已料到他是打算來吃白食的!他上樓,我就關照堂倌:他若祇吃一碗麵,或是幾樣點心,事情不大,由他白吃一頓也罷了!像是一個顛子,能敷衍他出門便沒事!誰知他並不瘋顛,說話倒有板路!坐下來,就對堂倌說:我知道你們管帳的先生,看了我這種模樣,疑心我是來吃白食的人,又疑心我是個顛子;想拿一碗麵,或幾樣點心,敷衍我出大門!

「這是你們管帳的先生,看走了眼色!你們都祇認得衣服,不認得人;我若沒有錢,也不上這裏來了!要吃麵,不會到麵館裏去嗎?要吃點心不會到點心店裏去嗎?特地跑到這裏酒樓上來,不待說是要喝好酒,要吃好下酒菜。我自己很識趣,喝酒要喝得快活,你們疑心我、防備我,不敢給我吃喝,我有甚麼興味呢?你們所慮的,不過怕我吃了不給錢,這很容易!我先交錢,後吃喝,有多少錢,吃多少錢,這樣行不行呢?

「堂倌祇得說:我們管帳的先生,並沒說這話,客人若怕銀錢放在身上遺失,就請暫時交給帳房保管也使得;吃完了,再還給客人!他說:很好!隨即從身邊摸出一個大布手巾包,交給堂倌道：這裏面有十三兩五錢銀子，你去教帳房儘這數目給酒菜我吃，揀上等的辦來，不怕價錢大。

「堂倌拿到我這裏，我用天秤一秤，足有十七兩五錢。銀色雖低了些，因有十七兩五錢，無論要吃甚麼東西，一個人總夠吃的了，便招呼廚房辦給他吃。誰知他的食量，大得駭人！從正午吃到剛才，獨自吃了一桌上等翅席、一罈陳酒，結算應該八兩七錢六分銀子。我照算當找還他八兩七錢四分，我拿出他交存的銀子來找還。

「他看了看銀子，說我換了他的；他存的是十三兩五錢紋錢，這裏十七兩多，是假銀子。不錯！堂倌拿這銀包來的時候，我是不曾仔細得看走了眼！這時仔細一看，原來他交存的，是一包假銀子！請衆位評一評這道理：我們規規矩矩做生意的人，那裏會有假銀子，換他的眞銀子？分明他拿這假銀子來訛詐人，吃了酒菜，還想訛詐幾兩銀子去！看世間有沒有這道理？」管帳的這般說。

衆看熱鬧的人當中，也有說：看這人的模樣，是像使用假銀子的；也有說：祇能怪帳房太粗心，做生意的人，不應看不出銀子的眞假；當時看出是假銀子，就應該退還這人的；也有說：帳房因貪圖便宜，以爲可以多得這人四兩銀子，利令智昏，便不仔細看銀色的！祇是各人雖有各人的議論不同，然沒一個肯出頭判斷一個是非曲直。

這人見帳房向大衆說了那一段話，也高著嗓子說道：「不用我說甚麼，祇就這管帳先生親口向衆位說的話，請衆位平心說句公道話！我祇交存十三兩五錢銀子，若不是他們換了，如何會多出四兩來？如果我交存的，是這們一包假銀子，他豈有看不出成色，並稱不出分量的道理？他不怕我吃了不給錢，便不會要我先拿出銀子來。別人交存的銀子，他還可以推說沒看得仔細；他既防備我沒有錢，我交出來的銀子，不待說比平常更要看得仔細些！像這樣一望而知的假銀子，能瞞得過他做管帳先生的眼睛麼？」

當下有和這人表同情的，就隨聲附和道：「這銀子不是帳房換了，便是堂倌換了；上酒樓要先交出錢來，才給人吃喝的事，本來也沒有聽人說過！這是帳房沒有道理，太存心欺負沒好衣服穿的人了！」

帳房聽了這番話，祇急得一副臉通紅，兩眼圓鼓鼓的，對大衆說道：「這寃枉使我有口也難分辯！我說話不能不要天良，於今我自願吃虧，賠他的眞銀子！不過我不是開設這酒樓的人，是在這酒樓管帳的；我一個月的薪俸，祇有幾兩銀子，要我拿出四五個月的薪俸來賠他，我也沒有話說！但是要我賠銀子的事小，怪我拿假銀子換他的眞銀子，這種聲名，我做生意的人擔不起！衆位街鄰在這裏，我拿出十三兩五錢銀子來，和他一同到城隍廟去，將銀子擱在城隍爺跟前香爐裏面；他祇發一個誓，銀子就給他，我從此辭事，再也不給人管帳了！」

眾人還沒回答，這人已揚著雙手，說道：「這話不對，這話不對！你不能拿著城隍爺來嚇我！我本來十三兩五錢紋銀交存在你這裏，爲甚麼要當神發過誓才能拿去？你以爲你從此不給人管帳了，我就害怕麼？你管帳不管帳，與我有甚麼相干？我花錢買酒菜吃，祇知道吃了多少銀子，給多少銀子！」

帳房聽了，也對外面揚著手喊道：「眾位街鄰聽罷！他交存的既不是假銀子，爲甚麼不能同去城隍廟發誓？我沒做虧心的事，儘管到神前斬雞瀝血，求菩薩把使用假銀子的人顯出來！」

常德又最是信神的，大家都說這事不到城隍廟去，誰也斷不出究竟是誰的不是來！

這人忽然哈哈大笑道：「也罷，也罷！你做生意的人，吃不起這們大的虧；我也不要你找還銀子給我，你也不要問我討酒菜錢，就是這們脫開！眾位說我這話公道不公道？」

帳房連忙指著這人，說道：「可見你交來的，是這包假銀子；此刻怕去神前發誓，才說出這話來了！你存的果是十三兩五錢眞銀子，照算應找還給你的，爲甚麼不說找還？你存的是十七兩五錢假銀子，吃了八兩七錢六分銀子酒菜，爲甚麼不問你討酒菜錢？你做客人的得脫開，我管帳的收下這假銀子，如何能脫開？」

這人笑道：「你剛才不是當眾一干說了，情願拿出四五個月薪俸來賠的嗎？怎麼一會兒就不作數了呢？」

帳房更生氣道：「我賠是情願賠，但是要去神前發誓再賠！你不敢同去神前發誓，我豈僅沒有銀子賠，怕不把你送官，問你一個使用假銀子的罪嗎？」

這人做出涎臉的樣子，說道：「好大的口氣！我一番體恤你的好意，你倒要搭起架子來了！老實說給你聽：我從來吃酒菜是不會帳的；越是怕我白吃，我越得多吃他些，今天還得算是吃得少的！」

看熱鬧的人一聽這話，都鬨起來說：「這人眞沒有道理！原來果是拿一包假銀子，哄騙帳房！」

帳房連忙接著說道：「這下子他自怕發誓，招出供來了！請衆位說：這樣沒天良的人，應該送官不應該送官？」

有幾個嘴快的就說：「白吃的罪，還在其次；用假銀子就應重辦！」

這話一說出來，便有堂倌模樣的人，走過這人跟前，一邊一個，將這人的胳膊拿住道：「這種東西不送官，我們還能做生意嗎？」

陸偉成看了這情形，覺得有些過不去。慌忙跳下馬來，分開衆人，走進酒樓門，向那帳房說道：「這事他原可以不招承的。他不招承，不發誓，論理也不愁你不找還他四兩多銀子！發誓無非表明心跡，你要表明心跡，應你發誓，他本可以不怕的！於今他既直說出來，可見他倒是一個有些良心的人！你反要拿住他送官，人情上未免說不過去！」

帳房打量了陸偉成兩眼，料知是個有點兒來頭的人；不敢拿出對這人的輕侮態度對待，陪笑說道：「不是我定要拿他送官，祇要他拿出八兩七錢六分銀子來，我就不說甚麼了！這假銀子由他拿去，我也不追究！白吃是不行的！他一個人，那裏能吃下這們多？分明是存心來白吃，故意將酒菜糟踏！我剛才說了：我不是開設這酒樓的人，是在這酒樓管帳的人，漂了帳是要擔責任的！他既是有良心的人，爲甚麼存心要害我賠這們多銀子？」

這人雙手拍著鼓也似的肚皮，說道：「你說我一個人吃不下這們多酒菜，我還覺得沒到半飽呢！你搭甚麼架子，要拿我送官，倒看你憑甚麼送我去！我祇喝你四兩酒，四小碟下酒菜；你欺我是外省人，銀子到了你手裏，硬要訛詐我八兩七錢六分銀子！我正想去見官，看常德府的酒菜，如何這們昂貴？」

帳房見這人又變換了腔口，竟不承認吃了一桌上等翅席、一大罈陳酒的帳，不由得又冒火、又著慌！爲甚麼著慌呢？這帳房並不是個糊塗人，逆料這事當了官，論情論理，都說不過這人；本來獨自一個人，決吃不下一桌上等翅席、一大罈陳紹酒，官府斷不肯相信有這種事情！弄得不好，反把自己悶成一個見財起意、訛詐客人的罪名，所以不能不著慌！

祇是面上不肯露出著慌的樣子來，也不和這人辯論，祇向陸偉成說道：「我們做生意的人，多是安分怕惹麻煩的！先生和衆位街鄰，都在這裏看了的事，於今他連吃下肚裏去了的酒菜，都不肯認帳了！看有沒有這個道理？這酒樓在常德城裏開設了二三十年，我也在這裏管了六七年帳。憑衆位街鄰說：何嘗有一次訛詐過客人？這簡直眞是存心來搗亂的，望衆位街鄰參一句公道！」

陸偉成道：「有甚麼公道不公道？你既說怕惹麻煩，他要就這們脫開，你便不應該不答應！好！大家都不用說了！你做帳房的賠不起帳，自是實在話！然看他身上這般衣服，就到縣衙裏去，姑無論這場官司問下來，誰曲誰直，即算能辦他使用假銀子的罪，判令他再拿出八兩多眞銀子來，還酒菜帳；你說他有眞銀子拿出來麼？到底仍免不了是給他一場白吃！八兩多銀子，算不了甚麼大事！我身上還有點兒散碎銀子，雖不曾秤過，不知有多少，然大約相差也不多。我替他會了這筆帳罷！若相差在一兩上下，說不得要你做帳房的吃點兒虧！」陸偉成邊說邊將懷中所帶的散碎銀兩，盡數掏了出來，放在帳桌上；教帳房用天秤量量，看有多少？

帳房看了看，都是十足紋銀，拿到天秤盤裏量起來，笑道：「這眞巧極了！一分不多，也一分不少，恰好是八兩七錢六分，衆位看巧不巧？」

這人指著天秤盤裏的銀子，說道：「不要又看走了眼呢！於今有人替我會了帳，你還有甚麼話說麼？」

帳房笑道：「這位先生身上拿出來的銀子，那有假的道理！用假銀子是何等樣人呢？我這次不但看走了眼，簡直是瞎了眼！」說得衆人都笑起來。

這人倒不覺得難爲情，向帳房要回假銀包，在手中掂了兩掂，笑道：「我有這包東西，到處有得酒菜吃，不一定要照顧你這裏！」說著，也不向陸偉成道謝，高一腳，低一腳，偏偏倒倒的往外走。

衆人都說：「這人眞不是個好東西！有人替他會了帳，連姓名都不請教一聲，謝也不謝一句，就掉頭不顧的走了！」

陸偉成聽了，卻毫不在意。等衆人散了，才待據鞍上馬，衹見這人又走回頭來，走到陸偉成跟前，偏著頭在陸偉成渾身上下，端詳了幾眼，問道：「剛才替我會帳的，就是你麼？」

陸偉成原是一個聰明絕頂的人，在兩江總督衙門裏的時候，便能看出徐書元是個異人來；這番若不是覺得這人有些奇異之處，也不至出頭多管閒事。

在陸偉成心裏想：在酒樓裏當帳房的人，銀子的眞假，應該落眼便能分別！這帳房既存心防備這人白吃，而這人竟能交出這們多銀子來，豈有不仔細看清成色的道理？並且說是十三兩五錢，秤起來又多了四兩，尤應該仔細看看；假銀子居然瞞過了帳房，這一層已很奇怪！一桌上等翅席，縱辦得不豐盛，大盤小碗，也有二三十樣；一個人便有牛大的食量，也吃不下這些！一罈陳紹酒，怕不有二十來斤？一個人要一頓喝下肚裏去，也不是一件容易的事，這層就更是奇怪了！

這假銀子，帳房既當時不曾看出來，已代收管了半日；這人若一口咬定是帳房換了，數目又不相符，誰能說是這人沒道理的話！便鬧到官衙裏去，這人也擔不了甚麼罪名，何苦自己招承出來，當著一干人丟自己的臉呢？城隍爺不是活神仙，這人豈眞個不敢發誓，怕犯了咒神麼？這一層不也很奇怪嗎？

陸偉成因覺得有這幾種奇怪的地方，所以忍不住出頭多事；及至自己掏出來的銀數，恰好夠還帳，一分不多，一分不少，心裏更驚詫得了不得！本想就當面請教這人姓名的，祇因一轉念，這裏看熱鬧的人太多了，異人決不肯在這種地方，露出眞面目！打算等衆人散了，才騎馬趕上去。想不到這人卻已回頭來了！

聽了這人問的話，即陪笑說道：「小事何足掛齒！請問長者尊姓大名？仙鄉何處？」

這人翻起兩眼，將陸偉成望了一會，也不回答，好像瘋了的人一般！忽然對陸偉成點了點頭，說道：「孺子可教！」說畢，又一偏一跛的走了。

陸偉成此時雖覺得這人有些奇異之處，然自己畢竟是個讀書人，在父母師保跟前長大的，不明白江湖上三教九流的勾當，不知應如何對待才好？衹眼睜睜的望著這人走得遠了，才上馬回家。

陸偉成家裏房屋很寬大，是常德城裏有名的巨第。陸偉成因圖讀書清靜，獨自住在靠花園的一間樓上。這夜因白天去烏鴉山拜師，來回騎了四五十里路的馬，身體覺得有些疲乏了；又因拜師遭了拒絕，心上甚不爽快，沒心情讀書，二更時分就上床睡了。

剛睡了一覺醒來，正待下床小解，猛聽得花園裏風聲陡起，祇刮得花枝樹葉，瑟瑟作響。對園裏的窗門，原是關閉嚴密的；這一陣大風過去，接著就聽得喳喇一聲，兩扇窗門大開了。虧得房中的燈光，是有琉璃罩籠著的；不曾被風刮息，祇刮得一閃一閃，搖搖不定。

陸偉成的膽氣極壯，連忙翻身坐起來，打算下床仍將窗門關好。才一伸手撩開帳門，舉眼向窗口一望，就見憑空飄進一個人來，直到床前落下！陸偉成雖在這時候，心裏並不懼怯，祇覺得很奇怪，也沒有防備這憑空飄進來的人，有加害自己的心思，目不轉睛的看飄進來的這人，衣服身段，和黃昏時在酒樓底下所見的，一般無二！眼裏一看得明白，膽氣就更加壯了！慌忙跳下床來，迎著這人，一躬到地，說道：「我固知長者不是凡俗之輩！今果得法駕降臨，還求恕我不曾掃徑恭迎！」祇見這人，笑容滿面的說道：「有根氣的，畢竟不同！徐黑子的眼力，果是不錯！」這人說時，彎腰取出一件黃燦燦的東西，往桌上一擱；聽那擱下的響聲，很像有些分量！

陸偉成就燈光看那東西時，不覺吃了一驚！

不知是甚麼東西？且待第四六回再說。

第四六回　銅腳道運米救飢民　陸偉成酬庸請道藏

話說：陸偉成見這人彎腰取出一件黃燦燦的東西，擱在桌上；連忙就燈光看時，乃是一隻銅鑄的腳，形式大小，和人腳一樣。

正待問這人：這銅腳有何用處？這人已指著銅腳，說道：「你無須問我的姓名，祇認明這個就得了！你是富貴中人，原不能甘寂寞，耐勞苦，潛心學道！祇因你在兩江總督衙門的時候，曾動過一點兒向道之念；我道家和佛家一般的以度人為主，我所以特地前來，傳你道法！朱鎮岳從來是個獨善其身的人，徐書元錯認了他，將你引上這條行不通的道路！」

陸偉成見銅腳道人說出來的話，和親目所見的一般，不由得不驚服！當下銅腳道人便傳陸偉成修養之道，隔幾日來指點一次，來時必在半夜。如是經過了一年多。一夜，銅腳道人向陸偉成道：「我不能長久在此地教你，你也不能長久住在家中修道。我於今有事須往別處去，此後你我何時再會，就得看你修持的力量和緣法！」

陸偉成聽銅腳道人這般說，不覺黯然問道：「師父此去何方？不能將地址說給弟子聽嗎？」

銅腳道人搖頭道：「說給你聽，你也不能知道！」

陸偉成道：「弟子他日若想尋覓師父，可向何方尋覓呢？」

銅腳道人笑道：「有緣千里來相會，無緣對面不相逢！尋覓是沒用處的。」

陸偉成道：「然則弟子這一年來，受了師父成全之德，將如何報答呢？」

銅腳道人道：「各結各的緣，各修各的道，無所謂成全報答！」

陸偉成道：「話雖如此，然受恩的究不能忘報！」

銅腳道人揑指輪算了一會，說道：「且等你到了襄陽再說！你此時還有甚麼心事要說的麼？」陸偉成一時竟想不出要說的話來。

銅腳道人好像等待甚麼似的，立了一會，見陸偉成沒話說，才歎了一聲氣道：「緣盡於此矣！」

話才說了，陸偉成再看銅腳道人時，已去得無蹤無影了！心裏很覺得奇怪，暗想：我原沒有要說的心事，何以師父是這們問我呢？更何以忽然歎氣說緣盡於此矣的話呢？

陸偉成正在疑惑，猛聽得花園裏有人發笑聲說道：「可惜，可惜！少爺爲甚麼學了一年的道，不提起拜師的話呢！」

陸偉成大吃一驚！聽聲音知道是徐書元，才放大了膽，說道：「徐先生請上這裏來。我正在非常想念你！」陸偉成說畢，不聽得回答，高聲叫了兩遍，也沒人應；急忙趕到園裏尋找，那裏還找得著徐書元呢？料知是說了那兩句話就走了。

當下陸偉成也研究不出一個所以然來，祇失悔自己太不細心，叫了一年的師父，竟不曾想起沒叩頭拜師！這師父兩個字，從那裏叫起？然而祇心裏懊悔一陣，也就罷了！至於不叩頭拜師，何以就說緣盡於此的道理，陸偉成也不知道。

過了五六年之後，陸偉成得著陶文毅公的接引，由州縣次第陞遷，這年陞到襄陽府知府。陸偉成本是個能員，到任後愛民勤政，一府的百姓都很感念他。祇是他上任的這一年，天時雨水極少，田禾都乾枯死了；入秋顆粒無收，災區並且極廣，把個陸偉成急得甚麼似的！祇得召集襄陽一府的富紳大賈，募捐賑濟。但是災區既廣，災民自多；富紳大賈捐助的有限，杯水車薪，濟甚麼事呢？陸偉成是個愛民的官，正急得無法可施！

這日，忽報玄妙觀的老道人求見。陸偉成到任的時候，就聽說玄妙觀的住持黃葉道人道行高妙，沒人知道這道人的年紀，究有多少歲？每年必到襄陽玄妙觀住幾個月。襄陽七八十歲的老人，都說：在做小孩子的時候，就看見這黃葉道人，每年到襄陽玄妙觀住持幾個月，七八十年中沒有更變。道人的容顏神采，永遠如初見的時候，一些兒不覺得比前蒼老！

道人每年到玄妙觀住持的時候，必做一壇水陸道場，賑濟一般孤魂野鬼；此外一事不做。玄妙觀的觀產極富，襄陽一府中，房屋田地最多的，當首推玄妙觀。黃葉道人從來不肯結交官府，有許多貪婪的官，垂涎觀產，借故去拜黃葉道人的，都見道人不著！陸偉成知道黃葉道人不肯與官府往來，所以募捐不到玄妙觀去。

這日忽聽報黃葉道人來拜，不覺十分詫異！暗想：黃葉道人是個歷來不與官府往來的人，我到任便聞他的名，就因爲前幾任的官府，去拜他都碰了釘子，恐怕他對我也一例拒絕不見！難得他今日竟肯來拜我，他來必有緣故！隨吩咐開中門迎接，自己也恭恭敬敬的降階拱候。不一會，祇見一個鬢髮如銀的老道，身穿杏黃色道袍，瀟灑風神，望去如經霜之菊，全沒一些兒塵俗之氣，不問是甚麼人見了，都得肅然起敬！

陸偉成的夙根甚深，生成一雙慧眼，少小時便能看出徐書元的根底；從銅腳道人學道年餘之後，兩眼觀人的能耐，當然比少小時更加確定了！何況一到襄陽府任，就聞黃葉道人的聲名呢？當下忙緊走幾步，迎上去，打躬說道：「想不到法駕降臨！未曾薰沐敬候，罪過，罪過！」

黃葉道人回禮，笑道：「不敢當，不敢當！折煞貧道了！」陸偉成側著身子，將黃葉道人引進客廳中，推在上面坐了，自己坐在下面相陪。

黃葉道人祇略略謙遜了兩句，便說道：「貧道因今年旱荒，爲百十年來不經見的大災；災地之寬廣，也爲從來所未有；百十萬飢民，都奄奄垂斃！貧道有白米三十萬石，願捐供賑濟，已派遣小徒從各處陸續運來襄陽河下。所以親身前來，請求委員分途按戶施放。」

陸偉成聽說白米有三十萬石之多，料知足夠賑濟這一府的飢民了！不由得又驚又喜，更五體投地的欽佩，從心坎中說出許多代飢民感謝的話。黃葉道人祇說明了這話，即告辭起身。陸偉成恭送出大門，回頭打發兩個衙役，去河邊看米船來了沒有？

衙役去不多時，兩人都氣急敗壞的樣子，回來報道：「河邊停泊的大小船隻，比平時果然多了幾十倍，並且都是重載船。但是各船上一律用蘆棚遮蓋得嚴密，一個船戶也沒看見。小人叫問了幾遍，不見船裏有人答應。祇得揀一隻靠岸近些兒的大船，跳上去查問來歷。祇見一個乞丐似的跛腳，從蘆棚裏爬出來，喝問：是甚麼人？跑到我船上來幹甚麼事？小人回他：是府

衙裏打發來的，看你這船上裝的甚麼？叵耐那廝可惡！聽了小人說是府衙裏打發來的這句話，不但不趕緊迎接招待，反將兩個烏珠一瞪，對小人罵了許多無禮的話！小人不敢說出來！」

陸偉成很驚異的問道：「罵了些甚麼無禮的話？儘管說出來，不與你們相干！」

衙役才接著說道：「那廝瞪著兩個烏珠罵道：我船上裝的甚麼，關你們府裏甚麼事？要你們來看些甚麼？小人見那廝敢如此無禮，實在是目無王法！打算將他拿回來。誰知那廝形同反叛，竟敢不由分說的，一手一個，將小人抓著，摜到岸去。並聲稱：你們回去告知陸某：要看我船上裝的是甚麼，須他親自前來！打發你們來是不中用的！小人因那廝的形狀雖然猥瑣，氣力卻是很大；不敢再上船去拿他，祇得回來稟報！」

陸偉成一聽衙役的報告，也按不住冒火，但不便對衙役露沒度量、沒涵養的樣子來，極力按納住，問道：「那船戶的大小船隻，共計約有多少艘？」

衙役道：「一時也點數不清，大約至少也有幾百條。」陸偉成便傳諭親到河邊去。

那時的一個知府出門，前護後擁的，好不炫赫！陸偉成因聽了衙役報告的話，心想：如果是尋常馴良船戶，斷沒這大的膽量，敢將知府衙門裏的官差，胡亂抓著往岸上摜，並說出那些橫蠻無禮的話！便是黃葉道人派遣的運賑米的徒弟，就應該知道賑米當然得由府衙裏派人接收，然後分途施放；更不敢對我打發去的人，有那種荒謬言動；也沒有數百號米船上，不見一個船戶的道理！

陸偉成心裏一有這種思想，便不能不預防有意外變動的心思；因此所帶隨從的人，比平時出門，更加多了！一路鳴鑼喝道，全副儀仗的擁到河岸。

陸偉成坐在大轎中，舉目向河邊一望，祇見一字長蛇陣也似的，排列著無數的船隻，牽連一二里路遠近；每隻船桅上，懸掛黃色長方旗一面，旗上分明寫著「玄妙觀賑濟襄陽之米」九個斗大的黑字。棚席都已除掉，露出一艙一艙的白米來；每船二三個、四五個船戶，都寂靜無譁的在船頭立著。那一種整齊嚴肅的氣概，與衙役所稟報的，絕對不相符合！

正待將那兩個衙役傳來，問他謊報之罪，忽一眼看見一艘最大的船上，一個蓬首垢面的人，斜靠著船艙打盹，一雙赤腳向前伸直：一隻是平常人肉腳；一隻黃光燦爛，一望就看得出

是銅腳。陡然觸發了少年時學道的事，不由得吃了一驚！兩眼不轉睛的盯住那人，想看個仔細。祇是那人低著頭打盹，面部又不清潔，認不出是否銅腳道人？

陸偉成正在注意的時候，那兩個衙役已到轎跟前稟道：「小人剛才來這裏探看的時分，這些船隻，多不曾靠岸停泊，離岸有丈來遠；也沒有旗幟，也沒有船隻，全不是於今這種氣象！不知怎的變換得這們快？惟有抓著小人攢上岸的那廝，此刻還是在那條大船上，靠著船桅打盹的便是！」陸偉成點了點頭，吩咐停轎，自己走下轎來，向那大船走去。那人忽伸著懶腰，打了一個呵欠，朝河岸立起身來。仔細看時，不是銅腳道人是誰呢？

陸偉成一看出是銅腳道人，便不敢慢忽了；也顧不得自己是襄陽府的知府，河邊有多少人民注目，急忙走上那船，朝著銅腳道人，雙膝跪下，叩頭說道：「想不到在這裏得拜見師父！」銅腳道人忙伸手將陸偉成扶起來，笑道：「你還沒忘記嗎？祇是於今已拜得太遲了些呢！」

我當日已說過了：你要報答我的話，且等你到了襄陽再說。這回我師父要廣行功德，委我運來白米三十萬石，賑濟這一府飢民；祇是從來辦理賑務，經手的人，莫不希圖中飽，難民所受的實惠有限！你此番能認眞辦理，使這三十萬石米，顆顆得到飢民肚中，就算是你報答了我！而你辦好了這回的事，你自己的功德也無量！」

陸偉成至此，才知道銅腳道人，還是黃葉道人的徒弟。

陸偉成本是個愛民如子的好官，賑濟飢民的事，原來辦得十分認眞；便沒有銅腳道人一番囑託，也不至和尋常借賑災撈錢的樣，經手的祇圖中飽！何況有這番囑託？不待說，一府的飢民，沒一個不實受其惠！

賑務辦了之後，官廳對於捐錢出力的人，照例有一大批保案。陸偉成因黃葉道人的功績太大，不能與尋常捐錢出力的人，一例保奏。親自步行到玄妙觀，請示黃葉道人：看他心裏想得何種褒榮之典？黃葉道人從來不接見官府的，這回卻破例迎接陸偉成到靜室裏款待。

陸偉成表明來意，黃葉道人表示不願意的神氣，說道：「貧道自行功德，別無他項念頭！無論何種褒榮之典，在貧道看來，都覺得不堪，不是出家修道的人，所應當膺受的！」

陸偉成那裏知道黃葉道人是朱明之後，正恨挽不回劫運，不能把清室推翻，光復他朱明的故物，怎麼反想得清室褒榮之典呢？以爲黃葉道人是客氣的推辭，很誠懇的說道：「你老人家雖是清高，不存這種念頭；然朝廷酬庸之典，是沒有偏私的！」

黃葉道人見陸偉成說得極誠懇，遂點頭說道：「貧道個人實用不著何等褒榮，但我住持這玄妙觀的年數不少了，卻沒一些兒可以留作紀念、傳之久遠的東西！你能爲玄妙觀奏請領下全部道藏，倒可以作鎭觀之寶！」陸偉成聽了，自是欣然應諾，轉奏上去，不料部裏竟批駁下來！

陸偉成在官場中混的日子不多，又是個科甲出身，不大明白部裏需索銀錢的手段。見保奏上去，居然批駁了，祇急得甚麼似的！黃葉道人倒知道部裏批駁的用意，親自進京。花了上萬的運動費，經過一年多的時日，才將全部道藏請下來。

這一路運回襄陽，沿途官府都焚香頂禮。陸偉成事先就滿城張貼了告示：道藏運到襄陽的這日，家家戶戶都得在門口陳設香案。襄陽一府的百姓，受了黃葉道人賑濟之德，異口同聲的稱黃葉道人為萬家生佛，沒一個不想瞻仰丰采！

朱復姊弟和胡舜華，正在這日由金陵到了襄陽，看了這家家點燭、戶戶焚香的情形，不知道為的甚麼？向人打聽，才知道是迎接玄妙觀從清廷請下來的道藏。朱復也不明白道藏是甚麼東西？有何焚香頂禮迎接的必要？少年人好事，定要參觀一番！朱惡紫、胡舜華也願意看個究竟。三人便雜在瞧熱鬧的人叢中，等待道藏經過。耳裏就聽得瞧熱鬧的人議論黃葉道人如何高壽，如何富足，和陸知府如何要好，這一部道藏的價値，是三十萬石白米。

朱復一聽黃葉道人的名字，心裏就是一驚！正待和朱惡紫說話，忽前面鼓樂聲喧，兩旁鞭炮齊響，原來道藏已由這裏經過。祇見十幾口木箱，每口用四人抬著，木箱上有繡金龍的黃緞子覆著。前面八人扛抬，抬著聖旨兩字。後面一個黃袍老道，也坐著八人大轎，還有許多官員的轎子，跟隨在後。

朱復看了聖旨兩字，便不由得氣忿，不高興再看，帶著惡紫、舜華，投到一座古廟裏。悄悄的向朱惡紫說道：「姊姊知道方才坐八轎的老道是誰麼？」

朱惡紫搖了搖頭道：「我和你一般的，今日初次到這裏，誰知道甚麼老道？是好東西，當不至有這番舉動！」

朱復道：「這事很奇怪！據路旁人說：這個老道，便是黃葉道人。我師父曾對我說過：他老人家平生最欽佩的，碧雲禪師之外，就祇黃葉道人和金羅漢；並說過黃葉道人的胸襟行徑，教我將來行事，當推黃葉道人的馬首是瞻！祇是照方才的情形看起來，何嘗是和我們同道的人呢？」

胡舜華道：「祇怕不是師父所欽佩的那個黃葉道人！師父怎麼會欽佩這種勢利出家人呢？」

朱復道：「沒有第二個黃葉道人在南七省，出家人無不推崇，有誰能假？幾省玄妙觀的總住持，更不是別人假冒得來的！」

朱惡紫道：「不管他是眞是假，我們到了藥王廟，會見棲霞師父之後，就自然知道詳細了！」

胡舜華道：「不錯！棲霞師父與這裏相隔咫尺，斷無不知道詳情之理。」

朱復道：「不然！這事用不著問棲霞師父！並且道藏今日才到，棲霞師父也未必便知道詳盡；不如今夜我親往玄妙觀探看一遭，務必探個水落石出！」朱惡紫勸他不要去，朱復一定不肯。

朱惡紫道：「也罷！就讓你去走一遭，惟對於老前輩，千萬不可有無禮的舉動！這古廟不好停留，我二人可先去藥王廟，你探過玄妙觀便來。」朱復應是。朱惡紫遂同胡舜華去柳仙村藥王廟。朱復獨自等到夜深，在古廟中改了裝束，穿簷越棟，向玄妙觀奔來。

不知他探得了甚麼情形？且待第四七回再說。

第四七回　探消息誤入八陣圖　傳書札成就雙鴛侶

話說：朱復從古廟中出來，穿簷越棟，不一會便到了玄妙觀。這玄妙觀的規模極大，有五重大殿，壯闊異常。朱復不曾到過，不知道黃葉道人是住在那間房內。伏在瓦上靜聽了些時，下面寂寂無聲，連掉下一枚繡花針，都可以聽得出聲息！每間屋上都聽過了，直聽到第五重大殿旁邊一間房上，才聽得下面有人談笑的聲音，並聽得很清晰。

一個蒼老的聲音說道：「沒緣分的，竟會如此當面錯過！」接著就聽得一個聲音，也很蒼老的說道：「修持的事，成功遲早眞難說！我就爲得不著一個有緣的徒弟，使我得遲六十年成功！……」話才說到這裏，忽截然停止了。仍是靜悄悄的，沒一點兒聲息，朱復伏著聽了一會，不聽得再往下說了，衹得飛身下到殿後院落裏，一看那房中燈燭輝煌，從窗格子裏透出來的燈光，都照徹得院落裏如同白晝，房門窗戶都關著。

朱復便走近窗戶跟前，從紙縫中朝房裏窺探。衹見房中陳設得和天宮一般，朱復雖生長在富厚之家，卻不曾見過這般富麗莊嚴的器具！對面一張金碧燦爛的大交椅，椅上端坐的，就是白天所見那個坐八人大轎，身穿黃袍的黃葉道人；垂眉合目，靜坐養神的樣子。

交椅前面，安放著一座四方八角的鑪鼎；約有二尺多高，鼎內有一縷一縷的青煙裊出來。鼎的兩旁，有兩張形式略小些兒的交椅。東邊椅上，危坐著一個也是道家裝束的老頭；滿身土頭土腦的氣概，一領黑色的布道袍，破舊得不成個模樣；還有一把破雨傘，和一個黃不黃、白不白的大布包袱，擱在交椅旁邊。

這般裝束和行李，在這種富麗莊嚴的房間裏，一眼看去，不但有雅俗之分，簡直有仙凡之別；再看這老道人的臉色，雖則黃中透黑，卻有一種光輝，和坐在正中的黃葉道人一般神氣，也是閉著兩眼，不言不動。回頭再看西邊交椅上坐著的，也是一個年紀很大的人；身上的衣服，比這老道人更是破舊得難看；無論是誰見著，都得認作在鄉下乞食的老頭！面龐枯瘦得像是已有多少日子，不曾吃著甚麼，餓成如此情形的模樣！兩個眼眶陷了進去，是閉著呢？

還是睜著？也看不出來。
朱復邊看邊尋思道：「這老頭可怕的樣子，我眼裏不是曾在甚麼地方見過的嗎？」思索了一會，猛然想起來了，暗自詫異道：「這老頭分明就是我那次跟著師父，在土地廟裏看見的劉景福！怎麼於今還活著到了這裏呢？那次我見他已是死了，後來走出土地廟的時候，雖看見他已端坐在石供案上面；然當時據師父說：那便是坐化，軀殼已沒了知覺！怪道剛才在房上，聽得說爲得不著一個有緣的徒弟，得遲六十年成功的話。不過師父當日，祇說遲五十年；這裏多說十年，略有點兒不對！」
朱復心裏正在這們胡想，忽覺得頭頂上有一陣清風吹過，便見房中琉璃燈光，同時搖閃了幾下；朱復的眼光，也就跟著撩亂起來，彷彿被極強烈的閃電，閃得人眼花搖蕩似的！朱復也不知道是甚麼緣故，祇連忙將兩眼閉著。凝了凝神，再看房中並無變態，祇見又多了一個穿破舊藍布道袍的老道；朝著黃葉道人，雙膝跪在鑪鼎前面，連叩了三個頭。起來的時候，隨手將放在旁邊地下的一個小紅漆木箱提起，閃在劉景福背後站著，笑容滿面，回頭望著窗外。
朱復見這道人的眼光，正對著自己，禁不住打了個寒噤！但是還疑心是偶然望到這方面來了；隔了一堵這們厚的磚牆，又相離這遠，未必就眞個被他一眼就瞧出來了！也不畏懼，仍不轉睛的向裏面窺探。可是作怪！那道人居然向朱復笑嘻嘻的點頭！

這一來，卻把朱復急壞了！心想：我雖不是盜賊，祇是這地方非同小可！這黃葉道人的班輩，比我師父還大；我師父尚且非常欽仰他，可見他的尊嚴了！我深夜偷來此地窺探，自是無禮的舉動，見著面怎麼好支吾呢？不如趕緊逃走，免得當面受辱！朱復此時那敢遲慢，一抹頭便躥上了房簷，比飛鳥還快的向前狂逃，惟恐那望著他笑的道人，出來追趕。

一口氣約莫奔逃了二三十里，才敢將腳步略慢些，留神聽背後有不有腳步聲響？聽了沒有，才敢回頭朝背後望了望。這夜月色清明，不見有追來的人影，才敢坐下來吐一吐氣。暗想：今夜眞僥倖！那望著我笑的道人，我並不曾看見他從甚麼地方進房，祇一霎眼，就見他跪在地下叩頭；窗戶房門都關著，不但沒見開動，並沒聽得有甚麼聲響，可見得他的本領已是不小！他尚且朝著黃葉道人叩頭，黃葉道人的本領，不是更大嗎？他們必已知道我的來歷，沒有想將我拿住的心思，若打算將我拿住，祇怕也逃不到這裏！我聽了姊姊的話，不來窺探倒好了！於今甚麼也沒被我探著，弄巧反拙！將來師父還說不定要責備我荒唐無禮！

朱復想到這裏，很覺懊悔；祇是事已如此，懊悔也沒有用處，祇得無精打采的起身，想投奔柳仙村藥王廟來。舉眼向四面辨別地勢方向，祇是從玄妙觀逃出來的時候，一時心慌意亂，見路便奔，沒閒心辨別東西南北。此時既決定要往柳仙村去，自不能不認明方向，但是舉眼向四面望了一會，祇覺得四方都霧沉沉的，五丈以外，即模糊不能辨認！耳裏卻聽得遠近都有雄雞報曉的啼聲，並聽得有更鑼的聲音。

心裏陡然吃驚道：難道我逃了這們遠，還不曾逃出襄陽城嗎？怎麼會聽得更鑼的聲音，就在近處呢？我記得從玄妙觀逃出來的時分，明明白白的躥過了一道很高的城牆，照著一條白色的道路奔跑，直跑到這裏才坐下。這裏分明是一個荒村，即算附近村莊裏有雞叫，這更鑼從那裏來呢？

兀自思量不出道理，祇好仍依著白色的道路走去。以爲：在這曉霧迷離的當中，自是不能辨明方向；祇待天光一亮，就容易辨認了！果然漸走漸覺得四面的霧都稀薄了，隱隱的看見前面有一片樹林。走到跟前，祇見樹林底下，青草如鋪著一層綠褥；登時覺得身體異常疲乏，昏昏的想睡，遂走進樹林就青草上坐下來，將背倚靠著一株大些兒的樹打盹。

剛睡了一會兒，彷彿有人在背上推了一把，道：「還不醒來！這裏豈是你鼾睡的地方嗎？」朱復驚醒轉來，睜眼看時，紅日當空，樹陰覆地，好像已到了正午，忙立起身來，一看樹林外面的情形，不由得一怔！

原來：一堵丈多高的白粉牆，矗立在樹林外面；跑出樹林看時，更驚得手足無措！這地方那裏是甚麼荒村曠野呢？分明認得還是在玄妙觀的第五重大殿後院之中！昨夜因房裏透出來的燈光，照耀得院中如同白晝，院中景物都看得明白，窗門依舊，昨夜窺探的所在，就在眼前，祇院中地下，用白粉畫棋盤似的，畫了許多界線，這是昨夜不曾看出來的！

朱復心想：這道人的神通眞大！能使我在這一個小小的院落當中，奔逃一夜，一點兒不曾察覺！夜間尚且逃不了，此時是更毋庸動這要逃的念頭了。我本來到這裏，並不爲偷盜，有甚麼不能見人的事，定要拚命的逃走？事到於今，倒不如索性進去說個明白，免得盜賊也似的怕人追趕！想罷，覺膽氣壯了許多。

正待走上前推門，祇見那門已呀的一聲開了！昨夜那個提紅漆木箱，望著他笑的道人，飄然走了出來，仍舊笑嘻嘻的向他點頭，招手說道：「辛苦了，賢姪台！請進裏面來，老祖有話和賢姪台說。」

朱復雖自覺沒有甚麼不能見人的事，祇是一見這道人，想起昨夜望著自己笑嘻嘻點頭的情形，就和此刻所見的一樣；不知不覺的面紅耳赤起來，話更不好怎生回答！祇得合掌行了個禮，低頭跟著道人進房。

這房裏的情形，昨夜已看得仔細。祇偷眼看鑪鼎兩旁的椅上，那土頭土腦的老道人和劉景福，都不見了！鑪鼎中裊出的一縷青煙，仍不斷的如蠶吐絲；有一股香氣衝入鼻觀，非蘭非麝。聞了這香氣之後，頓覺神志清爽，五體舒暢！看黃葉道人還端坐在正中交椅上，不敢怠慢，急就昨夜那道人跪拜的所在，叩頭下去。

祇聽得黃葉道人帶笑說道：「你昨夜探得了我甚麼情形沒有？你眞糊塗！全不懂得混俗和光的妙用，不過你的志向還不差！你於今切身的大仇，已在雲南報過了，可算是你一個人的大事已了！你師父智遠和尚，他有他的正事，你此後跟他，得不著益處！你的孽緣甚重，你師父爲掩人耳目，才將你剃度；於今你師父得劉景福的提攜，已在我萬載玄妙觀，閉關修養。你此後可拜他爲師。」

說時，伸手指著那引他進房的道人，接著說道：「他在清虛觀裏，他的門徒很多。你從他可得不少益處！」朱復起身，待向清虛道人叩拜，黃葉道人忙搖手止住道：「還不曾到拜師的時候。得等你去萬載玄妙觀，見過你前師智遠和尚之後，方能拜他。到了清虛門下，便可蓄髮返俗，了你自己的冤孽。你父親未了的志願，祇能委之天數，你不能了，我也不能了，自有代你我來了的人！此時尚在襁褓之中，我將來還有緣可以見得著。」

朱復聽了，很驚疑的問道：「其人姓甚麼？叫甚麼名字？現在那裏呢？」黃葉道人搖頭道：「這卻不知道。你也用不著打聽！」朱復不敢再問。黃葉道人繼續說道：「你此刻也毋須往別處去，且等你將來的同門師弟到了，再去萬載。你姊姊和胡舜華，藥王廟不是他二人歸宿之處。等你同門師弟到了，自有區處。」

朱復心想：我跟了師父這們多年，不曾見師父說有第二個徒弟，那有同門師弟到這裏來呢？正打算問個明白，見黃葉道人已將兩眼闔上，像是入了睡鄉的樣子。清虛道人朝著他笑道：「你從昨夜到此刻，不曾吃著甚麼，腹中大概久已鬧飢荒了！跟我來，給點兒東西你充飢。」說著，往左首一個門裏走去。

朱復跟在後面，經過幾間很幽靜的房子，到一個大殿上。祇見有二三十個道人，都穿著花綠綠的法衣，整齊嚴肅的在殿上做法事；香煙滿室，樂聲盈耳。昨日白天所看見的，那幾口黃緞覆著的道藏箱，作兩行排列在殿上。朱復留心看這殿，是玄妙觀的第三層。

清虛道人並不在殿上停留，直將朱復引到一間靜室裏。朱復看這房很小，房中也沒多的陳設，床几桌椅，都不精緻。牆上嵌著一塊二尺多長，尺多寬的青石，石上彷彿刻了些行書字，一時也沒心情細看。清虛道人教朱復坐下，便轉身出去。

隨即有個火工道人，托了一盤飯菜進房。朱復正苦餓得難受，狼吞虎嚥的把飯菜吃了。心裏終覺得疑疑惑惑的，不明白黃葉道人的言語舉動，更猜不透清虛道人給他吃一頓飯，爲甚麼要引他到這房裏？吃完了飯之後，火工道人又將盤碗收去了。仍不見清虛道人進來，坐著無聊，祇好起身在房中踱來踱去。

默想黃葉道人所說的話，記得：自己師父因在湘潭救周敦秉，見過劉景福之後，曾對自己說過：將來劉景福可幫助師父得地。黃葉道人所說得劉景福提攜的話，必就是這點兒來歷！祇是昨夜坐在劉景福對面椅上的，那個土頭土腦的道人，又是誰呢？胡思亂想了一陣，偶然一眼看見牆上的青石，上面黏了很厚的灰塵，看不明白字跡。隨彎腰脫了一隻草鞋，將灰塵拂去。看石上字道：

「收拾起大地山河一擔裝，四大皆空相！歷盡了渺渺窮途，漠漠平林，磊磊高山，滾滾長江！似這般寒雲慘霧和愁織，訴不盡苦雨悽風帶怨長！雄城壯看江山無恙！誰識我一瓢一笠到襄陽？」

朱復雖則是一個繼承父志、圖復明社的人，然少時讀書不多，失學太早，這詞的來歷，苦不能懂！不過看了這詞句中的口氣意思，料知：必是一個前朝被難蒙塵的皇帝，也是假裝出家人，到了此地，感懷身世，便作了這一首詞，以抒忿慨！

朱復當下看了幾遍，心中也就有無限的感慨！覺得：自身和朱惡紫、胡舜華三人，都還沒有歸宿之處。報仇的事業，能做到與不能做到，可以委之天數，人力不能勉強；至於自己安身之所，是不能委之天數的！

又想到：自己的姊姊朱惡紫，雖說願遁跡空門，終生修道；然他是個生長禮義之家的女子，父母俱已去世，嫁人的事，當然不便由本人說出口來！祇一個如重生父母的了因師父，都已圓寂了！朱惡紫嫁人的事，非由自己做兄弟的作主，實沒有能代替作主的人；但是朱復知道朱惡紫的本領性格，要物色一個資格相當的人物，很不容易！

朱復正在思潮起伏不定的時候，清虛道人走進房來，笑道：「你不要在這裏胡思亂想！一飲一啄，莫非前定！豈必大事才是天數，小事便不是天數嗎？何況安身立命，原是無大不大的事呢？你祇須安心在此地住幾日，自有你安身之所，並代替你姊姊作主的人來！」

朱復聽了，雖摸不著頭腦，然相信黃葉老祖和清虛道人所說的話，必不是誑人的！朱復自己也正苦不好去柳仙村藥王廟居住，就在玄妙觀住了些時。

原來歐陽后成在陝西奉碧雲禪師之命到襄陽來，那信中就是教朱復與胡舜華完婚；並替朱惡紫作伐，配給清虛道人大徒弟楊天池。朱復得了那信，即到萬載玄妙觀，稟明智遠禪師。第十九回書中所寫的少年和尙，跪在智遠禪師所坐木龕前面，口中念經一般的念誦，爲向樂山、解清揚二人所見的，就是朱復爲稟明這事。所以向智遠禪師稟明之後，出來便實行拜清虛道人爲師。從此朱復脫卻僧袍，蓄髮還俗，姊弟兩個一娶一嫁，都成立了家室。祇是這些事，與本書無重要的關係，不過略述來歷，沒工夫去細細寫他。

於今，卻要另寫一人。這人的歷史，凡是看過第一集奇俠傳的看官們，腦筋裏大約都還有他的影子。這人姓楊，名繼新。看官們看了楊天池娶朱惡紫小姐爲妻的事，總應該想到楊天池的替身上去。這楊繼新便是楊天池的替身；這段奇情，在第一集第五回書中，已記述得詳細，此時自毋庸重述了。

楊天池的年齡，比楊繼新實際上小幾個月；楊天池都已到成家立室的時候，楊繼新替楊天池的缺，在楊晉穀那種富貴人家長大，楊晉穀望曾孫的心切，不待說是特別的早婚。楊晉穀祇在衡州做了三四年的官，就因掛誤了公事，把官丟了！帶著全家回廣西原籍，楊繼新從此便離開他父母之邦了。

才長到十三歲，楊晉穀因自己已有六十多歲了，急想見著自己的曾孫，方死無遺憾，就吩咐楊祖植給楊繼新娶媳婦。富貴之家的子弟，不愁沒得門當戶對的女兒結親，很容易的，楊繼新便娶了妻。但是楊晉穀命裏不該見著曾孫，孫媳婦雖進門了三四年，祇因身體孱弱，夫婦的年齡，又都太輕，所以沒有生育。而楊晉穀卻已老態龍鍾，竟等不到曾孫出世，就嗚呼死了！

楊祖植是一個完全當少爺出身的人，也沒有甚麼學問能力。楊晉穀死後，他也不想做官，也不打算經商；因楊晉穀做了大半世的官，積蓄的資財，足夠楊祖植一生溫飽而有餘！當慣了公子少爺的人，家產又很富足，吃現成的飯，穿現成的衣，享安閒自在的福，何等逍遙快樂！那裏還有上進的心呢？就在廣西思恩府原籍，廣置田園，實行安享。

但是對於楊繼新，因不是自己親生的骨血，當楊晉穀在日，不便露出不鍾愛的樣子來，恐怕被楊晉穀看出破綻；及至楊晉穀死了，對楊繼新父子之情，便不免漸漸的淡薄了！祇是仍不肯把楊繼新確是長沙鍾廣泰裁縫店的兒子的話說出來，也恐怕楊繼新知道了這段歷史，不把楊祖植當父親孝順。

楊繼新祇覺得自己父親，待自己很淡漠，並不知道何以忽然淡漠的原因。為人子的，不得於其父，在家庭中便失了天倫的樂趣。楊繼新既不得於其父，楊繼新的媳婦，也就跟著不能得姑的歡心！這媳婦的身體，原不甚強壯，所以難於生育；就因沒有生育，不能如祖父的願，心中加以憂急，體質更形虧弱了！即令楊祖植夫婦歡喜他，替他醫治調養，尚怕不得永年，何況不拿他當自己兒媳看待呢？因此楊晉穀去世才三年，楊繼新的媳婦也就隨著夭折了！

楊繼新已經不得父親的歡心，有一個知痛識癢的妻子在身邊，還可以得著些兒安慰，於今連這個惟一無二，安慰自己靈魂的妻子都死了！這種拂逆人意的境遇，教這正在少年的楊繼新，如何能安處呢？還虧了楊晉穀在日，雖把楊繼新看待得寶貝一般；但是不似普通不懂得教養的上人，一味糊裏糊塗的溺愛。從楊繼新長到五六歲，便專聘了有學問道德的先生，在家中教讀。

楊繼新投生在一個多兒多女的窮裁縫家，而後來居然能成就一個人物，當然不是一個根基薄弱的人！讀書長進得很迅速。讀到楊晉穀死的時候，楊繼新年紀雖衹十八歲，學問文章，已很負些時望了！楊繼新幸有這一肚皮的學問，在家庭中不能安處，不怕出外沒有自謀生活的能力；遂決心出外謀事，不在家中過那沒生趣的日月！親自將這出外謀事的心思，對楊祖植夫婦陳明。楊祖植夫婦心裏，既不愛他這個非親生的兒子，聽他要出門，自沒有不肯的！

誰知楊祖植夫婦，都是三十年前享爺福、三十年後享兒福的命。楊繼新一離家，家中就接連不斷的飛來橫禍，二三年之間，就把家業敗盡了！說起來，看官們必不相信，楊祖植因楊繼新單身出門去了；夫妻商量納妾，想再生育。在納娶的這日，來了許多賀客，楊祖植正在興高采烈的時候，忽聽得大門外有人吵鬧，並夾雜著哭泣的聲音。

楊祖植聽了這哭聲，覺得不吉利，異常忿怒，自己走到門口去看。原來：有幾個乞丐，爲爭打發，和自家當差的口角起來。當差的仗主人勢力，伸手就抓著一頓打。乞丐中老實些兒的，被打得哭起來；強悍些兒的不服，也有回手反抗的，也有回口惡罵的。

楊祖植聽得有一個乞丐，被當差的打得一邊閃躲，一邊指著當差的罵道：「你狗仗人勢，凶甚麼？你也是吃著旁人的，衹要你東家說一聲，叫你滾蛋，怕你不和我一樣嗎？休說你這樣狗仗人勢的東西，就是你東家，也說不定沒有像我一般討著吃的這一天呢！」

楊祖植起初聽得哭泣之聲，心裏已十二分的忿怒；此時更聽得這們罵，以爲這乞丐是有意來破他的禁忌，壞他的彩頭的！再也按納不住胸中三丈高的無名業火，幾步趕到乞丐跟前，揮退當差的，自己向乞丐問道：「你這畜牲！存心趁我的喜慶日子，來破我的禁忌麼？爲甚麼要罵我有像你一般討吃的這一天呢？」

這乞丐被當差的打橫了心，也不知道忌諱了！見楊祖植趕過來問他這話，就翻起一雙白眼，望著楊祖植說道：「三十年河東，四十年河西，你能保得住永遠沒像我的這一天嗎？老實說給你聽：我少年的時候，在家也有三妻四妾；出外也是前護後擁，那一件趕不上你？你少凶點兒！」

楊祖植被罵得氣破了胸脯，指著乞丐的臉，厲聲叱道：「你若不是一個不成材的東西，何至好好的家業，會弄到討吃！你知道我有多大的家業？不和你一樣不成材，怎麼有弄到像你的這一天？」

乞丐反湊近身來，對準楊祖植的臉，做出鄙視不屑的樣子，哼了一聲，說道：「且慢誇口！三場人命兩次火，看你像我不像我？」楊祖植看了這情形，氣得說話不出！提起腳就是一下，不偏不倚，正正的踢在乞丐小腹當中！

這乞丐本來是癆病鬼模樣，也合該楊祖植家裏得遭橫禍，乞丐受了這一腳，登時倒在地下，祇叫了一聲哎呀，打了幾個滾，兩眼往上一翻，兩腳往下一伸！楊祖植怒還不息，待趕上去再踢兩下時，乞丐已無福消受，被踢死了！楊祖植也不放在心上，拿了幾串錢給地保，叫地保領屍安埋。

那知道這乞丐所說，少年時候，在家有三妻四妾，出外前護後擁的話，並不虛假！他確是一個官宦人家的子弟，就因不務正業，無所不爲，被家裏驅逐出來！他生成執拗的性質，旣被家裏驅逐，寧肯在外乞食度日，不願再回家去！他家裏曾屢次派人來接他，他睬也不睬，情願討一頓吃一頓，終年挨飢忍凍，已如此經過好幾年了。

於今被楊祖植一腳踢死，當時就有他同伴的乞丐，報信到他家裏。古人說的：人命關天！楊祖植在忿怒的時候，踢了這一腳不打緊，這一場人命官司遭下來，便非同小可了！耗費了家產的大半，結果才免了罪戾。

這場人命官司剛打完結，接著又鬧出了一場人命。這場人命，就是因楊祖植新納的妾，不安於室。楊祖植爲這妾進門的這日，家中就遭了人命官司，覺得這妾的命運極壞。正在和乞丐家屬打官司的時候，退財嘔氣，對這妾當然說不到寵愛兩個字上去。當小老婆的人，如何能耐得住冷淡？偷偷摸摸的，便和那個打乞丐的當差的，勾搭起來了！

楊祖植直到打完了官司，心裏才略略的安逸了些兒，就發覺了小老婆和當差的曖昧情事。這一氣，竟比受乞丐的惡罵，還要厲害幾倍！公子少爺的性格，心平氣和的時候處事，尚且不知道思前慮後；何況失意之餘，又在氣忿塡膺的時候呢？

當時一發覺了這奸情，就將當差的毒打了一頓，並定要送官懲辦。幸虧了他夫人，是平江大紳士葉素吾的小姐，很精明賢德，勸了又勸，楊祖植才祇把當差的斥退了。這小老婆見奸情敗露，奸夫捱了打還要送官，料知自己也免不了有一場大羞辱！一時情急起來，竟乘著楊祖植正在打當差的時候，悄悄的拿一盒宮粉，往口裏一倒；待楊祖植走進小老婆房裏來時，已是不可救藥了！

小老婆雖是花錢買來的，然不遭橫死則已，一遭了橫死，便是平日和小老婆決不相干的流氓痞棍，遇了這種場合，立時都變成小老婆的親戚故舊了，成群結隊的，跑到楊家來鬧！這個問楊祖植：爲甚麼將我的姑子逼死？那個問楊祖植：爲甚麼把我外孫女兒逼死？說起來，沒一個不是小老婆的至親。

楊祖植明知是一般痞棍，想借事來訛詐銀錢的，自然恃強不理；然而有那個被毒打斥退的當差從中主使，竟告了官。這一場人命官司，雖不比打死乞丐那們大，但也耗費了不少的銀錢！

這兩場人命官司下來，楊晉穀大半世宦囊所積蓄的，已所餘無幾了；田園產業，都已歸了別人，祇略餘了一點兒衣服細軟。在楊祖植這種揮霍慣了的人手裏，區區之數，算不得是財產了。而那個被斥退的當差，還記恨在心，不肯善罷甘休，無時無地，不暗中和楊祖植爲難！把楊祖植嚇得連樹上掉下一片枯葉，都疑心是大禍臨頭了！

他夫人覺得，思恩府萬不能住了，勸他：趁這時還有點兒衣服細軟在手裏，可以當盤川；夫妻兩個動身到平江來，依賴岳父度日。好在葉素吾家業極富，葉素吾夫婦原來極痛愛女兒，巴不得女兒女壻，長遠住在家裏。

楊祖植夫婦到平江來後，楊天池才去廣西尋覓父母。楊天池並不知道他父親，是廣西那府那縣的人。泛泛的訪問，偌大一個廣西省，又在楊祖植夫婦已離開了廣西之後，莫說費四年的時間訪不著；便是四十年，又如何訪得著呢？不過楊天池既是生成的天性篤厚，又練就了這一身的本領；越是訪不著，越覺得這身子沒有來歷，算不得英雄豪傑！經碧雲禪師作伐，與朱惡紫小姐結婚之後，成立了家室，更日夕不輟的，思念親生父母。

一日，向清虛道人說道：「我記得蒙師父當日救活弟子的時候，曾說過能使弟子一家團圓的話。於今弟子已承師父栽培，練就了這些本領，並成就了家室。師父待弟子的恩重如山，弟子就粉身碎骨，也永遠報答不了；惟有盡今生今世的壽命，時刻在師父左右伺候！祇是生育我的父母，至今還在人世；弟子受了一場生育之恩，不但毫沒報答，即見一面，使兩老略安得慰的事，都做不到，心裏實在過不去！

「弟子深知道師父通天徹地的道法，看天下萬事萬物，直如掌上觀紋，斷沒有不知道弟子親生父母所在的道理。無論如何，得懇求慈悲，指引弟子前去！弟子祇將父母迎接到這裏來供養，仍頃刻不離師父左右！」說時，兩淚直流下來。

清虛道人微微的點頭道：「你骨肉團圓的時期，已在眼前了！但是你的骨肉，固應團圓；

須知因你而分離他人的骨肉，也應同時團圓，方可以見造物之巧，天道之公！天道不能偏厚偏薄於一人，我有何道法，敢逆天偏厚於你呢？」

楊天池揩乾了眼淚，問道：「師父所講因弟子而分離他人的骨肉，應如何才得同時團圓呢？」

不知清虛道人怎生回答？且待第四八回再說。

第四八回　遭人命三年敗豪富　窺門隙千里結奇緣

話說：清虛道人見楊天池問因他而分離他人的骨肉，應如何才得同時團圓的話，即捏了捏指頭，笑著說道：「這事倒很有趣！不但因你而分離的骨肉，可以團圓；我們也因此可以多得兩個有能爲的女子，做爭趙家坪的幫手！」

楊天池聽了，莫名其妙，因問道：「趙家坪的事，今年不是已過了收割之期，瀏陽人並沒出頭爭鬥的嗎？他們已被弟子一陣殺寒了心，今年情願認輸，完全讓給平江人了！還有甚麼爭鬥呢？」

清虛道人大笑道：「你那裏知道啊！瀏陽人今年爲甚麼不出頭爭鬥？」

楊天池道：「這個弟子知道。自然是因師父邀齊了紅姑和朱師伯、歐陽師伯一般老前輩，準備大鬥一陣。他們知難而退，所以不敢出頭，情願退讓！」

清虛道人笑著搖頭道：「你所說的他們，是瀏陽人嗎？」

楊天池也搖頭道：「瀏陽人那怕就再加幾倍，有弟子一個人，已足對付了！那裏用得著邀請那些老前輩？弟子所說，是甘瘤子師徒、楊贊廷兄弟。」

清虛道人問道：「你至今尚以為楊贊廷兄弟，是畏懼我們的人麼？他們今年不出頭，是情甘退讓麼？」

楊天池道：「不是卻是為甚麼呢？」

清虛道人道：「若單論崆峒派，本不是我崑崙派的對手；說楊贊廷兄弟畏懼我們，也可以說得過去！祇是這裏面牽涉的人多呢！差不多可說得：普天之下，此刻都在和我崑崙派為難！今年若不虧了到襄陽替你們郎舅送作伐信的那個歐陽后成時，早已不知在趙家坪打成一個甚麼結局了呢！」

楊天池吃驚問道：「這話怎麼講？師父能將原因教給弟子麼？」

清虛道人停了一停，才歎口氣，正色說道：「你是我門下的大徒弟，我又知道你天性甚厚，遇事尚能慎重，不妨將大概情形，略告你知道。不過你知道後，祇能擱在心裏，無論在甚麼時候，對甚麼人，一句也不能出之於口，因為不是當耍的事！」楊天池正襟危坐，諾諾連聲的答應了。

清虛道人才繼續說道：「於今的皇帝，不是我們漢族的人，這是你知道的。你的老祖，因修眞的力量，至今已活了二百多歲。他老人家是大明福王的嫡孫，好容易才留得一條性命，遂他老人家修眞的志願。這二百年當中，爲圖光復明社，也不知斷送了多少他老人家親身傳授的徒弟？無奈天命難違，任憑有多大的能耐，也拗不過來！他老人家修持的能耐越增加，越知道不能勉強！

「近年來對於大仇的氣運，已明如觀火，暫時惟有沉機觀變，教門下諸徒衆，各人努力各本身的修養，並培植後進，爲將來有機可乘的準備！祇是他老人家，因是崑崙派的緣故，無端被牽扯的，做了崆峒派的敵人。崆峒派屢次和崑崙派尋釁，都沒佔著上風，專依賴本派的力量，又不能報復！於是就一面聯絡普天下修眞練氣之士，以做幫手；一面指我們是謀叛的人，向滿、蒙兩族中有道法的人跟前揭發。

「修眞練氣之士，安肯平白受他們的挑撥？因此已經被他們聯絡了，許幫他們的很少；即有也非了不得的人物！惟有滿、蒙兩族當中有道法的人，爲要穩固他同族的河山，已有好幾個很可怕的人，被他們引誘成功了！其中極厲害無比的，就是紅雲老祖！其他雖也有可怕之處，然我派中尙有能對付的人！

「紅雲老祖本已答應今年來趙家坪觀陣，祇那個到襄陽送信的歐陽后成，原是紅雲老祖的徒弟；在四年前，我們老祖就算定了，不肯因一時意氣之爭，損傷自家的原氣！特地打發你師叔，趁歐陽后成歸家報仇的時候，設法把他收到崑崙派門下；借著誅妖的機會，使他救了他師兄慶瑞的性命。

「慶瑞得了這一點好處，才要求紅雲老祖，暫時中止觀陣的舉動，以表他本身感念崑崙派相救的好意。紅雲老祖一答應了不來觀陣，於是道法遠在紅雲老祖之下的人，便有些氣餒，不肯自告奮勇了！楊贊廷兄弟得了一場無結果，也衹得暫時退讓。然崆峒派對崑崙派累世之仇，怎麼能因紅雲老祖不來，就不圖報復呢？

「至於趙家坪歸瀏陽人，或歸平江人，與崆峒、崑崙兩派，都沒有干係；不過借趙家坪這塊兩縣不管的地方作戰場，又借兩縣農人照例的惡鬥，作隱身之具罷了！我們老祖所慮的，就衹紅雲老祖一人，以外都毫不足慮！就是這番出三百萬穀，賑襄陽一郡之災；又親自進京運道藏回襄陽，也無非表示沒有大志，不是清朝的順民，不至肯拿出這們多穀來，替清朝的官府助賑的意思！」

楊天池道：「紅雲老祖的能耐，既有那們可怕，難道他不知道我老祖這番用意嗎？」

清虛道人道：「前知之道，談何容易！這裏面的區別極細微、極繁複，專憑數理，也能前知；衹是這種前知，算得甚麼？江湖術士能的都很多！從修練得來的前知，才有足貴！然其中的區別，就和明鏡照人、清水觀物一樣：同是一種鏡子，有大有小，有極大，有極小；有明有昏，有極明，有極昏；大小之中，分數十百等；明昏之中，也分數十百等。極大極明的鏡子，如日月懸在天空，凡天以下的萬事萬物，無論極微極細，無不照徹；鏡漸小，照徹的地方也漸小；越昏越不能照徹細微。清水裏看東西，也是一樣。

「紅雲老祖的道力，確能前知，祇是不及我老祖通徹；而我老祖的道法，卻又不及紅雲老祖厲害！這是各人所做的工夫不同，我們不能妄爲軒輊！我老祖祇要紅雲老祖不出頭，便無妨礙了；紅雲老祖也祇要知道我老祖非有報復的大志，便決不至出頭！所以我老祖有進京請經的舉動，而一路回來，故意乘坐八人大轎，招搖過市；藏經到了玄妙觀，還得傳齊道衆，在大殿對著藏經，恭行法事，也就是要借此表示尊敬御賜的意思！」

楊天池道：「弟子已明白了！師父爲何說：不但因弟子分離的骨肉，可以團圓，還因此可以得兩個女子，做爭趙家坪的幫手呢？」

清虛道人搖頭道：「這話不能在此時說給你聽！你還記得你那次送回隱居山下的柳遲麼？」

楊天池道：「這如何不記得！」

清虛道人笑道：「你祇須去他家一行，見著他就能如願了！」

楊天池見師父說得這般容易，喜不自勝的問道：「弟子甚麼時候可去呢？」

清虛道人道：「他們早已在那裏專等你去。你剛才便不求我，我也要向你說了。立刻就去罷。」

楊天池忽現出躊躇的樣子，問道：「弟子還不甚明白！弟子此去會著隱居山下的柳遲，就可以一家骨肉團圓呢？還是使因弟子而分離的人的骨肉團圓呢？」

清虛道人揮手道：「到了那裏，自然明白！」楊天池不敢再問，即時動身向隱居山去，於今暫將楊天池這邊按下。

且說：楊繼新稟明了父母，單獨出門。心中並沒有一定的目的地，但求脫離了那種不親愛的家庭，耳目所接觸的，不是家庭中的淒涼景物，就如願已足了！楊繼新出門的時候，楊家正富足；他雖不得楊祖植夫婦的歡心，但他已是成年的人，手中也還有些私財；帶出來的盤川，足敷幾個月的用度，因此暫時也沒有急謀生活的必要。

聽說甚麼地方有好山好水，或有名勝古蹟，立刻就去遊覽。舟車便利的所在，雇用舟車代步；不便利的所在，就緩緩的步行。出門二三年之後，輾轉到了河南。一路也不知經歷了多少奇山異水，名園勝蹟，覺得胸懷開朗，在家時積蓄的憂鬱之氣，至此完全消除盡淨了！

這日到河南遂平縣。他所到之處，在城市繁華之地，都不甚流連，祇略住一二日，就打聽四郊野外，有甚麼可以觀覽的所在？便是這縣沒甚麼名勝，祇要是風俗純樸、民性溫和之處，也歡喜多住幾日。這是由楊繼新的生性如此，並沒有絲毫用意。遂平不是繁華大縣，風俗極純樸，民性極溫和，山水也很有些明秀之處。

楊繼新從思恩一路遊覽到遂平來，沿途有許多地方，因他是一個飄逸少年，胸中又有學問，談吐風雅，舉止大方，凡是詩禮大家，很有拿他當賓客看待的；臨行時，還有送他路費的。因此他遊蹤所至，遇到天色將近昏暗了，左近有飯店可以容身，就投飯店歇宿；若左近沒有飯店，便不問是誰家莊院，他都前去借宿。

那時各處都粉飾太平，他又是一個文士，隨便到那家借宿，縱不蒙主人優禮款待，也從來沒遭過拒絕。所以他帶出來的盤川，雖祇足敷幾個月的用度；而遊歷二三年，並不感覺困苦。

他到遂平縣的時候，身邊由家中帶出來的盤川，早已分文沒有了。他以為這地方的風俗既純樸，民性又溫和，必有肯送路費的人。誰知在四鄉浪遊了幾日，不但沒有送路費給他的，連正式給一頓茶飯他吃的人也沒有！

他覺得詫異，在飯店裏住著，遇著年老喜談故事的人一打聽，才知道這遂平縣的風俗，素不重視讀書人；若是會些兒武藝的，到這地方來，倒到處能受人歡迎，路費也有得送。如果武藝真高強的，年齡不大，並可以希望在這裏娶一個極美的老婆，多少還能得些妻財！

因為這地方重武輕文，山川靈秀之氣，多鍾在女子身上，女子生得美麗，而會武藝的很多。這地方的家庭制度，比別處不同：女子也有承襲一部分家產的權；女子嫁人，多以武藝為

標準：，完全不會武藝的男子，儘管有錢、有文學，這地方女子是不中意的！

楊繼新聽了這種奇特的習俗，覺得好笑，心想：好在我沒有在這裏討老婆的心思！會武藝的女子，便是美得和天仙一樣，一經練武，照理總免不了一股粗野之氣！他們就是願意嫁我，我這文弱書生，也沒有這大膽量敢娶他們！這裏既瞧不起文人，我在這裏，也存身不住，不如遊往別縣去。於是打定主意，想往西平縣去。

才走出那飯店，還行不到半里路，祇見劈面來了一個妙齡女子，生得修眉妙目，秀媚天成。那種驚人的姿態，一落到楊繼新眼，楊繼新並非輕薄之徒，心中又存了個鄙視這裏女子的心思，尙且不因不由的，爲之神移魄奪，兩眼竟像是不由自主的一樣，自然會不轉睛的向那女子望著！

那女子於有意無意之間，回看了楊繼新一眼，隨即把粉頸低垂，兩靨微紅，現出一種羞怯的態度。楊繼新看了這神情，更如中了迷藥，全忘記自己的身分，和平日守禮謹嚴，一點兒不敢踰越的行徑！喜得附近無人看見，直呆呆的看著那女子，挨身走了過去，還掉轉身來，細玩那翩若驚鴻、宛若游龍的姿態。

那女子低頭走過去十來步後，也回過頭來，偷看楊繼新。不提防楊繼新的兩眼，還正在注視不曾移動，美盼回來恰好被楊繼新的眼波接住；祇嚇得那女子羞慚無地，翻身如風舞垂楊，逕走過山嘴去了！楊繼新恐怕那女子再回頭偷看自己，錯過了飽餐秀色的機會，不敢即時將眼光移向別處。

直待那女子走過了山嘴半晌，不見再回頭，才暗自思量道：「世間竟有如此驚人的美女麼？飯店裏那老年人說的話，祇怕有些靠不住！他說：這裏的女子，都練武。難道這樣的美女，也是曾練過武的麼？他說：這裏的女子，都不歡喜文人。剛才這女子看見我的情形，絲毫沒有瞧不起的意思！若眞是這裏的女子，普通都輕惡文人，我的神情裝束，

任是甚麼人，一見面就知道是文人；這女子就應該不現出羞怯的態度，更不應走過去，又回頭偷看。

「我自從喪偶以後，不是全沒有膠續的心思，一則是因家庭間，對於我身上的事很淡漠，父母都不曾提到續絃的事上面去；二則也因我眼中所見過的女子，實在決沒有使我心許的！我前妻是由祖父主聘的，我那時年紀太輕，無可不可；就是前妻的姿色，也很可過得去！斷絃後所見的女子，不僅像這樣天仙一般的沒有；祇求趕得上我前妻的，也不曾見過！我能得這般一個齊整婀娜的女子做繼室，這番出門，也就很值得了！」

楊繼新正在這們心猿意馬的胡思亂想，猛覺得背後有人在肩上拍了一下，說道：「你站在這裏，胡想些甚麼？少年人想老婆麼？」楊繼新吃了一嚇！連忙回身看時，祇見一個鬚眉雪白的老頭，滿臉堆笑的對他點頭。

楊繼新看這老頭的頂，光滑滑的，沒一根頭髮；一臉紅光煥發；兩目雖在那兩道雪白的長眉之下，卻不似尋常老頭昏瞀不明的樣子，顧盼仍有極充足的神光；頷下一部銀針也似的鬍鬚，飄然長過臍眼；身體不甚魁梧，但屹然立著，沒一點兒龍鍾老態。若不是有那雪白的鬚眉，表示他的年事已老；遠看他這壯健的神氣，誰也可以斷定他是個中年人物！

楊繼新初聽了那幾句調笑的話，心裏很不高興；以爲是過路的人，看了他爲那女子失魂喪魄的情形，有意這們輕侮他的，心裏已打算搶白幾句。及看了這老頭的神氣，打算搶白幾句的話，一句也不好意思說出來了！反陪著笑臉，也點了點頭，說道：「老丈休得取笑！」

老頭正色說道：「誰與你取笑呢？你家裏若有老婆的，就不須說得；如果你還不曾娶妻，或已經娶後又亡故了；正好在此地娶一個如意的老婆回去。這裏美人多，包你易如反掌！」

楊繼新聽這話來得很希奇，又正說在他心坎上，不由得不注意，回問道：「請問老丈尊姓？爲甚麼無端問我這些話？」

老頭說道：「我並不是討你的媒人做，你用不著問我姓甚麼！我因見你是一個誠實的書生，如癡如獃的站在這路上，向那個山嘴望著，很有些像在這裏想老婆的樣子。我老年人，心地慈悲，所以拍著你的肩頭問問看。你既向我裝假正經，我也就懶得管你是不是想老婆了！」說著，提步要走。

楊繼新看這老頭的容貌，一團正氣，不是個喜和人開玩笑的輕薄人，說出來的話，又很有意味，如何當面錯過，便放老頭走開去呢？遂也顧不得面上難爲情，攔在老頭面前，陪話道：「不敢瞞老丈，我實在是斷了絃的人！剛才偶然遇見一個女子，姿容絕世。我自束髮讀書，生長禮義之家，受父母師保督率教誨，從來不敢有越禮的舉動！惟有剛才遇見這絕色女子的頃刻之間，確是情不自禁，存了一點兒非分的念頭！老丈果能玉成我這頭親事，舍間還薄有財產，盡力答謝老丈，並感激沒齒！」

老頭仰天大笑道：「賣弄家私，想拿錢來買我了！祇怕你一旦老婆到了手，就把我作合的功勞忘了呢！也罷！你有了老婆，就不忘記我，也沒有用處！不過我才走到這裏來，就祇看見你一個人，如癡如獃的站在這路上，並不曾看見甚麼女子。你看見的那女子，畢竟姓甚麼？住在那裏？你說給我聽，我方好替你玉成其事！」

楊繼新忍不住又好笑，又好氣，說道：「我已說了，是在這裏偶然遇見的，如何能知道他的姓氏、住處呢？」

老頭笑道：「你剛才不是和我見面，就問我尊姓的嗎？我以爲你看了心愛的絕色女子，必然不放他走過去，得抓住他，問明他的姓氏、住處！誰知你的臉皮，竟有這們嫩，連姓氏都不問他！這又轉他甚麼念頭呢？你眞要打算在這裏，娶一個美如天仙的老婆；你的臉皮，就一點兒嫩不得，越老越好！因爲這地方的美人，最不中意臉皮嫩的男子！」

楊繼新見老頭越說越離了本題，便截住問道：「然則老丈何以說包我易如反掌呢？不是我剛才所看見的女子，就找著我做老婆，我也不要！不必煩老丈操心！」

老頭做出思索甚麼的神氣，問道：「你說看見的，是姿容絕世的女子。我思量這地方，縱橫幾十里以內的年輕美女，我沒一個不曾見過，也沒一個不和我家沾親帶故。你所見的，大約是上身穿著甚麼顏色、甚麼裁料的衣；下身繫著甚麼顏色、甚麼裁料的裙；怎麼樣的面龐；怎麼樣的身段；十七八歲的年齡，是不是這樣呢？」

楊繼新連忙答道：「不錯，不錯！正是和老丈所說的一般無二！老丈知道他姓甚麼？住在甚麼地方麼？也和老丈沾親帶故麼？」

老頭連連點頭道：「祇要是他，包管你這頭親事，容易成就！你的眼力倒不差！這地方縱橫幾十里以內，確實祇有你看見的這個最美，並祇有他家最豪富！他又沒有兄弟，沒有母親，僅有一個父親、一個胞姊。家裏有百多萬產業，現在正要招贅一個女壻，到他家經管財產。」

楊繼新道：「他家既有這們大的產業，那小姐又有這般姿首，還怕沒有好兒郎到他家做女壻嗎？怎麼肯招我這個一面不相識的外省人呢？並且我知道這地方的風俗，是重武輕文的，一般人都瞧不起讀書人！要想在這地方娶妻，非有很高強的武藝不可！老丈雖說得極容易，我卻有自知之明，我手無縛雞之力，決難中選！」

老頭怫然說道：「有緣千里來相會，無緣對面不相逢！我是出於一片慈悲之心，向你說說。信不信在你！這女子若是想嫁會武藝的人，此刻還有你的分兒嗎？就因他立志要嫁讀書人。這地方縱橫數十里內，用燈籠火把照著尋找，也尋找不出一個讀書人來；所以他姊妹兩個，尚在閨中待嫁！依著這條道路，轉過前面山嘴，再朝西直走七八里路，右手邊一個大山坡之下，有一所極堂皇富麗的房屋，就是那女子的家。」

老頭剛說到這裏，楊繼新聽得路旁一座山上，樹林中刹刹的風響，好像是砍伐了無數的大樹，倒下來枝葉相碰的聲音，驚得忙回頭朝山上張望，衹見兩隻碩大無朋的黑鳥，從樹林中沖天飛起。那兩鳥的形像，彷彿似鷹，卻比尋常的鷹，大了十多倍；翅膀衹兩展，就沒入雲中，僅現兩點黑影。一瞬眼間，連黑影也不見了！

楊繼新生平不曾見過這們大的飛鳥，很覺得希罕！用盡目力朝黑影望著，也和望那女子一般，直望到沒絲毫影相了，才低下頭來。打算問老頭：是甚麼鳥這般大？但是一回過頭來，老頭也不見了！不禁咦了一聲，轉身向四方都看了一看，道：「怪呀！我青天白日遇了鬼麼？怎麼一霎眼工夫，就跑得無影無蹤了呢？這四面都沒有遮掩的東西可以藏身，難道這老頭會隱身法麼？」

隨又轉念想道：「這老頭的言語舉動，也是有些奇氣。不像是個平常老頭的樣子！他來的時候，一點兒腳步聲息沒有，我轉身看那女子過山嘴，並沒多少時間，在未轉身之前，並不見有人跟在女子後面走，何以忽然就到了我背後呢？少年男子見了美麗的女子，多看幾眼，極是尋常的事，這老頭與我素昧生平，何以就敢冒昧對我說那番話呢？

「將前後的情形，仔細參詳起來，這老頭實在奇異得不可思議！他既說要娶這女子，易如反掌！又說這女子，存心要嫁讀書人！或者天緣湊巧，竟能如我的願，也未可知！好在我不急於去甚麼所在，何妨且照這老頭指引的地方，去探看一番。成功自是如天之福；便不成功，也於我沒有損害！」楊繼新當時存了這個或然之想，就轉過山嘴，朝西走去。

約莫走了七八里，果見有一所形似王侯巨第的房屋，依靠山坡建築。高高下下，隨地勢佈置樓台亭閣，儼然如張掛了一幅漢宮春曉的圖畫，周圍繞著一道雪白粉牆。楊繼新立在對面，庭園景物，一望無餘。屋後山坡上，有一條鵝卵白石子砌成的道路，彎彎曲曲，直達山頂。粉牆近石路之處，安設了一張門戶，是關著的。牆以內的樹木，蒼翠欲滴。看那蒼翠樹林中，隱約有幾個花團錦簇的美眷，來回走動，但苦相離太遠，又被樓台樹木遮掩了，看不分明！

楊繼新此時的色膽甚豪，捫蘿攀葛的繞到山坡之上，看那粉牆上的門，雖然關著，祇是那門經多了雨打風吹，門片上裂了幾條鑲縫。從鑲縫中向園裏窺探，滿園春色，盡入眼簾，在對

面隱約看見的如花美眷，此時已看得很親切！

祗見一個淡妝幽雅的女郎，率領著四五個年齡都在十二三歲的丫鬟，各人手中提著一把澆花的水壺，往來汲水，澆灌花木。看這女郎的年齡，比在路上所看見的，略大一兩歲；天然秀麗，擯絕鉛華，玉骨冰肌，如寒梅一品，比較在路上所見的，更覺名貴！祗是看這女郎的容色，黛眉斂怨，淚老凝愁，亭亭玉立在花叢之中，望著這些丫鬟奔走嬉笑，自己卻不言不動，好像心中有無限抑鬱憂傷的事，無可告語，祗擱在自己心裏納悶似的！

楊繼新看了這種憔悴的容顏，不知不覺把初來時一團熱烈的好色念頭，冷退了大半！心想：這女郎必是那老頭所說的，和在路上所見的是同胞姊妹，但是何以那個是那們不識憂、不識愁的樣子，而這個卻如此鬱鬱不樂呢？大概是因他的年齡大一兩歲，對著這黃鶯作對、粉蝶成雙的景物，不免有秋月春風、等閒度卻的感慨！

楊繼新正在心坎兒溫存，眼皮兒供養，忽聽得遠遠的有笑語的聲音，眼光便向那方望去。祇見在路上遇的那個女子，分花拂柳的，向澆花的所在走來；笑嘻嘻的呼著姊姊，說道：「我今日要你同去，你偏偷懶不肯去。你今日若是和我同去了多好！」

這女子有意無意的應了聲道：「同去了又有甚麼好呢？你得了好處在那裏？」那年齡小些兒的，已走過來，雙手一把，將年齡大些兒的頭抱住，向耳根唧唧噥噥的說了一陣；放開手，又做了做手勢，好像是比譬看見了甚麼東西的形狀。說得這年齡大些兒的，低頭不語，憂怨之容，益發使楊繼新看了心動！那年齡小些兒的，拉住他姊姊的衣袖，並招呼這四五個灌花的丫鬟，緩緩的往園外走去。

楊繼新心裏急起來了！恨不得跳過粉牆去，追上前一手一個把這兩個初離碧霄的玉天仙摟住！祇是那有這們壯的勇氣呢？從這條鑲縫裏張看一會，看不完全，連忙又換過一條鑲縫張看。一行人越走越遠，使楊繼新越遠越看不分明，連換了幾條鑲縫，仍被許多花木，遮了望眼！祇聽得拍的一聲，估料是出了花園，關得園門聲響！再看園中景物，蝶戀花香，風移樹影，依然初見時模樣；祇玉人兒去也，頓覺得園中花木，都減了顏色！也不免對景傷懷，惘然了許久。

心想：意中人既經去了，我便在這裏，明蹲到夜，夜蹲到明，也沒有用處！不如且在附近略轉一轉，等到天色將近黃昏的時候，去他家借宿，看是如何情形，再作計較！

正待立起身來，猛見身後立著一個人，急回頭看時，把他驚得呆了！

不知他身後立著的是甚麼人？且待第四九回再說。

第四九回　奇風俗重武輕文　怪家庭獨男衆女

話說：楊繼新回頭看身後立著的，也是一個鬚髮皓然的老叟，身量比在路上遇見的老頭高大，面貌便不似路上遇見的老頭慈善！臉上微帶些怒容，望著楊繼新哇了一聲，說道：「我看你也像是一個讀書人，難道不懂得非禮勿視、非禮勿動的道理？你在這裏窺人閨閣，有何道理可說？」

楊繼新在富貴人家長大，平日不曾有過非法無禮的舉動，面皮甚是軟嫩；此時做了這心虛不可告人的事，老頭發現了，便不言語，他也要嚇得面紅耳赤，怪難為情！何況這老頭嚴詞厲色的質問他呢？祇問得他羞慚無地，恨不能學路上遇見那老頭的樣，一轉眼就隱藏得無影無蹤！然既對了面，不能因面上羞慚，便不回答。

祇得定了定神，說道：「我是外省人，初從此地經過，因迷失了路徑，誤走到這山上來了。一時疲乏，借此地蹲著歇息一會兒。偶然看見這園裏的景致甚好，順便窺看了兩眼是實，並不見有甚麼閨閣，我也沒存著窺人閨閣的心。老丈不可錯怪我！」

老頭聽了，略轉了點兒笑容，說道：「你還抵賴沒窺人閨閣！何不索性說人的閨閣窺你呢？我且問你：你是那一省的人？來此地幹甚麼事？是不是實在的讀書人？」

楊繼新見老頭說話的聲音，和緩了許多，心裏就安定了些兒，不甚害怕了！隨口答道：「我是廣西人，家中也還有些產業，從小就隨著先大父在任上讀書。祇因近年來，中途喪偶，在家抑鬱無聊，想借著出外遊覽名山勝蹟，散一散愁懷；離家已有了三年，才輾轉到得此地。我心思祇在搜奇探勝，並不幹甚麼事。我不是狂且浪子，偶然的過失，望老丈寬宥，不加罪責！」

老頭打量了楊繼新幾眼，說道：「既是如此，你也可算得一個雅人！老夫平生最器重實在的讀書人，祇苦於住在這種文人絕跡的地方，終生見不著一個讀書種子！很好，很好！你與我總算有緣，所以你會迷路錯走到這裏來！這下面便是寒舍，不嫌棄就請同去，我好稍盡東道之意，以表我器重讀書人的心！」楊繼新自是喜出望外，也不肯假意推辭。

老頭一伸手，便將粉牆上的門推開了，先塞身進去，楊繼新緊跟在後。心想：原來這門是虛掩著的，並沒門鎖；我若早知如此，剛才見一對玉天仙走了，我情急忘形的時候，怕不推門追下去嗎？一面這們思想，一面跟著老頭走過了花園，剛才聽得拍的一聲關上了的門，也經老頭一推，就啞然開了。

老頭將楊繼新引到一間精雅絕倫的書房，分賓主坐下。即有個十四五歲的標緻丫鬟，送茶進來。楊繼新偷眼看這丫鬟，不是在園中所見的，雖不及那兩個小姐如天仙化人的一般姿首，然妖豔之容，已是楊繼新平生所罕見的，心想：怎麼絕世姿容，都聚集在這一處呢？

老頭讓了茶，開口說道：「這地方的風俗習慣，從來是重武輕文的。無論甚麼人家的子女，都得延聘武教師，在家教習武藝。惟有我生成的脾氣，最恨是有力如牛的武夫，粗野不懂道理，動不動就揎拳捋袖，瞋著兩眼看人；膽量小些兒的，一嚇一個半死！至於女孩家，長大嫁人，應該以溫柔和順爲主；練會了武藝，有甚麼用處？難道在娘家就教會把勢，好去婆家打翁姑丈夫麼？

「我的老妻，亡過好幾年了，本有意想續娶一房，以慰我老景。無奈這地方的女子，沒有不是練得武藝高強的，他們果然不願意嫁我這個文弱的老頭，就是我也不敢娶他們那些壓寨夫人的繼室！我老妻祇生了兩個女兒，沒有兒子，我情願絕滅後代，也不續絃，就是因這地方好武的緣故！我兩個小女，也是因爲不曾練武的緣故，都已成年了，尚不曾有人前來說合！

「不過我既不歡喜練武的人，兩個小女也是和我一般的厭惡；即令有人來說合，除了遠處人，沒沾染這地方惡習，實在是讀書的兒郎，年齡相當，我才肯議親；若是本地方的，我情願將兩個小女，養在家中一輩子，也不忍心送給那些麤野之夫手裏，去受委屈！這地方上的人，因見我一家人，不與他們同其好惡，都似乎不屑的樣子，不肯和我家往來！我正樂得眼前乾淨，巴不得那班野牛，永遠不上我的門！

「我不但不歡喜練過武藝的男子，即不曾練過武藝的，不讀書總不免鄙俗，我也看了心裏不快活！所以我家中伺候的人，盡是女子；生得醜陋的女子，行爲舉動討人厭，也和粗野的男子一樣，養在家中，恐怕小女沾染著惡俗之氣！因此舍間的丫鬟，雖未必都美好絕俗，然粗手笨腳、奇形不堪的也沒有！這些丫鬟，我都費了許多手腳，從外府外縣買到這裏來；本地方的，一個也用不著！」

老頭談論這些話的時候，神情很像得意！楊繼新不好怎生回答，惟有不住的點頭應是。老頭說了這一大段話，才問楊繼新姓名、身世。楊繼新一一照實說了。

老頭表示著十分高興的樣子，說道：「難得你是個外省的讀書人，年紀又輕，容貌又好，更難得又是膠絃待續的人。我想把第二個小女，贅你到我家做女壻；我也不備妝奩，就將我所有的產業，平分一半給我女兒。不知你的意思怎樣？」

楊繼新聽了這話，彷彿覺得是作夢一般，心裏幾乎不相信眞有這種好事！祇是眼中所見種種類類的景物，都是眞的，確不是作夢！祇得慌忙立起身，謝道：「承丈人不以草茅下士見遺，惟有感激圖報於異日！」

老頭喜道：「如此，我可了卻一樁心願了！我方才已向你說過：我家雖住在這地方，祇因和地方上一般人的好惡不同，大家都不往來。像我們這種門第的人家，招贅壻到家裏來，無論如何節儉，也得選時擇日，懸燈結綵，遍請親戚六眷、鄰里鄉黨，備辦上等筵席，大家熱熱鬧鬧，才可以對得起女兒、女壻，才可以免得了世俗人的嘲笑！

「不過我這裏的情形不同：我的親戚六眷，都居住在數百里以外，不容易通個消息；就是他們知道我家辦喜事，遙遙數百里，山川阻隔，也不容易前來慶賀！而且我爲著小兒女的事，驚動親戚六眷，遠道跋涉而來，我心裏也覺不安！親戚六眷既不能來，鄰里鄉黨又如方才所說，素來不通慶弔，我便備辦無數的上等酒席，有誰來吃呢？張皇其事，反爲沒趣！

「好在你是一個雅人，沒有世俗之念，至於第二個小女，更是天眞爛漫，絲毫沒有世俗姑娘們的齷齪心思！我活到六十多歲，從來不信甚麼年成月將！俗語說得好，選日不如撞日！撞著今日，就是今日最好！你們新夫婦，祇須叩拜天地祖先，再交拜一會，便算是成了婚了！你的意思，不嫌這辦法太簡慢麼？」

楊繼新巴不得立刻就和意中人會面，摟抱如幃，所怕的就是要經過種種麻煩，荒時廢事！今見老頭這樣說法，直喜得心花怒發，那裏會嫌簡慢呢？連忙回答道：「聽憑丈人的尊意，小壻無不恪遵！」老頭即起身到裏面去了。楊繼新此時單獨坐在書房之中，心裏快活得不知應如何感謝天地神明才好！橫亙在胸中打算的，便是成婚後，如何對新婦溫存體貼？此後享受的豔福如何美滿？

老頭去裏面約有一刻工夫，即帶領兩個年紀都有十六七歲的大丫鬟出來。一個雙手捧著金漆衣盒；一個雙手捧著靴帽。老頭堆著滿臉的笑，說道：「衣服、靴帽都很粗劣，將就穿用一番，成婚後再隨意選製。」兩丫鬟將衣盒、靴帽放下，過來替楊繼新解衣寬帶。老頭仍退了出去。

楊繼新是在富貴人家長大，但自成年以後，不經過丫鬟動手解衣寬帶，衹羞得兩臉通紅，渾身都不得勁！兩丫鬟倒都似乎很有經驗的樣子，一件一件的替楊繼新脫下，沒一點兒羞怯的意味，連貼肉的衣褲，都要替楊繼新脫下。

楊繼新急得將身體背過去，說道：「裏衣不換也罷了麼？」丫鬟格格的笑著不作聲。楊繼新道：「改日再換也使得啊！」

捧衣盒的丫鬟笑道：「新貴人說話，也太魯莽了！怎麼說改日再換也使得呢？難道改日再這們換一回嗎？不全行更換新衣，如何得叫作新貴人呢？請站過來，讓我們脫罷，不要躭擱了時刻！此刻的新娘衹怕已經妝好了呢！」

楊繼新被這幾句話，說得自悔不迭！心想：我和前妻成婚的那日，也是有些不吉利的兆頭，事後許多人說出來才知道！今日我怎的這般不留神呢？心裏有如此一追悔，就顧不得害羞了！恐怕再說出不吉利的話來，回轉身聽憑丫鬟將貼肉的衣褲都解了，露出一身瑩潔如玉的肌肉來。兩個丫鬟看了，都忘了形，爭著用手到處撫摸，現出垂涎三尺的樣子！

楊繼新怕老頭來看見，催促丫鬟，才從衣盒中提出衣服來穿上；竟如特地給楊繼新縫製的，長短大小，都極合身！楊繼新裝扮好了，又來了兩個遍身錦繡的小丫鬟，共捧著一大段朱紅綢子，走到楊繼新面前，請安道喜。

大丫鬟接過紅綢，向楊繼新頭上一掛，兩端垂下來，兩個小丫鬟，每人雙手握住一端，說：「請新貴人去神堂成禮。」楊繼新也不知道這是一種甚麼禮節，祇得隨著小丫鬟，穿過了幾間房，到一間十分莊嚴的神堂裏。

看堂中的紅綠燈綵，已陳設得非常華麗，儼然大戶人家辦喜事的模樣；萬不料咄嗟之間，便辦得這們齊整！正中神座邊，兩排立著十多個粉白黛綠的丫鬟；一眼看去，年齡都不相上下，祇在十四五歲之間，沒一個不是嬌姿麗質，楚楚動人；整齊嚴肅的分兩排立著，如衙門中站班伺候官府一般！神座前面地下，鋪了一張金花紅緞拜墊，小丫鬟引楊繼新到拜墊上左方立著，即見也是兩個遍身錦繡的小丫鬟，分左右夾扶著新娘出來。

新娘有蓋頭遮蓋了面目，看不出容貌，然祇看身段，已能認得出是在路上遇見的那個可意人兒！新娘到拜墊上右方立著，做儐相高聲贊禮的，也是一個七八歲的丫鬟。一對新人，拜過了天地祖先，對老頭也拜了，才彼此交拜。一待拜畢，衆丫鬟爭著上前拜賀。新郎、新婦同入洞房。

楊繼新看這洞房的陳設布置，簡直沒一處使人看得出是倉卒辦成的！新娘去了蓋頭，楊繼新看他的容光，比在路上和園中兩次所見的，更覺美不可狀！此時天色已漸向黃昏，就在洞房中，開來晚膳。也沒旁人陪伴，就祇新夫婦兩人，共桌而食。

楊繼新臉嫩，幾番想和新娘說話，因見有丫鬟在房，待說出口，面上不由得一紅，話又嚇得退回喉嚨裏面去了！新娘也是害羞的樣子，不肯開口。二人徒具形式的吃喝了些兒，丫鬟撤了出去。楊繼新見丫鬟都不在房裏，歡喜無限；惟恐再有丫鬟進來，也顧不得害臊，連忙起身將房門關了！

回身見新娘低頭坐在床沿，即一躬到地，說道：「我是幾生修來的福氣，得有今日！我願終生侍奉妝台，祇望小姐不嫌我惡俗！」說罷，湊近床沿坐下，便覺得一股異香觸鼻，不禁骨軟筋酥，心旌搖搖不定，祇一把就將新娘抱住。

新娘慌忙撐拒道：「怎麼這們粗魯？」楊繼新經這一撐拒，不知怎的，兩手自然放了。

新娘正色道：「讀書人也是這們狂蕩麼？」

嚇得楊繼新連忙站起身來作揖，口裏陪罪道：「望恕過我這一次，下次再也不敢魯莽了！」一揖作了，伸起腰來一看，床上空空的，那有甚麼新娘呢？

楊繼新這一驚非同小可！向房中四處尋了一會，連新娘的影子也沒尋著！聽外面寂靜無聲的，好像大家都入了睡鄉。想開門出外叫喚，又怕是躲到隔壁房裏去了，不敢再魯莽，一個人在房盤旋，不得計較。約莫經過了一個時辰，身體實在疲乏了想睡，卻又捨不得就這們單獨的睡！

正在無可如何的時候，忽聽得新娘的聲音，在窗外帶笑說道：「明日再見！今夜我是不敢和你睡！你一個人睡一夜罷！」

楊繼新聽了，連忙拉開房門，追出說道：「我再也不敢魯莽了！求小姐恕了我這一遭！」一面說，一面看窗下，並不見有新娘在那裏！

舉眼望左右，都黑暗無光，看不出新娘躲在甚麼地方說話，估料必還不曾走開，衹得向著黑處求情道：「小姐回房來，如果我敢有無禮魯莽的行動，小姐再撇下我走！我就便單獨睡十夜，也不能埋怨你小姐，衹能怨我自己太不知道溫存體

貼！」

楊繼新才說到這裏，忽聽得黑暗處有格格的笑聲，隱約聽得在那裏說道：「不無禮魯莽，卻求我回房幹甚麼？」說完這話，就聽得笑聲漸遠漸小，漸不聽得了。

楊繼新想用言語表白，無奈一時說不出動人的話；又聽得笑聲去了很遠，便說出甚麼話來，也不能達到新娘耳裏，祇好不說了！如癡如獃的，靠房門呆立了好一會，聽不到一點兒聲息，心想：這小姐的性情舉動，也太奇怪了！難道他長到了十八歲，尚不解風情嗎？男婚女嫁，爲的是甚麼呢？我並沒向他行強用武，祇將他摟抱在懷中，這算得甚麼魯莽咧？

哦！是了！他必是害羞，見我不等到將燈吹滅，上床蓋好了被，便動手去抱他，所以嗔怪我魯莽！他那裏知道我愛他的心，在初見面的時候，早已恨不得把他摟抱起來呢？我若早知他如此嬌怯，也不這們急色了！天長地久的夫妻，何愁沒有我溫存親熱的時候，何用急在這一時半刻呢？這本來是我不對！他父女爲嫌武人魯莽，不解溫柔，才存心要招贅讀書人；今忽見我讀書人，也有如此魯莽，不待上床，就動手動腳，難怪他不嚇得驚慌逃走！

但是他如何逃走得這般快呢？我祇彎腰作一個揖的工夫，立起身來，床沿上就沒有他了！這窗戶離地有四五尺高，休說他這般柳弱花柔的小姐，不能打窗戶鑽出去，便是教我這男子漢，從這上面出入，也得有東西墊腳，才能緩緩的往外爬，誰也不能跑得這們迅速！

房門是我親自動手關閉的，他逃走後，房門依舊關閉著，直到聽得他在窗外說話，我才拉開來。這房不是祇有這一張門嗎？窗戶既太高了，不能出去；門又關著沒動，他畢竟如何得到窗外去的呢？難道這床後還有一張小門麼？

楊繼新想到這裏，就擎起一枝蠟燭，走到床頭，撩開帳幃一照，果見壁上有一張小小的門，祇是也並不曾打開。雖是不曾打開，然在楊繼新心裏，已斷定新娘是從這小門逃出去的，便不再去研究。逆料新娘既說了今夜不敢來同眠，決不至再來；獨自坐著等到天明，也沒有用處！身體也很疲乏了，就獨自上床睡覺。

楊繼新在外旅行三四年，平日山莊茅店，隨遇而安，有時就在亂草堆中，胡亂睡一夜；幾年來，何嘗有過這種溫柔香膩的錦裀繡褥，給他安眠一夜呢！因此這一覺睡下去，酣甜美適，也不自知睡過了多少時間！祇覺在夢中被人輕推了兩下，耳裏彷彿聽得有人用很低的聲音說道：「睡到了這時分，還不捨得醒來嗎？」楊繼新被這話驚醒，睜眼一看，羞怯怯坐在床沿上的，不是新娘是誰啊？

楊繼新翻身坐了起來，說道：「小姐眞忍心，教我一個人睡在這裏！從此我再也不敢像昨夜那般魯莽了！祇求小姐不可撇下我，就從後門逃走！」

此時新娘的神情，不似昨夜那般害羞得厲害，聽了楊繼新的話，臉上現出很驚訝的樣子，說道：「我何時從甚麼後門逃走過？你這話我聽了不懂！」

楊繼新指著新娘，笑道：「小姐昨夜不是從這床後的後門走出去的，是從甚麼地方走出去的咧？」

新娘就像不知道有這一回事似的，說道：「我昨夜甚麼時候走出去了？你還在這裏作夢，不曾醒明白麼？」

楊繼新這才急得跳下床來，說道：「小姐這話，說得我又不懂了！小姐昨夜沒出去，卻在那裏呢？」

新娘道：「我不是在這房裏嗎？」

楊繼新笑道：「小姐在這房裏嗎？坐在甚麼地方？睡在甚麼地方？」

新娘指著床沿道：「我就坐在這裏，睡也是睡在這裏。你自己魯莽發猴急，被我推開了，往後你就做出沒看見我的樣子，瞧也不瞧我，理也不理我，教我有甚麼法子？這時倒來怪我忍心，撇下你從後門逃走了！這床後的後門，雖是安設了一張，但是因為門外是一個靠近後山的大院落，我膽小害怕，不敢打開，從來是緊緊關閉著的，一次也沒開過！其所以將床緊靠這門安設，也是廢卻這後門，不許出入的意！要開這後門，須得先將這床移開。我昨夜移這床麼？」

楊繼新聽得新娘這般一說，心裏更詫異到了極處，指著窗外向新娘問道：「小姐說昨夜不曾出去，我心裏也疑惑小姐是沒有逃走得那們迅速的道理。祇是小姐既不曾出去，何以又在窗外對我說，明日再見，今夜我是不敢和你睡，你一個人睡一夜罷的話呢？」

新娘搖頭道：「我不曾向你說這些話！你當面見我說的麼？」

楊繼新道：「我雖不是當面看見小姐說的，確是親耳聽得小姐是這們說的。我當時聽得這們說，即刻開了這房門追出去，祇是已不見有小姐在窗外了，並還聽得一路格格的笑著去了。事情又不是隔了多少時日，難道我已記憶不清楚？」

新娘道：「這就奇了！我在這房裏一整夜，至今一步也沒有跨出這房門，你居然會聽得我在窗外說這些話。這是從那裏說起？」

楊繼新至此已滿腹的疑雲，想不出解釋的道理，祇得又向小姐問道：「即算我昨夜糊塗了，當面看不見小姐；小姐既是一整夜在這房裏，也看見我麼？」

新娘帶笑說道：「爲甚麼不看見你呢？看見你獃頭獃腦的，被我推開之後，就像失掉了甚麼東西似的，這裏尋尋，那裏看看，又打開房門，朝外面東張西望一會，口裏唧唧噥噥一會，又擎起蠟燭，向床後照一會，祇不來睬理我！看著你在房中踱來踱去，做出愁眉苦臉的樣子，有時也向我身上望望，最後就見你上床睡了。」

「從我身邊擦過，也不拉我同睡，也不問我睡不睡，竟像沒有我這個人在你眼裏，我自然不好說甚麼！見你已睡著了，有了鼾聲，我才躺在床這頭，睡了一覺，衣也不曾脫。剛才被丫鬟在外面說笑的聲音，驚醒轉來，看天色已不早了，看你還睡得鼾呼呼的，恐怕丫鬟進來看了不好，祇得將你推醒。你醒來反對我說出那些無頭無腦的話！」

兩人正在說著，外面忽有幾個丫鬟推門進來，都笑嘻嘻的向新娘、新郎叩頭道喜。

不知楊繼新怎生應付？且待第五〇回再說。

第五〇回　做新郎洞房受孤寂　搶軟帽魚水得和諧

話說：楊繼新正和新娘說著，衆丫鬟笑嘻嘻的推門進房，爭著向新郎、新娘道喜。楊繼新也笑向衆丫鬟說道：「你們今日且慢道喜，留待明早再來罷！」新娘瞟了楊繼新一眼，楊繼新立刻自悔失言。幸虧來的都是些小丫鬟，聽得和不曾聽得一樣，胡亂敷衍了一會，衆丫鬟都退去了。新娘從此對楊繼新的情形，似乎親密了許多，不像昨夜那般羞澀了！一日三餐，都是極豐美的酒席，開到新房裏來，由新娘陪著同吃。

這日早起，楊繼新原要新娘帶他去給老頭請安。新娘說：「用不著！父親已於清晨出門去了，一時不得回來！」楊繼新見如此說，樂得終日在房中，與新娘廝守。楊繼新無論說笑甚麼，新娘都陪著說笑，儼然是一對新結婚的恩愛夫婦。

祇楊繼新一動邪念，或緊相偎傍，或伸手去撫摸，新娘便立時站起來，或閃過一邊，或正色說不可輕薄。楊繼新恐怕又和昨夜一樣，弄成對面不相逢的局面，祇得竭力的收勒住意馬心猿！心想：等他上了床，我把燈火吹滅了，從暗中摸索，他沒有害羞的心思，便可以爲所欲爲了！這日楊繼新盼望天黑的心，急切萬分！好容易盼到天已昏黑了，便催促新娘上床。

這新娘的性質很奇特：在白天裏和楊繼新有說有笑，姿態橫生，一點兒羞澀的神氣沒有！一到了夜間，房中高燒了兩枝兒臂粗的紅燭，在燭光之下，看新娘的神氣，就漸漸的改變了，好像有禍事將要臨頭，急須設法避免的樣子！

楊繼新見天光一黑，就精神陡長，興致勃然，七扯八拉的，尋些使新娘聽了開心的話來說。新娘聽了，都似不甚在意，並顯出時時刻刻防備楊繼新去動手輕薄他的神氣。

楊繼新以為：少女初經人事，差怯自是常情！尋出許多「男女居室，人之大倫」的腐話來譬慰，想借這些道理，壯一壯新娘的膽氣！誰知新娘聽了，又好像全不懂得有這們一回事似的！楊繼新催促新娘上床，新娘半晌不說話，祇坐著不動。

楊繼新催了兩遍，新娘才說道：「你先上床罷！」楊繼新既不敢接二連二的催，更不敢伸手去拉，祇得遵命，先自解衣上床。心裏計算：等新娘上了床，再起來將燭光吹滅，重新上床摟抱，便不愁不如願以償了！

叵耐這新娘教楊繼新上床，自己卻坐在床沿上，低著頭彷彿思量甚麼，約莫坐了一個更次，還不表示睡意。楊繼新獨自睡在那軟溫香膩的被中，就沒有這個玉天仙坐在旁邊，也不免要存些遐想；何況與這個玉天仙，已廝混一晝夜，到這時候，如何再能忍耐得住呢？

但是仍不敢過於魯莽，祇在被中說道：「我遵老丈人之命，與小姐成為夫婦，非是我無端的敢對小姐存邪念！昨夜小姐因怪我魯莽，以致我咫尺天涯，無由得親薌澤！今夜我實在未嘗魯莽，而小姐卻祇坐在床沿不動，神氣之間，似乎是厭棄我的一般，究竟小姐是如何存心呢？如果是厭棄我，不妨明說出來！我不是承老丈人恩遇，沒有今日！既不蒙小姐見愛，我何敢勉強咧？若不是厭棄我，此刻已不早了，滿屋的人，都久已熟睡得寂靜無聲，小姐還不上床，更待何時呢？」

新娘初聽時，似不理會，及楊繼新說了，新娘忽然掉下淚來，忙用手帕揩拭。

楊繼新一見新娘流淚，嚇得翻身坐起來，用極懇切的態度問道：「小姐有甚麼委屈的心事，請直說出來，我斷無不見諒的道理！」楊繼新其所以說這般幾句話，是以為新娘不肯上床同睡，被催急了就哭，是因自己已非紅花閨女，曾和人有過私情，怕被丈夫識破出來的緣故！這幾句才說出口，新娘已換了副笑臉，站起身來，說道：「睡罷，睡罷！你勸我睡，怎麼自己反坐了起來呢？」

楊繼新笑道：「小姐忽然哭起來，教我怎麼睡著？索性下來吹滅燭光，好使小姐安心睡覺！」新娘也不作聲。

楊繼新跳下床，把燭光吹滅了，回身一把抱住新娘，連推帶抱的上了床。新娘驚得氣吁氣喘的說道：「你又是這們強暴嗎？」

楊繼新此時情急到極點，也不顧新娘說甚麼！以爲：緊緊抱住不放，不怕再有昨夜那種現象！儘管新娘撐拒，祇顧緊壓在新娘身上，騰出一隻手來，替新娘解衣鬆帶。誰知才放鬆一隻手，就被新娘用雙手在胸前一推，楊繼新一隻手當然摟抱不住，被推得離開了新娘的身體！

楊繼新想：已經行了強，不能由他推開我，便是這們罷休了！不如索性再強迫他一下！估料新娘沒起來這般快，隨將身體又壓了下去；想不到竟撲了個空，新娘已不知閃躲到甚麼地方去了！因房中漆黑，甚麼東西也看不見，祇得一面懇求：小姐恕我！一面張開兩手，向床上摸索，但是說盡了懇求的話，不見新娘答應。

滿床都摸索遍了，除被褥帳幔之外，空無一物！床上摸索不著，就張開兩手，在房中一來一去，和小孩們玩捉瞎子把戲的一般。滿房也都摸索了好幾遍，不僅沒新娘觸手，連躲閃的腳步聲，和鼻口呼吸的聲，也沒聽得一點！

楊繼新急得無可奈何了，說道：「小姐既是厭棄我，不願意和我做夫婦，何不在未成婚的時候說出來，使我好遊歷別處去呢？我與小姐往日無怨，近日無仇，何苦是這般作弄我？」

楊繼新雖則向空這們說，然心裏已疑惑是與昨夜一般的情形。昨夜房中有照徹如白晝的燭光，尚且一霎眼就見不著影子了；今夜房中漆黑，必更沒有希望了！

眞是作怪！楊繼新說畢，以爲是沒有答覆的，卻聽得新娘柔脆的聲音，近在耳邊說道：「恐怕不能怨我作弄你！我已說了上床睡覺，你爲甚麼把燭吹滅，向我行強呢？你枉做了個讀書人，舉動比武人還粗野可怕！我今夜斷不敢和你同睡，你一個人且再睡一夜！」楊繼新聽聲音靠近右耳根，冷不防對準發聲之處，一把抱過去。

祇聽得劈拍一聲響，額頭正碰在一張衣櫥上，祇碰得眼中金花四迸，痛不可當！兩手腕撞在櫥角上，也撞得臂膊痠麻了，並不曾挨著新娘的衣服。這一碰，碰得楊繼新忍不住生氣了，連說：可惡，可惡！接著又聽得新娘在房外笑個不止，就和看見楊繼新碰痛了額頭，他在旁邊看了開心的一般！

楊繼新正待責備新娘太忍，新娘已在窗外停了笑，說道：「誰教你把燭吹滅，還是這們強暴呢？你越是這們強暴，我越不敢近你！不使你孤冷兩夜，你的強暴舉動，大概也改變不了！」

楊繼新趕緊說道：「我從此若對小姐，再有半點像今昨兩夜的強暴舉動，就天誅地滅，立刻化身體爲灰塵！我於今已對小姐發過了誓，小姐可以回房了麼？小姐若嫌這誓發得還輕了，不問甚麼重誓願，我都可以發得！」說罷，靜聽新娘的回答。

好一會寂然沒有聲息，想把吹滅了的燭點燃，又苦尋不著火鐮，緩緩的摸到床沿上坐了。

思量這兩夜的情形，很覺得蹊蹺，自己盤問自己道：「這地方的風俗雖說離奇，一般人都重武輕文，因此有女想嫁個文人，甚不容易，但是這河南居中國之中區，四通八達之地，即算這縱橫數十里以內的地方，文人稀少，數十里以外，那裏就會少了文人呢？有這們大的家財，又有這們嬌麗的女子，竟因這一隅之地，沒有文人，便養在家中，胡亂遇見路上一個讀書人，就於立談之間，可以招做女壻。這種情形，也很不近情理了！

「我一時色令智昏，不暇細想，居然答應他拜堂成禮，至今還沒有問他家的姓氏，這不怪我太荒唐了嗎？新娘這般嬌弱的身體，我是一個少年男子，竟摟抱他不住，他衹把手一推，我就不因不由的離開了他的身體，這一點已很奇了！而我僅低頭作一個揖的工夫，伸起腰來，看新娘便已不知去向，遍尋沒有，這不是奇而又奇嗎？

「姑退一步說：這地方的風俗，是輕文重武；新娘住在這裏，也練會了一身武藝，能來去得極快，使我看不見，然據他今日早晨對我說：他並不曾走開，親眼看見我如何如何的舉動，我卻連影子也不見他，這又是甚麼道理呢？

「十七八歲的閨女，無論在如何守禮謹嚴的家中，斷沒有完全不懂人事的！並且看這新娘的神情、言語，也不是不懂人事的模樣！何以這樣害怕呢？我雖是過於急色了點兒，但在將睡的時候，摟抱摟抱，也不能說是魯莽，分明是借詞歸罪於我罷了！照這種種情形看起來，簡直是凶多吉少！我應如何才能逃得出這是非之場咧？」

楊繼新是這般思量了一遍，隨又轉了一個念頭道：「我是一個光身的遊客，既沒有金銀珠寶，又沒有結怨於這家的人，謀害我有何用意？即令有謀害我的心，要謀害一個文弱書生，豈不易如反掌？爲甚麼要費這些周折，鬧這些玩意呢？古今筆記小說諸書上面，謀害過路行人的很多，然從來不見有毫無用意，又費這許多周折，以謀害人的！

「並且我昨日從飯店裏出來，在路上遇見這新娘之後，隨即有那個老頭出來，分明指引我這條道路，說包我可得一個老婆。那老頭滿面慈善之氣，又有那們高的年紀，何至無緣無故的陷害我呢？照這方面的情形想來，又可以斷定沒有凶險！

「各人有各人的性情不同，舉動也就跟著有分別；新娘膽怯，怕我太魯莽了難堪，不敢與我交接，也在情理之中！我剛才吹滅燭光，用強將他摟抱，按在床上解衣的舉動，本來也太顯得強暴了！昨夜衹抱了他一下，就嚇得他不敢同睡，今夜就應該凡事順著他才是！比昨夜更變本加厲，怎能怪他閃躲呢？

「橫豎我已做了這裏的贅壻，一個光身人，也不怕損失我甚麼。今夜是已無望了，明夜我衹百依百隨，誠惶誠恐的伺候著他，他不開口叫我睡，我就坐到天明也不睡；睡了他不表示可以親暱，我就連睡十夜八夜，也衹當他不在床上。是這們順從他多少時候，靜待他的春情發動，料沒有妻子永遠畏避丈夫的！」楊繼新自以爲得計，心安神逸的上床睡覺。

睡到次早醒來，看房中仍沒有新娘，時光像已不早了，衹得起來。丫鬟送水來盥洗。楊繼新拖住丫鬟，問道：「二小姐現在那裏？你知道麼？」

丫鬟笑道：「姑少爺還問二小姐呢？」

楊繼新聽了這語氣很奇特，緊跟著問道：「二小姐怎麼？我爲何問不得？」

丫鬟抿著笑道：「我家二小姐，不是昨夜被姑少爺嚇壞了嗎？於今正發寒熱，睡在大小姐床上，不能起來哩！」

楊繼新急得跺腳道：「我眞荒謬糊塗！他是個膽小嬌養慣了的人，房中有那們大的燭光，他尚且怕了我，我怎麼糊塗到這一步，反把燭光吹滅了，去對他動手動腳呢？我昨夜將他按倒在床上的時候，聽得他氣吁氣喘的，就像是驚駭到了極點的樣子！我不憐惜他，已是荒謬糊塗了，倒趁他驚駭

得心膽俱碎之際，騰出手來解他的衣裳！幸喜他力能把我推開，若再遲延一時半夜，怕不把他嚇得連命都送掉嗎？」

楊繼新對著丫鬟是這們自怨自艾，丫鬟衹是望著楊繼新笑。楊繼新要丫鬟帶他去大小姐房裏探病，丫鬟搖頭笑道：「姨姊的房，姑少爺也好進去的麼？」

楊繼新正色道：「凡事有經有權。若在平常，無端跑進姨姊的房，果然非禮，但此時不能一概而論！」

丫鬟衹管搖頭道：「姑少爺再說得有道理些，我也不敢帶姑少爺去！」

楊繼新道：「你爲甚麼不敢帶我去呢？」

丫鬟道：「姑少爺不知道我家大小姐的脾氣，全不和二小姐一樣，容易說話！有時不高興起來，連老太爺都讓他幾分！就是老太爺要帶姑少爺到他房裏去，也得先問過他，他答應了，才能帶姑少爺去！不先得他答應，誰也不敢冒昧！」

楊繼新見這丫鬟說話，伶牙利齒，想將所思量種種可疑的情形，在這丫鬟口中盤問一番。還不曾說出口，已有個丫鬟在外面叫喚，這丫鬟慌忙掙脫手出去了。楊繼新好生納悶！直到下午，還不見新娘進房來。獨自坐在房中，覺得太寂寞不堪，便走出房來，觀察前後房屋的形勢。

他曾在後山上，看過這所房子的結構，知道新房離花園不遠，也不叫丫鬟帶領，反操著兩手，慢慢向後花園踱去。一路踱進花園，不曾遇見一個人。這時的紅日，已將西下，照映得園中花木，分外生色！祇是楊繼新的形式上雖是遊園，然實際那裏有心情賞玩景物！走到前日從門縫裏窺見衆丫鬟灌花的所在，祇見那些花枝花葉上面，都水淋淋的，地下也是溼漉漉的，像個才澆灌了不久。

楊繼新暗悔來遲了一步，大姨姊已澆花進去了，不得飽餐秀色，即蹲下身來，望著枝葉上的水點，一滴一滴的遞落而下。心裏就思量前日所見的情形，是覺得這個大姨姊的神情，比新娘冷峻，像是一個胸有城府、不容易被人看破的樣子。心中正在這們想像，忽聽得近處有枝葉挨擦的響聲，像是有人從花叢中走過的；立起身朝響處一看，原來就是他心中正在想像的大姨姊，仍是淡雅的裝束，手中提著一把灌花的水壺，獨自分花拂柳的，向園外走去，低著頭並不回望一眼。

楊繼新越看越覺可愛可敬，躡足潛蹤的，跟在後面偷看，並想趁這機會，問問新娘昨夜嚇病了的情形，才追了十來步，相離祇有五步以內了，他大姨姊好像已知道他在後面跟蹤偷看，驀地停步，回頭說道：「你為輕薄的緣故，死在臨頭了，還敢來輕薄我嗎？追著偷看些甚麼？」

楊繼新一聽這話，不由得大驚，祇急得雙膝望地下一跪，說道：「姊姊救我！我實在非敢

在姊姊跟前輕薄！我追蹤上來，是想向姊姊打聽令妹的病狀。我經過這兩夜的情形，已覺得在這裏是凶多吉少！祇因我是個沒見識沒閱歷的人，想不到有甚麼凶險，不蒙姊姊矜憐，便得不著姊姊這話！姊姊救了我，此後有生之年，誓不敢忘記姊姊恩德！」說罷，叩頭流淚不止。

大姨姊回頭向園外望了一望，略躊躇了一下，問道：「你眞能不忘記我麼？」

楊繼新連忙指天誓日。大姨姊走近了兩步，教楊繼新立起身來，說道：「你用不著求我救你，你祇求你的夫人就行了！」

楊繼新緊接著說道：「他不是被我嚇病了，睡在姊姊房裏，不能起床了嗎？」

大姨姊笑著點頭問道：「你這兩夜和他睡了，他對你曾說了些甚麼呢？」

楊繼新急急的分辯道：「他何嘗和我同睡過一時半刻呢？兩夜都是一霎眼就不見他的蹤影

了！」

大姨姊道：「你等他今夜進房之後，冷不防將他頭上的帽子，搶下來摜到窗外去，再上前摟抱他，他便不能走了！你和他成了夫婦以後，他自然會救你，不過你那時不可忘記了我！」

楊繼新聽了，莫名其妙，正想問個仔細，大姨姊彷彿聽得甚麼聲響，怕有人來發覺似的，朝四處望了一望，急匆匆的出園去了。楊繼新也思量不出是甚麼道理，但是相信大姨姊說的，決有妙用，不至無故作弄他！回到房中，坐待新娘進來。

天色已到黃昏時候，新娘才蓮步姍姍的，來到屋裏。楊繼新看新娘的神色，確是有病的樣子，大不是前昨兩日那般說也有、笑也有的姿態了！進房一聲不作，直上床沿坐下。

楊繼新上前賠罪，說道：「我問丫鬟，知道小姐竟爲我病了！我聽了這話，心裏不知如何的難過！當下要丫鬟帶我去大小姐房裏看小姐，無奈丫鬟說：大小姐的脾氣不同，不敢冒昧帶我去！我祇得獨坐在這裏著急！昨夜小姐去後，我已對虛空過往神祇發過了大誓願：此後我若再敢在小姐跟前，有前昨兩夜一般的魯莽無禮舉動時，便天誅地滅，此身立刻化爲塵埃！祇求小姐莫拿我當虎狼蛇蝎般看待，我生生世世，感激無涯！」

新娘微露笑容，說道：「我自有我的病，與你不相干！不過我這病久已不發，這兩夜因害怕你行強暴的緣故，將病引發了！我待你有甚麼好處？你何必對我這般癡情呢？」

楊繼新兩眼又流出許多眼淚來，說道：「小姐許我伺候妝台，這恩典已是天高地厚了！」新娘瞟了楊繼新一眼，隨即掉頭望著別處，半晌，才悠悠的歎了一聲，也不說甚麼。楊繼新問道：「小姐心中有甚麼不如意的事？如何長歎呢？」

新娘搖頭笑道：「我沒有甚麼不如意的事，偶然抽一口氣罷了！」楊繼新便不再問了。

晚膳過後，楊繼新乘新娘對窗戶坐著的時候，一面尋些閒話，逗著新娘說笑，一面在新娘背後踱來踱去。踱到切近，猛然一伸手，便將新娘頭上的軟帽搶下來，隨手向窗外一摺。新娘驚起來搶奪時，已被楊繼新攔腰抱住了，不由分說的，擁到床上，脫衣解帶。

新娘並不和前昨兩夜那般撐拒，衹口裏說道：「冤孽，冤孽！必是大丫鬟向你說的！但是我雖長到一十八歲，並不曾經過這羞人的事，望你憐惜我一點兒！」楊繼新到此，才眞個銷魂了！

春風已度玉門關之後，新娘整衣理鬢起來，楊繼新拉住道：「不睡卻坐起來做甚麼？你難道又想走了嗎？」

新娘回頭笑道：「你眞不知道死活！我如今既弄假成眞的，與你成了夫婦，怎能望著你把性命斷送？快起來，不趕緊逃走，誠恐逃不了性命！」

楊繼新雖在花園中，曾聽過他大姨姊死在臨頭的話，然少年人一爲色欲所迷，無論如何切身的利害，都不暇慮了！以晉文公那們精明能幹的人，尙且爲貪戀一個女色，把復國的大事，置之腦後不管，何況精明能幹，遠不及晉文公的書獃子楊繼新呢？既與新娘遂了于飛之願，也早把大姨姊死在臨頭的話，連同新娘的軟帽，丟到窗戶外面去了！及聽得新娘重提這話，才現出驚慌樣子，拖住新娘問：究竟是怎麼一回事？是誰要害他的性命？

新娘說道：「此時萬來不及訴說情由，你且坐在這裏不要動，我去取點兒東西來。」

楊繼新叮囑道：「你不可同昨晚一樣，一去不回！」新娘也懶得回答，摔開楊繼新的手，急走出房去了。楊繼新呆呆的坐著。

不等到一刻工夫，祇見新娘右手提了一隻大雄雞，左手挽了一段紅綢，走進房來。楊繼新認得那段紅綢，就是他做新貴人的時候，掛在頸上，兩個小丫鬟每人手握一端的，也猜不透拿來這兩樣東西，有甚麼用處？新娘將紅綢和雄雞都放地下，端了一張小凳子，安在床頭，墊腳立了上去，抽出一根懸掛帳幔的竹竿來。跳下地將雄雞捉在手中，用紅綢細縛了，綁在竹竿顛上。楊繼新看新娘的舉動態度，異常矯捷，全不是前次溫柔旖旎、弱不勝衣的樣子；又看了這種種奇特不可思議的行徑，正在非常詫異，新娘綁好雄雞，交給楊繼新道：「你將這竹竿挑在肩上，即時從後花園逃出去，逕向西方快跑。不問跑得如何疲乏，萬不能在路上休息！約莫跑了三十里，才能略略的走慢些，然仍是不能坐下來！

「在這慢走的時候，若忽然覺得背後有風聲響喨，其聲又來得十分尖銳，你切記不可回頭反顧！衹反顧一眼，就沒了性命！儘管不住的往前走，等到聽得這挑在肩上的竹竿，喳喇響了一聲，你就把竹竿向背後一丟，空手再快跑。跑到路旁有一株大槐樹的所在，方可在樹下坐下來休息，性命便可無憂了！」

楊繼新道：「這些做作，究竟是甚麼意思呢？你何妨說給我聽？」

新娘著急道：「此刻若有工夫向你說明，何待你來問我？於今救性命要緊！你依我的話快去罷，實在不夠躭擱了！」

楊繼新看了新娘慌急的神色，料知必是極凶險的事，祇得把雄雞挑在肩上，問道：「你怎麼樣呢？就讓我一個人逃去嗎？」

新娘道：「嫁雞隨雞，嫁狗隨狗！你去了，我豈能留在這裏？你在槐樹下等著，我隨後就到了，斷不使你坐在那裏著急！」

楊繼新道：「然則何不就在此刻，和我一同逃走呢？」

新娘祇急得跺腳道：「我能和你一同逃走，還待你說嗎？你且快走！我到槐樹下，自然會將詳細情由，說給你聽！」楊繼新不敢怠慢，急匆匆出房！

幸虧白天到過後花園，路徑熟悉；花園的後門，因初到的時候，在那裏蹲了許久，也不待尋覓，直走了出去。依照新娘的言語，向西狂奔。

不知如何逃出了性命？且待第五一回再說。

第五一回　出虎穴仗雄雞脫險　附驥尾乘大鳥凌空

話說：楊繼新向西奔逃，因有新娘叮囑的話在心，疲乏了也不敢休息。可憐他一個文弱書生，近年來在各省遊歷，雖也時常步行二三十里，但是那種步行，是賞玩清幽的山水，隨興所至，緩緩行來；所謂：安步可當車！心中衹有快樂，沒有憂懼，常有已行了二三十里，自己還不覺得有多遠的！

楊繼新此時眞是急急如喪家之狗，茫茫如漏網之魚！又在黑夜之中，不辨地勢，高一腳、低一腳，不顧命的往前奔逃！兩隻腳底板一著地，就痛得如有千萬口繡花針，在內戳刺，仍是咬緊牙關，忍痛前跑！也不知已跑過了若干里路，心裏因記罣著新娘所吩咐有風聲追來的話，邊走邊留神聽背後有沒有風聲。

衹覺得有電光，在天空閃了一閃，接著就有一種聲音，比箭鏃離弦的破空聲，還尖銳幾倍；一揚一抑，彷彿是一起一落而來，電光也隨著閃個不住！楊繼新知道是新娘的那句話應了，卻不明白這尖銳的聲音，究竟是甚麼東西？追來有甚麼用處？衹牢記著新娘的話，不敢回頭看顧！

自發覺那響聲，行不到兩步，就覺得握竹竿的掌心，微震了一下；同時聽得竹竿顛上，發出極細微的喳喇之聲。記得新娘吩咐的話，到了這時分，須將竹竿向背後攢去了；不暇思索的，將竹竿向背後一攢，隨即回頭看竹竿上的雞，已被劈作兩半邊，鮮血流了一地！不禁打了個寒噤又跑！

跑到東方將近發白了，才遠遠的看見前面道旁有一棵大槐樹，一到槐樹下，就倒地不能動了！兩腿腫得和吊桶相似，腳底走破了皮，血流不止；休說教他再走，就教他爬行一步，也做不到了！仰面躺在樹下，哼聲不絕。看看天光已亮了，仍不見新娘趕來！

楊繼新痛定思痛，回想這番遭際的情形，簡直如墮五里霧中，再也思量不出究竟是怎麼一回事！祇依情理推測，逆料故設這美人局謀害他的，必是那個在粉牆外面遇見的老頭！但是那老頭和新娘是父女，父親要謀害的人，給女兒放走了，這女兒又如何能脫離干係呢？並且幾十里路程，即算能從家裏逃出來，也不容易走到這裏！他對我說隨後趕來的話，祇怕是當時有意拿這話安我的心，使我好從速逃走的！

我在心慌意亂的時候，也不知道問他一個弱不勝衣的女子，怎麼能跟著我逃五十多里路？我當下若想到了這一層，無論如何禍到臨頭，也得拉著他同走！楊繼新想到這一層，甚是失望！更著急自己兩腿，腫痛到如此地步，此後不能步行；身邊沒有銀錢，又不能雇車馬代步。

正在前思後想，著急非常的時候，忽聽得遠遠有馬蹄之聲，很是急驟。楊繼新恐怕是追趕他的來了，勉強掙扎得移過頭來，向來路上望去。祇見一匹黑馬，飛奔而來，馬上坐的，好像是一個女子，頭臉被首帕蒙了，才一轉眼，馬已奔到了跟前。馬上的女子，即翻身下馬，去了蒙頭面的帕子一看，原來就是楊繼新所著慮不能跟著逃五十多里路的弱不勝衣女子！楊繼新此時心中的歡喜，自是無可形容！

這新娘揭下蒙面帕，笑向楊繼新道：「到了這棵樹下面，你我的性命才可說是已逃出鬼門關了！」

楊繼新問道：「從此已沒有凶險了嗎？」

新娘點頭笑道：「若再有凶險，你能逃幾十里麼？」

楊繼新忙用雙手揚著說道：「我情願延頸就戮，決不能再逃一步！畢竟是甚麼人，爲著甚麼事，要謀害我的性命？你說到了這裏，便可將情由說給我聽，此刻可以說了麼？」

新娘挨著楊繼新坐下來，說道：「你們少年男子，眞容易入人圈套！你這番能保住性命，可算是萬分僥倖了！你知道我父親姓甚麼？叫甚麼名字麼？」

楊繼新道：「我自從在路上遇見了你之後，我的一顆心，上下四方，都被你的影子包裹了，除你的影子而外，甚麼事也沒擱在我心上！我與你父親相遇，正在我偷看你姊妹的時候，突然被你父親發覺，正容厲色的，斥責我一番，我那時慚愧得無地自容！隨後你父親雖改換了面孔，對我和平了，然我終覺面子上，有些難爲情！

「及至你父親提出招贅我做女壻的話來，我心裏又歡喜得不知應如何才好！你父親說過那話，緊接著就換裝成禮；我一則心裏沒想到還不曾問出姓氏；二則也沒有給我問姓氏的時候，直到昨日才想起這事來，卻已來不及了！」

新娘笑道：「即此可見你們男子，祇知道好色，連性命都可以不顧！還不知道姓名，便做這人家的女壻，除你而外，恐怕世間也找不出和你一樣的第二個人來！」

楊繼新笑道：「你這話說得不差，我自認疏忽之罪！不過世間固然找不出我這樣的第二個人，就是像你家這樣：父親拿著女兒的身體，是這般做美人計害人的，又何嘗能找得出第二個呢？如果有第二個你父親這樣的人，必免不了也有第二個我這樣的人！」

新娘道：「我和那老頭，豈眞是父女麼？他姓劉，名鴻采，是個無惡不作的惡人。他的本領，大得了不得，僅有三分畏懼他自己的師父；除他師父而外，他時常向我們誇口，世間沒人是他的敵手！他師父的名聲極大，就是江湖上無人不知道的金羅漢呂宣良，他是大徒弟。他師父痛恨他的行爲不正，屢次訓斥他不聽，已在十年前將他驅逐了！

「我姊妹也不是同胞姊妹，都是在三四歲的時候，被他拐到這裏來。我們因爲離家太早，久已把原來的姓名、籍貫，以及家中情形忘了！不但我是拐來的，他家此刻二三十個大小丫鬟，沒一個不是拐來的；祇因我兩人生得比這些丫鬟齊整，才認我兩人做女兒。

「他被他師父驅逐之後，賭氣去江寧拜紅雲老祖的門，專練最惡毒的法術。紅雲老祖傳他一種練百魂幡的法，是旁門左道中最厲害的東西；要練這百魂幡，須謀取一百個讀書人的靈魂！據說：練成了功，用處大得不可思議！他學了這法，才特地搬到遂平縣鄉下住著。因爲那地方歷來是重武輕文的風俗，本地沒有讀書人，地方上人也不把讀書人當人；從別處騙來讀書人害了性命，方不至被人發覺！幾年以來，是這般用美人計害死的讀書人，已有八九十個了！

「這也是合當你命不該絕！那已死八九十個讀書人當中，年紀也有比你輕的，容貌也有比你好的，然在我姊妹眼睛裏看了，都衹覺得行屍走肉，不值一看！這次一見你的面，心裏便不和從前一樣了，兩夜都不忍下手勾你的魂，所以你一行強，我就把身體隱了！若兩夜勾去你二魂，昨日你已昏沉沉的不能起坐了！我兩夜不勾你的魂，原是存心要救你出來，但是我一個人，膽小不敢幹這險事！

「躊躇了好久，衹得和姊姊商量。姊姊素來是不肯多言的脾氣，也不答應我，也不阻攔我。我見姊姊那般冷淡樣子，摸不透他的心事，不知他願不願意擔這干係，救你我二人出火坑？我心裏一著急，就病倒在姊姊房裏！姊姊也不睬理，夜間衹催促我回新房。直到你從我背後，冷不防搶了我的軟帽往窗外擲，我心裏才恍然是姊姊教你的舉動；他既教你搶我的軟帽，就可以知道他是存心幫助你我了！我放你走後，去向姊姊道謝，他仍不開口說甚麼。

「我計算你已走了三十來里路，才裝出慌張的樣子，去報告劉鴻采說：這個姓楊的讀書人，大約很有些來歷，兩夜沒將他的靈魂勾著！剛才進房去看時，不知道已在甚麼時候逃了！

劉鴻采聽報，大吃一驚，連忙掐指輪算了一番道：『不打緊！逃不了的！他向西方逃，此刻不過逃了二三十里路；我的馬快，一刻工夫便追上了！』劉鴻采說畢，將親自騎馬追趕。

「我心裏祇急得無可奈何！因爲他的馬，能日行八百里，兩頭見日；他說的方向又不錯，你如何能逃得了呢？這時就虧了我姊姊出來了，故意問：爲甚麼事？我也故意依報知劉鴻采的話，再說了一遍。姊姊笑道：『這如何用得著父親自己出馬？我去追拿回來便了！若祇怕他逃出去，誤父親的事，惟有飛劍去取他的首級！』

「劉鴻采遲疑了一會道：『也罷，宰了他滅口便得哪！』當下就用飛劍來追你，你在路上聽得背後有很尖銳的風聲，便是飛劍追來了！他想不到我早已用代替法，將雄雞代了你的性命；飛劍把雄雞劈了便回，他見劍上有了血跡，也沒細看，以爲是已將你殺卻無疑了！我回房對姊姊說出要跟你走的意思，姊姊點頭沒說甚麼，祇教我問你：還記得跪在地下，當天發的誓麼？」

楊繼新道：「就在昨日的事，我如何會忘記呢？並且我的性命，雖說是由於你見憐，然若不是承他指點，你一個人未必敢擔當這們大的干係，放我逃走！這樣救命之恩，我終生也不至忘掉！不過忘掉不忘掉的話，祇在我心裏；姊姊是個有本領的人，看他種種言語舉動，更是機智異常。我一個文弱書生，便拚著不要性命，也沒有報答他的時候！」

楊繼新正說到這裏，祇見新娘忽然驚慌失措的說道：「不好了，不好了！我以爲已在五十里以外，不妨事了，怠慢了一點兒，不料竟有追趕的來了！」

楊繼新一聽，也慌了手腳，說道：「你怎麼知道有追趕的來了？不能趁早再逃嗎？」

新娘仰面望著天空，說道：「此時已來不及逃了！還好，追來的是姊姊，不是劉鴻采自己，你我可以向他求情的！」

說還未了，祇見一個女子，騎著一隻大黑鳥，從天空飄然而下。楊繼新看那女子，正是兩次在後花園裏看見的大姨姊。大姨姊腳才點地，那隻大黑鳥已展翅凌空而去。

楊繼新不覺失聲說道：「這黑鳥不是我那日遇見那老頭之後，眼見這般的兩隻黑鳥，從樹林中飛起的嗎？」楊繼新說時，見新娘已朝著大姨姊跪下，便也想掙扎起來跪下。

大姨姊搖手笑道：「我不是來追趕你們的，是來跟著你們同逃的！妹妹請起來好說話。」新娘這才變換了驚慌的神色，起來問道：「剛才送姊姊來的，不是呂祖師爺的神鷹嗎？姨姊如何能騎著的呢？」

大姨姊笑道：「妹妹問我，連我自己也不明白！好幾年來，我們都不曾見過呂祖師爺的面。明知他老人家，是痛恨那無惡不作的徒弟，既經驅逐門牆之外，所以不願見面。我們因終年跟著那惡賊劉鴻采的緣故，心中也漸漸把他老人家忘了！

「今早自妹妹偷身走後，我一個人更無聊賴，正坐在房中納悶。那惡賊忽打發人來叫我去，我心裏便再忿怒十倍，也不敢違拗他，祇得忍氣到惡賊跟前！這時惡賊還沒發覺你走了的事，同時也打發了人去叫你。我到沒一會，叫你的人回報說：滿屋和花園都尋遍了，不見二小姐；廏裏那匹日行八百里的馬，也連鞍轡不知去向！

「那惡賊聞報，即大叫了一聲，跳起來說道：『賤丫頭！好大的膽量！這還了得！』旋罵旋掐指輪算了一會，猛然向案上拍了一巴掌，說道：『咦！這其中有主使的麼？』隨又自言自語道：『若其中沒主使的人，賤丫頭那有這們大的狗膽！』

「我一聽惡賊說出這話，驚駭得了不得，惟恐惡賊算出主使的是我來！我方在心裏著慌的時候，惡賊恰巧望我一眼，祇望得我幾乎把膽都嚇碎了！惡賊原是叫我們去有話吩咐的，這一來，甚麼話也不說了；面上的怒容，霎時間改變了憂愁著急的模樣，大約是慮著你走後，宣洩他的作惡行徑！

「我立在旁邊不敢退，他好像已看出我心不自安的樣子，即換了一副笑容，向我說道：『你是好靜的脾氣，還是回房靜養罷！那賤丫頭此時雖然逃了，但是聽憑他逃到九洲外國，那有我拿他不回的？我此刻有緊要的勾當，沒工夫去拿他；明日我將他拿回，處治給你看看！你暫時回房去罷。』我聽了退出來，心裏仍是害怕得很！因在房中悶得難過，獨自到後園裏閒行，心裏也知道是這們過下去不了，然而絲毫沒有主意！越是羨慕你能得所，便越是傷感自身不知如何歸宿！

「就在我心中正十分難過的時候，偶然抬頭，便見呂祖師爺笑容可掬的立在面前。我不由得不吃了一驚！祇得慌忙跪下叩頭。祖師爺道：『不必多禮，我特地來這裏救你！不可遲延，趕緊追上你妹妹去罷！』我見祖師爺這們說，又是歡喜，又是爲難！歡喜的，是難得祖師爺肯拿我當一個人，親自前來救我；爲難的，是因這匹日行八百里的馬，已被你騎走了，我如何能追得上你呢？並且追上了你，又將怎麼辦呢？你也是和我一樣，初從火坑中逃出來的人！

「虧得祖師爺的神通廣大，我的念頭一轉，他老人家早已知道，即對我說道：『事不宜遲，老夫送你一程罷！你追上你妹妹的時候，我自有擺佈！』隨說隨向園中一棵大桂花樹上招手，枝葉一響動，即飄然飛下一隻神鷹來，落在祖師爺肩上。祖師爺一面用手撫摸著，一面湊近鷹頭說了幾句話。那鷹眞是神物！一斂翅就到了我面前地下。我還不知道是甚麼用意，望著神鷹發怔。

「祖師爺指著鷹背，向我說道：『你衹騎在他背上，不可害怕，也不用你駕駛他，他自然能將你送到你妹妹所在的地方，萬無一失的！』我早聞名他老人家的神鷹，有駭人的本領；馱我一個年輕女子，自是用不著我害怕。我即跳上鷹背坐了，雙翅一招展，我就跟著身凌太虛，衹一霎眼之間，便到了這裏！那惡賊能剪紙爲鳶，騎著飛行千里之內，你我都曾騎過的，那裏及得這神鷹的安穩迅速？」

新娘點頭說道：「我剛才就因見天空有一隻大鳥，鳥背上彷彿有人，向這裏比箭還快的飛來，疑心是那惡賊騎著那紙剪的東西追來了！正和他說，失悔不該怠慢，在此地停留，再看鳥背上不像男子，就知道是姊姊了！想不到呂祖師爺有差神鷹送姊姊來的這回事，但不知他老人家說，見了我自有擺佈的話，是怎生一個擺佈？」楊繼新聽了這些話，心裏一快活，兩腿登時覺得舒暢多了；掙扎起來，向大姨姊道謝救命之恩。

大姨姊這時的態度，不似在花園裏那般冷淡了，開口笑問楊繼新道：「你跪在花園裏當天發的誓，就這們空口道謝一聲，便算了事麼？」

楊繼新紅了臉，答道：「我是一點兒能爲沒有的人，祇要姊姊有用得著我的事，我無不鞠躬盡瘁，至死不悔！」大姨姊待說甚麼又停住，一會兒臉也紅了！

楊繼新倒不覺著，回過頭向新娘問道：「我至今還不明白，昨夜爲甚麼搶下你頭上的軟帽摜了，你就服服貼貼的，不把我推開了呢？」新娘見問這話，頓時想起昨夜成就百年佳耦時的情形，不禁紅呈雙頰，回答不出來！楊繼新見新娘紅臉不說，益發連聲迫問是甚麼道理。

大姨姊忍不住，笑道：「你討了便宜，他吃了虧的事，還祇管問些甚麼呢？你若眞不明白，那方法是我教給你的，我就說給你聽罷：妹妹頭上戴的軟帽裏面，貼了一道遁甲符；一道替身符；那兩張符是劉鴻采給他勾讀書人的靈魂時用的。平常引誘了讀書人進門之後，不必我姊妹兩個出面，隨便揀一個整齊些兒的丫鬟都使得！就仗著有這兩道符，用種種邪蕩的手段，引逗得讀書人動火；等讀書人上前擁抱，即仗著兩道符的力量，將自己的身遁開，隨手指一樣東西，做自己的替身。

「在被引誘的讀書人看了，祇覺得意中人已抱在懷中，並看不見有遁形代替的舉動；讀書人抱著替身，無所不至！所謂銷魂地獄，就在這時候，被引誘的人，勾去一魂了！一連三夜，勾去三魂！試問沒有魂的人，如何能活？我妹妹因存心愛你，不忍指東西代替，然他自己又不願冒昧失身於你，恐怕一個人力量太弱，救不了你，反害了自己，所以寧肯使你守兩夜空房！

昨夜因見有我替你出主意，他的膽量才大了，知道有我從中幫助，便不怕不能救你脫險了！」

楊繼新聽到這裏，正待問剛才乘坐的神鷹，是如何的來歷？陡聽得背後有人大笑。忙回頭看時，正是那日從飯店裏出來遇見的鬚眉如雪的老頭。心中一感激，不由得就立起身來，向那老頭作揖道謝，把腿上的痛苦完全忘了！

老頭指著新娘，對楊繼新笑道：「何如呢？娶這們一個如花似玉的老婆，不是易如反掌嗎？」

楊繼新還不曾回答，祇見新娘和大姨姊都跪下來，叩頭道：「承祖師爺救命之恩，粉身難報！不過我等此刻雖已逃到了這裏，一時仍沒有安身之處，不知以投奔何方爲好，還得祖師爺明示？」

楊繼新見二人稱老頭爲祖師爺，才知道就是劉鴻采的師父呂宣良；那日在樹林中看見的兩隻大黑鳥，就是大姨姊乘坐飛來的神鷹。心想：怪道他能包管我易如反掌的，娶這們一個絕世美人！得有他這樣大本領的人，從中作合，我也不知幾生修到這種緣分？楊繼新心中說不盡的高興，至於有沒有安身之處的問題，在他這到處爲家的人，並不在意！

隨著就聽得呂宣良說道：「安身之處，何愁沒有？」說時，望著楊繼新道：「你一家骨肉團聚之期，就在目前，豈可另謀安身之處？」

楊繼新道：「祖師爺是教我就此回思恩府去麼？」

呂宣良搖頭道：「不是！我這裏有一封書信，你們三人一同送到長沙隱居山下柳大成家，交給柳大成，自有區處！」

隨從袖中取出一封信，並兩個包裹，遞給楊繼新道：「這兩個包裹裏面，是劉鴻采半生作惡積蓄得來的珍寶。他剛才已被紅雲老祖拘去，責其改悔；十年之內，紅雲必不許他離開左右。我將他的家財，分給衆丫鬟，已打發各歸原籍。祇他們姊妹，終身都已有了著落，並早已無家可歸，所以留了這兩包東西帶來。這裏面的東西，雖我是取之劉鴻采，但劉鴻采在十幾年前，也曾取之於你兩人家中。此中因果，不爽分毫！」

楊繼新雙手接過來，覺得十分沉重，當即轉交新娘和大姨姊兩個。三人一同向呂宣良叩謝。呂宣良本是萍蹤無定的人，此事既經辦了，仍帶著一對神鷹，不知往何處去了。

楊繼新帶了新娘、大姨姊投奔長沙。在途中問起姊妹兩個的身世，才知道二人本是姑表姊妹，都是浙江新城縣的巨室。兩家其所以都弄得家敗人亡，一家僅留了一個弱女兒，尚且得受盡千般磨折，這其中也有顯然的因果可言！非是在下迷信因果報應的話頭，衹因生成了這種慘酷不近情理的事實，自然使人看了，覺得處處是報應昭彰！二人既是本傳中兩個女俠，便不能將身世忽略不寫。

不知兩人的身世當中，有何慘酷不近情理的事實？且待第五二回再說。

第五二回　錢錫九納寵受恓惶　蔣育文主謀招怨毒

話說：浙江新城縣轄柳樹橋地方，有一個姓錢的富室，原是由祖宗做官發了財，在柳樹橋置了許多房屋田產，給子孫享受。這時錢家的主人叫錢錫九，年紀才得三十來歲。生性歡喜結交江湖上三教九流的人，如走馬賣解、陰陽風水等人，錢錫九時常留在家中款待。有時有江洋大盜，犯了案被追捕得緊急，無處藏身躲影，跑到錢家來，說出實在情形，求錢錫九保護，錢錫九也不顧案情輕重，自己是否擔當得起，多是一口答應，窩藏在家。

錢錫九也略會得些武藝，曾中了一名武舉人。有一個胞妹，嫁給同鄉十多里蔣家。蔣家也是新城的巨富。妹壻蔣育文，掛名讀書，花錢買了一名秀才。爲人機巧變詐，刁惡百端，郎舅之間，卻甚相得。

這日有夫妻兩個，帶著一個女兒，到柳樹橋地方賣解。凡是來這地方賣解的人，無有不聞錢錫九的名，先來錢家打招呼的。這三人也照例先到錢家來。錢錫九一見這女兒，年方十五六歲，生得玲瓏嬌小，秀麗無倫，心中已非常愛慕。及見這女兒使出來的技藝，都不是尋常一般

賣解女郎所能比擬，更傾倒得了不得！將三人留在家中，攀談家世。

知道這女兒叫韓采霞，已十六歲了，是夫妻兩個的親生女兒；沒有兒子，打算將韓采霞招一個有些兒能爲的女壻，好供給夫妻兩個殘年的衣食。錢錫九既愛上了韓采霞，又聽得還不曾許人，便喜不自勝的，差心腹人向韓采霞的父母說合，情願多送些銀錢，定要納韓采霞做姨太太。

韓采霞正如初開的一朵鮮花，他自己的志願很大，便是嫁人做結髮夫婦，也得由他自己看中了人物，依得他自己的種種條件，才算如願相償。於今錢錫九的年齡，比他大了一倍，人品又生得粗蠻凶惡，更加是做姨太太，他怎麼得願意呢？他本人既明說不願意，他父母是愛憐他的，是將倚賴他供下半世生活的，當然不忍勉強他，很委婉的向說合人回絕。說合人存心要討錢錫九的好，生拉活扯的，要把這事作成，威逼利誘，不知費了多少唇舌，用了多少心思，居然誘逼得韓采霞父母答應了！錢錫九出一千兩銀子的聘金，交給韓采霞父母，硬逼著寫了一張賣身字給錢錫九。夫妻兩個摟抱著韓采霞痛哭了一場，才淚眼婆娑，一步三回頭的忍泣去了。

韓采霞見自己父母，因貪圖一千兩銀子的聘金，竟忍心寫賣身字，將他賣給這樣粗蠻凶惡的錢錫九做妾，心裏又是傷感，又是痛恨！傷感的：是爲骨肉至親，都敵不過錢神的勢力；錢神一到，便教人骨肉分離！痛恨的：是爲錢錫九本有老婆，不應倚仗錢多勢大，欺騙貧人，爲圖遂自己的淫欲，硬逼著將人家的至親骨肉拆開！韓采霞心裏雖則如此痛恨，然父母既收受了人家的銀兩，賣身字且已到了人家手裏，還有甚麼方法，能避免那個不願意幹的勾當呢？

錢錫九見已達到了目的，直喜得心花怒發！地方鄰居得了這消息，存心巴結錢家的，都來慶賀。錢錫九辦了些酒席款待，懸燈結綵，儼然辦喜事的模樣，並引著許多賀客，來賞鑑韓采霞的姿色，以表示他的眼力不差，豔福極大！衆賀客看了，休說韓采霞本來生得秀麗無倫，不由人不誠心讚賞；便是姿首平常，賀客既存心巴結錢錫九，又有誰敢說半個不讚美的字呢？異口同聲的，當著韓采霞，恭維得錢錫九周身十萬八千個毛孔，孔孔鑽出一個快活來；渾身十萬八千個快活，把個錢錫九包圍了，其得意的神情，便說不出、寫不出、畫不出！錢錫九越是得意得說不出、寫不出、畫不出，韓采霞痛恨的心思，也越跟著說不出、寫不出、畫不出；越是痛恨得厲害，當然越是不願意和錢錫九好合！

這夜，錢錫九因賀客恭維得快活，多喝了幾杯喜酒，乘興到韓采霞房裏來，準備盡情享受他生平未曾享受過的溫柔豔福。一見韓采霞的面，就想上前摟抱。韓采霞連忙避開，說道：「你是個有錢有勢的人，拿銀錢引誘我父母，拿勢力壓迫我父母，使我父母不敢不答應你的話，忍痛將我賣給你做妾！於今銀子已拿去了，賣身字也到了你手裏，無論如何，我也翻悔不了，惟有忍氣吞聲的跟你做妾！

「不過你的勢力，祗能壓迫我那忠厚誠實的父母，我是不怕你壓迫的！你的銀錢，祗能向我父母，買我的身體；我這身體，原是我父母的遺體，父母要拿來賣錢，祗由得父母，我不能作主！但我這顆心，從娘胎裏出來的時候，是無知無識的，可見得知識不是父母的遺體！父母祗能賣我的身，不能賣我的心！你不想買我的心便罷，若想買我的心，就沒有這般容易的事！」

錢錫九萬想不到韓采霞臨時有這些話說出來，不覺怔了一怔！望著韓采霞那種如雪似霜的神氣，不由得把初進房時一團極熱烈的欲火，冷了一個大八成，酒興也被冷退了！祇得勉強扮出笑臉來，說道：「怎麼叫作買你的心，我不懂得？人人個個的心，都在身體裏面；我花一千兩銀子，買你的身體，自然連你的心一併在內，難道你一個人不和旁人一樣，心是另外放著的嗎？」

韓采霞點頭道：「你要裝糊塗，也祇得由你！我的心，確是不和旁人一樣；是另外放著的，不跟著身體在一塊！」

錢錫九大笑道：「這話倒說得有趣！我倒要問你的心，此刻放在甚麼地方？」

韓采霞正色道：「你要問我的心麼？我的心從來是放在我父母身上，不曾移動過一時半刻！」

錢錫九道：「然則你這裏是沒有心的了？」

韓采霞道：「我若有半點兒心在這裏，也不和你說這些話了！我簡直沒有心在這裏，你就勉強逼迫我，有甚麼趣味呢？」

錢錫九道：「我不愛你，就不妨逼迫你；既是愛你，卻如何忍心逼迫你呢？無論怎麼，也得把你的心買轉來！不過你的心，要如何才能買得轉來呢？這是要你自己說的！」

韓采霞道：「你要買我的心，也不是一件難事！我的身體雖瘦弱，氣力雖很微小，祇是幾年來就存心要嫁一個身體偉大、氣力強壯的丈夫。像你這般的身體，也可算是偉大的了，但不知道氣力怎麼樣？」

錢錫九不待韓采霞說完，即搶著笑道：「你要我旁的東西，我不見得能遂你的意，講到氣力這件東西，敢誇一句大口，是我身上出產的東西；如何強壯得駭人的話，我也不必說，祇看你要多大有多大便了！」

韓采霞聽了，微露出欣喜的神色，說道：「我也不要如何駭人的強壯，我祇直挺挺的仰面睡著，你能用兩手，將我並作一塊兒的那兩條腿分開來，到一尺五六寸寬，我就如願已足了！」

錢錫九打量了韓采霞幾眼，笑道：「這眞是哄小孩子的笑話！像你這般大小的身體，我祇須用兩個指頭，便可將你全身提起來。就是你兩腿這般粗細的兩條鐵棍，我也能要他彎就彎，要他直就直，何況常人一般的皮肉、一般的筋骨呢？

「你大概還不知道我是個甚麼人？老實說給你聽罷：我是新城縣大大有名的武舉人，兩把十六個力的硬弓，我能並作一塊兒，要向左邊開，便向左邊開；要向右邊開，便向右邊開，一點兒不費事！頭號大刀，我能一隻手握住刀𣠽的顛兒，伸直手膀，做一百下太公釣魚！你看我兩膀的氣力有多大？全新城縣找不出第二個像我這般大氣力的人來！你若疑心我誇口，今夜是已來不及了，明早我便可以顯點兒眞材實力給你瞧瞧！」

韓采霞道：「你是新城縣的武舉人，我不曾到你家之前，就聽得我父母說過。你既有這們大的氣力，何必要等到明早才顯出來呢？難道你的氣力也和我的心一樣，是另外放著的嗎？」

錢錫九道：「我不是定要等到明早才顯出來，祇因見你這般孱弱的身體，不是我試力的東西。你既執意要我是這們試，我有何不可？你就躺下來，看你能有多大的氣力，儘管使出來便了！」

韓采霞道：「試便試，但是你得依我的話。」

錢錫九道：「你有甚麼話，不妨都說出來，我依得的決無不依！」

韓采霞道：「你分開了我兩條腿到一尺五六寸寬，我從此一心一意，跟你做妾，誓無異言！若是分不開，或分開不到一尺五六寸寬，當怎麼辦？」

錢錫九決不在意的答道：「不是生鐵鑄成的，那有分不開的道理？」

韓采霞道：「分得開，是你的造化！但是萬一分不開，當怎麼辦呢？」

錢錫九道：「看依你說當怎麼辦，便怎麼辦！」

韓采霞道：「你今夜喝多了酒，氣力或者不能如平常一般大。我限你三夜，你在三夜之中，能分開我兩腿，我心甘情願的從你！分不開，便不能怪我！要強逼著我跟沒氣力的人做妾，我寧死不甘願！」

錢錫九隨口應道：「好！我若眞個分你兩條腿不開，也沒顏面做你的丈夫了！一千兩銀子算不了甚麼，一分一厘也不要你父母退回，並把你的賣身字還給你拿去！」

韓采霞問道：「這話能作數麼？」

錢錫九拍著胸脯道：「大丈夫說的話，那有不能作數之理？不過你說的話，也要能作數才好！不要分開了你的腿，又生出甚麼難題目來給我做！」

韓采霞道：「我雖是個女子，說話也是一句成單，兩句成雙，斷不改移！」說完，仰面橫躺在床上，將兩腿直挺挺的伸出床外，兩膝兩踵緊緊的靠著。

錢錫九仔細端詳那兩隻瘦削如筍的腳，能併在一個手掌中握住。那時一般男子的心理，都愛看小腳，越是小得可怕，在那時男子眼光中看了，便越是覺得可愛；看了瘦小不盈一握的腳，沒有個不勃然動興的！

錢錫九當然也是這一般的心理，望著韓采霞兩隻腳，越看越愛；握在手中，輕輕捏了兩下，柔若無骨，尤覺搖神蕩魄！暗想：這樣兩隻勾魂的蓮瓣，能有甚麼氣力？就是平常握在掌中，還得仔細，捏重了些兒，受了傷不是當耍的事！拿這東西來和我這個有力如虎的武舉人鬥氣力，豈不是笑話？

韓采霞見錢錫九祗顧握著兩腳端詳撫弄，一點兒沒有使氣力分開的神氣，不禁氣忿起來，說道：「你再不使氣力分開，我已不耐煩等你了！」旋說旋將兩腳一縮，脫出了錢錫九的掌心，待翻身坐起。

錢錫九忙止住道：「我不是不使力，是不忍使力！也罷，你若覺得有些兒痛，就得快說，免得捏傷了，使我心裏難過！」韓采霞也懶得回話，祗仍將兩腿伸直。

錢錫九一手握住一隻腳，拉弓也似的，漸次增加氣力，向兩邊分開。卻是作怪！兩膀的氣力，看看使盡了，兩腿竟比生鐵鑄成的還要強硬，莫說向兩邊分不開來，連上下移動分毫，也做不到！祗累得一身大汗，羞得滿面通紅，握著也不好，放手也不好！

韓采霞連聲催促道：「怎的還不使力呢？」

錢錫九被催促得恨無地縫可入，衹得借著韓采霞的話解嘲道：「今夜衹怕是應了你的話，喝多了幾杯酒，氣力大不似平常！使力過於凶猛了，又覺心中不忍！且依你的，明夜再來罷！我連你兩條腿，都分不開來，更有何顏面做你的丈夫？你獨自睡罷！若三夜不曾分開，你去跟你的父母，我也無面目再住這新城縣了！」

錢錫九明知不曾將韓采霞的兩腿分開，勉強要和韓采霞同睡，是得不著甜頭的，並且他先誇下了大口，此時面子上，也實在有些難爲情！不如索性不在韓采霞跟前，倒可減輕多少慚愧。韓采霞也不說甚麼，等錢錫九一出房，就關上房門睡覺。

錢錫九也不好意思拿這夜的情形，對家裏人說。次早天未明就起來，趕考期工夫似的，認眞攀弓搬石，自覺氣力並不比考武舉時減少。足足練習了一整日氣力。

試用兩根檀木棍，拿麻繩綑縛在一塊，再用涼水蘸在麻繩上，使麻繩縮緊；將全身氣力，運到兩條膀臂上，一手握住一根木棍，衹一聲斷喝，喳喇喇分作兩開，看麻繩已斷作了若干段！試驗後，望著麻繩不住的點頭道：「他的兩腿，不過硬得和檀木一樣；併攏來的力量，不過和麻繩綑縛的一樣。今夜若再分不開來，就衹好認命了！」

這夜，錢錫九飽餐了夜飯，口酒都不敢喝，進房欣然對韓采霞道：「昨夜一則因喝多了酒，二則不忍用力過猛。今夜你得當心一點兒，拗痛了筋骨，是不能怪我的！」

韓采霞道：「能拗痛我筋骨，是你的本領，來罷！」說時，仍照昨夜的情形躺下。錢錫九今夜便不似昨夜那般輕憐重惜的了，和握檀木棍一般的將兩腳牢牢的握住；運足了氣力，也是一聲斷喝，猛然往兩邊一撕。祇因用力過猛，竟將韓采霞的身體，直挺挺的橫擎在手中；惟有兩腿依舊並作一塊，不曾分開一寸半寸！錢錫九不知不覺的長歎了一聲，放下韓采霞，回身往外便走。

獨自思量了一夜，簡直想不到韓采霞是用甚麼方法，將兩腿合併得這們強硬，更想不出破這方法的方法來！思量：三夜的限期，已過了兩夜；若明夜再分不開，一千兩銀子的事小，面子如何下得來呢？想到這一層，更是急得如熱鍋上螞蟻，走投無路！一夜容易過去，天光一亮，便是最後五分鐘的第三日了，仍是和昨日一樣，盡力的攀弓搬石。

午飯後，蔣育文來了。見錢錫九一個人在練武的房裏，累得汗流遍體，便笑著問道：「新討了姨嫂子，今日才三朝，怎麼捨得不在房中結實親熱親熱，卻獨自在這裏，討這種苦吃呢？大概是姨嫂子嫌你的弓馬生疏，怕將來奪不著武狀元，逼著你吃這種苦頭？」

錢錫九被說得紅了臉，半晌不好回答。蔣育文很覺得詫異，接著問道：「我眞不懂得你是甚麼用意？我見你自中過武舉之後，不曾有一次到這房裏來，理會這些東西。今日一則是納寵後第三天，不應有閒情餘力，來弄這些玩意；二則你中舉之後，已心得意足，並不打算再從這上面做工夫。你累出這一身臭汗，畢竟爲著甚麼呢？」

錢錫九素來和蔣育文的感情很好，又逆料這事終久不能瞞他，便將蔣育文拉到僻靜處，說道：「不瞞你說，我眞倒楣極了！前日你不是還在這裏喝了喜酒，黃昏時候才回去的嗎？你回去之後，我乘著酒興到新討的人房裏，以爲可以遂我這幾日來的欲望，誰知如此這般的鬧了兩夜！若今夜再不成功，你替我想想，弄個人財兩空，還在其次，你看我此後拿甚麼面目見人？我怎能不著急？怎能不拚命的練氣力？」

蔣育文聽罷，哈哈大笑道：「原來有這們一回事！我昨夜還向你令妹說笑話，不知你得了這們一個寶貝也似的人兒，這兩夜是如何盤腸大戰的情形。令妹說：必是通宵達旦，人不離鞍，馬不停蹄。作夢也想不到你專在他一對腳上，玩了兩夜的把戲！這卻如何是好呢？據我想，你這練氣力，是白練了的！姑無論練一日兩日，練不出多少氣力來；即算能練得增加些氣力，你要知道，他教你分開到一尺五六寸寬，你這兩夜，用盡平生氣力，尚不能分開一寸半寸，所差的氣力，不用說不在少數，略略增加一點兒，有甚麼用處呢？

「並且照情理推測，你能將用麻繩綑縛的檀木棍，分作兩開，麻繩斷做若干段，而不能將姨嫂子的腿，移動分毫，這就不關於力大力小了，這其中必有別的緣故！知道了其中竅妙，大約不用多少氣力，便可以分開；若一味行蠻，那怕你的氣力再加幾倍，也是枉然！」

錢錫九點頭道：「我何嘗不也是如此著想，無奈想不出是甚麼竅妙來。除了行蠻，更沒有旁的方法！」

蔣育文不作聲，低著頭，閉著眼，好像思索甚麼的樣子。過了一會，忽然抬起頭，向錢錫九笑道：「我已替你想出一個方法來了，你不妨去試用一遭！好在你原來是束手無策的，我想的方法便不靈，也不至誤你的好事！」

錢錫九連忙問道：「甚麼方法，快說出來？不靈決不怪你！」

蔣育文道：「你今夜帶一塊小小的鐵片或鐵鎚在身上，但不可貼肉將鐵鎚懷熱了。照昨夜的樣，兩手把姨嫂子的身體擎得懸空。以你的力量，一隻手必能將他擎起，騰出一隻手來，拿出鐵鎚或鐵片，祇輕輕向他腰眼裏一點，趕緊放下鐵鎚，一手握住一腳，往左右一分，便不怕分不開了！」

錢錫九問是甚麼道理？蔣育文道：「且試用了靈驗再說，此時我還沒有把握！」錢錫九雖不相信這方法有效，然在一籌莫展的時候，得有這效否不可知的方法，畢竟聊勝於無，遂依蔣育文的話，如法炮製。果然鐵鎚一著韓采霞的腰眼，決不費力的就將兩腿分開了！韓采霞兩腿既被錢錫九分開，有言在先，無可抵賴，衹得含著兩泡眼淚，聽憑錢錫九爲所欲爲！

好事成後，韓采霞問道：「你怎麼知道用鐵鎚點我的腰眼？」

錢錫九笑道：「不想出這方法，如何能使你心甘情願呢？」

韓采霞道：「你從甚麼地方想出來的呢？我倒很佩服你的心思細密！你把如何想出來的道理，說給我聽聽看！」

錢錫九那裏知道其中的道理！祇得說道：「你的腿已被我分開了，如了你的心願，便算完事，何必追問甚麼道理？」

韓采霞道：「你說不出其中道理，可知道這方法，不是由你想出來的！我於今做你姨太太，生米也煮成了熟飯，難道還有翻悔？你把想這方法的人，說給我聽，使我也知道這人的能耐，有甚麼要緊？」錢錫九被逼得沒法，祇好將蔣育文說出來。韓采霞便不作聲了。

又過了幾日，蔣育文來錢家閒坐，到了韓采霞房裏。韓采霞用閒談的態度笑道：「姑老爺是精明能幹的人，做事要處處存心積德才好！這回不應幫著你舅老爺，出這壞心術的主意，做這種壞事，將來是免不了要受報應的！」

蔣育文大笑道：「怎麼謂之壞事？姨嫂子應該感激我才是，不是我出那個主意，姨嫂子至今還嘗不著那夜分開兩腿以後的滋味哩！」彼此是這們笑謔了一會，蔣育文便走出來了。

豈知這日在錢家吃了午飯回家，肚中就瀉個不住；一夜數十次，沒有收煞的時候。一連三四日如此，把個蔣育文瀉得頭昏目眩，腿軟腰痠，知道是韓采霞用報復手段，蔣育文妻子回來求情，韓采霞送了一包藥服下，才將瀉止住了。從此兩家就有了嫌隙！

錢錫九寵愛韓采霞，言無不信，計無不從，遇事與蔣育文作對。蔣育文仗著自己一點兒小聰明，也遇事不肯退讓。兩家的怨越積越深，傾陷的手段，也越使越辣！四五年之後，畢竟因這一點兒小忿，兩家都弄得家破人亡！

不知因何弄得家破人亡？且待第五三回再說。

第五三回　薰香放火毒婦報冤仇　拔刀救人奇俠收雙女

話說：韓釆霞到錢家才一年，就生了一個女兒，取名素玉。素玉不到周歲，蔣育文也生了個女兒，取名瓊姑。這時兩家骨子裏雖有嫌隙，表面仍相往來。蔣瓊姑從小就生得玲瓏可愛，最能窺伺長輩的意思。韓釆霞雖因蔣育文代錢錫九出主意，懷恨刺骨，然見了蔣瓊姑，卻忍不住不歡喜痛愛！凡事之不可理解的，不謂之天緣，便謂之天數！

大概蔣瓊姑命裏，合當和錢素玉有同時落難的天數，又有同時適人的天緣，所以不由得韓釆霞不歡喜！若不然，錢、蔣兩家，當日已成冰炭，蔣育文全家男女老少一十五口，竟有一十四口屈死在韓釆霞一怒之中，而蔣瓊姑獨能因得韓釆霞歡喜的緣故，得保性命，豈是偶然的事？

兩家畢竟爲甚麼如此慘酷的陷害呢？說起原因來，實在是一件小而又小的事；休說至親骨肉，不應因這點小事，即相仇殺，便是一面不相識的強暴之徒，也罕有生性偏狹，居心狠毒到這一步的！

事因錢錫九有一座祖墳，在蔣育文的田莊附近。那座祖墳，據研究陰陽風水的人說：錢家做官發財，添丁進口，就全仗那座祖墳保佑。那祖墳的龍脈如何好、朝岸如何好、沙水如何好，祇要後人能小心謹愼的，將那祖墳保護得沒有傷損，錢家的富貴，便能永遠維持，不至中落！

錢錫九是個迷信風水的人，一般以陰陽風水之術，在江湖上餬口的人，終年不斷的，有三五個在錢家住著。錢家的產業多，房屋大，江湖上九流三教的人，一到他家，他不問有不有一點兒眞實本領，但是能奉承得法、恭維恰當的，一體留作上賓款待。

到錢家來的地理先生，無不深知錢錫九的性情，和錢家所自信的發塚。錢錫九也自以爲那座祖墳，是將來公侯將相發源之地。每新來一個地理先生，錢錫九必親自帶著到那座墳上賞鑒賞鑒。走江湖的人，那有蠢笨的呢？奉承恭維的話，都是如出一口。久而久之，遠近的人，即不研究地理，及與錢家素不相識的人，也都知道那座墳，是錢武舉家的發墳；附近牧牛羊的，都相戒不許牛羊踐踏那墳周圍數十丈之地！

因爲錢錫九聽了地理先生的話，盡力的保護那墳，不使受絲毫損傷。專派兩個壯健漢子，常川住在墓廬裏，看守墳墓。遇有牛羊在墓旁數十丈以內踐踏，不是將牧童飽打一頓，便將牛羊牽去不放，必須牛羊的主人，到墳前叩頭陪禮，並大受錢錫九一番叱責，才得牛羊回來！

蔣育文有一所田產，在那墳的對面。當親戚和諧的時候，蔣家對於那墳，也盡相當的力量保護，及已有了嫌隙，便不過問那墳的事了。嗣後仇怨愈結愈深，不但不過問，反時刻想損害那墳墓，使錢家的家運受些影響，也招引些地理先生來家，研究破壞那墳的方法。

有的說：「須在那墳的來龍上，掘一個吊井，使龍脈洩了氣，墳就不靈了！」

蔣育文說：「這事辦不到！因爲那墳的來龍是錢家的土地，我蔣家不能去掘井。破壞得太顯明了，若錢家告狀打起官司來，我虧理打他不過！」

就有第二個地理先生獻計道：「斷他的來龍，不如截他的朝岸！祇要在那墳的對面，建一所樓房，使墳裏的人看不見岸山，以後生出子孫來，一個個都是瞎子！」

蔣育文喜道：「這方法好極了！又容易辦到。我有一所田產，正在那墳的對面，我拚著花幾千兩銀子，到那田莊上，建造一所樓房。錢家就明知我是有意破壞，我在我的土地內，建造我自己住的房屋，他也沒方法來阻攔，打官司也不怕他！」看定了地基方向，就動手開工。

地理先生巴不得有這種事發生，好從中沾刮些油水，即時跟著蔣育文，到那田莊上，擇定了地基。有錢的人，無事不可以咄嗟立辦，加以有心陷害仇家，尤以越快越好！比尋常建築房屋多幾倍的工人晝夜兼營，好像這新樓房一旦造成，錢家人立時就都變了瞎子似的！等到錢錫九得著墓廬裏人的報告時，蔣家房屋的牆基，已砌成幾尺高了！

錢錫九隨即帶領幾個地理先生，匆匆同到墳上視察。地理先生的見解大抵差不多，一看，都大驚失色道：「那房屋萬不能使他造成！造成了，錢家有無窮的禍害！」

錢錫九聽了，這一氣非同小可，當時打發門下的清客，去蔣家質問：多少地方好建造房屋，爲甚麼偏要在錢家發塚的對面建造，使發塚看不見岸山？

蔣育文既是故意這們辦，怎肯因質問便中止進行呢？對清客大罵了一頓，說：「我建造住宅，在我自己的土地內，用我自己的錢，決不與錢家相關！休得前來放屁！」

清客挨了這一頓罵，跑回來對錢錫九添枝帶葉的，說得錢錫九恨不得抓住蔣育文，活吃下肚裏去！當下就要衝到建築場去，憑著他自己身上的武藝，將蔣育文和一般工人，打一個落花流水；把砌成的幾尺牆基，推爲平地！

祇是同來的幾個地理先生，心中雖一般的惟恐天下不亂，然他們這一類人，祇能憑著一張嘴，在背後挑撥慫慂，好從中得些利益；至於挺身出頭，與人動手相打的事，恐怕吃了眼前虧，還得不著多少好處，是不願意幹的！因此大家把錢錫九勸住，歸家從長計議。

錢錫九氣忿忿的回到家中，召集衆門客商量對付的方法。人多口雜，主張自不齊一。有主張多辦酒席，將附近數十里的紳耆請來，向蔣育文評論道理的；有主張以驚動祖墓的罪名，去縣裏控告蔣育文的。錢錫九都覺不甚妥當，不能必操勝算，而自己卻又思量不出對付的方法來。

韓采霞知道了這消息，忙打發丫鬟將錢錫九請了進來，說道：「蔣家這番陷害我家的舉動，毒辣到了極處！他料定我家明知道他是存心陷害，祇是奈何他不得！請地方紳耆來，向他評論道理罷？他在他自己所有的田莊內建造房屋，祇要不侵佔錢家的土地，錢家沒有出頭阻攔的道理！至於有不有妨礙風水的話，是沒有憑據的；莫說道理說不過他，即算能說得他無理可答，他恃強不理會，仍照常加工建築，也就無可奈何他了！

「道理說他不過，打官司也不見得能勝過他！你待仗著身上武藝，衝過去打服他罷？不但打他不服，他還巴不得你有這無理的舉動，好到縣裏告你！依我的主意，暫時萬不可與他計較！一面對外人說：實在沒有方法，能使蔣家停止建造；一面託人向蔣家說情，願賠償他多少銀錢，求他將房基移左或移右二三丈。」

錢錫九不悅道：「要我去向他低頭，他便依了我的，移開二三丈，我也犯不著在他跟前示這個弱！何況逆料他決不肯依呢？於事無益，徒留一個笑柄給人，這事幹不得！」

韓采霞笑道：「我何嘗不知道他決不肯依！我出這個主意，自有我的道理！」

錢錫九喜道：「有甚麼道理，且說給我斟酌斟酌？如果可行，我就依你的辦！」

韓采霞將房中丫鬟揮了出去，關上房門，低聲對錢錫九說道：「蔣育文慣用惡毒的手段害人，我不圖報復就罷了，要報復，也就得用極惡毒的手段，使他全家俱滅，還得不著一點兒是被我害了的憑據，做鬼也教他做個糊塗鬼！我有一種薰香，是我父親在江湖上費了多少的時日、多少的心思，才得到手的，厲害無比！我父親傳給我，我在你家，這東西沒用處！於今蔣育文既有這般惡毒，說不得，我要拿出這東西用一回！」

錢錫九道：「這東西我雖沒見過，但是我曾聽得人說：薰香是強盜用的，用處在使人嗅著那氣味，立時昏迷不醒。於今我又不打算劫取蔣家的銀錢，徒使他全家昏迷一陣子，有甚麼益處呢？」

韓釆霞湊近耳根，說道：「我的話還不曾說明，你就來不及似的問，自然不知道有甚麼益處。你要知道，此刻是太平世界，無端要使蔣家的人，都死在我手裏，旁邊人得不著一點兒憑據，除了用這東西，是做不到的！我這東西的力量，能使人昏迷一晝夜不醒。揀沒有月光的這夜，我獨自一個人，帶了這東西前去，人不知鬼不覺的，將他一家人迷翻，加上一把火，連房屋帶人，燒他一個乾乾淨淨，有誰能拿得出是我家放火的憑據來？你這一口無窮的怨氣，不是已得著了出路嗎？」

錢錫九喜得跳了起來，說道：「他在我發塚的岸山上建造房屋，用意正是要害死我全家，我不能把他全家害死，我這口怨氣也是得不著出路！打官司和請紳耆評理的方法，我就因爲太和緩了，不是對付蔣育文這種惡毒人的手段，你這辦法才正合了我的心願！」

韓釆霞連忙搖手止住道：「低聲些！這不是當耍的勾當！除了你我二人之外，斷不能使第三個人知道一點兒風聲！我其所以要你一面對外人說，實在沒有方法，能使蔣家停止建造；一面打發向蔣家求情，就是有意做出軟弱的樣子來，好教人不疑心有極惡毒的方法在後。你我於今既經議定了，分途照辦便了。謹愼，謹愼！萬不可對家裏人露出一點口風！」錢錫九點頭稱是，心中很歡喜韓采霞足智多謀，能替他出氣！

誰知錢、韓二人儘管祕密，畢竟事還沒做，便已被人知道了！知道的是誰呢？原來就是那個無惡不作的劉鴻采！這時劉鴻采尚不曾被呂宣良驅逐，到處遊行，原也抱著一點兒行俠仗義的宗旨。無奈劉鴻采生性不是公平正直的人，呂宣良因他的天資極高，夙根極深，急欲成就一個好徒弟，不曾端詳審愼。既列門牆，就不免有些感情用事，非到萬不得已，沒有肯將已經作育成功的徒弟輕易驅除的！誤收匪人做徒弟，自己因之受了拖連的，在修道的人當中，極多極多，不是呂宣良一個！

不過這時的劉鴻采，行為雖不甚合理，然尙不是有心作惡。即如這回錢、韓二人，在密室商議害蔣育文全家性命的事，劉鴻采湊巧不先不後的，到了錢家屋上。因聽得夫妻密議的聲音，心中動了一動，即用隱身法，到了錢錫九身邊，甚麼言語都聽了入耳。若是旁的劍俠，聽了這種惡毒的消息，必然設法阻攔，使這惡毒的計劃，不能實現！

無如劉鴻采的思想，和人不同，他也是個相信風水的人，覺得蔣家在錢家發塚岸山上，建造房屋，於錢家固是有禍害，而蔣家對著人家陰宅建造陽宅，且存著不利於陰宅的心，論天理、地理、人理，也都應有極大的禍害！兩家的厲氣，都已聚得非常濃厚，結果應該兩敗俱傷！我衹擇其中有緣的人，能救的救一兩個！劉鴻采既是這們一種奇特思想，就存了一個隔岸觀火的心思，不肯偏袒那一方面。

次日，劉鴻采假裝一個乞丐，到蔣家乞食。恰好遇著蔣瓊姑，跟著幾個兄弟，在庭院中玩耍。劉鴻采見面便吃了一驚，暗想：這般秀外慧中、玲瓏嬌小的女孩，我平生未曾多見！天生這樣的麗質，必有用處，決不應該死在這劫數之中！我何不救他出來，暫時做我的義女，傳他些道術？或者將來能做我修練的幫手！其餘的這些人，一個個印堂發暗，準頭帶青，都已透出了死氣，是無可挽救的了！劉鴻采既存心想救出蔣瓊姑，也不動聲色，等到韓采霞實行毒計的這夜，悄悄的躲在蔣家房上偷看。

這夜是月盡夜，天上衹微微的有點兒星光。二更時分，隱約看見一條黑影，很急的向蔣家奔來，認得出就是韓采霞。劉鴻采用棉花塞了鼻孔，借隱身法跟在韓采霞背後，好看他如何舉動。衹見他身手好快，一墊腳就上了房子，穿房越脊，飄風也似的沒有聲響！經過幾間房屋，到一處院中，飄身而下。揭起外衣，從腰間取下一條拇指粗的紙捲來，敲火鐮點著，從門斗隙中塞進房去，好像燒著了硫磺，發出一種嗤嗤的細響。

韓采霞立了片刻，回身又到這邊房門口，也取了一條同樣的紙捲點著，如前塞了進去。又立了片刻，才將房門撬開。劉鴻釆跟著進房，見韓釆霞把几上的銀燈剔大，看房中陳設，整齊華麗，一望就知道是富貴人家的臥室。床上帳門垂著，床前踏板上，並排放著一男一女的兩雙鞋子。

韓釆霞一手高擎銀燈，一手撩開帳門，望著床上睡得和死人一般的男子，點了點頭，恨聲說道：「你今夜可不能怪我！我的身體，因你一句話斷送！我的父母，因你一句話分離！我就剝你的皮、吃你的肉，也難消我胸中之恨！我若願意給姓錢的做妾，何待你出主意？我不願意，何用你造這大孽？你今夜若死得不甘，儘管去閻王跟前告我，我隨後便來！你須知我此刻來殺你全家，並不是為錢家墳墓的事！」說罷，仍將帳門放了，將燈也擱在原處，出房去到這邊房裏。

劉鴻釆看這房丁字式安放兩個床，帳門都垂下，房中陳設的尋常家具。韓釆霞也將桌上的油燈剔亮了些，端起來照床上。每床上有一個形似乳媽的人，帶兩個小孩睡了，蔣瓊姑也在其內。韓釆霞用燈在蔣瓊姑臉上照了又照，肌理瑩澈，眉目如畫，那種美睡酣甜的樣子，便是具蛇蝎虎狼之心的人見了，也得油然發生愛惜的念頭。

劉鴻釆原打算等韓釆霞轉身，即將蔣瓊姑抱在懷中，再跟著看韓釆霞的舉動。祇是韓釆霞望著蔣瓊姑，好像現出遲疑不決的神氣。好一會，才自言自語的說道：「我原來十分愛你的！

此時見了你的面，究竟不忍心使你葬身火窟，且替蔣家留了你這一點骨血罷！」旋說旋一手將蔣瓊姑提起來，夾在脅下。

受了薰香的人，和死了的祇多一口氣，就是用油煎火灼，至死也不會醒來！蔣瓊姑被夾在韓采霞脅下，頭垂腳嚲，軟洋洋的毫無知覺。韓采霞夾了蔣瓊姑出來，復用薰香把蔣家的底下人都薰翻了。在蔣育文房中，搜索了一大包細軟，作一包袱，連同蔣瓊姑繫在背上，然後搬柴運草，放起火來。

鄉村之中，房屋稀少，不似市鎮都會，一家失火，鄰居容易發覺，前來撲滅的人又多。鄉村中失了火，若不賴自己驚覺得快，起來救熄，鄰居是非待次日早起，不能發覺的！韓采霞特地前來放火，引火之物，當然都搬運在緊要的地方；一燒著就冒穿屋頂，風增火勢，火助風威，可憐蔣育文全家男女老少，主僕共一十五口人，除蔣瓊姑而外，十四口都在迷夢中，被燒得伸手舒腳，休說圖逃，連醒轉來再死的都沒有！

韓采霞見幾間睡了人的房屋，都燒得表裏通紅，火燄衝天，逆料是早已死了，才轉身飛奔錢家。劉鴻采緊緊的跟在後面。祇見韓采霞奔到離錢家約有半里路的一座山上，尋著一處山巖，將背上的蔣瓊姑和包袱解了下來，納入山巖裏面，再回身向錢家奔去。

劉鴻采跟在他背後思量道：「這舉動很奇怪，怎麼納在這山巖裏面呢？難道夜裏不好安頓這蔣瓊姑，須待明日白天再來麼？」

韓采霞的腳下很快，半里多路，霎眼工夫就到了，也是一墊腳上了房簷，到他自己臥室外面天井中落下，躡腳潛蹤的，惟恐有響聲，被房中人聽得的樣子，也從腰間摸出一條紙捲，敲火點著，照蔣家的樣送入房中。

房中原有鼾聲的，紙捲進房不多時，鼾聲頓時寂然了！

韓采霞推開房門進去，沭不露出躊躇的意味，從左肘上取下一把尺多長的尖刀來，寒光閃灼，可知是鋒利極了！左手撩開帳門，右手握刀指著錢錫九的臉，低低的聲音，卻很斬截的說道：「你倚財仗勢，強娶我做妾，幾年來被你奸汙，時時刻刻恨不得吃你的肉！替你出主意的蔣育文，我也取了他一家十四口的性命，我對他的怨恨，已可消除了！此時輪到了你頭上，我若不將你殺掉，也對不起蔣家一十四口的冤魂！」魂字才說出口，利刃已刺入錢錫九胸窩，一抽刀，血便跟著直噴出來，有二三尺多高，濺在帳頂上，喳喳的響！

刺死後，看也不看一眼，在被褥上揩去刀上血跡，即走到床頭，提出一個綑好了的包袱，急急走進後房，將錢素玉抱起，也和受了薰香的一樣。就從後房窗眼裏，縱身上房，頭也不回的，向那座山上飛奔。

韓采霞這番舉動，倒把個劉鴻采怔住了，暗想：這女子也可算是毒辣到極處的了！和錢錫九做了這幾年夫妻，女兒都有這們大了，居然忍心下這樣的毒手！倚財仗勢逼迫人家女兒做妾的，看了這種榜樣，也就應該有點兒戒心了！我倒要始終跟著他，看他將這一對女兒，怎生處置？沒一會跟到了山巖裏，將錢素玉放下，打開包袱，取出衣服來，把身上濺了些血跡的衣服更換了。

天光漸亮，錢、蔣兩女兒因睡在地下，比睡在床上的容易清醒。蔣瓊姑先醒轉來，睜眼看了看四周的情形，便哇的一聲哭了，口裏不住的叫媽媽。

韓采霞好像怕被人聽得哭聲，前來識破他行蹤似的，忙伸手將蔣瓊姑的小口掩住，一面就耳根說道：「我救了你的性命到這裏，你還哭麼？若再敢哭，就連你這條小性命也不留！多死你這們一個才出世的小東西，和多踏死一隻螞蟻差不多，你不可不識好歹！」

韓采霞這派話，若對已經成年有知識的人說，自可將哭聲嚇住。無奈蔣瓊姑才得五六歲，知道甚麼東西是性命，和死有甚麼可怕？越是見韓采霞說話的聲音嚴厲，越是嚇得大哭不止！蔣瓊姑的哭聲，正高得震人耳鼓，錢素玉已醒轉來，張眼看了一看，也緊跟著大哭起來。

韓采霞祇急得無可奈何，舉手將蔣瓊姑臉上，拍拍拍打了幾個嘴，惡狠狠的喝道：「要討死就哭！」

蔣瓊姑長到五六歲，父母鍾愛得如掌上明珠，幾曾挨過一下巴掌，更幾曾聽人罵過討死的話？不曾挨過打的小孩，並不知道打他的用意，臉上受了痛苦，怎麼倒能把哭聲停住呢？不待說是益發號咷得厲害了！

劉鴻采隱身在旁邊，看得分明，見韓采霞兩眼忽然露出凶光，射在蔣瓊姑身上；咬了一咬牙關，恨恨的說道：「你這賤丫頭！本合該與你父母同死在一個火窟裏！我逆天行事，將你救出來，畢竟是白用了一片好心！我若爲救你把性命丟了，就太不値得！罷罷罷，送你和你父母一道兒去罷！」說著，已拔出那把刺錢錫九的刀來，對準蔣瓊姑的頭頂心，順手刺下。

劉鴻采到了這時，再也忍耐不住了！說時遲，那時快，來不及現出本來面目，一手就將那刀奪了過來！韓采霞不提防有人隱身跟在左右，不見人影，忽覺手中刀被人奪了，不由得不大吃一驚！

劉鴻采奪刀在手，才收了隱身法，即用那刀指著韓采霞罵道：「我沒見過你這們毒的婦人！實在容你不得！這刀是你刺死親夫的刀，不教你死在這把刀下，也不見得天理循環，報應不爽的道理！」一面說，一面轉刀尖向韓采霞胸窩刺去。

韓采霞的武藝，本很高強，雖不能與劍客相抗，然劉鴻采用短刀去刺他，論他的武藝，若在平時，使出騰挪躲閃的工夫來，也不是容易可以刺著的！此時因刀無形被奪的時候，吃了一驚，接著突然在眼前顯出一個凶神惡煞一般的漢子來，更把他驚得呆了！加以是才犯了大案，心中正在虛怯的時候，連退步都來不及，刀尖已刺進了胸窩，立不住仰後便倒！

劉鴻采看已是死了，才攢了短刀，提起兩個包袱，在錢、蔣二女孩頭上，各人拍了一下，二孩即時迷失了本性，不知道哭泣了。

這便是錢素玉、蔣瓊姑到劉鴻采手下的來歷。嫁給楊繼新的，就是蔣瓊姑。蔣育文在日，曾替錢錫九主謀，破了韓采霞的身體，所以錢素玉也替楊繼新主謀，破了蔣瓊姑的身體。韓采霞破身，在嫁錢錫九的第三夜；而蔣瓊姑破身，也在嫁楊繼新的第三夜。錢錫九兩夫妻商議去燒殺蔣育文全家，而他夫妻自身，也都在這幾個時辰以內，雙雙飲刃而死。因此在下說：照這件事實看來，使人覺得處處都是因果報應！

祇是錢、蔣二人的來歷已經述明了，閒言少說，再說楊繼新收了金羅漢的書信，帶著蔣瓊姑、錢素玉，從遂平一路向長沙進發。在途中問出了二人的略歷，才知道世間有這些奇人怪事。一路上飢餐渴飲，曉行夜宿，不止一日。

這日到了湖北。楊繼新雇了一條很大的民船，打算一帆風順，幾日便可到達長沙。楊繼新是個富有才華的人，器宇自與常人不同，加以年輕飄逸，服飾鮮明，又配上一個手姿絕世的蔣瓊姑，兼有骨秀神清，如寒梅一品的錢素玉同行，三人所到之處，無不認作官家眷屬。楊繼新雅人深致，獨自出門的時候，尚且到處流連山水，詩酒自娛；於今日對天人，胸無俗慮，並無須急急的苦趕途程，遇著風色不順，就揀稍可流連的地方停泊。

這日，還停泊在湖北境內，因連刮了幾日的逆風，才轉風色，船戶正準備開行。忽見兩個行裝打扮、背馱包袱的大漢，急匆匆向船跟前走來。在前面的年約四十來歲，跟在背後走的，年紀略小些兒。離船還有十來丈遠近，在前面的漢子就高聲問道：「請問這船是開到長沙去的麼？」一船戶看二人的步履很矯捷，氣魄又十分雄壯，恐怕不是正路上的人，不敢答白。

楊繼新聽說岸上有人問話，即推開艙門向岸上看去。兩個大漢已到了船旁，同陪笑對楊繼新拱手道：「我兄弟是多年在各省大碼頭做買賣的人，這回因要到長沙去，在湖北等候了多時，若沒有相安的順便船隻，祇得從旱路步行。我兄弟這回是初次去長沙，不知道去長沙的旱路，比水路還難行走。難得遇見公子這船，福氣極大！千萬懇求公子，分船頭一尺之地給我兄弟，順便搭到長沙。沿途飲食，我兄弟自有餱糧，不須破費公子。」

楊繼新見二人的言動雖彬彬有禮，祇是那種赳赳雄武的氣概，使楊繼新也疑心不是正道人物，隨即搖頭說道：「船上多搭一兩個人，原沒妨礙！不過我這船是特地包了載家眷的，爲的就是怕有外人同船，起居不便！這河裏往來的船多，請兩位另搭他船罷！」

二人聽楊繼新推卻不肯，即時現出神色沮喪的樣子，同時跪下朝楊繼新叩了一個頭道：「這河裏若有第二條船可搭，我兄弟也不來懇求公子了！我兄弟確是規規矩矩在各大碼頭做買賣的人，求公子不要認作匪類！公子鴻福齊天，決沒有大膽的匪類，敢轉公子的念頭，我兄弟就是來求庇護的！」

楊繼新益發疑惑說道：「現在清平世界，到處行旅平安。這條路上，更是道不拾遺，夜不閉戶，無端用得著甚麼庇護？我這船上，其所以不搭外客，並非怕誤搭匪類，更非認兩位不是規規矩矩的買賣人，並且我看兩位身壯力強，不是孤單軟弱的行商可比；在行旅平安的路上，無緣無故，要存這害怕的念頭幹甚麼呢？」

二人聽楊繼新說完，年長的抬頭打量了楊繼新兩眼，回頭向年輕些的說道：「這不像是老於江湖的人口吻，難道我們找錯了麼？」年輕的且不回答，祇顧用兩隻閃電也似的眼睛，向船艙內窺探。

這時錢素玉正與蔣瓊姑圍棋，楊繼新和岸上二人對答的話，都聽得明白。至此，才忍不住起身向岸上看了一眼，即對楊繼新說道：「這是兩個好人！妹丈可教他們上船，順便帶他們到長沙，也免得他們在路上受驚恐！」

楊繼新見自己大姨姊這們說，也猜不透是甚麼意思？然逆料錢素玉是個極有見識、極有能為的人，他主張的必無謬誤！遂對兩人說道：「既是二位定要搭我的船去長沙，我也是出門的人，得行方便，且行方便，就請上船來罷！」兩人如得了恩詔，謝了又謝，才一躍上船。

船戶看了這情形，以爲楊繼新是讀書公子，不知道世路崎嶇。這類凶相外露、素昧生平的人，也居然許可他們搭船！在半途中出了亂子，船家多少得擔些干係；不能袖手旁觀，不先事交代一番，以卸自己的責任！

船戶有了這種心理，便到楊繼新跟前，說道：「這船是楊公子出錢包了的，公子要許可誰上船，小人不敢顧問！不過小人在這河裏，行了幾十年，深知道這條路，祗表面上安靜，實在是一步一關，難行極了！素不相識的人來搭船，公子若圖免麻煩，小人的愚見，仍以不答應爲好！小人既知道這河裏難走的情形，不敢不稟明公子，並非故意說這話，使公子受驚！」

楊繼新點了點頭道：「知道了！我自有道理！」船戶諾諾連聲，退了出去。

楊繼新口裏雖說知道了，自有道理的話，其實他心裏何嘗有甚麼道理？等船戶一退去，就問錢素玉道：「姊姊何以知道兩個漢子是好人，許他上船來坐呢？」錢素玉祗顧低頭想棋不答，蔣瓊姑也行所無事。

楊繼新接著將船戶進來稟明的話，述了一遍道：「姊姊不可大意！我雖不是老走江湖的人，然人情鬼蜮，世路崎嶇，是知道到處皆然的！」

錢素玉邊拈著棋子沉吟，邊隨口說道：「知道了！我自有道理！」楊繼新便不再問了。

船已開行，幾十里就入了湖南省境。這夜停泊在前書常德慶被劫餉銀的羅山底下。楊繼新

照例在船停泊的時候，不問晴雨，必立在船頭上，向兩岸觀望山形水勢。此時楊繼新走上船頭，衹見那兩個要求搭船的漢子，各枕著各的包袱，一顛一倒的在船頭上躺著，一個面向東，一個面向西。

楊繼新留神看那兩個包袱，都有二尺多長，像很有些分量；隱約看見有一把單刀的形式，因包袱綑縛得緊，刀是挺硬的東西，所以從包袱裏面露出一點模型來。再仔細看時，連刀柄都露出一二分在外。

楊繼新一見這殺人的器具，就不覺心裏有些著慌！暗想：大姨姊說他們是好人，世上豈有規規矩矩做買賣的好人，肯隨身帶殺人凶器的道理？這回大姨姊衹怕是看走了眼！我既發覺了，不能不趕緊說給他姊妹聽，使他們好早些防範！那裏還有心思觀望山水呢？連忙轉身進艙，神色驚慌的，將所見情形，對錢素玉說了道：「姊姊打算怎麼辦？我看還是趁早勒令他們下船去的好！」

錢素玉道：「我並沒打算怎麼辦，看你說怎麼辦好就怎麼辦！」

楊繼新急道：「姊姊不是說自有道理的嗎？怎麼此時倒說看我怎麼辦好就怎麼辦呢？」

錢素玉笑道：「自有道理的話，是我說的嗎？我因聽你對船戶說，知道了，我自有道理，所以我也照著你的話說。以爲你眞是自有道理，我倒安心和妹妹下棋呢！」

楊繼新跺腳道：「這才冤枉！我不仗著有姊姊能擔當，怎敢對船戶那們說？」

錢素玉見楊繼新眞個很著急的樣子，才止住了嬉笑的態度，說道：「妹丈請放寬心！出門做買賣的人，誰不帶防身的兵器？何況這所在，是歷來有名的盜窟？我們這船經過此地，原可望平安無事的，但是今夜因有這兩個人同船，或者免不了有些風吹草動！祇是有我姊妹在船上，妹丈不用多操心！這兩人自己救死不暇，托庇到這船上來，妹丈倒防範他們做甚麼？」

楊繼新問道：「姊姊今日也是初次看他兩人，怎麼便知道是他自己救死不暇，托庇到我們船上來呢？」

不知錢素玉如何回答？且待第五四回再說。

第五四回　楊贊廷劫財報宿怨　萬清和救難釋前嫌

話說：楊繼新問錢素玉怎麼知道要求搭船的兩人，是他自己救死不暇，托庇到這船上來的。

錢素玉笑道：「這一點兒眼力都沒有，走甚麼江湖呢？這兩人是不是同胞兄弟，雖不得而知，然爲誠實老於江湖的行商，是可一望而知的。你和船戶都因見他兩人突如其來，體魄又異常強壯，疑心非正道人物，恐怕是來船上臥底，做裏應外合的。江湖中這類事情儘有，你和船戶所慮的，並非無見，不過你們其所以如此疑慮，是因看不出他兩人背上的包袱裏面，是甚麼東西；若能看得出來，也就不會有這種疑心了！」

楊繼新道：「用布層層裹紮的包袱，不打開來，如何能看出裏面是甚麼東西呢？」

錢素玉道：「你自不知道看法，與用布層層裹紮，有甚麼相干！休說是布包的，容易看出；就是用皮箱篋篋，嚴密封鎖的，也能一望而知！這兩人遍身的珠光寶氣，必是經營珠寶生意的行商，每人身上所值的，至少也是十多萬。這兩人的本領，雖不見得如何高強，祇是敢在江湖上經營這大的生意，便可知不是無能之輩！若不是走這羅山經過，旁處水旱兩路的強人，能奈何他兩人的，祇怕很少！」

楊繼新問道：「這兩人身上，既是每人有值十多萬的珠寶，這項生意也就不小了，卻為甚麼不多帶幾個會武藝的夥計，和我們一般的包雇一條民船，安安穩穩的向長沙去呢？」

錢素玉笑道：「你這話更顯得全不懂江湖情形！你不知道各處水旱的強人，最躊躇不敢輕易動手的，祇有三種人：第一是方外人，如尼姑、和尚之類；第二讀書人，譬如一個文士裝束的人，單獨押運多少財物；第三就是這類單身珠寶行商。因這三種人的本領，平日在江湖上，都少有聲名，不容易知道強弱！雖有絕大的本領，從表面上看去，也與毫無本領的無甚差別！魯莽些兒的，因輕視這三種人，吃虧上當，甚至送了性命的，極多極多！為此綠林中人相戒，遇著這三種人，不輕易動手，務必慎重從事！

「在江湖上夠得說會武藝，很不是一件容易的事。眞會武藝的人，更談何容易請來當夥計？願意跟人當夥計的，本領便不問可知了！就請三五百個那種夥計同行，反不啻高掛怕人搶劫的幌子；本來不敢動手的強人，見了這種幌子，也就知道是可以動手的了！你不相信兩人身上，每人有值十多萬的珠寶，這很容易，不多一會，自有水落石出，使你相信的時候！」

談論時，天色已漸就昏黑了。錢素玉教楊繼新吩咐船戶：將船艙四面的板門取下，明早開船時再關上去。

楊繼新不知道用意，問：「爲甚麼夜間反把四面的板門取下來，一點兒沒有遮攔，在岸上的人看船艙裏，不是可以一望無餘嗎？」

錢素玉笑道：「你難道怕岸上的人看了去嗎？我姊妹兩個，今夜非打開門，給人看個飽不可，並不能使你出頭露面！你最好躲在這艙底板下面，免得礙人的眼！」

楊繼新一聽這話，心中很不自在，正色問道：「這船是我們一家人雇的，怎麼我坐在艙裏，倒礙了別人的眼呢？並且光明正大的家眷，爲甚麼非給人看個飽不可呢？」

錢素玉將臉揚過一邊，不作理會，蔣瓊姑才低聲說道：「江湖上的勾當，你既是一點兒不懂得，凡事由姊姊作主，是不會有差錯的！姊姊教你如何，你便如何，事前用不著過問，事後自然會知道的！」楊繼新這才放寬了心，叫船戶將四面的艙板取下。

這羅山也是一個小小的泊船埠頭。這夜靠著楊繼新這船停泊的，還有幾條貨船，二三副大小木排。入夜，各船頭排尾，祭江神的鑼聲鞭爆之聲，同時並作，響得震耳欲聾！

正在這時候，兩個搭船的行商，各提著各自的包袱，同走進船艙來，對著錢素玉、蔣瓊姑叩了個頭，起來說道：「我兄弟今夜得兩位小姐庇護，保得住資財性命，終生感激不盡！這兩個包袱擱在船頭，動手時有許多不便，懇求小姐不嫌煩瑣，許我等寄存一夜何如？」錢素玉、蔣瓊姑都起身避開二人的大禮。

錢素玉聽罷，微微的點頭說道：「同是出門的人，可以幫助的地方，自無不盡力幫助之理！但不知兩位尊姓大名？何以知道到我們這船上來的？」

那個年紀大些兒的說道：「我兄弟其所以知道到這船上來求庇護，原因說來很是奇怪！我姓胡，名成雄，這是我同胞兄弟，名成保。廣東潮州人。從小就跟著家父，終年往來各大通商口岸，做珠寶買賣，家中也略有些積蓄。祇因在十多年前，我胞妹舜華，隨侍家母到外祖母家，在潮州城隍廟裏迷失了，遍尋無著；家母爲不見了胞妹舜華，日夜憂煎，已成了一種癱廢的病，輾轉床褥好幾年了。我兄弟借著做買賣，到處尋訪胞妹舜華的蹤跡，十多年沒訪著一些兒消息，以爲胞妹必是已經死去不在人世了！

「想不到前幾日因做買賣到了湖北襄陽，在飯店裏遇著一個和我同行的人，找我兄弟攀談。我問他姓名，他說叫張萬泰。我不合向他打聽我胞妹舜華的事，他當時含糊答應不知道。

誰知第二夜，我兄弟借宿在鄉村中一個農家的樓上，那張萬泰便存了不良之心，深夜前來，劫奪我兄弟的珠寶。那廝的本領，竟比我兄弟高強十倍以上，那裏是他的敵手？兩個包袱，都已被他劫奪去了，祇是我兄弟這點兒東西，關聯著性命，一口氣尚在，如何捨得由他劫去，不思量奪回來呢？並且同行劫同行，江湖上也萬萬不容開這惡例！

「因此我兄弟拚命跟在張萬泰後面追趕，雖明知不是他的對手，然總得跟出他的下落來，以後才有找尋他的所在！幸虧我兄弟跟蹤在後，剛追了一里多路，在星月光輝之下，眼見張萬泰在前，相離不過一箭之地。忽見從斜裏飛出兩條黑影，立在大路當中，攔住張萬泰的去路，向張萬泰大喝一聲站住。

「張萬泰毫不在意的樣子，一面仍舊前跑，一面也厲聲喝道：『討死的囚囊！休得多管閒事！』說罷，祇見一道金光，閃閃的朝兩條黑影刺去！

「就聽得那黑影打了個哈哈，同時飛出長虹似的兩道白光來盤旋上下，將金光逼得一步一步往後退，又聽得那黑影笑道：『原來四海龍王的本領，也不過如此，領教了！還不將劫奪的東西退還出來麼？』

「張萬泰這時才知道敵不過那兩條黑影了，收了金光，問道：『請兩位留下尊姓大名，好日後相見！』

「那黑影答道：『你我日後相見的時候多著呢！你記著罷：我叫歐陽后成，這是我夫人楊宜男。此番奉黃葉祖師之命，前來堵截你這個強盜。』我兄弟此時真是喜出望外，連忙趕上前去。

「張萬泰已將劫奪到手的兩個包袱，交給歐陽后成，道：『我何至做強盜行劫！祇因他兄弟向我打聽胡舜華，我知道胡舜華是了因的徒弟。了因在日，曾欺負我徒弟龐福基，幫著張炳武、蕭挺玉一干人，奪過山龍。我原想去五華山找了因說話，後來聽得了因死了，此恨懷在胸中，多年不曾出得！他兄弟既是胡舜華的胞兄，我劫了他的東西，也可因此出一點兒胸中惡氣！於今既是黃葉道人出頭干預，我暫時祇得饒了他們，將來大家自有算總帳的時候！』說完，掉臂不顧的去了。

「歐陽后成便將包袱還了我兄弟，說道：『這廝是江湖上有名的四海龍王楊贊廷。論本領，我等都不是他的對手，祇因遇了我夫妻的雌雄劍，才佔了他的上風！不過今夜的事情雖了，日後的糾葛更多！黃葉祖師命我夫妻來告你知道：你胞妹胡舜華，現在萬載縣境內住著，你兄弟可就此動身去湖南，但是此去湖南，水旱兩路都不好走！加以與楊贊廷結下了這番嫌隙，沿途更免不了有與你為難的人！

「『湊巧呂宣良祖師，前日曾來玄妙觀，說：作成了兩對好姻緣！一對已成了親，一對還須到湖南後，才得成就。於今正包雇了一艘民船，從湖北動身往湖南去了。黃葉祖師用慧眼一看，說：機緣甚是巧妙！你兄弟要沿途能庇護的人，固是非追上那艘民船，懇求順便載到長沙不可；就是想兄妹重逢，線索也祇在那船上的三人身上！』我兄弟欣然問明了船上是何等樣的三人，即拜謝了歐陽后成夫婦，動身追趕前來。

「一路探看了多少民船，都是些平常客商，一望就可知道不是能庇護我兄弟的人物，連問也無須過問！直到追著了這船，看見公子探身艙外，風神瀟灑，氣宇溫文，才料定是不錯的了！及至向公子懇求，至於下拜，尚不蒙公子首肯。看公子神氣之間，似乎有些疑慮我兄弟別有用意，我暗想：若是本領能庇護我兄弟的人，豈有眼力如此不濟的？因此我又以為還不是這船！正在躊躇，公子卻已首肯了。探看艙中，原來是小姐格外施恩，特地要公子命我兄弟上船的！

「於今既承小姐的恩典，許我兄弟上船，這一路平安到達長沙，是無須我兄弟過慮的了！不過據歐陽后成述黃葉祖師的諭旨：胞妹胡舜華，現在萬載縣境內。我欲兄妹團圓，應該直到萬載縣去才是，爲甚麼又令我兄弟，附搭小姐這船去長沙呢？小姐的本領高深，不知可否將此中緣故，指教我兄弟？舍妹舜華的居處，小姐想必也是知道的！」

錢素玉聽了這一大段情由，才知道胡成雄兄弟求搭這船的原因，雖是由黃葉祖師差人指點，然也是由呂宣良祖師，存心到玄妙觀露出話頭的。當下即教楊繼新收了包袱說道：「此中緣故，此時毋須根究！黃葉祖師指示的，自有道理。且等到了長沙，自然有水落石出的時候！令妹胡舜華，我祇聞名，是和朱惡紫一同學道的。前幾年聽說也在江湖上遊歷了一番，幹了些行俠仗義的勾當。

「祇是有一次曾被紅雲祖師的徒弟，將他二人監禁了些時，虧得智遠禪師有信保了去。歐陽后成的名字，彷彿曾聽得說，也是紅雲祖師的徒弟，卻不知道何以又到了崑崙派黃葉老祖的門下？他若還在紅雲祖師那邊，便決不至與楊贊廷動手！總之，究竟是如何的原因，非到可以知道的時候，推測也是無用！

「兩位今夜睡在船頭上，無論水中岸上，有如何的響動，不可魯莽起來動手！來的若是尋常無能之輩，固用不著兩位動手；如眞有能爲的來了，兩位動手也沒用處，徒然白饒了兩條性命！果是來劫銀錢珠寶的強盜，我知道兩位的手段，足可對付，無奈這裏面夾著崑崙、崆峒兩派的宿嫌積怨，不可視爲等閒！」胡成雄兄弟諾諾連聲，自退到船頭睡下。

楊繼新至此，才相信錢素玉有先見之明。讀書人畢竟膽量小些，知道這夜必不得安靜，心中實不免有些虛怯怯的，卻又不願意獨自示弱，躲在艙底板下面，祇好以被蒙頭而臥。

錢素玉和蔣瓊姑對坐艙中，高燒兩枝大銀蠟，在燭光之下圍棋。船艙四面的板門都已取下，江面風吹波響，浪激沙鳴，一一聽得清晰。約莫二更過後，猛聽得靠左邊停泊的一艘很大的船上，有人厲聲喝了一句道：「來得好！已靜候你多時了！」此語才畢，就聽得撲通一聲，好像哎呀不曾叫出，便被打下河去了。

錢素玉、蔣瓊姑原準備有強人到自己船上來的，眞個有強人殺到，是意料中之事，並不至於吃驚。今聽得強人向鄰船上殺去，而聽鄰船上厲聲喝罵的口氣，竟也似準備有強人殺來，早已為之防範的。被打下水去的，不用看已可知道是強人無疑了，倒不由得都吃了一驚！一人一口氣，將兩枝大蠟吹滅，從取板門之處，朝左邊鄰船上一看。

祇見月光之下，照見一個道士裝束的人，披髮仗劍，立在船頭，好像正在念咒作法的模樣。隨聽得岸上遠遠的有人大聲呼道：「焦大哥快來呀！彭四哥被妖道一劍，劈下水去了呢！」

即又聽得一個很蒼老的聲音回喝道：「大驚小怪些甚麼！」說聲未了，緊接著一道金光，裂帛也似的一聲響，從數十丈以外直向道士射來。

祇是那金光繞著道士的身體打一個盤旋，又是一聲響，射了回去。道士舉手中劍向空一指，口喝一聲敕，陡然狂風大作，眼見一陣旋風著地，捲起岸上的小沙大石，落冰降雹一般的，一齊朝金光發射之處打去。驚喊叫痛以及爭先奔避的聲音，同時並起。

而在這紛亂的當兒，忽聽一聲霹靂，破空而來，好幾道金光夭矯，如長虹東馳西突！錢素玉看那道士有些驚慌失措的樣子，不由得也吃驚，向蔣瓊姑道：「這劍光來得蹊蹺！必有崆峒派的名人來了！你我的本領那夠得上抵敵，這便如何是了？」

蔣瓊姑道：「是找那道士對敵的，或者不與我們相干！」錢素玉來不及回答，頭頂上已喳喇一聲巨響，船身搖蕩了兩下，船桅被兩道金光攔腰一攪，登時劈作兩段，折落水中去了。

那金光跟隨而下，錢素玉、蔣瓊姑雖明知不能敵，也祇得放出劍光將金光抵住，然那裏抵抗得下，眼見得那兩道金光，要殺到身上來了！祇急得錢、蔣二人，幾乎哭了出來，除束手待死而外，一些兒沒有救急的方法！再看那道士，已不見蹤影了，祇有一團極濃密的黑氣，圓桶也似的立在那船頭上；四五道長長短短的金光，縈繞著那一團黑氣，時而閃開，時而合攏，料知那黑氣必是道士護身之物！

錢素玉猛然想起劉鴻采所傳紙鳶凌空的法術來，思量：雖祇能逃得自己姊妹兩個，然到了這種時候，不逃也是同歸於盡！楊繼新是個手無縛雞之力的文人，他本人又從來和崆峒派人，沒有嫌隙；崆峒派人雖狠，不見得下手殺他！至於胡成雄兄弟，我們盡了力，便是盡了心，我們無力救他，也祇好各安天命！旋思量旋從袋中摸出兩個剪好了的紙鳶，剛待伸手拉蔣瓊姑的手，同乘紙鳶逃走。

蔣瓊姑的手還不曾拉著，忽覺得眼前一黑，耳裏聽得蔣瓊姑叫了句哎呀，自己也不因不由的哎呀一聲，立腳之處，搖動起來，身體也搖搖如凌虛空。兩眼和瞎了一般，雖睜開來仔細定睛，也毫無所見，耳裏又聽得蔣瓊姑的聲音就在身旁喚姊姊，卻是不見形影！

錢素玉應了一聲道：「妹妹看見了甚麼沒有？」

蔣瓊姑道：「不好了！我兩眼沒有光了，甚麼也不看見！姊姊看見他在那裏麼？我們爲甚麼立腳的地方這樣飄飄不定呢？」

錢素玉道：「我才從袋中摸出紙鳶來，正待拉妹妹的手，同乘鳶逃走，尚不曾念咒，身體就是這般飄飄不定了！」

蔣瓊姑發出悲哀的聲音，說道：「姊姊也太忍心了！衹圖我兩人能逃，教他一個全沒有道法的讀書人留在船上，被人殺了，做鬼還不明白，是如何死的呢！」

錢素玉聽了這些埋怨的話，不服氣道：「幸虧我的紙鳶才摸出來，尚不曾念咒，也沒拉你同乘！你不要埋怨我！我看你的本領，便是不忍心逃走，也不過多饒上一條性命，不見得有能耐將姓楊的救出來！姓楊的就有你陪著被人殺了，做鬼也不見能明白是如何死的！就有你這個明白鬼在旁邊，將如何死的原由說給他聽，於他更不見得有甚麼用處！」

蔣瓊姑聽了，知道錢素玉的性情從來很仄狹，脾氣也從來很古怪，自悔說話太魯莽，打算用言語來解釋，免得錢素玉因此生心，便聽得楊繼新帶著笑意的聲音說道：「我衹道又是和在遂平一樣，衹我的眼睛看不見你，原來你們也看不見我麼？我睡在被裏一動也沒動呢？你和姊姊說話，我一句也聽到了耳裏，就衹眼前漆黑，不但不看見你和姊姊在那裏，一切的景物都看不見了！這船走得多快啊！我耳貼艙底，聽得下面的水聲，嘩喇喇比箭還急呢！」

蔣瓊姑一聽自己丈夫安然無恙的說話，心裏又是驚喜，又是慚愧！驚喜的：自是因不曾把楊繼新單獨留在凶險之處；慚愧的：是他自己不該脫口而出，埋怨錢素玉！然做女人的，臨急難的時候，但求自己心愛的丈夫無恙，旁的事便教他受些委屈，也心甘情願！當下用極誠摯的聲口，向錢素玉謝罪陪不是。

錢素玉見楊繼新也仍在身旁說話，心中也自然安了！從小共患難的姑表姊妹，當然犯不著因情急口不擇言的時候，略失檢點，認眞生起嫌隙來，便也帶笑說道：「在此刻烏鴉與喜鵲同鳴，吉凶全然未卜的時候，誰眞個怪妹妹說錯了話呢？我們現在究竟是怎麼一回事？是我們自家這邊的人如此搭救我等呢？還是有敵人如此捉弄我等呢？胡成雄兄弟睡在船頭上的，此刻又是怎樣的情形呢？」

錢素玉說時，楊繼新截住話頭，喊道：「啊呀！這船已停了麼？」

錢素玉果覺得立腳之處，已不似方才搖蕩了；兩眼漸漸能隱約看見自己身上衣服了，彷彿如立在濃霧當中，濃霧逐漸稀薄，眼光也逐漸能遠視。不一會，在艙裏的三人，彼此都能辨認了；船艙中景物，如吹滅了的殘蠟，沒下完的殘棋，都歷歷在目。再看船頭胡成雄兄弟，橫刀挺立在那裏，等待廝殺的模樣。原來此時的天色，東方已經發亮了。

錢素玉和蔣瓊姑來到船頭，打算問胡成雄兄弟在船頭所見的情形，即見昨夜靠在左邊的那船，仍然靠在左邊。

昨夜的道士，已結束了頂上頭髮，從容走過船來，向錢、蔣二人稽首道：「貧道萬清和，是茅山末底祖師的弟子。昨日奉祖師之命，前來搭救胡舜華的胞兄。祇因胡舜華在未成年的時候，曾經受過貧道的磨折，結下一點兒冤仇。祖師恐怕冤仇不解，必將越結越深！知道胡成雄兄弟，去長沙尋找胡舜華，免不了羅山一厄！特地差貧道來，聊盡一番心力，使胡舜華知道，將受貧道磨折的事忘懷！胡舜華的丈夫朱復，也和舜華同時受貧道磨折，將來遇有機緣，再圖解免！

「不過貧道的法力，終屬有限！昨夜甘瘤子父子、楊贊廷兄弟和董祿堂都到了，貧道的法力，已不能抵敵，祇得練起一團濃霧，保護貧道一身，這船上如何，便顧不得了！但不知是誰，有這們高的道法，也練起一團濃霧，將這船遮護，並送了一帆風，連貧道的船，推到了這裏？這裏已是湘陰縣境，離羅山二百多里了。」胡成雄兄弟聽了，連忙過來拜謝萬清和。

錢素玉躊躇道：「這又奇了！是誰在暗中救了我等，卻不使我等知道呢？」話才說出，就見一個身體很瘦小的白鬚老頭，短衣赤腳，其貌不揚，從船尾鑽了出來，笑道：「怎會不使你們知道呢？你們有認識老朽的麼？」錢素玉、萬清和等人，都怔了一怔！看那老頭，都不認識！

老頭指著萬清和，笑道：「他們年紀太輕，又不是老在江湖上行走的人，不認識老朽也罷了，你也說不認識嗎？」

萬清和很惶恐的說道：「貧道有眼無珠，該死，該死！」

老頭笑道：「你回去問你祖師，就可認識老朽了！老朽是現在的排教頭兒。昨夜的事，是偶然相遇。一則有末底祖師的情分，替你和胡舜華解冤仇；二則看金羅漢的情分，不能坐視他作合的姻緣，不得成就，所以出頭露面，得罪崆峒派一干人！老朽這話既經說明，沒工夫在此多耽擱了，得追上木排去照料。」說罷，祇見他蝦蟆也似的，一頭躥入水中，連波浪都沒有，便不看見了！錢素玉等都異常驚愕！

萬清和跺腳道：「貧道眞該死！現在的排教頭兒是李金鰲，和我祖師極相投，每年必有一二次來看我祖師。不過他每次來時，我都不在祖師跟前，祇耳裏聽得說罷了。昨夜我船靠羅山的時候，分明見他獨自立在一副很大的排尾上祭江神。木排上的規矩：祇有排教頭兒祭奠江神，是獨自一個人立在排尾的；除了頭兒之外，都得率領好幾個水手，分兩排在排頭祭奠。我一時因心中有事，看了並不在意，所以他見我也說不認識，覺得很詫異；這無怪他老人家詫異了！」萬清和很懊喪的說畢告辭。

錢素玉等都道謝了，各自分途開船。從湘陰到長沙，不過百多里水程，一路平安的到了長沙。船才靠碼頭，就聽得碼頭上一片喊殺的聲音，如千軍萬馬，在碼頭上開仗似的。

不知為著甚麼事？且待第五五回再說。

第五五回　靠碼頭欣逢戚友　赴邊縣誼重葭莩

話說：錢素玉的船，才靠近長沙碼頭，就聽得碼頭上有一片喊殺的聲音，彷彿千軍萬馬，在碼頭上開仗的一般。胡成雄等都不知道爲著甚麼事？大家朝碼頭上看時，祇見黑壓壓的一大堆人，一個個都顛起腳，伸長脖子，好像爭著看甚麼熱鬧似的，喊殺的聲音，就從那一大堆人中發出來。一片喊殺之聲過後，接著就有一片吆喝之聲。

楊繼新雖是生在長沙，當離長沙的時候，還在襁褓之中，連他自己都不知道是長沙人！以爲：此時是到了異鄉，又眼見了這種奇異的現象，急急的想上碼頭去瞧瞧熱鬧。胡成雄兄弟也同具一種心理。三人遂先上碼頭。走近一堆人跟前，見有千數百人，重重疊疊，圍了一個大圈子。祇因圍觀的太多，看不見圈子裏面是甚麼。虧得胡成雄、胡成保二人力大，慢慢的分開衆人，楊繼新跟在後面，一步一步挨進去。

祇見兩個少年男子，年齡都不過二十多歲。一個身體十分壯健的，用青絹包頭；上身的衣服脫了，堆在旁邊地下，露出半身羊脂玉也似的白肉來。前後立了七八個身穿號衣的兵士，各人手中執著一條白臘木矛篳，矛頭磨得雪亮，使人一望便知道是很鋒利的！矛頭都對準那袒衣少年的前胸、後背，齊喊聲殺，同時猛力向少年胸背刺去。

楊繼新看了，不覺驚得喊了一聲哎呀，以爲：必是前後刺七八個透明窟窿！可是作怪！楊繼新這聲哎呀，喊得並不甚大，那被刺的少年，倒像聽入了耳，隨即望了楊繼新一眼，楊繼新更不由得打了個寒噤！再看那少年行所無事的樣子，矛頭刺到那白肉上，比刺在鋼板上還要堅硬，連刺處的痕跡也沒一點！圍著看的人，接聲就打一個吆喝。

祇聽得那被刺的少年，笑嘻嘻的對前後兵士道：「你們刺了這們多下，已刺夠了麼？你們要知道，我這不算希奇，我這個夥計的本領很大呢！你們不可因他的身體瘦弱，便瞧不起他！」

即有一個兵士問道：「你這夥計有甚麼本領？」

少年正色道：「他的本領就會喝水！」這句話說出來，說得大家都哄笑起來。

那兵士也笑道：「水有誰不會喝，算得了甚麼本領？」

少年道：「誰會喝水，誰和我這夥計同喝著試試看？」

兵士道：「怎生一個喝法？」

少年道：「這碼頭下面，有的是水。你們用水桶挑來，看畢竟是誰會喝？」兵士聽了，向四圍一看，見有好幾個原是挑了水桶，到河下來挑水的，因有這熱鬧可看，便放下水桶看個不走。

兵士就指揮了幾個挑水的，每人趕緊挑一擔河水來。這些挑水的，都存心想看把戲，無不興高采烈的，各自跑到河邊，挑一擔水來圈子裏面，頃刻之間，挑來八擔河水。

祇見那瘦弱的少年，做出埋怨壯健少年的樣子，說道：「你見我得著了片刻安閒，便不服氣，無端要生出這些事來，累我一下子！這一十六桶河水，看誰有這們大的肚皮，可以裝得下，請誰去喝！我這一點兒大的肚皮，是喝不了！」

壯健少年做出陪笑懇求的樣子，說道：「好哥哥！我已當衆將你說出來了，顧全我這點兒面子，喝了這一次罷！並且是你我兩人同鬧出來的亂子，我已送給他們刺了那們久，你就喝點兒水，也不算吃了大虧！」

瘦弱少年才轉了笑容，向那幾個兵士道：「你們誰會喝的先喝，明人不做暗事，你少爺喝過水，就要少陪了呢！」

衆兵士道：「原是挑來給你喝的，你且喝了再說！」

瘦弱少年這才舉眼向四圍望了一望，一眼望到胡成雄兄弟身上，略略的打量了兩下。即走近水桶，彎腰用雙手捧起來，張口對著桶邊，咕嚕咕嚕一會兒，就喝乾了一桶；又捧第二桶，又是咕嚕一陣喝乾了。把四圍看熱鬧的人，都驚得目瞪口呆！

胡成雄悄悄的向胡成保道：「我看這兩人，必有些來歷！這個青絹包頭的少年，說話帶些我家鄉的口音，這喝水的又單獨打量我們兩個。我想等他們走的時候，跟上去探探他們的來歷，或者能在這兩人身上，探出妹妹的蹤跡，也說不定！」

胡成保道：「結識這樣的兩個朋友，也是好的！」

二人說話時，那少年已喝了十桶水下去，才伸起腰來，兩手拍著鼓也似的肚皮，對大家說道：「我本待把這六桶水，作一陣喝下去。無奈我這小肚皮不答應，已經喝下去的十桶，此刻都不許他立腳，要把他排擠出來；我正在竭力的向肚皮說好話，還不知道肚皮依與不依？依了便沒事，這六桶水一併喝下去了事；若是肚皮不聽說，就祇得仍把十桶水退出來！」

說著，接連哎呀了幾聲，雙手緊緊按住肚皮，蹙著眉，苦著臉道：「這便怎麼了？肚皮竟搭起架子來了，一刻也不許那十桶水停留！哎呀！不好了！擠出來了！」

祇見他兩眼往上一翻，脖子一伸，即有一匹白練也似的水，奪口噴將出來，向天射去，足有十多丈高下，才散開來，如雨點般落下。落到一般看熱鬧的身上，衣服登時透溼，一個個爭先躲避。楊繼新頭頸上著了幾點，覺得痛不可當！見大衆都四散奔逃，也回身向船上逃走。

胡成雄兄弟畢竟是老走江湖、又會武藝的人，不肯逃跑！祇見這少年把頭一低，那股水便

向幾個兵士身上射去，祇射得那幾個兵士，跌跌滾滾的逃跑！再回過身來，那股水竟射到胡成雄兄弟身上來了，淅淅的好似暴雨一般！胡成雄兄弟且不回船，祇向人少的地方閃躲，誰知那股水直跟在背後趕來！

胡成雄忽然心中一動，暗想：這水來得蹊蹺，其中必有緣故！黃葉老祖既命我兄弟來長沙，而到碼頭就遇著這兩個異人；我心裏正想結識他們，他們也祇追趕我們兩個，何不且跑到僻靜處所，看他們追來，怎生說法？

主意想定，即示意胡成保，同向荒野的地方跑去。聽得兩少年果在後面趕來。四人的腳步都快，約莫一口氣跑了五六里路，那水早已沒有了。

祇聽得少年在後面喊道：「兩位不用跑了，我二人已在碼頭上迎候多時了！」

胡成雄聽了，甚是驚詫；忙停步回身，抱拳向二少年說道：「請問二位尊姓？何以知道我兄弟會來，預先在碼頭上等候？」說時，二少年已來到切近。

瘦弱些兒的說道：「二位可是廣東潮州人姓胡的麼？」胡成雄連連點頭道是。

少年笑道：「那麼，一定是因尋找令妹而來的了！」胡成雄又點頭道是。

少年即指著那壯健些兒的笑道：「我這夥計是二位的同鄉，曾會過面麼？」

胡成雄看這少年，生得濃眉大眼，氣概非常；上身脫了的衣服，已經穿好，和這瘦弱的一般長途旅行的裝束。搖搖頭，說道：「我兄弟眼拙，或者在那兒會過面，因日子太久，已經忘了！請問尊姓？」

瘦弱少年哈哈大笑道：「二位確是不曾和我這夥計會過面，倒是令妹，和我這夥計會面的日子多呢！」

胡成雄見這少年說話，處處帶些滑稽意味，正不好如何回答。這壯健少年已拱手向胡成雄說道：「大哥不用疑慮！我這師兄說話，素來喜開玩笑！我姓朱，單名一個復字。令妹舜華，是和我在小時候同時落難的；今已承我師父及黃葉祖師的訓示，與令妹返俗成婚了。這位師兄姓向名樂山。他因有殺兄之仇，不曾報得，求師父指示仇人的所在。

「他的仇人是個當船戶出身的，姓林名桂馥，此時已成爲廣西武鳴的土豪了！師父派我與他同去。我與他前日才從廣西報了仇回來，到長沙就遇見解清揚師弟，傳師父的諭，說：兩位尋找令妹來了，不可錯過！我二人因此就在長沙守候。

「今日也是事有湊巧，我二人因無事在碼頭上閒逛，偶然遇見有兩個身穿號衣的兵士，在碼頭上調戲洗衣的婦人。我這師兄看了不服，上前正言厲色的說了幾句，誰知那兵士惱羞成怒，伸手就打他。我上前攔阻，也舉起手來要打我。我一時氣湧上來，將那兩個惡賊痛打了一頓！誰知那兩惡賊跑回營去，糾合了七八個凶暴之徒，各拿矛竿追來，想打個報復。

「我思量：這些東西雖說可惡，然究竟是些血肉之軀，如何夠得上與我們動手？不如索性開個玩笑，脫去上衣，聽憑他們拿矛頭飽戳一頓！正在給他們戳的時候，我忽聽得有一個彷彿外省的口音，在人叢中說話，並喊了聲哎呀。我看時，原來是兩位和一個文士打扮的人，站在一塊兒。

「我看了兩位的神情面貌，同胞兄妹，畢竟有些彷彿，所以看了能辨認得出！但是仍沒有十成把握，不敢直前相認，因此才對那些惡賊，說出師兄會喝水的話來，用意就是要借水力，將圍困我們的人噴開，我們好會面談話。兩位眞機警，知道向荒僻所在逃走，正合了我二人的心願！」胡成雄兄弟聽了大喜，從此兄妹相逢，各敘別離後情狀。這些事，毋須在下浪費筆墨，且擱下不去說他。

於今，卻要敘述看官們心裏時時刻刻記掛著的八月十五了。在第一集第四回書中，金羅漢呂宣良到柳大成家，傳授柳遲一部周易的時候，不是當面約了柳遲於明年八月十五日子時，到嶽麓山頂上雲麓宮大門口坐著等候他的嗎？

此時書已寫到第五五回了，一個字也不曾提到那八月十五日子時的事上面去。並不是在下把那一回事忘了，實在自第四回以下的書，從向樂山、解清揚在玄妙觀看見朱復起，都是補寫以前的事，並不曾寫到呂宣良所約八月十五日的時期上來；直到此刻，才是時候了！

閒話少說。且說：柳遲自從得了呂宣良賜的那部周易，日夕不輟的口誦心維。初讀的時候，多不能了解，看了呂宣良的注釋，也是茫然；但他抱定一個熟能生巧的主意，不問自己能理會與不能理會，儘管周而復始，一遍一遍的讀下去。精誠所至，金石爲開！何況柳遲是個生有慧根的人，自然漸久漸能領悟。窮研幾個月之後，心境不知不覺的，一日開朗一日；憑著所心得的理解，占測天氣陰晴風雨，在三日之內，異常準確！

柳大成夫婦中年才得這一個兒子，家中產業，雖不能說是豪富，但已是小康之家了。他夫婦所希望於柳遲的，不在能賺錢謀衣食，衹想他能認眞讀書，圖個上進之路。誰知柳遲生小就與尋常小孩不同，種種舉動，以普通的眼光看來，都得罵他一句毫無出息的孩子！

自柳遲從清虛觀由楊天池護送回家後，接著有清虛道人來探視，呂宣良來賜易經；柳大成聽了兩奇俠的言語，看了兩奇俠的舉動，才覺得自己兒子，不是尋常沒出息的！不過大成夫婦的心理，對於柳遲有兩種希望：一種是方才說了的，希望柳遲能圖個上進，飛黃騰達，光耀門

庭；二種就是希望從速替柳遲娶個媳婦，他夫婦好早日抱孫！

今見柳遲舉動奇異，所結交的是清虛道人、呂宣良這類怪人，希望他讀書發達的念頭，是不能不自行減退的了；祇是不發達還可以，不娶妻生子，是關係柳家宗祀的，斷不能馬虎聽柳遲自便！

這日，柳遲的母親問柳遲道：「你知道人生第一件不孝的事，就是沒有兒子麼？」柳遲連忙答應知道。

他母親又問道：「你要如何才有兒子呢？」

柳遲道：「要討老婆才會養兒子。」

他母親笑著點頭道：「是呀，好孩子，知道這道理就得哪！你父親現在已快要替你討老婆了！」

柳遲道：「不行！父親替我討的，不是我的老婆！我老婆得我自己討！」

他母親聽了，詫異問道：「你這是甚麼話？從來兒子討媳婦，是由父母作主的。你於今小小的年紀，知道些甚麼？如何能由你自己討？並且你何以知道你父親替你討的，不是你的老婆？」

柳遲道：「我自然能知道，決不敢欺騙你老人家！」

他母親因他平日預言氣候陰晴寒暑，及一切人事變遷，十九奇驗，遂又問道：「你自己討老婆，在甚麼時候？」

柳遲搖頭道：「早呢！」

他母親道：「是得早些討進來才好！我和你父親望孫子的心思很急切，巴不得你早一年討媳婦，好早一年得孫子！」

柳遲道：「我說早，不是討得早，是說討來的時候還早！我推定我的媳婦，今日還不曾離娘胎，不是差討來的時候還早嗎？」

他母親道：「胡說！今日還不曾離娘胎，那不是等到我和你父親死了，葬在土裏，腳骭骨可翻出來打鼓的時候，你還不能討老婆嗎？自從那個頂上沒有毛的老頭無端跑來，送了那本撈什子書給你之後，你就終日躲在書房裏，失魂喪魄似的，一陣一陣發獃，於今越弄越說出這些鬼話來了。旁的事不妨由你，這替你討媳婦的事，不是當耍的，不能由你自己胡鬧！此刻在你父親跟前替你作合的，已有好幾個人，我就要你父親揀相當的定下來！」

柳遲道：「便是父親定下來，也不中用，徒費心機而已！」

他母親不悅道：「替兒子娶媳婦，是凡有兒子的都免不了的事，怎麼說是徒費心機？我和你父親，就祇你這一個兒子，若依你的性子胡鬧下去，怕不絕了我柳家的香火嗎？」

柳遲見自己母親生氣，便歎了一聲，說道：「孽障，孽障！」歎罷，即退了出來。他母親也不理會，自去和柳大成商量定媳婦的事。

湖南的風俗極鄙陋，凡是略有貲產的人家，不論如何不成材的兒子，從三五歲起，總是不斷的有人來作媒。若是男孩子生得聰明，又有了十多歲，百數十里遠近有女兒的人家，更是爭著託了情面的人出來作媒。每有爲父母的，因爲來替兒子作媒的人太多了，難得應酬招待，就模模糊糊的替兒子定下來；好歹聽之天命，祇圖可以避免麻煩。

柳大成祇有一個兒子，雖沒有這種圖免麻煩的心理，祇因見柳遲從小行爲特異，平日待人接物的禮節，以及家庭瑣屑的事，好像全不懂得的樣子；以爲：若能替他娶一個賢德的媳婦，慢慢的勸導，必能將柳遲引上爲人的道路。因此夫妻同一心理，急想將柳遲的親事辦妥，不過一時得不著相當的，祇得留心物色而已！

柳遲的姨母，嫁在新寧縣巨族劉家。有個女兒名細姑，年齡比柳遲小兩歲，德言工貌都好。柳遲的母親，早有意定做自己兒媳，祇因劉家世代做官，聲勢甚大；柳大成雖也是個讀書人，但不曾發跡，家業又非豪富，恐怕劉家嫌是小戶，不願結親。

劉細姑的父母，倒沒有這種勢利之見，祇爲細姑的年齡尚幼，許人還早，而柳遲自從八九歲的時候曾跟著他母親到過新寧一次之後，爲路遠不曾去過二次，細姑父母也沒到柳家來。

在一般世俗人的眼光看柳遲，沒有不罵他是一個沒出息的孩子的；細姑的父母沒聽得有人稱讚柳遲，也就想不到結親的事上去。柳遲的母親既有意想定細姑做兒媳，除了細姑而外，又實在找不著相當的女子，便顧不得怕劉家有不願意的表示，祇得託人微向劉家示意。劉家並不表示可否，祇打發人來迎接柳遲母子到新寧去。

柳大成夫婦料知：劉家迎接的意思，是在相攸，遂不推辭，即帶著柳遲動身到新寧去。柳遲明知此去的作用，很不情願，祇以在清虛觀聽過歐陽淨明那番教訓之後，從不敢過拂他父母的意思，勉強隨行。

不知柳遲這門親事究竟結成與否？且待第五六回再說。

第五六回　臨苗峒誤陷機關　入歧途遽逢孽障

話說：柳遲到新寧後，見新寧的山水明秀，遠勝長沙，隨處遊覽，都可快意，心裏倒十分高興！也不在劉家與姨母、表妹親近，終日衹在叢山深谷裏面盤桓，入夜才回劉家睡一覺。這時柳遲的姨父，很注意的看柳遲的行動。柳遲的母親也再三叮囑：言語舉動都得謹愼些，不可給姨父看了，笑是不成材的孩子！柳遲衹是口裏答應理會得，每日用過早點，仍是放開兩條腿，獨自往各處山裏遊行去了。

一日，柳遲遊到一處叢山之中，那山千峰競秀，樹綠如煙；獨立在一個山峰之上，四望群峰萬壑，窮竭目力，不見人煙，也不見田疇屋宇。正在流覽四山景物之際，忽從遠處一個山谷當中，發現一個很大的石巖。巖口彷彿有身體很小的人走動，衹是因相隔太遠了，看不分明。

柳遲心中暗想道：「此處四望沒有人煙，怎的卻有小孩在那石巖外面走動呢？我既到了這山中，不妨去那石巖跟前看個明白！」柳遲從在清虛觀得了清虛道人的指教，每日按時修練，不曾間斷；上黑茅峰遇呂宣良的時候，即已能輕身健步了。此時不待說更有進境，一日之間，

信步遊行，六七百里路遠近，能隨意往還；兩眼能望得見的所在，不須一會兒工夫就走到了。

柳遲因四望皆山，恐怕迷了方向，祇得從高處直向那石巖奔去。已跑到近石巖不過一箭之地了，猛覺得腳底下一軟，來不及騰身上跳，已全身掉下了陷坑！上面的泥沙石子，紛紛落下，將兩眼迷得睜不開來；剛待舉手揉眼，不知不覺的，手腳都已被繩索綑縛了！心想：這眞奇怪！在這無人煙的萬山叢中，如何會有這種陷坑？難道這深山裏面，有落草的強盜嗎？邊想邊動彈了幾下。

誰知不動彈還好，一動便覺得繩索更綑縛得結實了，不但手腳被綑，連身體頭頸，都像有羅網包圍了；兩腳不因不由的站立不住，就如被人牽動綑腳的繩索一般！兩腳原來被綑在一塊，一有人牽動，登時倒在坑裏。隨即聽得陷坑外面，有腳步走近和談話的聲音，祇是談的甚麼，一個字也聽不懂，還夾雜著歡笑的聲音在內。

漸漸到了陷坑上頭，柳遲忍痛睜眼朝上看時，祇見有七八個衣服裝束和尋常人不同的大漢，圍陷坑站著。有手拿鋼叉的，有一手握弓、一手持箭的，相貌都帶著幾分凶惡的模樣，但是都對著坑裏獰笑，並用很嚴厲的語調，說了幾句話，仍聽不懂說的甚麼。以神情度之，似乎是問柳遲的來歷。

柳遲回說了自己是來遊覽的，失腳踏下了陷坑的話。那幾個大漢卻像明白了！坑邊有好幾根繩索，垂入坑中；即有四五個彎腰握住坑邊的繩索，同時往上一提，已提上坑來。

柳遲以爲，必替他解開綑縛的繩索羅網，誰知那幾個漢子都不理會他，祇顧大家談笑。好一會，才有個人把柳遲提開坑邊，由他直挺挺的躺在草地下。幾個漢子七手八腳的，一半爬上樹折樹枝，一半用手中刀叉掘土。折樹枝的，將樹枝橫架在陷坑上；掘土的，就捧了土鋪在樹枝上。一會兒，已掩蓋得隨意望去，看不出陷坑的痕跡了，便各操各的兵器，昂頭掉臂的一路走去了，並沒一個人回頭看柳遲一眼。

柳遲見他們就這樣不顧而去，倒不由得有些慌急起來！向那幾人背後，大聲叫喚了一陣，那裏叫喚得轉來呢？用盡渾身氣力，想將繩索掙斷；無奈那繩索是牛筋做的，又細又堅牢，更是打的活結頭，越用力越綑得緊，越綑緊越皮肉生痛！周身的羅網，又包裹得沒些兒縫隙；料知決掙扎不脫，也就懶得白費氣力，將手腳的皮肉掙破，祇好聽天由命的躺著，靜待有路過此地的人來解救。幸虧柳遲在家做服氣的工夫，已有了幾分火候，能數日不吃東西，不覺得腹中飢餓，整整是那們躺了兩晝夜。

直到第三日東方還不曾發白的時候，才聽得遠遠的有腳步聲響。因這時天黑如墨，不看見是何等人，向那方面行走的。心裏疑惑：在這時分出外行走的，十九不是正經人，又恐怕言語不通，過路的人不肯解救，忍耐著不敢叫喚。這邊的腳聲剛聽入耳，接著又聽得那邊也有腳聲響了。伏耳靜聽時，兩邊的腳聲，都越響越近；轉眼之間，都響到離身邊不遠了。

就聽得一個聲音很清銳，好像十幾歲的童子，先哎呀了一聲，問道：「來的不是大師兄嗎？這時候上那裏去？」

這一個聲音滯澀的答道：「原來是四弟啊！我有極緊要的事，須去託一個朋友，所以出來得這們早！四弟怎的這時候跑到此地來呢？難道是師父特地教你來的嗎？」

那童子答道：「怎麼不是？大師兄有甚麼要緊的事，打算去託那個朋友？」

這人歎了口氣說道：「師父既是特地教你來，我的事也瞞你不了，不妨說給你聽！一則可使你今日看了我的榜樣，不再上我這般的大當；二則我原也有事想託你，不能不把情由告知你。你記得師父的戒律，第一條是甚麼？」

童子彷佛帶著笑聲說道：「這如何會不記得呢？第一條是：不許干預國家政事！」

這人又問道：「是了！第二條呢？」

童子答道：「第二條是：不許淫人妻女！大師兄忽盤問我這些東西幹甚麼？」

這人道：「那裏是盤問你呢？老實對你講罷，我於今犯了第二條大戒了！」

童子又失聲叫喚哎呀道：「甚麼話？大師兄怎的如此糊塗，居然會犯第二條大戒呢？這卻怎麼了？大師兄平日做事，又精明、又老練，究竟怎樣生得美麗的一個女子，能把大師兄引誘得犯戒咧？」

這人道：「這種事連我自己也不明白，衹好歸之前生冤孽！若果是怎樣生得美麗的一個女子，我就拚著性命為他犯戒，也還說得過去，死後不過受人唾罵而已；無如這番使我犯戒的女子，不但生得不美麗，並是一個凶而且醜的東西！若不是前生冤孽，注定了我今生的性命，須斷送在他手中，何至一時便糊塗到這一步！

「前幾日我因惦記你二師兄，不知那條被虎爪抓傷了的左膀，完全醫治好了沒有？特地騎了匹馬進峒裏來，在藍家盤桓了一日。見你二師兄的左膀，雖然抓傷的皮肉不大，但是抓斷了筋絡；傷口完全醫好了，就是不能使勁，一使勁便牽得筋痛異常，再也不能幹那與張三鬥法的玩意了！你二師兄因廢了那條胳膀的緣故，心裏很不快樂，我在他家看了他那不快活的神情，也很替他難過，遂不願意多住；次日，即作辭出了藍家。

「原打算到師父那裏去的。誰知行到一座石山腳下，忽然從半山中飛下一塊石片來；那石片不前不後的，恰好從馬眼前擦過，將馬驚得跳起來，無論我如何勒也勒不住！正在無法可施的時候，又是一塊石片飛來，挨馬屁股擦下。那馬經了這一下，倒不亂跳了，揚起頭，豎起尾，追風逐電也似的向前飛跑！

「我回頭看半山裏，一個人影也沒有，估量必是藏躲在石頭背後；若沒有人，石片決不能自行飛下山來，更不能打得這們巧！一時氣忿不過，存心要上山找那打石片的人算帳！叵耐那匹馬不爭氣，平日我騎著他長行，極馴良無比；獨這日自受驚亂跳之後，簡直如瘋癲了的一般，祇是放開四蹄，圍著那座石山打轉；勒他上山不聽，勒他向大路上走也不聽，足打了四五個輪迴，才慢慢的收了劣性。

「向大路走了一會，我因放那打石片的東西不過，騎在馬上，旋走旋回頭望那山上。偶然大意了一下，在兩條路分岔的地方，本應向左邊走的，誤走向右邊的路上去了！走過好幾里，看了山形不對，才發覺錯了路，然不願意回頭，拚著多繞幾里白路。

「可是作怪極了！右邊這條路，竟越走越小，不似一條通行的大路。初走錯的時候，在路上遇了好幾個行人，我負氣不肯問這路通甚麼所在，及至越走越不成路了，想找個人打聽，卻走過幾十里，不曾見有一個人。天色又看看要黑了，馬因亂跳亂跑的時間太久，又走了幾十里不曾休息，已疲憊得低下頭，一步懶似一步的顛著走。我在馬上，更是又乏又餓。

「那時心裏思量：祇要有人家肯容我歇宿一宵，飽餐一頓，我眞一生感激那人家的大德，不問要我如何報答都情願！心裏雖是這們思量，不過那裏尋得出這樣一個人家呢？可憐我那時眞是苦得不堪了！休說尋不著人家，便想尋一棵大樹，在穠枝茂葉之下打一夜盹，也無處尋覓！

「正自悔恨，不該無端負氣，才錯走了幾里路的時候，不肯回頭，以致錯到這一步，還不知得跑多少冤枉路？那時馬也不能騎了，牽在背後，緩緩的行走。猛然見前面有燈光射出來，我心裏這一喜，就如出門多年的人，一旦回了故鄉，看見了自家門閭的一般！身體原已疲乏不堪的，燈光一落眼，登時顯得精神陡長，急急的牽著馬向燈光處走去，一點兒不覺得辛苦了！及走近燈光，就見一所土築的房屋，約有十多間，一望便知道是苗族中很有勢力的人家，燈光從門縫裏射出來。

「我上前敲門，聽得裏面有女子的聲音說道：『這時候來敲門的，多不是好人，不開的好！』又有個女子的聲音答道：『若不是有緊急的事，怎得這時候來敲門？不開使不得！』接著，門便開了。我趁燈光見房中兩個苗女，年齡大些兒的，約二十來歲；小些兒的約十七八歲。

「在不甚光明的燈光下看了，都生得豔麗似天仙，加以舉止比漢人來得大方，我不由得心裏略動了一動，然隨即將心神按定了，拱手對那大些兒的說道：『我係走錯了道路的人，沒地方歇宿，不得不懇求兩位慈悲，許我在房簷之下，歇息到天明便走，不敢在寶莊上打擾！』

「那女子聽了，且不回答我，笑盈盈的向那小些兒的說道：『何如呢？我原料定不是有緊急的事，不至這時候來敲門！走錯了路的人很苦，你瞧這人不是疲憊了的樣子嗎？』小些兒的向我瞟了一眼，也笑盈盈的點頭。

「二人又咬著耳根說了幾句，將我的馬繫在門外，引我到另一間房裏。我這時心裏雖有些搖搖不定的意思，然而明白師父的戒律第二條，不是當耍的事！竭力的把持著心猿意馬。須臾，二人送了酒菜進來，好像是預備了專等我去吃的。我腹中正飢餓得沒奈何了，怎麼忍得住不吃喝？

「誰知那酒菜吃喝下肚，一顆心就糊塗起來了！我相從師父學道十多年，不曾有一次動過欲火，這時候大動起來了，再也壓抑不下，連身體都不知道疲乏了！那小些兒的女子，乘我那欲火大動、不能把持的時候，悄悄的前來相就。前生的冤孽，到了這一步，那裏還逃避得了？何須片刻工夫，已犯過第二條大戒了！

「等到天明看那孽障的姿容時，簡直嚇我一大跳！滿臉橫肉，一口黃牙，凶惡醜陋，都到極處，和夜間所見的，截然是兩個人！我心裏明知是夙孽，還有甚麼話說？惟有趕緊準備後事，拚著一死便了！我的兄弟、我的姪兒，我死後都已付託有人，用不著再託你；我所欲託你的，就是：我這個孽報之軀，若不託你替我掩埋，必至因我又害得許多人得秋瘟病！你能答應我麼？」

童子似是沉吟了一會的樣子，說道：「大師兄遇了這種可傷痛的事，衹要是我力量所能做得到的事，那有不能答應的道理！不過，以我的愚見，人死了不能復生，聖賢無不許人悔過！就是師父的戒律，雖說犯了，大師兄果能眞心悔悟，師父也沒有不容改過的！即算師父的戒律嚴，悔恨無用，也還有三條大路可走，何必就此輕生呢？」

這人發出帶悲哀的聲音說道：「我若願意走那儒、釋、道三條大路，早已不從師父學道了！現在的儒，我心裏久已不覺得可貴，並且科名不容易到手；不得科名，在我們這一教，是不能算他爲儒的！釋家的戒律更難遵守！至於此刻的道家，比儒家更不足貴，都不過偷生人世而已！我未曾遇著師父的時候，尚且不願意走上那三條路去，何況受師父薰陶了十多年呢？我的志願已決，好老弟不用多費唇舌，祇請快點兒回答我一句話。我急須去會朋友，不可再躭擱！」

童子道：「既是大師兄的志向已決，我答應替大師兄經營喪葬便了！」

這人道：「多謝老弟的好意！我死的時候還早，死的地方也還不曾定妥，等到時日、地址都選擇停當了，自有消息給老弟。我去了！」

一語才畢，柳遲就聽得一陣其快如風的腳聲，漸響漸遠，漸不聽得了。柳遲原打算不叫喚的，祇因分明聽得跑去的腳聲，僅有一個，還有這童子不曾走開；遂朝著童子立著談話的方向，說道：「見死不能救，還學甚麼道呢？」

這童子聽了，並不驚訝，倒走近了兩步，說道：「不能救人的死，祇要能救你的死，也就罷了！」

不知柳遲怎生回答？且待第五七回再說。

（待續）

國家圖書館出版品預行編目資料

新版足本江湖奇俠傳　一六〇回／平江不肖生 撰.
--初版.--臺北市：
世界，2003[民 92]
冊；公分.--(俠義經典系列)
ISBN 957-06-0246-5(第 2 冊:平裝)

857.44　　92004507

俠義經典系列
新版足本江湖奇俠傳　貳
717-2625

著　者／平江不肖生
發行人／閻　初
發行者／世界書局
登記證／行政院新聞局局版臺業字第〇九三一號
地　址／臺北市重慶南路一段九十九號
電　話／(〇二)二三一一〇一八三
傳　真／(〇二)二三三一七九六三
網　址／www.worldbook.com.tw
郵撥帳號／〇〇〇五八四三七　世界書局
出版日期／二〇〇三年五月初版一刷
定　價／三六〇元